中华传统文化国粹
经典文库

名家导读版

牡丹亭

〔明〕汤显祖◎著
周传家◎导读

中国民族文化出版社
北　京

图书在版编目（CIP）数据

牡丹亭/（明）汤显祖著；周传家导读. — 北京：
中国民族文化出版社有限公司, 2023.11（2024.1 重印）
（中华传统文化国粹经典文库：名家导读版）
ISBN 978-7-5122-1557-3

Ⅰ.①牡… Ⅱ.①汤… ②周… Ⅲ.①传奇剧（戏曲）
－剧本－中国－明代 Ⅳ.① I237.2

中国国家版本馆 CIP 数据核字 (2023) 第 055575 号

牡丹亭
MUDAN TING

作　　者	〔明〕汤显祖
导 读 者	周传家
责任编辑	何敬茹
责任校对	李文学
出 版 者	中国民族文化出版社　地址：北京市东城区和平里北街 14 号 邮编：100013　联系电话：010-84250639　64211754（传真）
印　　装	三河市南阳印刷有限公司
开　　本	710mm×1000mm　16 开
印　　张	25
字　　数	386 千
版　　次	2023 年 4 月第 1 版
印　　次	2024 年 1 月第 2 次印刷
标准书号	ISBN 978-7-5122-1557-3
定　　价	42.80 元

版权所有　侵权必究

中华传统文化国粹经典文库

品文化经典　通古今智慧

总策划

李继勇

　　策划人、出版人、北京书香文雅图书文化有限公司董事长。专业从事图书策划，儿童文学、儿童阅读推广、国内文化交流等。已成功策划"儿童文学光荣榜"系列、"爱阅读课程化丛书"系列、"文学百年·名家散文典藏"系列、"科幻文学群星榜"系列、"绘本里的世界"系列、"童诗百年"系列等多种类型出版物。

总顾问

于润琦

　　中国现代文学馆研究员、中国作家协会会员。总主编《插图本百年中国文学史》（3卷），主编《清末民初小说书系》（10卷）、《海派作家作品精选》（16册），校注古典小说《型世言》《金屋梦》《中国古典文学海外珍稀本文库》30余种，参与编选《明、清、民国时期珍稀老北京话历史文献整理与研究》（30册）、《中国现代文学百家》（116册），以及《北京的门礅》《老北京的门楼》北京民俗著述多种。

导读者

（按姓名音序排列）

◎薄克礼
文学博士，天津城建大学教授。攻文史，好四书。

◎陈鹏程
历史学博士，天津师范大学文学院副教授。

◎陈世旭
当代作家，曾任中国作家协会主席团委员、江西省文联主席兼作家协会主席。

◎陈喜儒
作家，著名翻译家，曾任中国作家协会外联部副主任、中国外国文学学会日本文学研究分会会长。

◎冯蒸
首都师范大学文学院教授，博士生导师，北京国际汉字研究会理事、副会长。

◎官铎
管子思想理论和应用资深研究学者。

◎关四平
哈尔滨师范大学文学院教授，博士生导师。主要从事中国古代小说及戏曲等研究。

◎韩小蕙
著名作家，中国作家协会会员，中国散文学会副会长，南开大学文学院兼职教授。

◎侯忠义
北京大学教授，曾任北京大学图书馆古籍整理研究室主任。主要从事先秦两汉文学史、文言小说研究。

◎李海涛
天津师范大学历史文化学院教授，天津市孙子兵法研究会荣誉会长。

◎李瑞兰
天津师范大学历史文化学院教授，曾任中国先秦史学会理事。

◎李树果
资深《易经》研究者，中国散文诗学会理事，《中华时报》记者。

◎李硕儒
作家，著名编剧。合著长篇历史小说《大风歌》获重庆市"五个一工程奖"。

◎廉玉麟
天津中医药大学第一附属医院主任医师，教授。

◎林海清
天津师范大学国际教育交流学院副教授，天津市红楼梦研究会副秘书长兼理事，中国三国演义学会、中国水浒学会会员。

◎ 林 骅
天津师范大学文学院教授，曾任古典文献研究所所长，天津市红楼梦研究会顾问。

◎ 马文大
首都图书馆研究馆员、北京地方文献中心主任，北京史研究会副会长。

◎ 孟昭连
南开大学文学院中国语言文学系教授，中国东方文化研究会理事。

◎ 宁稼雨
南开大学英才教授、博士生导师，2017年度国家社科基金重大项目"全汉魏晋南北朝小说辑校笺证"首席专家。

◎ 宁宗一
南开大学学术委员会委员、中国武侠文学学会名誉会长、中国儒林外史学会副会长。

◎ 牛 倩
天津大学国际教育学院副教授，硕士研究生导师。

◎ 欧阳健
福建师范大学文学院教授，曾任《明清小说研究》杂志主编。

◎ 潘务正
安徽师范大学文学院教授，教育部人文社会科学重点研究基地安徽师范大学中国诗学研究中心副主任，中国韵文学会赋学专业委员会（中国辞赋学会）副会长。

◎ 乔卉林
中国城乡金融报社记者。其作品曾多次获得奖项。

◎ 尚学峰
又名尚学锋。文学博士，北京师范大学文学院教授。

◎ 邵永海
北京大学中文系教授。主要从事汉语史方面的教学和研究工作。

◎ 石定果
北京语言大学人文学院教授，汉语言文字学博士。著有《说文会意字研究》等多部作品。

◎ 石 厉
原名武砺旺。著名诗人，文艺理论家。《诗刊》编委，《中华辞赋》杂志总编辑，中华诗词学会副会长。

◎ 石 麟
湖北师范大学文学院教授。中国水浒学会会长。

◎ 孙立仁
曾任《中国老年报》社长，发表多篇小说、诗歌、散文、报告文学等。当代篆刻家。

◎ 孙钦善
北京大学中文系教授，全国高等院校古籍整理研究工作委员会委员，中华炎黄文化研究会理事。

◎ 田秉锷
江苏省文艺评论家协会顾问，徐州市孔子学会顾问，江苏师范大学客座教授。

◎ 王建新
中国历史文献研究会理事，中原传媒集团出版部副主任。

◎ 王 蒙
著名作家、学者，文化部原部长。茅盾文学奖获得者。多年来致力于传统文化研究。2019年获"人民艺术家"国家荣誉称号。

◎ 王晓华
民国史专家，中国第二历史档案馆研究馆员。中央广播电视总台、北京电视台、湖北卫视等多个栏目主讲嘉宾。

◎ 吴 波
湖南农业大学教授、党委委员、副校长，中国儒林外史学会副会长，湖南省古代文学学会副会长。

◎ 武道房
安徽师范大学中国诗学研究中心教授。

◎ 徐 刚
诗人，作家。曾获鲁迅文学奖、郭沫若散文奖、中国报告文学终身成就奖等。

◎ 俞 前
中国作家协会会员，苏州市吴江区南社研究会会长，苏州南社文化研究院副院长。

◎ 查洪德
文学博士，南开大学中国语言文学系教授，博士生导师。内蒙古元代文学学会会长。主要从事元明清文学与文献研究。

◎ 张秋升
曲阜师范大学历史文化学院教授，主要研究儒家史学理论。

◎ 张世林
新世界出版社编审，著有《大师的侧影》等著述。

◎ 张弦生
中州古籍出版社编审、副总编辑。

◎ 郑铁生
天津外国语大学教授，原中国三国演义学会常务副会长兼秘书长，曾任中国红楼梦学会学术委员会委员、北京曹雪芹学会副会长。

◎ 周传家
北京联合大学应用文理学院教授，中国昆剧古琴研究会副会长，中国戏剧文学学会顾问，中国戏曲学会常务理事。

◎ 卓 然
原名王坤元，笔名卓然。作家，诗人。著有中短篇小说集《我记忆中的河》、散文集《天下黄河》等作品。

名家导读

进入16世纪,东西方两大戏剧体系同时迎来自己的黄金时期。以莎士比亚的悲喜剧为代表的西方戏剧,在古希腊戏剧光环的照耀下,冲破中世纪神学的禁锢,达到文艺复兴时期戏剧的巅峰。而东方戏剧的劲旅中国戏曲,也在继承吸收宋元南戏和元杂剧的基础上,进入辉煌的昆曲和明清传奇阶段,迎来中国戏曲史上的第二个高潮,造就出汤显祖这样出类拔萃的戏剧家。

一

汤显祖(1550—1616年),字义仍,号海若,别署清远道人,江西临川(今属江西抚州)人,生于名门望族、耕读人家。他自幼天资聪颖,禀赋超群,妙解音律,工诗擅文。青年时代"词赋既成,名满天下"[1],除诗、文、赋、曲外,还著有从院本、杂剧、南戏衍变而来的传奇剧本:《牡丹亭还魂记》(简称《牡丹亭》)、《紫钗记》、《邯郸记》、《南柯记》,合称"玉茗堂四梦"或"临川四梦",其中最负盛名的便是能和元代王实甫的北曲《西厢记》相媲美的爱情经典《牡丹亭》[2]。

尽管中国传统素以诗、文为正宗,视戏曲、小说是壮夫不为的雕虫小技,但具体到汤显祖本人,则不能不说度曲填词的戏曲创作才是他的主业、他的亮点、他的巅峰,是他对中国文化最有价值的贡献。因为有了以《牡丹

---

[1] 帅机《玉茗堂文集序》。
[2] 本书以徐朔方校注本为底本,见《徐朔方集》第3卷,浙江古籍出版社,1993年。参校明代泰昌元年(1620年)朱墨套印本、明代怀德堂本、明代《六十种曲》本及钱南扬校勘本。

亭》为代表的"临川四梦","绝代其才,冠世博学"①的汤显祖才得以和莎士比亚比肩而立,既是中华文化的骄子,又是世界戏剧大师,站到了世界文化巨人的行列。汤显祖和莎士比亚一起被誉为16世纪东西方戏剧的双子星座,他们双峰并峙,各有千秋,体现出戏剧的多样性和丰富性。他们留下的戏剧文化遗产,博大精深,斑斓多姿,不仅是民族文化的精华,也是世界戏剧文化艺术宝库中的璀璨明珠,具有永恒的文化价值和艺术价值,不仅属于本民族,也属于全世界。

国际上最早发现并肯定汤显祖戏剧价值的,是研究中国戏曲史的日本学者青木正儿。他在1936年出版的《中国近世戏曲史》中,破天荒第一次将汤显祖与莎士比亚相提并论,说:"东西曲坛伟人,同出其时,亦一奇也。"他二人虽未能同年生,却在同年卒;他二人都拥有良知和洞见,富于激情和肝胆,善于以戏剧表现人生哲理,既追求个体的自由、个性的解放,又不回避人性弱点,思考人性理想的终极状态,强调情感和理性的统一。他二人剧作的主调是一致的,色彩是相融的,始终如一地贯穿着对真、善、美的热烈向往和对自由光明的执着追求。

二

《牡丹亭》是汤显祖享誉世界的代表作,其故事框架和内容情节源于明代文言短篇传奇小说选集《重刻增补燕居笔记》收录的宋代话本短篇小说《杜丽娘慕色还魂》②。说的是福建南安太守杜宝的女儿杜丽娘在侍婢春香的引领下,偶然到后花园游玩,满园春光令她陶醉,不觉困倦袭来,梦中与似曾相识的岭南书生柳梦梅相遇并幽会。风起花落,惊梦而醒,杜丽娘独自到后花园寻觅梦境,怅然而回。杜丽娘为相思所苦,难以排遣,遂描容写真,于中秋风雨夜伤情而死。按照她的生前意愿,将写真藏于后花园太湖石,筑坟于牡丹亭畔大梅树旁。三年后,柳梦梅赶赴临安应试,途中落水蒙塾师陈最

---

① 出自明代吕天成《曲品》。
② 《杜丽娘慕色还魂》载于明代何大抡所编《燕居笔记》卷九,余公仁所编《燕居笔记》卷八为《杜丽娘牡丹亭还魂》,晁王栗《宝文堂书目》收录为《杜丽娘记》。

良救助，恰巧住在后花园里。柳梦梅无意中拾得杜丽娘自画像，日夜膜拜，声声呼唤，得与杜丽娘的鬼魂相会。经过掘墓开棺，杜丽娘起死回生，二人结为夫妻，遂双双南下寻找杜父，但杜宝以鬼魅为由不予相认；直至柳梦梅中了状元，皇帝出面主婚，事情才得以圆满解决。

当时的中国，封建统治者大力提倡程朱理学，鼓吹"存天理，灭人欲"，表彰贞妇烈女。天性遭否定，人性被压抑，多少年轻生命和美好感情被扼杀。针对残酷的社会现实，深受"王学"[①]和佛学影响并有着盛唐情结和浪漫情怀的汤显祖反对以天理抹杀个性，用伦理压制人情，明确提出振聋发聩的"至情论"，树起"以情反理"的大旗。在他看来，天下声容笑貌、大小生死，无不出乎情，世总为情，"生者可以死，死者可以生"乃为"至情"。在《牡丹亭·题词》中，他由衷地赞美道："天下女子有情，宁有如杜丽娘者乎！梦其人即病，病即弥连，至手画形容传于世而后死。死三年矣，复能溟莫中求得其所梦者而生。如丽娘者，乃可谓之有情人耳。情不知所起，一往而深。生者可以死，死可以生。生而不可与死，死而不可复生者，皆非情之至也。梦中之情，何必非真？天下岂少梦中之人耶？必因荐枕而成亲，待挂冠而为密者，皆形骸之论也……嗟夫！人世之事，非人世所可尽。自非通人，恒以理相格耳！第云理之所必无，安知情之所必有邪！"

汤显祖将坊间所流传的明代杜太守的女儿事与晋时武都太守李仲文和广州太守冯孝将的儿女事糅合到一起，在宋代话本小说《杜丽娘慕色还魂》的基础上，加以改造和增饰，演绎出杜丽娘少女怀春，因情生梦，因梦而病，为情所困，抑郁而死，死后得到真爱、死而复生的奇幻经历；塑造了杜丽娘为情而生、为情而死的光彩照人的形象，使之成为中国古代爱情文学中，继崔莺莺之后出现的动人的女性形象之一。

《牡丹亭》所演绎的人物故事超越了生活常理，具有幻想浪漫性质；但就它所反映的社会生活面貌和人物的精神气质而言，却极其真实可信，具有巨大的震撼力和强烈的感染力。表面看去，杜丽娘过得十分光鲜，十分幸

[①] "王学"：指魏晋时期以王肃为首的经学派，与东汉末郑玄开创的经学派"郑学"相对。

福；其实，她心中异常悲苦，异常孤独。人生苦短，青春易逝，哪里才能找到本来应该得到并享有的青春和爱恋？封建礼教、清规戒律压抑得人透不过气来，只能到虚幻的梦中去寻寻觅觅，借以排遣悲愁。杜丽娘不像崔莺莺那样幸运地遇到了张君瑞，展开一场实实在在、轰轰烈烈的爱恋；她具有强烈的主体意识和浓厚的浪漫气息，自始至终都活在自己刻意营造的梦幻世界当中。少女的怀春苦闷在梦中被催醒，并在梦中完成了与情人的沟通，以至梦醒后的现实世界带给她的是更深更多的失望和惆怅。她明知梦幻不是现实，仍然宁愿在梦中享受那虚无缥缈的"甜蜜"，却不肯面对真实的现实生活。生生死死，阴阳两界，虚幻的描写带来朦胧的美感，也使这段爱情在得失之间凄美之极而又感人至深。汤显祖精准掌控着人物基调，拿捏着情感分寸，惟妙惟肖地表现出太守千金杜丽娘深厚的文化底蕴及大家闺秀应有的内涵修养，真实而不露骨，含蓄但不俗气。汤显祖赞美了"一往而深""生者可以死，死可以生"的至情，肯定了萌发于天性、流动在内心、不可遏止的美好情欲，表现出对生命意识的认知，对个体生命的极端尊重。《牡丹亭》揭示出封建礼教与男女纯真爱情之间的尖锐矛盾，暴露了封建统治阶级家庭的冷酷和虚伪，在抨击封建礼教的同时，热情呼唤个性解放，因而具有强烈的反抗精神和鲜明的时代意义。

三

《牡丹亭》是一部浪漫主义杰作，幻想色彩非常鲜明，运用奇特巧妙、恍惚迷离的叙事手段讲述杜丽娘的人生，主线鲜明，层次清晰。剧中设置了大量的梦境，朦朦胧胧，虚无缥缈，极有韵味。清新脱俗的唱词，诗一般的独白，缤纷的意象，大量典故及双关语的运用，表达出对爱情的向往和追求，以及梦境醒来依然是残酷现实的苦闷。在现实与梦幻、阳间与阴间、人与鬼之间的巧妙转换中，令人捕捉感受到独特的意、趣、神、色，表达出对人间真性情和男女至爱的认同和肯定、品味和陶醉。

《牡丹亭》具有浓郁的抒情诗的色彩，处处充满诗的意境，最能显示出中国戏曲独树一帜的美。昆曲是明清传奇的最佳载体，昆曲《牡丹亭》是两者结合的典范。兴盛了四百多年的昆曲，继承了中国戏曲的传统和精华，在文学、音乐、表演、理论诸多方面都达到高度成熟和全面精致，不愧为"百戏之祖"。汤显祖的《牡丹亭》可以用多种声腔演唱，但唯有昆曲最能生动、传神、形象地体现其神韵。脍炙人口的"游园惊梦"堪称《牡丹亭》全剧的精彩片段。"游园"描写杜丽娘厌倦了私塾先生古板枯燥的讲书，在丫鬟春香陪伴下游览后花园，面对姹紫嫣红的春色，春情"自我萌发"，不禁慨叹："良辰美景奈何天，赏心乐事谁家院！"她不甘心做循规蹈矩的闺阁典范，大胆披露内心欲望"一生儿爱好是天然"，渴望过"花花草草由人恋，生生死死随人愿，酸酸楚楚无人怨"的自由生活。满园春色催醒了她的爱欲，被压抑的情感在睡梦中冲破牢笼，到广阔天地里去寻找本该属于自己的那一份幸福生活。"惊梦"则描写她与柳梦梅在梦中相遇，到牡丹亭畔幽会，无拘无束地与意中人享受美好的时光。正当二人情意缱绻之时，杜丽娘突然从梦中惊醒，不得不又回到严酷的现实中来，满腹无比的惆怅。"游园惊梦"是生旦对儿戏，唱做繁重，载歌载舞，最见演员功力。

戏剧不同于平面文学，它的生命力必须充分流泻到舞台上，呈现为活色生香的戏剧场面。汤显祖晚年曾自评说："一生'四梦'，得意处惟在《牡丹》。"[①]由于《牡丹亭》兼具戏曲经典与文学名著双重身份，自然成为搬演的热点：包括全国七大昆剧团联袂合作的大师版、上海昆曲的典藏版、浙江昆曲的御庭版、苏州昆曲的青春版、江苏昆曲的南昆版、北方昆曲的大都版、湖南昆曲的天香版、永嘉昆曲的永嘉版、以北京皇家粮仓为代表的厅堂版、以张军领衔制作的上海朱家角园林版、苏州昆剧院的原昆剧传习所旧址园林实景版，以及台湾兰庭昆剧团多样化小剧场上演的多个版（如2013年的《雅韵兰庭》版、《移动的〈牡丹亭〉》版）等，应有尽有。《牡丹亭》演出的文本类型繁多，从形制样式上看有折子、半本、概本（大本）、类全本、连台本之别；从内容上看有原著本、浓缩版、删减本、改编本、解构本等品类。从声腔剧种来看《牡丹亭》的种类，除京昆外，还有赣剧、粤剧、越剧、采茶戏、婺剧、豫剧、秦腔、黄梅戏、北路梆子等，均有大本演出；另外还有川剧、闽剧、木偶剧、青海平弦戏的经典折子，各具风采，各有绝

---

① 见《汤显祖全集》，北京古籍出版社，1998年。

活。2016年国际戏剧大师汤显祖文化传播研讨会暨"杜丽娘返乡省亲晚会"别出心裁,由昆曲、京剧、越剧、盱河高腔、黄梅戏、川剧、赣剧、芭蕾舞剧、话剧、肢体剧,分别演出《牡丹亭》片段。此外《牡丹亭》还被改编成话剧、舞剧、歌剧,以及戏曲电影、昆曲园林实景演出和电视连续剧等,美轮美奂,争奇斗艳。

四

值得一提的是青春版昆曲《牡丹亭》。世纪之交,在昆曲存亡继绝的关键时刻,白先勇怀着敬畏和热忱,联合两岸的同道和知音精心打造出青春版《牡丹亭》。一时风头甚健,好评如潮,被称为《牡丹亭》文化现象。在这个物欲横流、消费主义文化泛滥,不少人正渐渐远离艺术的审美、探索和追求,而走向平庸和肤浅的物质时代,集诗、画、文、情为一体的青春版《牡丹亭》,有如一阵清新和煦的春风,送来生命的气息;有如潺潺的清溪,涤荡着人性中的污泥浊水;有如醍醐灌顶,润泽着人们焦灼枯萎的心灵……青春版《牡丹亭》用青春的元素激活并展示出古典戏曲的最高范型,堪称世纪之交戏曲舞台的重大收获,令人感到惊喜和充实。

青春版《牡丹亭》不是个别精英的案头清供和摩挲珍品,它借助于青春的载体,表现青春和爱情,以其巨大的艺术魅力征服了从小看着美国大片和日本卡通而长大成人的中国青年学子,在海内外许多院校刮起了阵阵旋风。在对传统文化相对忽视、古典美学相对薄弱的大学校园里,青春版《牡丹亭》为正在忍受着"美的饥渴"煎熬的当代大学生们送来了色、香、味俱全的艺术珍馐,怎能不令这些莘莘学子欢呼雀跃呢?

大凡经典名著都具有丰富的内涵和强大的生命力,被公认为传奇翘楚,曾经"几令《西厢》减价"的爱情宝典《牡丹亭》当然也是说不尽的,因而才为后人留下了广阔的再创造空间。

周传家

题　词 / 001

第 一 出　标　目 / 004
第 二 出　言　怀 / 008
第 三 出　训　女 / 014
第 四 出　腐　叹 / 021
第 五 出　延　师 / 026
第 六 出　怅　眺 / 032
第 七 出　闺　塾 / 039
第 八 出　劝　农 / 047
第 九 出　肃　苑 / 055
第 十 出　惊　梦 / 062
第十一出　慈　戒 / 074
第十二出　寻　梦 / 077
第十三出　诀　谒 / 086
第十四出　写　真 / 091
第十五出　虏　谍 / 099
第十六出　诘　病 / 103
第十七出　道　觋 / 109
第十八出　诊　祟 / 118
第十九出　牝　贼 / 126
第二十出　闹　殇 / 129
第二十一出　谒　遇 / 140
第二十二出　旅　寄 / 149
第二十三出　冥　判 / 154
第二十四出　拾　画 / 172
第二十五出　忆　女 / 177

第二十六出　玩　真 / 181
第二十七出　魂　游 / 186
第二十八出　幽　媾 / 194
第二十九出　旁　疑 / 203
第 三 十 出　欢　挠 / 209
第三十一出　缮　备 / 215
第三十二出　冥　誓 / 220
第三十三出　秘　议 / 230
第三十四出　诇　药 / 235
第三十五出　回　生 / 239
第三十六出　婚　走 / 245
第三十七出　骇　变 / 254
第三十八出　淮　警 / 259
第三十九出　如　杭 / 263
第 四 十 出　仆　侦 / 268
第四十一出　耽　试 / 273
第四十二出　移　镇 / 281
第四十三出　御　淮 / 287
第四十四出　急　难 / 293
第四十五出　寇　间 / 298
第四十六出　折　寇 / 303
第四十七出　围　释 / 309
第四十八出　遇　母 / 318
第四十九出　淮　泊 / 325
第 五 十 出　闹　宴 / 332
第五十一出　榜　下 / 341
第五十二出　索　元 / 346
第五十三出　硬　拷 / 352
第五十四出　闻　喜 / 364
第五十五出　圆　驾 / 370

题　词

原文

　　天下女子有情，宁有如杜丽娘者乎！梦其人即病，病即弥连①，至手画形容②传于世而后死。死三年矣，复能溟莫③中求得其所梦者而生。如丽娘者，乃可谓之有情人耳。情不知所起，一往而深。生者可以死，死可以生。生而不可与死，死而不可复生者，皆非情之至也。梦中之情，何必非真？天下岂少梦中之人耶！必因荐枕而成亲，待挂冠而为密④者，皆形骸⑤之论也。传杜太守事者，仿佛晋武都守李仲文、广州守冯孝将儿女事⑥。予稍为更而演

---

① 弥连：同"弥留"，指病入膏肓。
② 手画形容：亲手画下自己的容貌。形容，外形容貌。
③ 溟（míng）莫：即"溟漠"，幽晦广远，指冥界，俗称阴间。
④ 密：指归隐。
⑤ 形骸：外形、容貌，此指表面、肤浅。
⑥ 传杜太守事者，仿佛晋武都守李仲文、广州守冯孝将儿女事：指本剧中杜太守的故事来源。《牡丹亭》中杜丽娘与柳梦梅梦中相会、掘坟开棺、还魂重生、结为夫妇等主要情节，来源于话本小说《杜丽娘慕色还魂》。《搜神后记》中载，晋武都太守李仲文丧女，暂葬郡城之北。其后任张世之的儿子子常，梦女来就，遂共枕席。后发棺视之，女尸已生肉，颜姿如故。但因被发棺，未能复生。冯孝将儿女事也在《搜身后记》中有记载，冯孝将为广州太守时，他的儿子梦见一女子说："我是前太守北海徐玄方女，不幸早亡，亡来今已四年，为鬼所枉杀。……应为君妻。"后在本命年的生日，掘棺开视，女子体貌如故，遂为夫妇。仿佛，仿照，模仿。

之①。至于杜守收拷柳生，亦如汉睢阳王收拷谈生②也。嗟夫！人世之事，非人世所可尽。自③非通人，恒以理相格④耳。第⑤云理之所必无，安知情之所必有邪！

万历戊戌秋清远道人题

精彩解说

《牡丹亭》的《题词》，收录进了《汤显祖诗文集》第三十三卷中。

汤显祖一生的作品，以"临川四梦"（《牡丹亭》《紫钗记》《南柯记》《邯郸记》）最为著名。他曾自述："一生'四梦'，得意处惟在《牡丹》。"他之所以特别钟爱《牡丹亭》，是因为该传奇书写了杜丽娘因情而死又因情而生的神奇故事，杜丽娘的传奇人生体现的"情不知所起，一往而深。生者可以死，死可以生"的精神，正符合他所追求"情之至"的境界。

《牡丹亭》以五十五出的篇幅，来演绎这个"情之至"的主题，作者借简短的《题词》，阐述了全剧的创作纲领。

杜父请来塾师陈最良，原本希望以歌咏"后妃之德"的《关雎》，来对

---

① 更而演之：加以改编、演绎。
② 汉睢阳王收拷谈生：指本剧中"杜守拷柳生"的故事来源。《太平广记》引《列异传》载：汉谈生，四十无妇，夜半读书，有女子来就生为夫妇，约三年中不能用火照。后生一子，已二岁，生夜伺其寝，以烛照之，腰上已生肉，腰下但有枯骨。妇觉，引生至一华堂，以一珠袍与生，并裂取生衣裾而去。后生持袍诣市，睢阳王家买之。王识女袍，以生为盗墓贼，乃收拷生。生以实对，王犹不信，"乃视女冢，冢完如故。发视之，果棺盖下得衣裾。呼其儿正类王女，王乃信之。即召谈生，复赐遗衣，以为主婿"。
③ 自：假如。
④ 格：推究。
⑤ 第：但，且。

爱女杜丽娘实施传统礼教，岂料杜丽娘毕竟是一个青春少女，她在游园中，被"姹紫嫣红开遍"的春色所震撼，唤醒了生命深处的情欲和对美好爱情的神往，做了个情梦，因情而病而死。最后，为了与梦中的情人在一起，追求个性解放、爱情婚姻自由，死而复生。可以说，她以情完成了对传统礼教的突破和超越。

这应该是作者汤显祖创作《牡丹亭》的初衷。

第一出① 标 目②

原文

【蝶恋花】③（末④上）忙处抛人闲处住⑤，百计思量，没个为欢处。白日消磨肠断句，世间只有情难诉⑥。玉茗堂⑦前朝复暮，红烛

---

① 出：戏曲传奇剧本体制单位，相当于元杂剧的"折"或现代戏剧中的"场"。
② 标目：又称"家门""家门引子"，中国古代戏曲传奇的第一出，即开场白、引子，用以说明创作的缘起和剧情梗概，不属于正戏，第二出开始才是正戏。
③【蝶恋花】：曲牌名。中国古代戏曲传奇的音乐采取曲牌联套的形式，所有登场的角色都可以演唱。此曲唱出了创作缘起。
④ 末：中国古代戏曲的角色名称，一般扮演中老年男子。男角除末外，还有生、外、净、丑等。
⑤ 忙处抛人闲处住：作者汤显祖离开纷扰的官场而闲居家乡临川，于当年秋天创作完成《牡丹亭》。忙处，官场。闲处，指闲散的地方。
⑥ 吴吴山三妇合评本《牡丹亭·标目》评曰："情不独儿女也，惟儿女之情最难告人，故千古忘情人，必于此处看破。然看破而至于相负，则又不及情矣。"
⑦ 玉茗堂：汤显祖离开官场返回临川后，所建写作、会客、家宴和演戏的场所。玉茗，白山茶花。他的代表作"临川四梦"，又名"玉茗堂四梦"。

迎人①，俊得江山助②。但是③相思莫相负，牡丹亭上三生路④。

【汉宫春】杜宝黄堂⑤，生丽娘小姐，爱踏春阳⑥。感梦书生折柳，竟为情伤。写真⑦留记，葬梅花道院凄凉。三年上，有梦梅柳子，于此赴高唐⑧。果尔回生定配，赴临安⑨取试，寇起淮扬。正把杜公围困，小姐惊惶。教柳郎行探，反遭疑激恼平章⑩。风流况⑪，施行⑫正苦，报中

---

① 红烛迎人：指到了夜晚。语出《全唐诗》卷九韩翃《赠李翼》的"楼前红烛夜迎人"之句。
② 俊得江山助：我创作的美文得益于江山之美相助。俊，美的意思，此指文章的秀美。《文心雕龙》卷十《物色》有"然屈平所以能洞鉴风骚之情者，抑亦江山之助乎！"之句。
③ 但是：只要。
④ 牡丹亭上三生路：剧中杜丽娘死而复生，在牡丹亭与柳梦梅梦中再续前缘。三生，佛教中有前生、今生、来生之说。《太平广记》中记载了一个唐代的传奇故事：李源与惠林寺僧圆观友谊深厚，曾同游三峡。圆观临终时对李源说，十二年后在杭州天竺寺外再相见。十二年后，李源如期而至，在三生石下，他看见一个牧童，牧童就是圆观死后转生的后身。三生石在杭州灵隐，即传说李源会见牧童的地方。
⑤ 黄堂：本指太守衙中的厅堂，后借指太守，剧中指杜宝。
⑥ 踏春阳：踏青，游春。唐代段成式《酉阳杂俎·诺皋记》载："元和初，有一士人失姓字，因醉卧厅中。及醒，见古屏上妇人等，悉于床前踏歌，歌曰：'长安女儿踏春阳，无处春阳不断肠。舞袖弓腰浑忘却，蛾眉空带九秋霜。'"
⑦ 写真：画像。
⑧ 赴高唐：战国时宋玉所作《高唐赋》序中写楚怀王游高唐时梦见一美妇，这个美妇说她是"巫山之女""高唐之客"，两人于梦中交欢。临别时，美妇说，她在巫山的南面，"旦为朝云，暮为行雨。朝朝暮暮，阳台之下"。后来楚怀王为她立庙，叫朝云。高唐、云雨、巫山、阳台、楚台，后来被用来指男女欢会。
⑨ 临安：杭州。宋高宗南渡后置行宫于杭州，升杭州为临安府。
⑩ 平章：古代官名，原为平章军国重事或平章军国事的省略，宋制，相当于丞相，元明后指地方高级长官。这里指杜宝。
⑪ 风流况：风流事。况，情况，作事情解。
⑫ 施行：用刑，执行刑法。行，朱墨本作刑。

状元郎。

①杜丽娘梦写丹青②记。

陈教授说下梨花枪③。

柳秀才偷载回生女。

杜平章刁打状元郎。

精彩解说

中国古代戏曲传奇的第一出，即开场白、引子，用以说明创作的缘起和剧情梗概，不属于正戏，第二出开始才是正戏。

本出《标目》就是标明纲目，概括全剧的主要故事情节，让观众对全剧充满期待。

"玉茗堂前朝复暮"一句，道出了作者创作的甘苦。明万历二十六年（1598年），汤显祖时年四十九岁，他离开纷扰的官场，回到家乡临川，他以宋代话本小说《杜丽娘慕色还魂》为蓝本，对故事素材进行情节扩充和主题改造，结合自身多年的宦海生涯和人生经历，创作出辞藻华丽媲美屈宋、情节曲折堪比《西厢记》的名作《牡丹亭》。但他的作品一时无人理会、理解，他在《七夕醉答君东二首》其一中写道："玉茗堂开春翠屏，新词传唱《牡丹亭》。伤心拍遍无人会，自掐檀痕教小伶。"发出了后世曹雪芹那样的慨叹："都云作者痴，谁解其中味！"

作者才情纵横，兴许经历过曲折哀婉的爱情，才发出"世间只有情难诉"之叹，这也是全剧的主旨。吴吴山三妇合评本《牡丹亭》评语："情不

---

① "杜丽娘梦写丹青记"四句：下场诗。这四句诗的内容是比前面【汉宫春】更为简略的剧情大要。中国古代传奇每一出结束时，人物下场时都会念下场诗，概括剧情大要，给人以启发或引人思考。

② 丹青：原指画中所用的颜料，后来代指绘画。

③ 陈教授说下梨花枪：本剧第四十七出《围释》中写杜宝派陈最良去招降李全，陈最良先说服了李全的妻子。教授，明代府学教官名，这里是对生员的尊称。陈教授即陈最良，杜丽娘的老师。梨花枪，此指李全妻。李全妻善使梨花枪，她曾对部下郑衍德等人说："二十年梨花枪，天下无敌手。"

独儿女也,惟儿女之情最难告人,故千古忘情人,必于此处看破。然看破而至于相负,则又不及情矣。"以致创作中,他直接将个人情感代入了剧情。相传汤显祖写《牡丹亭》时,运思独苦。有一天,家人没看到他,四处寻找,发现他趴在庭院中的柴薪上,正以衣袖掩泪,失声痛哭。家人大吃一惊,问他怎么回事,他说:"我正在填词,写到了'赏春香还是旧罗裙'这句。"

汤显祖借助"三生石"的传说,重点突出了《杜丽娘慕色还魂》中虚构的"牡丹亭"的地名,作为剧中杜丽娘死而复生,与梦中情人柳梦梅再续前缘的相会地点,也作为全剧的剧名。

世人为情欲牵系,生死相许,杜丽娘因游春而感梦,因梦而写真而死而复生,与爱恋对象柳梦梅再续前缘,演绎了一段荡气回肠的悲喜爱情故事,成就了一部流传百世、享誉中外的杰出剧作《牡丹亭》。

第二出 言 怀

> 原文

【真珠帘】（生①上）河东旧族、柳氏名门最②。论星宿，连张带鬼③。几叶④到寒儒，受雨打风吹。谩说⑤书中能富贵，颜如玉，和黄金那里？贫薄把人灰，且养就这浩然之气⑥。

---

①生：古代戏曲传奇中的角色名，指男主角，一般扮演青年男子，相当于元代杂剧中的正末。男角除生外，还有末、外、净、丑等。本剧"生"扮演柳梦梅。

②河东旧族、柳氏名门最：柳姓是河东郡的大姓望族。河东，秦汉时有河东郡，唐代以后泛指山西。古代戏曲人物出场，一般自报家门。柳梦梅自称是唐代著名文学家柳宗元（柳河东）的后代。这当然是作者的有意虚构，是为增添曲白的趣味性和生动性。

③论星宿（xiù），连张带鬼：用星宿说明河东的方位。张、鬼各为周天恒星二十八星宿之一。古代天文家把周天黄道的恒星分为二十八星座，以列宿与人间地域对应。张、柳、星三宿主三河（河南、河东、河内），鬼宿主雍州，与河东相邻，故称"连张带鬼"。

④几叶：几代。叶，世代。

⑤谩说：枉说，空说。"谩说书中能富贵……黄金那里"语出宋真宗赵恒《励学篇》（《劝学诗》）。

⑥浩然之气：刚直博大之气，表明儒者的精神修养。语出《孟子·公孙丑》的"我善养吾浩然之气"之句。

【鹧鸪天】①刮尽鲸鳌背上霜②,寒儒偏喜住炎方③。凭依造化④三分福,绍接⑤诗书一脉香。能凿壁,会悬梁⑥,偷天妙手绣文章⑦。必须砍得蟾宫桂,始信人间玉斧长⑧。小生姓柳,名梦梅,表字春卿。原系唐朝柳州司马柳宗元⑨之后,留家岭南。父亲朝散⑩之职,母亲县君⑪之

---

① 【鹧鸪天】:这是本出生角的上场诗。戏曲角色登场时常先念韵语数句,谓之"上场诗",可用前人成作,也可由剧作家自撰。其内容按人物的身份、年龄及剧情而有所不同。念过上场诗,接着便自述姓名、籍贯、身份,或交代与剧情有关的人物和情节。这里是剧作家自撰。
② 刮尽鲸鳌(áo)背上霜:刻苦发奋读书,但仍然没有考取状元。鲸鳌,即鳌,古代宫殿门前台阶上有鳌鱼浮雕,科举进士发榜时,状元在此台阶上接榜,故俗称中状元为独占鳌头。
③ 炎方:炎热地方,泛指南方。
④ 造化:造物主、上天,也指大自然。
⑤ 绍接:继承,接续。
⑥ 能凿壁,会悬梁:指勤学苦读。凿壁,凿壁偷光的省称,典出《西京杂记》卷二:"匡衡字稚圭,勤学而无烛。邻舍有烛而不逮,衡乃穿壁引其光,以书映光而读之。"悬梁,典出《太平御览》卷三六三引《汉书》:"孙敬字文宝,好学,晨夕不休。及至眠睡疲寝,以绳系头,悬屋梁。后为当世大儒。"
⑦ 偷天妙手绣文章:极言文才之高。语出宋代诗人陆游《文章》诗的"文章本天成,妙手偶得之"一句。妙手,指文才出众的作家。
⑧ 必须砍得蟾宫桂,始信人间玉斧长:意谓必得科举及第,才不辜负自己的文才。蟾宫,月宫,相传月宫中有蟾蜍、丹桂。玉斧,传说月宫中吴刚伐桂之斧。古时以科举及第为"蟾宫折桂"。
⑨ 唐朝柳州司马柳宗元:柳宗元(773—819年),唐代文学家。他曾被贬为永州司马,后迁柳州刺史,人因称为"柳柳州"。司马是隋唐时州郡太守(刺史)的属官,掌本府军事。
⑩ 朝散:朝散大夫的省称,文官职名。隋代始置,唐为从五品下,明代废。
⑪ 县君:唐代五品官妻子及母亲所受的封号。

封。（叹介①）所恨俺自小孤单，生事微渺②。喜的是今日成人长大，二十过头，志慧聪明，三场得手③。只恨未遭时势④，不免饥寒。赖有始祖柳州公，带下郭橐驼⑤，柳州衙舍，栽接花果。橐驼遗下一个驼孙，也跟随我广州种树，相依过活。虽然如此，不是男儿结果之场。每日情思昏昏⑥，忽然半月之前，做下一梦。梦到一园，梅花树下，立着个美人，不长不短，如送如迎。说道："柳生，柳生，遇俺方有姻缘之分，发迹⑦之期。"因此改名梦梅，春卿为字。正是：梦短梦长俱是梦，年来年去是何年！

【九回肠】⑧【解三酲】虽则俺改名换字，俏魂儿⑨未卜先知？定佳

---

① 介：戏曲术语，关于表演动作、表情、舞台效果的提示，南戏和传奇剧本中常用。
② 生事微渺：生活困难。生事，谋生之事，生活。微渺，渺茫没有着落。
③ 三场得手：乡试的三场考试全都顺利通过。古代科举考试分三个阶段：童生经考试及格，进入府、州、县学的称生员（秀才）；生员参加乡试取得举人资格；举人参加会试、廷试取为进士。乡试、会试全程都分三场，一场考三天。这里指柳梦梅经乡试取得举人资格。得手，得心应手，顺利通过。
④ 未遭时势：没有遇到机会，运气不好，指还没有考上进士。
⑤ 郭橐（tuó）驼：郭姓的驼背人。唐柳宗元写过《种树郭橐驼传》，写一郭姓驼背的种树人。作者将他杜撰为柳宗元的家仆。橐驼即骆驼。
⑥ 每日情思昏昏：语出王实甫杂剧《西厢记》第二本第一折【油葫芦】："每日价情思睡昏昏。"
⑦ 发迹：飞黄腾达，此指做官。
⑧ 【九回肠】：由下面【解三酲】【三学士】【急三枪】三支曲子组成，中国古代文学中称之为"集曲""犯调"。
⑨ 俏魂儿：俏丽的梦中美人。

期盼煞蟾宫桂,柳梦梅不卖查梨①。还则怕嫦娥妒色花颓气②,等的俺梅子酸心柳皱眉③,浑如醉。【三学士】无萤④凿遍了邻家壁,甚东墙不许人窥⑤!有一日春光暗度黄金柳,雪意冲开了白玉梅。【急三枪】那时节走马在章台⑥内,丝儿翠,笼定个百花魁⑦。

  虽然这般说,有个朋友韩子才,是韩昌黎⑧之后,寄居赵佗王台⑨。他虽

---

① 不卖查梨:不夸口说大话。查梨,一种形似梨子但味极涩的水果。卖查梨,指小贩高声叫卖,自卖自夸。元杂剧《百花亭》第三折的说白中,有卖查梨条的小贩的叫卖词两段,夸大地说自己东西如何好,如吃了可以"成双作对""调和脏腑""补虚平胃,止嗽清脾"等等。
② 嫦娥妒色花颓气:月宫中的嫦娥因妒忌花的美色,使它凋谢。花,指梦中梅花树下的美人。颓气,丧气,这里指花枯萎。吴枋《宜斋野乘·状元词误》条:"时人莫讶登科早,自是嫦娥爱少年。"
③ 等的俺梅子酸心柳皱眉:形容苦苦等待的心情。梅、柳都巧妙地嵌用了剧中人物柳梦梅的姓名。
④ 萤:晋代车胤好学不倦,家贫无油,夏天用绢袋装了很多萤火虫,用来照明读书。借用了车胤囊萤的典故,见《晋书》卷八十三车胤传。
⑤ "东墙"由上句"邻家壁"引起,有双关的意思,暗指男女相爱,典出战国楚宋玉《登徒子好色赋》:"天下之佳人……莫若臣东家之子……此女登墙窥臣三年。"
⑥ 章台:秦汉时代的宫殿名,本剧指京城内最繁华的地方。"那时节走马在章台内"句意为:到时候科举及第,在京城的御街上夸官游街。走马章台,借用张敞的故事,见《汉书》卷七十六本传。
⑦ 丝儿翠,笼定个百花魁:意为与官宦人家的小姐结亲。丝儿翠,即翠丝儿,指丝鞭,古代接受女家的丝鞭即表示结亲。百花魁,指梦中的美人。
⑧ 韩昌黎:唐代文学家韩愈,字退之,自称祖籍河北昌黎,世称昌黎先生。
⑨ 赵佗王台:即越王台。相传为西汉南越王赵佗所筑,在今广州市北面越秀山上。

是香火秀才①,却有些谈吐,不免随喜②一会。

③门前梅柳烂春晖。张窈窕
梦见君王觉后疑。王昌龄
心似百花开未得。曹　松
托身须上万年枝。韩　偓

精彩解说

本剧依照南曲戏文、明清传奇的传统惯例,在正剧开始后,就安排主要人物出场。本剧男主角柳梦梅先出场,再轮到女主角杜丽娘出场。

作者也是依照惯例,男主角柳梦梅出场后,开始自述身世,概言了他的人生经历,抒发了一番理想抱负。

柳梦梅自称是唐代大文学家柳宗元的后人,但后来家道中落,成了个穷秀才。虽然他一度有些消沉,但发奋苦读,希望有朝一日蟾宫折桂,考取头名状元,扭转命运。俗话说:"哪个男子不钟情,哪个女子不怀春。"他二十出头,年轻气盛,苦读之余,在园中做了个春梦,梦到一棵梅花树下,站立着个貌美的女子,对他脉脉含情。梦醒后,他难以忘怀,就改名"梦梅",足见他是个痴情男子。

这是《牡丹亭》整个梦中生情故事的一大线索,为后面杜丽娘托梦等故

---

① 香火秀才:即奉祀生。古时,凡为"贤圣"之后,可不经科举考试,直接赐予秀才功名,以管理先祖祠庙的祭祀。参见下文第六出:"表请敕封小生为昌黎祠香火秀才。"

② 随喜:游览寺院。佛家语,指见人做善事,随之而生欢喜心,自己也就有了同样的功德,见《华严经·普贤行愿品》。

③ "门前梅柳烂春晖"四句:下场诗。本剧除第一出外,每出的下场诗全部采用唐诗,大多数直接引用,少数加以改动。本书对改动的,保持剧作原貌。门前梅柳烂春晖:语本张窈窕《春思二首》之一,借"梅""柳"暗嵌柳梦梅的名字。梦见君王觉后疑:语本王昌龄《长信秋词五首》之四,指梦见美人而心中疑惑。心似百花开未得:语本曹松《南海旅次》。托身须上万年枝:语本韩偓《鹊》。后两句都表达了柳梦梅渴望取得功名。

事情节埋下了伏笔。

"柳生此梦,丽娘不知也;后丽娘之梦,柳生不知也",然而"各自有情,各自做梦,各不自以为梦,各遂得真"(吴吴山三妇合评本《牡丹亭》评语)。柳生与丽娘本来素昧平生,人生没有交集,但梦是自由的,在梦中无所不能,作者巧妙地用各自的春梦,设计梦到彼此,就此"为情而梦,因梦生情",男女主角各自寻找梦中人,层层延展铺开,激发了观众和读者对一场人鬼相遇的奇异爱情故事的极大兴致和满心期待。

在柳生的春梦中,梦中美人对他说:"你遇到我才会萌生姻缘,发迹指日可待。"这又为日后柳梦梅赴京赶考、高中状元埋下了伏笔,这是本剧的另一条故事主线,不妨称之为事业线。整部《牡丹亭》可以归结为爱情线和事业线交错展延递进的情节结构。

毕竟,"洞房花烛夜,金榜题名时"是古代文人想要获得的最理想和最完美的人生。柳生得了梦中美人的激励,他的发奋动力被推到了极致。

可以想见,当时《牡丹亭》的广泛演出,激励了多少读书人去孜孜追求那样的人生梦想!

第三出 训 女

原文

【满庭芳】(外①杜太守上)西蜀名儒,南安②太守,几番廊庙江湖③。紫袍金带④,功业未全无。华发⑤不堪回首。意抽簪万里桥西⑥,还只怕君恩未许,五马欲踟蹰⑦。

---

① 外:中国古代戏曲角色名,扮演老年男子。本剧中指杜宝。
② 南安:宋代有南安军,明代设南安府,属江西省,府治在大庾。
③ 几番廊庙江湖:几次出仕又退隐江湖。廊庙,指在朝廷做官;江湖,隐士所居,指在野,不做官。
④ 紫袍金带:贵官的朝服。唐代五品以上官穿朱红或紫色的袍服,宋代四品以上官才能腰系金带。剧中指杜宝位居高官。
⑤ 华发:即花发,头发花白。指老年。
⑥ 意抽簪万里桥西:想弃官归隐故乡。古时仕宦之人用簪子束发戴冠,抽簪就是不束发戴冠,引申作辞官归隐。万里桥,在今四川成都市南,桥西有杜甫浣花草堂。杜宝自称是杜甫的后人,所以以"万里桥"指代故乡。
⑦ 五马欲踟(chí)蹰(chú):去留难以确定。五马,古时太守出行,以五匹马驾车,因以五马代指太守。踟蹰,徘徊。语出汉乐府诗《陌上桑》的"使君从南来,五马立踟蹰"之句,本剧剧情与《陌上桑》故事情节无关。"还只怕君恩未许,五马欲踟蹰"语出宋代辛弃疾的词《沁园春·带湖新居将成》的"怕君恩未许,此意徘徊"之句。

一生名宦守南安,莫作寻常太守看。到来只饮官中水①,归去惟看屋外山。自家南安太守杜宝,表字子充,乃唐朝杜子美②之后。流落巴蜀,年过五旬。想廿岁登科③,三年出守,清名惠政,播在人间。内有夫人甄氏,乃魏朝甄皇后④嫡派。此家峨眉山,见世出贤德。夫人单生小女,才貌端妍,唤名丽娘,未议婚配。看起自来淑女,无不知书。今日政有余闲,不免请出夫人,商议此事。正是:中郎学富单传女,伯道官贫更少儿⑤。

【绕池游】(老旦⑥上)甄妃洛浦,嫡派来西蜀,封大郡南安杜母⑦。

---

① 到来只饮官中水:形容杜宝做官廉洁,用晋代邓攸典故。《晋书》卷九十本传记载,邓攸做吴郡太守,不受俸禄,自己运米到任,只饮用当地的水而已。语出《全唐诗》卷二十四方干《献浙东王大夫二首》的"到来唯饮长溪水,归去应将一个钱"之句。

② 杜子美:唐代大诗人杜甫,字子美。杜甫因安史之乱而流落成都,所以下文说"流落巴蜀"。

③ 登科:指考取进士。唐代设科取士,有明经、进士、明法、明算等科。后来考取进士的就叫登科,也称及第。

④ 甄(zhēn)皇后:魏文帝曹丕的皇后甄氏。

⑤ 中郎学富单传女,伯道官贫更少儿:意为杜宝膝下有女无儿,甚是遗憾。中郎,指蔡邕,东汉末著名学者,做过中郎将的官。他只有一个女儿蔡琰,字文姬,是有名的才女,见《后汉书》卷六十下《蔡邕列传》、卷八十四《列女传·董祀妻》。伯道,晋代人邓攸,字伯道。他任河东太守时,遭遇石勒之乱,为保全侄子,将自己的儿子丢弃,此后再无儿子了。语出韩愈《游西林寺题萧二兄郎中旧堂》的"中郎有女能传业,伯道无儿可保家"之句。

⑥ 老旦:古代戏曲角色名,扮演老年女性。传奇的女主角由旦扮演,相当于元杂剧中的正旦。贴,即贴旦,也是女角,扮演侍女。女角有时也可由净、丑扮演。本剧中,老旦扮演杜丽娘之母,旦扮演杜丽娘,贴旦扮演春香。

⑦ 封大郡南安杜母:杜宝妻封为南安郡夫人。郡夫人是宋代朝廷册封官外命妇的一个等级,受朝廷封号的妇女叫命妇。

（见介）（外）老拜名邦无甚德，（老旦）妾沾封诰①有何功！（外）春来闺阁闲多少？（老旦）也长向花阴课女工②。（外）女工一事，女孩儿精巧过人。看来古今贤淑，多晓诗书。他日嫁一书生，不枉了谈吐相称。你意下如何？（老旦）但凭尊意。

【前腔③】（贴持酒壶随旦上）娇莺欲语，眼见春如许。寸草心怎报得春光一二④！

（见介）爹娘万福⑤。（外）孩儿，后面捧着酒肴，是何主意？（旦跪介）今日春光明媚，爹娘宽坐后堂，女孩儿敢进三爵之觞⑥，少效千春之祝。（外笑介）生受⑦你。

【玉山颓】（旦进酒介）爹娘万福，女孩儿无限欢娱。坐黄堂百岁春光，进美酒一家天禄⑧。祝萱花椿树⑨，虽则是子生迟暮，守得见这蟠桃熟⑩。（合）且提壶，花间竹下长引着凤凰雏⑪。

（外）春香，酌小姐一杯。

---

① 封诰：朝廷授予五品以上官员及命妇的封典诰命。
② 女工：即女红，指女子所作纺织、刺绣、缝纫等针线活。
③ 前腔：南曲某一曲牌在剧中连用两次以上，第二次时及之后曲牌名不重出，省称前腔。
④ 寸草心怎报得春光一二：比喻父母的恩情很深，子女难以报答，犹如小草报答不了春光的化育之恩。语出孟郊《游子吟》的"谁言寸草心，报得三春晖"之句。
⑤ 万福：古代妇女行的一种礼节，敛衽，向人道万福，即口称"万福"。
⑥ 三爵之觞（shāng）：进三杯酒。爵，雀型酒器；觞，本义为盛满酒的酒器，作动词时有敬酒、饮酒的意思。
⑦ 生受：对人道谢语，有辛苦、麻烦、难为的意思。
⑧ 天禄：代称酒。见《汉书》卷二十四《食货志》的"酒者天之美禄"句。
⑨ 萱花椿树：代称父母。萱花，即萱草，一名忘忧草，指母；椿树以长寿著称，指父。
⑩ 蟠桃熟：指晚年得子。蟠桃，神话中的仙桃，相传三千年结一次果实。
⑪ 凤凰雏：喻男孩和女孩。凤凰，传说中的百鸟之王。全句系祝愿之辞，意思说生子虽晚，终必儿女双全，非比寻常。

【前腔】吾家杜甫,为飘零老愧妻孥①。(泪介)夫人,我比子美公公更可怜也。他还有念老夫诗句男儿,俺则有学母氏画眉娇女②。(老旦)相公休焦,倘若招得好女婿,与儿子一般。(外笑介)可一般呢!(老旦)"做门楣③"古语,为甚的这叨叨絮絮,才到的中年路。(合前④)

　　(外)女孩儿,把台盏收去。(旦下介)(外)叫春香。俺问你:小姐终日绣房,有何生活⑤?(贴)绣房中则是绣。(外)绣的许多?(贴)绣了打绵⑥。(外)什么绵?(贴)睡眠。(外)好哩,好哩。夫人,你才说"长向花阴课女工",却纵容女孩儿闲眠,是何家教?叫女孩儿。(旦上)爹爹有何吩咐?(外)适问春香,你白日眠睡,是何道理?假如刺绣余闲,有架上图书,可以寓目。他日到人家,知书知礼,父母光辉。这都是你娘亲失教也。

【玉抱肚】宦囊清苦,也不曾诗书误儒。你好些时做客为儿⑦,有

---

① 妻孥:妻子和儿女。
② 他还有念老夫诗句男儿,俺则有学母氏画眉娇女:杜宝羡慕杜甫还有诵读杜甫诗作的儿子,遗憾自己只有学母亲画眉的女儿。本剧作者化用了杜甫《遣兴》的"骥子好男儿,前年学语时。问知人客姓,诵得老夫诗"和《北征》的"瘦妻面复光,痴女头自栉。学母无不为,晓妆随手抹。移时施朱铅,狼藉画眉阔"的诗句。
③ 做门楣:女儿嫁一个富贵女婿,替娘家撑了门面。唐明皇宠幸杨贵妃,杨氏一家都得到高官厚禄,当时流传着一首民谣:"生男勿喜女勿悲,君今看女作门楣。"门楣,门上的横梁,指代门面。
④ 合前:此处重复前一曲调的末几句,即"且提壶,花间竹下长引着凤凰雏"。南曲同一曲牌连用两次以上,结尾相同的数句合唱词,叫合头,简写作"合"或"合前"。
⑤ 生活:活计,工作。
⑥ 打绵:纺纱。原意是纺棉纱,这里用作"打眠"的谐音。
⑦ 做客为儿:古代民俗,认为女儿在母家好像做客一样。见明代吕坤《闺范》卷二的"世俗女子在室,自处以客,而母亦客之"之句。

一日把家当户。是为爹的疏散不儿拘①,道的个为娘是女模②。

【前腔】(老旦)眼前儿女,俺为娘心苏体劬③。娇养他④掌上明珠,出落的⑤人中美玉。儿呵,爹三分说话你自心模⑥,难道八字梳头做目呼⑦。

【前腔】(旦)黄堂父母,倚娇痴惯习如愚。刚打⑧的秋千画图,闲榻⑨着鸳鸯绣谱。从今后茶余饭饱破工夫,玉镜台前插架书。

(老旦)虽然如此,要个女先生讲解才好。(外)不能勾。

【前腔】后堂公所⑩,请先生则是黉门⑪腐儒。(老旦)女儿呵,怎念遍的孔子诗书,但略识周公礼数⑫。(合)不枉了银娘玉姐只做

---

① 不儿拘:"不拘儿"的倒文,意为不加约束。

② 女模:女儿的榜样。

③ 心苏体劬(qú):身体很累心里却高兴。苏,同"疏",精神放松。劬,辛劳。

④ 现代汉语中的人称代词"他""她""它"之分,是在"五四"新文化运动后才出现在现代汉语中,而在汤显祖创作《牡丹亭》的时代,不管男、女还是人、物用代词"他"。本书保留原著写法,不将"他"作区分更改。

⑤ 出落的:显出,弄得,这里有长成的意思。

⑥ 模:同"摸",揣摩、体会。

⑦ 难道八字梳头做目呼:难道一个小姐连字也不识。八字梳头,古代女子的一种头梳,这里指小姐。做目呼,把四字认作了目字,意思是不识字。见《雍熙乐府》卷十四《集贤宾·知几》的"目乎四倒精细省,凭何作证,淡文章改做了受生经"之句。

⑧ 打:勾画,用作动词。

⑨ 榻:同"搨",影摹。学习绘画写字,将纸覆盖在字画上面依样描摹。这里指摹画绣谱上的图样。

⑩ 后堂公所:官府、衙门里面的后院,是官员的住宅。

⑪ 黉(hóng)门:古代学堂的门,借指学堂。

⑫ 周公礼数:礼数,礼节。相传周公(周武王的弟弟姬旦)作《周礼》。

个纺砖儿,谢女班姬女校书①。

（外）请先生不难,则要好生管待。

【尾声】说与你夫人爱女休禽犊②,馆明师③茶饭须清楚。你看我治国齐家也则是数卷书。

　　　　往年何事乞西宾④。　柳宗元

　　　　主领春风只在君⑤。　王　建

　　　　伯道暮年无嗣子⑥。　苗　发

　　　　女中谁是卫夫人⑦？　刘禹锡

精彩解说

　　本出《训女》主要人物是南安太守杜宝,他自叙身世,感叹有女无儿,甚觉遗憾。他虽然恪守礼教传统,但认为"自来淑女,无不知书",就决定同夫人商量,给女儿杜丽娘请一位塾师授课,希望女儿能够"知书知礼",

---

① "不枉了银娘玉姐只做个纺砖儿"二句：官家小姐只会做点儿女工,岂不冤枉,应该做谢道韫、班昭一样的女才子。银娘、玉姐,是女孩儿常取的名字,这里指官府小姐。纺砖儿,纺锤。谢女,东晋著名才女谢道韫,其咏雪诗句"柳絮因风起"名传遐迩。班姬,东汉著名才女班昭,因补写哥哥班固写的《汉书》而流芳百世。校书,官名；女校书,喻指才女。

② 休禽犊：不要溺爱子女。禽犊,鸟兽疼爱幼仔,比喻父母溺爱子女。

③ 馆明师：聘请有学问的先生坐馆授课。

④ 往年何事乞西宾：指杜府准备请老师教管杜丽娘。语本柳宗元《重赠二首》之二。西宾,也叫西席。中国古时官宦人家请先生,座位坐西朝东,表示尊敬,后来以西席（西宾）代称塾师。

⑤ 主领春风只在君：指希望老师来教管女儿。语本王建《对酒》。春风,比喻教育。

⑥ 伯道暮年无嗣子：杜宝感叹自己年老无子,语本苗发《送孙德谕罢官往黔州》。

⑦ 女中谁是卫夫人：杜宝希望女儿成为卫夫人那样的才女。语本刘禹锡《答前篇》。卫夫人,东晋著名书法家,这里泛指有才学的女子。

光耀门楣。

杜宝作为"西蜀名儒",他听女儿的侍女春香说,小姐"白日睡眠",就责备夫人"纵容女孩儿闲眠,是何家教"。这个情节塑造了杜宝的严父形象。正因为杜宝是这样一个古板严厉的父亲,杜丽娘"终日绣房",生活得枯燥沉闷。这为后续的剧情埋下了伏笔:杜丽娘长到十六岁还不知道府上有个后花园,以至在春香唆使下去游园,竟然触景伤情,感受到美好青春被禁锢、生命活力被扼杀的悲哀。

杜丽娘是个端妍恭顺的大家闺秀,她严格约束自己和春香的言行,认为"那贤达女,都是些古镜模",规劝春香"你便略知书,也做好奴仆"。

杜宝为女儿延师教读,本希望女儿"知书知礼",以便"他日嫁一书生,不枉了谈吐相称"。他甚至以自己数卷书修身齐家做榜样,鼓励女儿做个谢道韫和班姬一样的才女。这为《延师》《闺塾》等出情节做了铺垫。杜丽娘"白日睡眠",又为《惊梦》的剧情情节埋下了伏笔。

男主角柳梦梅在第二出《言怀》中登场之后,本出是女主角杜丽娘的第一次出场。在结构上,从《训女》开始,《闺塾》《惊梦》《寻梦》《写真》《诘病》《道觋》《诊祟》《闹殇》等出,逐一展开杜丽娘如何因情生病,如何病体沉重,如何为情而亡的主线情节。

作为杜丽娘的贴身丫鬟,春香也在本出上场,她与小姐和老爷的几句对白,一方面初步凸现了她狡黠活泼、伶牙俐齿的性格特征,另一方面也奠定了全剧在爱情悲喜剧主线下,穿插着些许插科打诨、幽默风趣插曲的基调。

第四出 腐 叹

> 原文

【双劝酒】(末老儒上)灯窗苦吟,寒酸撒吞①。科场苦禁②,蹉跎直恁③!可怜辜负看书心。吼儿病④年来进侵。

咳嗽病多疏酒盏,村童俸薄减厨烟。争知天上无人住,吊下春愁鹤发仙⑤。自家南安府儒学生员⑥陈最良,表字伯粹。祖父行医,小子自幼习儒。十二岁进学,超增补廪⑦。观场⑧一十五次。不幸前任宗

---

① 撒吞:宋元时期俚语,装呆卖傻。吞,痴呆。
② 科场苦禁:科举考试屡屡失意,一直没有考取(举人)。禁,禁受、抑止的意思。
③ 直恁(nèn):竟然到了这个样子。
④ 吼儿病:哮喘病。
⑤ 争知天上无人住,吊下春愁鹤发仙:语出《全唐诗》卷六百二十八陆龟蒙《自遣诗》的"争知天上无人住,亦有春愁鹤发翁"之句。争,怎。鹤发仙,白发仙人,这里指老人,陈最良自喻。
⑥ 儒学生员:儒学,古代各府州县所设立的学堂。儒生经县考、府考,再赴全省学政的院(道)考,取中了,才有入儒学读书的资格,称为生员,也称秀才。
⑦ 超增补廪(lǐn):古代科举考试生员有定额,正额之外,如果位居前列可以递补,额外增加的叫增广生员。廪生,是由公家供给膳食的生员。廪生考试成绩如果很坏,就停止供给,叫做停廪。
⑧ 观场:参加考试,这里指乡试。乡试每三年一次,观场十五次,共计四十五年。

师①，考居劣等停廪。兼且两年失馆②，衣食单薄。这些后生都顺口叫我"陈绝粮③"。因我医、卜、地理④，所事皆知，又改我表字伯粹做"百杂碎"。明年是第六个旬头⑤，也不想甚的了。有个祖父药店，依然开张在此。"儒变医，菜变齑⑥"，这都不在话下。昨日听见本府杜太守，有个小姐，要请先生。好些奔竞的钻去，他可为甚的？乡邦好说话，一也；通关节⑦，二也；撞太岁⑧，三也；穿他门子管家⑨，改窜文卷，四也；别处吹嘘进身，五也；下头官儿怕他，六也；家里骗人，七也。为此七事，没了头⑩要去。他们都不知，官衙可是好踏的！况且女学生一发⑪难教，轻不得，重不得。倘然间礼面有些不臻⑫，啼不得，笑不得。似我老人家罢了。正是有书遮老眼，不妨无药散闲愁。

---

① 宗师：科举时代对主持一省举业的学政的尊称。
② 失馆：失去坐馆教书的机会。馆，学馆。
③ 陈绝粮：后生们用这个绰号跟陈最良开玩笑。典出孔子"在陈绝粮"，见《论语·卫灵公》。陈，春秋时国名。
④ 地理：堪舆，风水。
⑤ 第六个旬头：五十多岁。古代以十岁为一旬。据上文"十二岁进学""观场一十五次"，推断陈最良至少应有五十七岁。本剧第五出【前腔】又说"我年将半"，意思是不到五十岁，前后不一。
⑥ 儒变医，菜变齑（jī）：比喻境况越来越糟糕。齑，本意是指捣碎的姜、蒜、韭菜等，在此指细切的咸菜，借指贫穷。
⑦ 通关节：暗中勾结官府，从中捞取好处。
⑧ 撞太岁：依托官府，讹人钱财。
⑨ 穿他门子管家：串通长官仆役。穿，串通。门子，官衙里伺候官员的差役。管家，奴仆中管事的头目。
⑩ 没了头：拼命。
⑪ 一发：越发，愈加。
⑫ 不臻（zhēn）：不周全，不完备。

（丑①府学老门子上）天下秀才穷到底，学中门子老成精。（见介）陈斋长②报喜。（末）何喜？（丑）杜太爷要请个先生教小姐，掌教老爷③开了十数名去都不中，说要老成的。我去掌教老爷处禀上了你，太爷有请帖在此。（末）"人之患在好为人师④"。（丑）人之饭有得你吃哩。（末）这等便行。（行介）

【洞仙歌】（末）咱头巾破了修，靴头绽了兜⑤。（丑）你坐老斋头，衫襟没了后头。（合）砚水漱净口，去承官饭溲⑥，剔牙杖敢黄齑臭⑦。

【前腔】（丑）咱门儿寻事头，你斋长干罢休⑧？（末）要我谢酬，知那里留不留？（合）不论端阳九⑨，但逢出府游，则捻着衫儿袖⑩。

（丑）望见府门了。

---

① 丑：古代戏曲角色名，扮演滑稽幽默的喜剧人物或奸诈丑恶的反派人物。
② 斋长：学堂职事名，这里是对秀才的敬称。古代学堂分斋教学，每斋约三十学生，置斋长一名。《海瑞集》上编《规士文》有"秀才行于市，两巷人无不注目视之，曰：此某斋长也"之句。
③ 掌教老爷：府学的教官，掌管府学的课试等事，即教授。
④ 人之患在好（hào）为人师：见《孟子·离娄章句上》。
⑤ 绽（zhàn）了兜：破裂了修补起来。
⑥ 饭溲：饭发酸变质。溲，借用为"馊"。
⑦ 剔牙杖敢黄齑臭：初到官府吃饭，饭后剔牙，剔牙杖上恐怕还沾着过去吃的咸菜的酸臭味。敢，恐怕。黄齑，咸菜。这句话是门子嘲讽陈最良的话。
⑧ 咱门儿寻事头，你斋长干罢休：我做门子的替你找到了差使（事头），难道你陈斋长不酬谢我，就算了吗？
⑨ 端阳九：端午（农历五月初五）和重阳（农历九月初九）两个节日。
⑩ 则捻着衫儿袖：逢年过节，衣袖里捎带些宴请、赠送的东西出来分享。古代在端午、重阳两节时要宴请塾师、赠送礼物。捻，捏。

（丑）世间荣乐本逡巡①。李商隐

（末）谁睬髭须白似银②？曹　唐

（丑）风流太守容闲坐③。朱庆馀

（合）便有无边求福人④。韩　愈

精彩解说

本出《腐叹》塑造了一个可悲又可怜的落第老书生形象，他就是腐儒陈最良。

陈最良"十二岁进学，观场十五次"，即他参加过十五次乡试，而乡试是三年一次，这说明四十五年里他都在为科举考试努力，尽管他已年近六旬，却是"灯窗苦吟，寒酸撒吞。科场苦禁，蹉跎直恁"。他失去了公家膳食，为了糊口，只好教书；可是坐馆教书仅两年他又失业了，于是转而行医卖药，占卜看风水。他老病缠身，衣食无着，"头巾破了修，靴头绽了兜""衫襟没了后头"。这样一个穷愁潦倒的老秀才，却张口"之乎者也"，保持着一副儒学的派头，难怪被人们嘲笑为"腐儒"，被后生们戏取了个外号"陈绝粮"。

他迂腐却还保持着读书人最基本的良知。当杜太守要为自己的女儿延请儒师时，他听说好多人削尖了脑袋去营谋这个职位，就嘲笑那些人无非是为了有面子好办事、贿赂官府谋取私利、依托官府赚人财物等七个原因。他虽穷愁潦倒，但并不动心。

相反，他有些自知之明。"人之患在好为人师"，表现出他的谦逊品

---

① 逡（qūn）巡：徘徊不进。

② 谁睬髭（zī）须白似银：指陈最良自谓年纪老迈，已是须发皆白。语本曹唐《羽林贾中丞》。髭须，胡须。

③ 风流太守容闲坐：指陈最良被杜宝选中做了杜府塾师。语本朱庆馀《湖州韩使君置宴》。

④ 便有无边求福人：指陈最良刚被选中，就有人向他要好处。语本韩愈《题木居士二首》之一。

格，或者说，他苦苦维系着读书人的尊严。这难能可贵。

《牡丹亭》全剧中，直接描写陈最良的有八出戏：《腐叹》《延师》《闺塾》《诊祟》《诇药》《骇变》《寇间》《围释》，间接写到陈最良的有五出《肃苑》《闹殇》《旅寄》《婚走》《圆驾》。可见，从人物设置上，陈最良是贯穿全剧的重要配角。汤显祖在此体现了"贯串只一人"（李渔《闲情偶寄》）的编剧技巧。

陈最良的迂腐、老迈，衬托着杜丽娘和春香的年轻有活力；他的恪守传统礼教，彰显出杜丽娘和柳梦梅对追求自由爱情的反叛精神；在后面剧情中，他的形象跟春香的顽皮、淘气形成性格反差和喜剧性冲突。

第五出 延师

原文

【浣溪沙】（外引贴扮门子，丑扮皂隶①上）山色好，讼庭稀②。朝看飞鸟暮飞回。印床花落帘垂地③。

杜母高风不要攀，甘棠游憩在南安④。虽然为政多阴德，尚少阶前玉树兰⑤。我杜宝，出守此间，只有夫人一女。寻个老儒教训他。昨日府学开送一名廪生陈最良，年可六旬，从来饱学，一来可以教授小女，二

---

① 皂隶：衙门里的差役。
② 讼庭稀：打官司的案件稀少。
③ 印床花落帘垂地：形容衙门清闲无事。印床，放印章用的一种文具，作床形。
④ 杜母高风不要攀，甘棠游憩在南安：杜宝夸耀自己是深受南安民众爱戴的好官。杜母，指东汉人杜诗。范晔《后汉书》卷三十一杜诗传载谚语："前有召父，后有杜母。"因为汉代召信臣和杜诗都做过南阳太守，受人爱戴。甘棠，棠梨之木。周代召公出巡，曾在甘棠树下休息断案，民众约定不要砍这棵树，并作诗歌颂他，后以甘棠指好官。
⑤ 虽然为政多阴德，尚少阶前玉树兰：杜宝感慨自己德政惠民积累了阴德，本应子孙发达，但膝下无子，引以为憾。阴德，暗中为善不为人知。民间说法，以为积了阴德将来就有好报。《汉书》卷七十一于定国传中载，于定国的父亲自称治狱多阴德，子孙一定有出息。后来于定国做到丞相，于定国的儿子也做到御史大夫，人们认为他的话应验了。玉树兰，是玉树、芝兰的合称，比喻才能出众的子弟。

来可以陪伴老夫。今日放了衙参①，吩咐安排礼酒。叫门子伺候。（众应介）

【前腔】（末儒巾蓝衫②上）须抖擞，要拳奇③。衣冠欠整老而衰。养浩然分庭还抗礼④。

（丑禀介）陈斋长到门。（外）就请衙内相见。（丑唱门⑤介）南安府学生员进。（末跪，起揖，又跪介）生员陈最良禀拜。（拜介）（末）讲学开书院，（外）崇儒引席珍⑥。（末）献酬⑦樽俎⑧列，（外）宾主位班陈⑨。叫左右，陈斋长在此清叙，着门役散回，家丁伺候。（众应下）（净⑩家童上）（外）久闻先生饱学。敢问尊年有几，祖上可也习儒？（末）容禀。

【锁南枝】将耳顺⑪，望古稀⑫，儒冠误人霜鬓丝。（外）近来？（末）君子要知医，悬壶⑬旧家世。（外）原来世医。还有他长？（末）凡杂作，可试为；但诸家，略通的。

---

① 放了衙参：放假不办公。衙参，召集官员到衙门办事。
② 蓝衫：明代生员的制服，用蓝绢制作，镶以青色的边缘。
③ 拳奇：精神抖擞，意气风发。原用来形容马的神态非凡。
④ 分庭还抗礼：平等礼节相见。原指分处庭中，相对行礼。
⑤ 唱门：在门口高声通报进见的客人姓名。
⑥ 席珍：座席上的珍宝。原意是儒者自我珍视，等待政府的聘用，这里指优秀的儒生。语出《礼记·儒行》的"儒有席上之珍以待聘"之句。
⑦ 献酬：宾主互相劝酒。
⑧ 樽（zūn）俎（zǔ）：盛酒食的器皿。樽，酒器；俎，古代祭祀时盛肉的器物，后泛指食器。
⑨ 位班陈：宾主的座位按次序排列。
⑩ 净：元明戏曲中角色名，扮演性格粗豪草莽的男子。
⑪ 耳顺：六十岁。语出《论语·为政》的"六十而耳顺"之句。
⑫ 古稀：七十岁。语出杜甫《曲江》的"人生七十古来稀"之句。
⑬ 悬壶：指行医卖药。

（外）这等一发有用。

【前腔】闻名久，识面初，果然大邦生大儒。（末）不敢。（外）有女颇知书，先生长训诂①。（末）当得②。则怕做不得小姐之师。（外）那女学士，你做的班大姑③。今日选良辰，叫他拜师傅。

（外）院子，敲云板④，请小姐出来。

【前腔】（旦引贴上）添眉翠⑤，摇佩珠，绣屏中生成士女图⑥。莲步鲤庭趋⑦，儒门旧家数⑧。（贴）先生来了，怎好？（旦）少不得去。丫头，那贤达女，都是些古镜模⑨。你便略知书，也做好奴仆。

（净报介）小姐到。（见介）（外）我儿过来。"玉不琢，不成器；人不学，不知道⑩。"今日吉辰，来拜了先生。（内鼓吹介）（旦拜）学

---

① 训诂（gǔ）：原指解释古书中字义的一种专门学问，这里作教育解。

② 当得：理当如此、应该效劳，是种谦语。

③ 班大姑：即班昭。她曾为宫廷后妃的教师，称为大家（gū），见《后汉书·列女传·曹世叔妻传》。

④ 云板：用木板或金属片做成云朵形状的板，击之发出响声，古代寺院、官署中用作报事、报时或集众的信号。

⑤ 添眉翠：把眉毛画得浓一点儿。翠，用作黛，一种深青色的颜料，古代中国女子画眉常用，称为黛眉或翠眉。

⑥ 士女图：即仕女图，美人图，这里指美人。

⑦ 莲步鲤庭趋：女儿快步走上庭来接受父训。莲步，古代中国女子缠足，称"金莲"，脚步称"莲步"。鲤庭趋，典出《论语·季氏》：孔子站在那里，他的儿子孔鲤"趋而过庭"，孔子教训儿子要学诗、学礼。趋，快步走。

⑧ 家数：家法，家风。

⑨ 镜模：效法的榜样。

⑩ 玉不琢，不成器；人不学，不知道：语出《礼记·学记》。

生自愧蒲柳之姿，敢烦桃李之教①。（末）愚老恭承捧珠之爱②，谬加琢玉之功。（外）春香丫头，向陈师父叩头。着他伴读。（贴叩头介）（末）敢问小姐所读何书？（外）男、女"四书"③，他都成诵了。则看些经旨罢。《易经》以道阴阳，义理深奥；《书》以道政事④，与妇女没相干；《春秋》《礼记》，又是孤经⑤；则《诗经》开首便是后妃之德⑥，四个字儿顺口，且是学生家传⑦，习《诗经》罢。其余书史尽有，则可惜他是个女儿。

【前腔】（外）我年将半⑧，性喜书，牙签插架三万余⑨。（叹介）

---

① 学生自愧蒲柳之姿，敢烦桃李之教：杜丽娘自谦才质低劣，恐怕不能被调教成才。蒲柳，即水杨，入秋就凋零。蒲柳之姿，像蒲柳一样早衰。《世说新语·言语》载，晋代顾悦与简文帝（司马昱）同年，头发早白，简文帝问他何以如此，顾悦说："蒲柳之姿，望秋而落；松柏之质，凌霜犹茂。"桃李，比喻有成就的学生。

② 捧珠之爱：民间把女儿称作掌中珠，表示疼爱女儿。白居易诗《哭崔儿》："掌珠一颗儿三岁。"

③ 男、女"四书"：男"四书"，指南宋理学家朱熹取《礼记》中《大学》《中庸》篇，与《论语》《孟子》合为"四书"。女"四书"指古代教育女性的四种书籍，包括东汉班昭的《女诫》、明代仁孝文皇后所作的《内训》、唐代宋若莘、宋若昭所作的《女论语》和明末王相之母所撰的《女范捷录》。按，本剧剧情发生在宋代，当时还没有女"四书"，作者是以明朝的背景写宋朝的故事。

④ 《书》以道政事：意思是《尚书》是用来记录有关政事的书，语出《庄子·天下》。

⑤ 孤经：没有别的例子可以比附的单独的经文，这里有打诨的意味，语出杜预《春秋左传序》。

⑥ 后妃之德：《诗经》第一篇是爱情诗《关雎》。《毛诗序》："《关雎》，后妃之德也。"古人将此篇附会成歌颂后妃之德的作品。

⑦ 学生家传：杜宝自称是杜甫的后人。学生，明代读书人的谦称。杜甫的祖父杜审言也是诗人，杜甫在他的儿子宗武生日所写的一首诗里说："诗是吾家事。"

⑧ 半：半百的省词，五十岁。

⑨ 牙签插架三万余：形容藏书很多。牙签，春秋时用象牙制的签牌，夹在书上便于翻捡，后来改用骨片或纸板做牙签。语出韩愈《送诸葛觉往随州读书》的"邺侯家多书，插架三万轴。一一悬牙签，新若手未触"之句。

我伯道恐无儿,中郎有谁付?先生,他要看的书尽看。有不臻的所在,打丫头。(贴)哎哟!(外)冠儿下,他做个女秘书①。小梅香②,要防护。

(末)谨领。(外)春香伴小姐进衙,我陪先生酒去。(旦拜介)酒是先生馔,女为君子儒③。(下)(外)请先生后花园饮酒。

(外)门馆无私白日闲④。　薛　能
(末)百年粗粝腐儒餐⑤。　杜　甫
(外)左家弄玉惟娇女⑥。　柳宗元
(合)花里寻师到杏坛⑦。　钱　起

精彩解说

本出《延师》写杜宝并没有因为养的是女儿而遵循传统,仅让女儿学女

---

① 冠儿下,他做个女秘书:意思是杜丽娘成人后,可以让她阅读和保管父亲的藏书,传承父亲的学问。冠儿下,男子"二十而冠",表示成年,本剧指女儿杜丽娘。秘书,掌管图书之官。
② 梅香:古代对婢女的通称。
③ 酒是先生馔,女为君子儒:酒是先生吃的,女儿学做有德行的读书人。先生,指教师陈最良。此二句语出《论语·为政》的"有酒食先生馔"和《论语·雍也》的"女为君子儒,无为小人儒"。这两句都是借《论语》打诨。
④ 门馆无私白日闲:家塾中清闲无杂事。语本薛能《献仆射相公》。门馆,书院,家塾。
⑤ 百年粗粝腐儒餐:陈最良做了闺塾先生,从此有了饭碗。语本杜甫《有客》。
⑥ 左家弄玉惟娇女:家里没有儿子,只得把女儿当作儿子来养。语本柳宗元《叠前》。左家娇女,晋代左思曾为女儿们作《娇女诗》,其中有诗句"吾家有娇女,皎皎颇白皙"。弄玉,即弄璋,指生男孩子,语出《诗·小雅·斯干》的"乃生男子……载弄之璋"之句。
⑦ 花里寻师到杏坛:指杜家找到了好老师。语本钱起《幽居春暮书怀》。杏坛,孔子讲学之处,在今山东曲阜,后指教师教授学生的地方。

红，他想让女儿杜丽娘接受男子一样的教育。虽然女儿不能像男子一样追求闻达，但他希望女儿能做个像谢道韫、班昭那样的才女，于是为女儿请来饱学老成的秀才陈最良做家庭教师。这是非常难能可贵的。

杜宝"性喜书，牙签插架三万余"，说明藏书丰富。他的所有藏书，对塾师陈最良和女儿都是开放的，没有做严格的限制，还鼓励女儿博览群书，这无疑说明杜宝是开明和宽容的。

然而，毕竟是教育女儿，杜宝还保持着古代文人父亲的底线：他和陈最良议定，先教女儿"后妃之德"的《诗经》。《关雎》本是爱情诗，他要求塾师依照传统的附会理解"歌颂后妃之德"来传授诗意。他还要求女儿背女"四书"，以封建礼教来规范身心。

本出塑造了杜宝既开明又保守的矛盾而复杂的性格。同时，正是因为他有开明的一面，给后续故事的发展埋下来伏笔，女儿杜丽娘得以看到诗词乐府、《题红记》和《崔徽传》这些"怡情移性"的诗词曲剧，促发了她潜藏于内心深处的对爱情的神往。

本出中间穿插了多处打诨之词，显得十分幽默、生动而有趣。

第六出　怅眺

> 原文

【番卜算】（丑韩秀才上）家世大唐年，寄籍潮阳县①。越王台上海连天，可是鹏程②便？

榕树梢头访古台③，下看甲子海门④开。越王歌舞今何在？时有鹧鸪飞去来⑤。自家韩子才。俺公公唐朝韩退之，为上了《破佛骨表》⑥，贬

---

① 寄籍潮阳县：离开原籍长期居住在潮阳县。潮阳，今广东汕头，因地处海之北而称潮阳。

② 鹏程：前程远大。语出《庄子·逍遥游》的"鹏之徙于南冥也，水击三千里，抟扶摇而上者九万里"之句。后以鹏程或鹏程万里，比喻前程远大。

③ 榕树梢头访古台：用《诚斋集》卷十五《三月晦日游越王台》原句，余三句略有更动。原作："榕树梢头访古台，下看碧海一琼杯。越王歌舞春风处，今日春风独自来。"

④ 甲子海门：今广东省陆丰县东南有甲子门海口，巨石壁立，形势险要。

⑤ "越王歌舞今何在"二句：语出李白《越中览古》的"越王勾践破吴归，义士还家尽锦衣。宫女如花满春殿，只今惟有鹧鸪飞"诗句。因南越王赵佗和越王勾践称号相似，本剧作者在此移用。

⑥《破佛骨表》：即韩愈《论佛骨表》。元和十四年，唐宪宗遣使到凤翔迎释迦佛骨入宫，韩愈上表反对，被贬为潮州刺史。

落潮州。一出门,蓝关雪阻①,马不能前。先祖心里暗暗道,第一程采头罢了②。正苦中间,忽然有个湘子侄儿,乃下八洞神仙③,蓝缕相见。俺退之公公一发心里不快,呵融冻笔,题一首诗在蓝关草驿之上。末二句单指着湘子说道:"知汝远来应有意,好收吾骨瘴江边。"湘子袖④了这诗,长笑一声,腾空而去。果然后来退之公公潮州瘴死⑤,举目无亲。那湘子恰在云端看见,想起前诗,按下云头,收其骨殖⑥。到得衙中,四顾无人,单单则有湘子原妻一个在衙。四目相视,把湘子一点凡心顿起。当时生下一支,留在水潮⑦,传了宗祀。小生乃其嫡派苗裔也。因乱流来广城⑧。官府念是先贤之后,表请敕封小生为昌黎祠香火秀才。寄居赵佗王台子之上。正是:虽然乞相⑨寒儒,却是仙风道风。呀,早一位朋友上来。谁也?

【前腔】(生上)经史腹便便⑩,昼梦人还倦。欲寻高耸看云烟,海色光平面。

---

① 蓝关雪阻:韩愈被贬为潮州刺史后,在陕西蓝关遇侄孙韩湘,写《左迁至蓝关示侄孙湘》诗:"一封朝奏九重天,夕贬潮州路八千。欲为圣明(一作"朝")除弊事,肯将衰朽惜残年!云横秦岭家何在?雪拥蓝关马不前。知汝远来应有意,好收吾骨瘴江边。"蓝关,蓝田关,在陕西。按,本剧把侄孙写作侄儿,韩愈也并未死于潮州。
② 采头罢了:兆头不好,算了。采头,兆头。
③ 下八洞神仙:道家传说有八个神仙,俗称八仙,这里韩湘被附会为八仙之一的韩湘子。
④ 袖:放入衣袖内,用作动词。
⑤ 退之公公潮州瘴死:韩愈在潮州瘴死是作者虚构的。瘴死,在南方感染湿热气得病而死。
⑥ 骨殖:骸骨。
⑦ 水潮:指潮州。见《乐府新声》卷三。
⑧ 广城:广州。
⑨ 乞相:寒酸相。
⑩ 经史腹便便:满腹诗书,满肚子都是学问。

（相见介）（丑）是柳春卿，甚风儿吹的老兄来？（生）偶尔孤游上此台。（丑）这台上风光尽可矣。（生）则无奈登临不快哉。（丑）小弟此间受用也。（生）小弟想起来，倒是不读书的人受用。（丑）谁？（生）赵佗王①便是。

【琐窗寒】祖龙飞②、鹿走中原③，尉佗呵，他倚定着摩崖半壁天④。称孤道寡⑤，是他英雄本然。白占了江山，猛起些宫殿。似吾侪⑥读尽万卷书，可有半块土么？那半部⑦上山河不见。（合）由天，那攀今吊古也徒然，荒台古树寒烟。

（丑）小弟看兄气象言谈，似有无聊之叹。先祖昌黎公有云："不患有司之不明，只患文章之不精；不患有司之不公，只患经书之不通⑧。"老兄还则怕工夫有不到处。（生）这话休提。比如我公公柳宗元，与你公公韩退之，他都是饱学才子，却也时运不济。你公公错题了《佛骨表》，贬职潮阳；我公公则为在朝阳殿与王叔文丞相下棋子，惊了

---

① 赵佗王：即南越国王赵佗。秦末为南海尉，所以又称尉佗。秦亡，自立为南越武王。汉十一年，高祖派陆贾去封他为南越王。后赵佗自立为南越武帝，汉文帝派陆贾去责备他，他终于归顺称臣。

② 祖龙飞：祖龙，指秦始皇；飞，死。《史记》卷六《秦始皇本纪》有"今年祖龙死"之句。

③ 鹿走中原：即逐鹿中原，意谓群雄并起，争夺天下。语出《汉书》卷四十五《蒯通传》的"秦失其鹿，天下共逐之"之句。

④ 倚定着摩崖半壁天：倚定着摩崖，凭着天险；半壁天，割据一方。

⑤ 称孤道寡：自立为王。王、小国国君自称孤，皇帝自称寡人。

⑥ 吾侪（chái）：我辈。

⑦ 半部：指《论语》，典出宋代罗大经《鹤林玉露》。北宋初，人言宰相赵普仅读了《论语》而已。宋太宗赵光义因此问他。他说：我曾以半部《论语》帮助太祖（赵匡胤）打天下；现今将以另外半部帮助你治理国家。罗贯中《宋太祖龙虎风云会》杂剧第三折【倘秀才】："卿（赵普）道是用《论语》治朝廷有方，却原来只半部运山河在掌。"

⑧ "不患有司之不明"四句：语出韩愈《进学解》，此处改动了几个字。

圣驾,直贬做柳州司马①。都是边海烟瘴地方。那时两公一路而来②,旅舍之中,两个挑灯细论。你公公说道:"宗元,宗元,我和你两人文章,三六九比势③:我有《王泥水传》,你便有《梓人传》④;我有《毛中书传》,你便有《郭驼子传》;我有《祭鳄鱼文》,你便有《捕蛇者说》。这也罢了。则我《进平淮西碑》,取奉取奉⑤朝廷,你却又进个平淮西的雅。一篇一篇,你都放俺不过。恰如今贬窜烟方⑥,也合着一处。岂非时乎?运乎?命乎?"韩兄,这长远的事休提了。假如俺和你论如常,难道便应这等寒落?因何俺公公造下一篇《乞巧文》,到俺二十八代元孙,再不曾乞得一些巧来?便是你公公立意做下《送穷文》,到老兄二十几辈了,还不曾送的个穷去?算来都则为时运二字所亏。(丑)是也。春卿兄,

【前腔】你费家资制买书田⑦,怎知他卖向明时⑧不值钱。虽然如

---

① 我公公……柳州司马:剧中有关韩愈、柳宗元的故事,作者在史实的基础上都有所改编。唐顺宗永贞元年,柳宗元参加了以王伾、王叔文为首的政治革新,失败后,被贬为邵州(今属湖南邵阳)刺史。他还没有到职,就被改任为永州(今湖南零陵)司马,不久后又被调为柳州刺史。王叔文善棋,曾任翰林学士兼尚书户部侍郎,故剧中演绎为"下棋"之事。
② 两公一路而来:韩愈被贬潮州是在元和十四年(819年),柳宗元被贬是在永贞元年(805年),两者相差14年,不可能一路同来,显然是作者为剧情需要而有意编造。
③ 三六九比势:旗鼓相当,势均力敌。比势,原意是比试武艺。
④ 本剧中提到的韩愈、柳宗元的几篇作品,均见于各自文集。
⑤ 取奉取奉:取奉,原是指向皇帝效劳、献贡;这里叠用,是趋奉的谐音,意谓迎合奉承。
⑥ 烟方:湿热多雾的瘴气多发地区。
⑦ 制买书田:买书读和买田一样,都可得到收益。
⑧ 明时:政治清明的时代。

此,你看赵佗王当时,也有个秀才陆贾①,拜为奉使中大夫到此。赵佗王多少尊重他。他归朝燕,黄金累千。那时汉高皇厌见读书之人,但有个带儒巾②的,都拿来溺尿。这陆贾秀才,端然带了四方巾,深衣③大摆,去见汉高皇。那高皇望见,这又是个掉尿鳖子④的来了。便迎着陆贾骂道:"你老子用马上得天下,何用诗书?"那陆生有趣,不多应他,只回他一句:"陛下马上取天下,能以马上治之乎?"汉高皇听了,呀然一笑,说道:"便依你说。不管什么文字,念了与寡人听之。"陆大夫不慌不忙,袖里出一卷文字,恰是平日灯窗下纂集的《新语》一十三篇,高声奏上。那高皇才听了一篇,龙颜大悦。后来一篇一篇,都喝采称善,立封他做个关内侯。那一日好不气象⑤!休道汉高皇,便是那两班文武,见者皆呼万岁。一言掷地,万岁喧天⑥。(生叹介)则俺连篇累牍无人见。(合前)

　　(丑)再问春卿,在家何以为生?(生)寄食园公⑦。(丑)依小弟说,不如干谒⑧些须,可图前进。(生)你不知,今人少趣哩。(丑)老兄可知?有个钦差识宝中郎苗老先生,倒是个知趣人儿。今秋任满,

---

① 陆贾:汉代初年的辩士、政论家。汉高祖曾派他去说服赵佗归汉,封赵佗为南越王。从南越回来后,陆贾升为太中大夫。下文"黄金累千"是赵佗给他的赏赐。
② 儒巾:古代读书人戴的头巾。按,戴儒巾见汉高祖是郦食其的故事。
③ 深衣:古代上衣下裳连缀的长袍之类的服装。
④ 掉尿鳖子:卖弄才学之意。掉,卖弄。尿鳖子,尿壶。
⑤ 气象:这里作形容词用,犹言神气。
⑥ 那时汉高皇厌见读书之人……万岁喧天:见《史记·陆贾郦生列传》。本出剧作者糅合了陆贾、郦食其两人的故事,通归之陆贾。
⑦ 园公:园丁。
⑧ 干谒:对有地位的人有所求而请见。

例于香山岙①多宝寺中赛宝②。那时一往何如？（生）领教。

应念愁中恨索居③。段成式
青云器业俺全疏④。李商隐
越王自指高台笑⑤。皮日休
刘项原来不读书⑥。章 碣

精彩解说

本出《怅眺》写柳梦梅与朋友韩子才登临越王台，远眺海景，不期而遇，叙旧间，聊起两人怀才不遇、穷愁潦倒的现状，都不禁生起惆怅。

两人均自称是名门之后，柳梦梅认柳宗元为太公，韩子才认韩愈为太公，他们叙述起两位太公相同的不幸遭遇：皆以文章名世，但都被贬职到南方湿热瘴气之地。他们作为唐代大文豪之后，并未沾光，反而虽满腹才华，熟读诗书，却流落岭南，饥寒落魄。"学而优则仕"，读书人本应闻达，但他俩空有满腔才识却无用武之地，因此两人心中充满憋屈和愤懑。他们不由感叹："似吾侪读尽万卷书，可有半块土么？""你费家资制买书田，怎知他卖向明时不值钱。"这是作者汤显祖对当时社会不重视读书人，寒窗苦读数年，仍无以谋生的社会现实的讽刺。

---

① 香山岙（ào）：今澳门地区，古时为对外贸易港，明代为洋商聚居处。见《万历野获编》卷三十香山墺。
② 赛宝：展示、供养宝物。赛，为酬报神明的恩赐而举行祭祀。
③ 应念愁中恨索居：指柳梦梅抱怨没有人赏识自己。语本段成式《送穆郎中赴阙》。索居，孤独地生活。
④ 青云器业俺全疏：指柳梦梅认为自己一身才干被埋没了。语本李商隐《和刘评事永乐闲居见寄》。青云器业，比喻做大官的才能。青云，仕途顺畅，如青云直上。
⑤ 越王自指高台笑：指柳梦梅觉得南越王赵佗应该会嘲笑自己。语本皮日休《馆娃宫怀古五绝》之二。
⑥ 刘项原来不读书：指汉高祖刘邦和楚霸王项羽都不读书。语本章碣《焚书坑》。

本出剧情似乎在全剧为情而死、为情而生的主线之外，但并非汤显祖延伸的可有可无的枝蔓情节，正因为生活无着、走投无路，韩子才建议柳梦梅往香山岙拜谒钦差识宝使臣苗老先生，主动去寻求机遇，柳梦梅"诀谒"出走，才因此跟杜丽娘相遇。因此，本出是一条剧情副线，是柳梦梅与杜丽娘生死爱情主线的铺垫伏笔。

第七出　闺　塾

原文

　　（末上）吟余改抹前春句，饭后寻思午晌茶。蚁上案头沿砚水，蜂穿窗眼咂瓶花。我陈最良，杜衙设帐①，杜小姐家传《毛诗》②。极承老夫人管待。今日早膳已过，我且把毛注潜玩一遍。（念介）"关关雎鸠，在河之洲。窈窕淑女，君子好逑③。"好者，好也；逑者，求也。（看介）这早晚④了，还不见女学生进馆。却也娇养的凶。待我敲三声云板。（敲云板介）春香，请小姐上书。

【绕池游】（旦引贴捧书上）素妆才罢，缓步书堂下。对净几明

---

① 设帐：教书。《后汉书》卷六十上《马融列传》载，东汉经学家马融坐在绛纱帐内讲学。后称坐馆教书为"设帐"。
②《毛诗》：这里指《诗经》。西汉初鲁人毛亨和赵人毛苌写了一部辑注《诗经》的书《毛诗故训传》，简称《毛诗》。此外，鲁人申培、齐人辕固、燕人韩婴都传《诗》，并称为"三家诗"。"三家诗"先后亡佚，只有《毛诗》流传下来，即今本《诗经》。
③ 关关雎鸠……君子好逑：《诗经》的第一首诗《关雎》的开头四句。《关雎》写了男子对河边一个采荇菜的年轻女子的爱慕，无疑是一首爱情诗。《毛诗》释为"歌咏后妃之德"。逑，配偶。
④ 早晚：时候。

窗潇洒。(贴)《昔氏贤文》①,把人禁杀,恁时节②则好教鹦哥唤茶。

(见介)(旦)先生万福,(贴)先生少怪。(末)凡为女子,鸡初鸣,咸盥、漱、栉、笄,问安于父母③。日出之后,各供其事。如今女学生以读书为事,须要早起。(旦)以后不敢了。(贴)知道了。今夜不睡,三更时分,请先生上书。(末)昨日上的《毛诗》,可温习?(旦)温习了。则待讲解。(末)你念来。(旦念书介)"关关雎鸠,在河之洲。窈窕淑女,君子好逑。"(末)听讲。"关关雎鸠",雎鸠是个鸟;关关,鸟声也。(贴)怎样声儿?(末作鸠声)(贴学鸠声诨④介)(末)此鸟性喜幽静,在河之洲。(贴)是了。不是昨日是前日,不是今年是去年,俺衙内关着个斑鸠儿,被小姐放去,一去去在何知州⑤家。(末)胡说!这是兴⑥。(贴)兴个甚的那?(末)兴者,起也,起那下头。窈窕淑女,是幽闲女子,有那等君子好好的来求他。(贴)为甚好好的求他?(末)多嘴哩。(旦)师父,依注解书,学生自会。但把《诗经》大意,敷演⑦一番。

---

① 《昔氏贤文》:中国古时用格言编成的一种初学读本。
② 恁时节:这时候,意思说听了《昔氏贤文》的教训以后。
③ 鸡初鸣,咸盥(guàn)、漱、栉(zhì)、笄(jī),问安于父母:载于《礼记·内则》篇,中国旧时代女子必须遵循的生活守则之一。盥,洗脸。漱,漱口。栉,梳头。笄,簪发。
④ 诨:即插科打诨,穿插在剧情中的滑稽性动作、幽默风趣的语言,往往富于情趣,机智泼辣,能使观众发笑,但有些不免流于低级趣味。这是戏剧重要的表演手段,源于宋金杂剧院本的"打诨"。
⑤ 知州:州的地方行政长官。何知州与"河之洲"谐音,春香故意误解《诗经》经文,属于插科打诨。
⑥ 兴:《诗经》六义之一,即景生情,借物起兴。这是中国古代诗歌最重要的表现手段之一,一般用在诗歌开头。风、雅、颂、赋、比、兴,称为《诗》的六义。风、雅、颂指《诗》的不同的体制;赋、比、兴指《诗》的作法。
⑦ 敷演:陈述而加以发挥,这里是解释的意思。

【掉角儿】（末）论"六经"，《诗经》最葩①，闺门内许多风雅：有指证②，姜嫄产哇③；不嫉妒，后妃贤达④。更有那咏鸡鸣，伤燕羽，泣江皋，思汉广⑤，洗净铅华⑥。有风有化⑦，宜室宜家⑧。（旦）这经文偌多？（末）《诗》三百，一言以蔽之，没多些，只"无邪"两字⑨，付与儿家⑩。

---

① 论"六经"，《诗经》最葩：在儒家的"六经"中，《诗经》是最有文采的。"六经"即《易》《诗》《书》《礼》《乐》《春秋》六部儒家经典著作的总称。葩，花，此作华丽有文采解。

② 指证：证明，证据。指，通"稽"，考核，查考。

③ 姜嫄产哇（wá）：《诗经·大雅·生民》载，姜嫄在天帝的大脚趾印上踏了一脚，因而有孕，生下儿子后稷。古代传说，后稷是周的始祖。姜嫄，相传是黄帝的曾孙帝喾的妃子。哇，通"娃"。

④ 不嫉妒，后妃贤达：后妃不妒忌，具有良好的品行。《毛诗序》和朱熹都坚持认为，《诗经·周南》中的《樛木》《螽斯》等原本歌咏爱情的诗歌，其主旨是写后妃不妒忌的品德。

⑤ 咏鸡鸣，伤燕羽，泣江皋，思汉广：四句都出自《诗经》，传统道学家认为这些都是写女子美德的。咏鸡鸣，指《诗经·齐风·鸡鸣》，抒写了妻子劝丈夫早起。伤燕羽，指《诗经·邶风·燕燕》，抒写了送别的伤感之情。泣江皋，指《诗经·召南·江有汜》，是一首怀念过去恋情的诗。思汉广，指《诗经·周南·汉广》，抒写了对爱人的思念之情。

⑥ 洗净铅华：清除浮华，归之于朴素。铅华，中国古代女子搽脸用的铅粉。

⑦ 有风有化：有感染教化意义。风、化，风气教化。

⑧ 宜室宜家：女儿出嫁后让夫家和顺。语出《诗经·周南·桃夭》。室，夫妻俩的住房；家，整个家庭。

⑨ "《诗》三百"四句：概括整部《诗经》的主旨，就是教化人思想纯正而已。语出《论语·为政》。《诗经》有诗三百零五篇，三百篇是约数。蔽，概括。无邪，指思想纯正。

⑩ 儿家：指青年女子。

书讲了。春香，取文房四宝来模字①。（贴下取上）纸、笔、墨、砚在此。（末）这甚么墨？（旦）丫头错拿了。这是螺子黛②，画眉的。（末）这甚么笔？（旦作笑介）这便是画眉细笔。（末）俺从不曾见。拿去，拿去！这是甚么纸？（旦）薛涛笺③。（末）拿去，拿去。只拿那蔡伦造的来。这是甚么砚？是一个是两个？（旦）鸳鸯砚。（末）许多眼④？（旦）泪眼⑤。（末）哭甚么子？一发换了来。（贴背介）好个标老儿⑥！待换去。（下换上）这可好？（末看介）着。（旦）学生自会临书。春香还劳把笔⑦。（末）看你临。（旦写字介）（末看惊介）我从不曾见这样好字。这甚么格⑧？（旦）是卫夫人⑨传下美女簪花⑩之格。（贴）待俺写个奴婢学夫人⑪。（旦）还早哩。（贴）先生，学生领出恭牌⑫。（下）（旦）敢问师母尊年？（末）目下平头

---

① 模字：临帖，模仿字帖练习写字。

② 螺子黛：即螺黛，古代女子用来画眉的青黑色矿物颜料。

③ 薛涛笺：唐代名妓薛涛让匠人制作的彩色信纸。

④ 眼：砚眼。砚石经磨制后，会现出天然的石纹，形如人眼，有白、赤、黄等不同颜色。

⑤ 泪眼：端砚的一种眼，即不很清润明朗的眼。端砚指广东省高要县端溪出产的砚，砚眼较多。除了泪眼外，还有活眼（清润明朗的眼）、死眼（没有光彩的眼）等。文中的"泪眼"一语双关。

⑥ 标老儿：古板、不知趣的老年人，俗称土老儿。

⑦ 把笔：初学写字者不会使毛笔，教师以手握（把）住其握笔的手，帮带着运笔，也叫把字。

⑧ 格：范本，法式。

⑨ 卫夫人：东晋著名女书法家。姓卫，名铄，字茂漪，汝阴太守李矩妻，也称李夫人，尤善隶书。王羲之、王献之少时皆曾从她学书法。

⑩ 美女簪花：卫夫人所创立的一种书法范式，特点是娟秀工整。

⑪ 奴婢学夫人：意思是刻意模仿，反而学不像。

⑫ 出恭牌：请假上厕所。明代科场考试，设有"出恭入敬"牌，考生如果要上厕所，必须凭牌出入。后来以出恭代指上厕所。

六十①。（旦）学生待绣对鞋儿上寿，请个样儿。（末）生受了。依《孟子》上样儿，做个"不知足而为屦②"罢了。

（旦）还不见春香来。（末）要唤他么？（末叫三度介）（贴上）害淋的③！（旦作恼介）劣丫头！那里来？（贴笑介）溺尿去来。原来有座大花园，花明柳绿，好耍子哩。（末）哎也！不攻书，花园去！待俺取荆条来。（贴）荆条做什么？

【前腔】女郎行④、那里应文科判衙⑤？止不过识字儿书涂嫩鸦⑥。（起介）（末）古人读书，有囊萤的，趁月亮的⑦。（贴）待映月耀蟾蜍⑧眼花；待囊萤把虫蚁儿活支煞⑨。（末）悬梁、刺股呢？（贴）比似你悬了梁，损头发；刺了股，添疤疻⑩。有甚光华！（内叫卖花介）（贴）小姐，你听一声声卖花，把读书声差。（末）又引逗小姐哩。待俺当真打一下。（末做打介）（贴闪介）

---

① 平头六十：整六十岁。平头，即齐头。凡计数逢十，叫作齐头数。白居易《除夜》中有"火销灯尽天明后，便是平头六十人"的诗句。

② 不知足而为屦（jù）：不知道脚的大小就做鞋子，语出《孟子·告子》。屦，葛、麻做的鞋子。这里用来讽刺陈最良掉书袋，一副书呆子样。

③ 害淋的：骂人的脏话。淋，淋病，尿道发炎，尿中带有脓血。

④ 女郎行（háng）：女儿家。"行"用在人称词之后，有"辈""们"的意思。

⑤ 应文科判衙：去应考，（考取后）做官坐堂办事。文科，科举时代以经学考选文士之科，别于武举。

⑥ 书涂嫩鸦：画小乌鸦，形容字写得丑或随便乱写。

⑦ 趁月亮的：南齐江泌家贫，点不起灯，晚上借月光读书。见《南齐书》卷五十五江泌传。

⑧ 蟾蜍：指月亮。

⑨ 把虫蚁儿活支煞：把萤火虫活活支使死了。虫蚁儿，泛指昆虫，此指萤火虫。煞，弄死，损伤。

⑩ 疤疻（niè）：疤痕。疻，疮痕。

你待打、打这哇哇，桃李门墙①，崄②把负荆人③唬煞。

（贴抢荆条投地介）（旦）死丫头！唐突了师父，快跪下！（贴跪介）

（旦）师父恕他初犯，容学生责认一遭儿。

【前腔】手不许把秋千索拿，脚不许把花园路踏。（贴）则瞧罢。（旦）还嘴！这招风④嘴，把香头来绰疤⑤；招花眼，把绣针儿签⑥瞎。（贴）瞎了中甚用？（旦）则要你守砚台，跟书案，伴"诗云"，陪"子曰"，没的争差⑦。（贴）争差些罢。（旦挦⑧贴发介）则问你几丝儿头发，几条背花⑨？敢也怕些些，夫人堂上，那些家法⑩？（贴）再不敢了。（旦）可知道？（末）也罢，松这一遭儿。起来。（贴起介）

【尾声】（末）女弟子则争个不求闻达⑪，和男学生一般儿教法。你们工课完了，方可回衙。咱和公相⑫陪话去。（合）怎辜负的这一弄⑬明窗新绿纱。（下）

---

① 门墙：指师门。语出《论语·子张》的"夫子之墙数仞。不得其门而入"之句。

② 崄：同"险"。

③ 负荆人：指犯过错误的人。负荆，身背荆条向人请罪，表示愿意接受责罚。典出战国时期廉颇向蔺相如负荆请罪之事。

④ 招风：招惹是非，引起事端。下文"招花"意思相同。

⑤ 把香头来绰疤：用点燃着的香来灼一个疤。绰，同"焯"，烧灼。

⑥ 签：刺。

⑦ 没的争差：不容许出差错。争差，意外，差错。

⑧ 挦（xián）：用手撕扯。

⑨ 背花：背上被鞭打后留下的伤痕。

⑩ 家法：古时家长责打家人的惩罚用具，如鞭子。

⑪ 女弟子则争个不求闻达：女学生只是在不追求做官出名这一点上，和男学生不一样。闻达，扬名显达，名声传出去。则争个，就只差。

⑫ 公相：对官长的尊称。

⑬ 一弄：一派，一片。

（贴作从背后指末骂介）村①老牛！痴老狗！一些趣也不知。（旦作扯介）死丫头！"一日为师，终身为父"，他打不的你？俺且问你，那花园在那里？（贴作不说）（旦笑问介）（贴指介）兀那②不是！（旦）可有什么景致？（贴）景致么，有亭台六七座，秋千一两架。绕的流觞曲水③，面着太湖山石④。名花异草，委实华丽。（旦）原来有这等一个所在。且回衙去。

（旦）也曾飞絮谢家庭⑤。　　　李山甫

（贴）欲化西园蝶未成⑥。　　　张　泌

（旦）无限春愁莫相问⑦。　　　赵　嘏

（合）绿阴终借暂时行⑧。　　　张　祜

精彩解说

本出《闺塾》的剧情主要是围绕塾师陈最良第一次给杜丽娘上课而展开。

第一次上课，杜丽娘就迟到了，惹来陈最良一番传统女子规范的训教。但杜丽娘的丫头春香作为伴读，并不惧怕塾师，反而拿话呛他。陈最良让杜

---

① 村：粗俗，粗野。
② 兀那：指示代词，意思是那、那个，但语气较强，可指人、地或事。
③ 流觞（shāng）曲水：适宜雅集游宴的弯曲的溪流。参见东晋王羲之《兰亭集序》的"清流激湍，映带左右，引以为流觞曲水"之句。据传，农历三月三上巳节这天，王羲之等四十二位名士相聚兰亭，列坐于溪水两侧，将酒杯置于弯曲的流水之上，酒杯顺水流下，停在谁的面前，谁就取来喝。觞，酒杯。
④ 太湖山石：用太湖石堆叠的假山。太湖石，产于太湖的多孔洞的石头，宜于作园林假山之用。
⑤ 也曾飞絮谢家庭：杜丽娘自谓有谢道韫一样的诗才。语本李山甫《柳十首》。
⑥ 欲化西园蝶未成：指杜丽娘谓自己不能化成蝴蝶自由自在。语本张泌《春夕言怀》。此句诗借用了庄子梦化蝴蝶的典故。
⑦ 无限春愁莫相问：指杜丽娘因春光而生伤春之感。语本赵嘏《寄远》。
⑧ 绿阴终借暂时行：指杜丽娘准备去花园游玩。语本张祜《扬州法云寺双桧》。

丽娘讲解《诗经》第一篇《关雎》，春香故意打岔，要塾师学斑鸠叫。她乱解"关关雎鸠，在河之洲"，将"在河之洲"的经文，巧妙地借助谐音，解释成"去在何知州家"。他斥责春香："胡说！这是兴……兴者，起也，起那下头。窈窕淑女，是幽闲女子，有那等君子好好的来求他。"春香故意追问"为甚好好的求他"，这触及了《关雎》的真正意趣——描写男女爱情，被他一句"多嘴"，给打发掩饰过去了。

陈最良说"女学生以读书为事，须要早起"，要悬梁刺股苦学。春香又不以为然，呛道："悬了梁，损头发；刺了股，添疤瘕。"陈最良依照毛亨、孔子等正统的注解来讲授《诗经》，希望杜丽娘接受"有风有化，宜室宜家"的闺门风雅教育。他叫春香去拿文房四宝，春香有意无意错拿来了螺子黛、薛涛笺和鸳鸯砚。杜丽娘不敢违抗师训，但春香处处顶撞，甚至故意让塾师难堪。最后，春香甚至待不下去了，以上厕所的名义溜出了学堂。

陈最良在得知春香溜到花园去玩耍后，气得要拿荆条打她。当陈最良拿车胤囊萤等古人刻苦读书的故事想激励杜丽娘时，又遭了春香的抢白。陈最良气得拿起荆条打她，她反倒夺下荆条，扔在了地上。

陈最良本欲用《诗经》教授杜丽娘传统女子美德，但一篇《关雎》反而启蒙了她对爱情的向往。春香探到了后花园，让杜丽娘怦然心动。当塾师一离开，杜丽娘就迫不及待地笑问"那花园在那里"。这是后续"游园""惊梦"等剧情的铺垫。

本出剧情十分风趣生动，人物对话幽默诙谐。在整部抒写生死爱情重大主题的剧中，本出算是一段喜剧性插曲，活跃了舞台气氛，能引发观众开怀大笑。

本出塑造了三个个性鲜明的人物形象，陈最良的古板迂腐、杜丽娘的含蓄内秀、春香的淘气泼辣跃然纸上。

中国传统戏曲中著名折子戏《春香闹学》，就是根据本出改编。

第八出 劝 农①

原文

【夜游朝】（外引净扮皂隶，贴扮门子同上）何处行春②开五马③？采邠风物候秾华④。竹宇⑤闻鸠，朱轓引鹿⑥。且留憩甘棠之下。

　　【古调笑】时节时节，过了春三二月。乍晴膏雨⑦烟浓，太守春深劝农。农重，农重，缓理征徭词讼⑧。俺南安府，在江广之间，春事颇早。想俺为太守的，深居府堂，那远乡僻坞，有抛荒游懒的，何由得知？昨已吩咐该县置买花酒，待本府亲自劝农。想已齐备。（丑扮县

---

① 劝农：在春夏农忙季节，中国古代地方官出巡下乡，鼓励农民勤劳农耕。
② 行春：中国古代地方官春时出巡劝农。
③ 五马：汉代太守乘坐的车用五匹马驾辕，这里指太守的车驾。
④ 采邠（bīn）风物候秾（nóng）华：在百花盛开的时节出去劝农。采邠风，采录有关农事的民歌，这里是巡行劝农的意思。邠风，即《豳风》，《诗经·国风》的一部分，其中有许多抒写农事的歌谣。采豳风，采录有关农事的民歌，这里就是劝农的意思。秾华，盛开的花朵。
⑤ 竹宇：竹子搭成的屋檐。宇，屋檐。
⑥ 朱轓（fān）引鹿：《后汉书·郑弘传》注引文载，东汉时淮阳太守郑弘出外劝农，有白鹿跟在车子的两侧，于是有人说他将来会做宰相。朱轓，涂着红漆的车子，这里指太守所用的车子。轓，车厢两旁的障泥，借指车。
⑦ 膏雨：甘霖，滋润农作物的及时雨。
⑧ 缓理征徭词讼：暂缓征收赋税徭役，暂缓提起官司诉讼。

吏上）承行无令史，带办有农民①。禀爷爷，劝农花酒，俱已齐备。（外）吩咐起行。近乡之处，不许多人啰唣②。（众应，喝道③起行介）（外）正是：为乘阳气行春令，不是闲游玩物华④。（下）

【前腔】（生、末扮父老上）白发年来公事寡，听儿童笑语喧哗。太守巡游，春风满马。敢借着这务农宣化？

俺等乃是南安府清乐乡中父老。恭喜本府杜太爷，管治三年，慈祥端正，弊绝风清。凡各村乡约保甲⑤，义仓社学⑥，无不举行，极是地方有福。现今亲自各乡劝农，不免官亭⑦伺候。那祗候⑧们扛抬花酒到来也。

【普贤歌】（丑、老旦扮公人，扛酒提花上）俺天生的快手贼无过⑨。衙舍里消消没的睃⑩，扛酒去前坡。（做跌介）几乎破了

---

① 承行无令史，带办有农民：县吏自夸直接秉承太守意旨办事，不用令史转达，而且有农民帮助他办事。令史，府、县管理文书的吏目。承行，秉承上司的意旨办事。带办，帮忙办理。

② 啰（luó）唣（zào）：吵闹，喧扰。

③ 喝道：中国古代官员出行，吏役在前面吆喝，让闲杂人等回避。

④ 为乘阳气行春令，不是闲游玩物华：化用王维《奉和圣制从蓬莱向兴庆阁道中留春雨中春望之作应制》的"为乘阳气行时令，不是宸游玩物华"之句。阳气，暖气，生长之气。行春令，即行春，劝农。物华，自然景物。

⑤ 乡约保甲：乡约，适合本乡的规约；保甲，中国古代乡村的基层组织。

⑥ 义仓社学：义仓，中国旧时地方用于防备灾荒建的公有粮仓；社学，明代以后在地方设立的启蒙学校。

⑦ 官亭：即接官亭，设在近郊，专门供过往官吏食宿的亭子。

⑧ 祗（zhī）候：指衙役、仆人。

⑨ 俺天生的快手贼无过：公人自夸，连窃贼还不及他们手灵脚快。快手，捕快，官衙里负责缉捕的衙役，这里有双关的意思。

⑩ 消消没的睃（suō）：消失得无影无踪。睃，看。

哥①，摔破了花花②你赖不的我。

（生、末）列位祗候哥到来。（老旦、丑）便是这酒埕子③漏了，则怕酒少，烦老官儿遮盖些。（生、末）不妨。且抬过一边，村务里嗑酒去④。（老旦、丑下）（生、末）地方⑤端正坐椅，太爷到来。

（虚下⑥）

【排歌】（外引众上）红杏深花，菖蒲浅芽。春畴渐暖年华。竹篱茅舍酒旗儿叉。雨过炊烟一缕斜。（生、末接介）（合）提壶⑦叫，布谷⑧喳。行看几日免排衙⑨。休头踏⑩，省喧哗，怕惊他林外野人家。

（皂禀介）禀爷，到官亭。（生、末见介）（外）众父老，此为何乡何都？（生、末）南安县第一都清乐乡。（外）待我一观。（望介）

（外）美哉此乡，真个清而可乐也。

【长相思】你看：山也清，水也清，人在山阴道上行⑪。春云处处

---

① 哥：语气词，相当于啊、呵。

② 摔破了花花：形容酒坛子摔破后酒洒出来。

③ 酒埕（chéng）子：即酒坛子。

④ 村务里嗑酒去：到乡村酒馆里喝酒。务，酒务的简称，宋代官设的造酒、卖酒的机关，这里作酒馆解。嗑，喝。

⑤ 地方：中国古代的地保、甲长。

⑥ 虚下：中国古代戏曲表演的提示语。角色走向舞台的下场门，但没有真的下场，只是闪过一边，过一阵又会返回来。

⑦ 提壶：即鹈鹕，一种生活在热带和亚热带的水鸟，鸣声有如"提壶"。

⑧ 布谷：候鸟名，出现在三至五月播种期间，鸣声有如"布谷"。

⑨ 排衙：中国古代长官坐堂，排列仪仗，接受属僚的参谒，坐堂办事。

⑩ 头踏：中国古代官员出行时排在前面的仪仗队。

⑪ 人在山阴道上行：指一路上遇到的全是好风景。语出南朝宋刘义庆《世说新语·言语篇》，东晋王献之云："从山阴道上行，山川自相映发，使人应接不暇。"山阴，今浙江省绍兴境内。

生。(生、末)正是。官也清,吏也清,村民无事到公庭。农歌三两声。(外)父老,知我春游之意乎?

【八声甘州】平原麦洒,翠波摇翦翦,绿畴如画。如酥嫩雨,绕塍春色蠡苴①。趁江南土疏田脉佳。怕人户们抛荒力不加②。还怕,有那无头官事③误了你好生涯。

(生、末)以前昼有公差,夜有盗警,老爷到后呵——

【前腔】千村转岁华④。愚父老香盆⑤,儿童竹马⑥。阳春有脚⑦,经过百姓人家。月明无犬吠黄花,雨过有人耕绿野⑧。真个,村村雨露桑麻。

(内歌《泥滑喇》介)(外)前村田歌可听。

【孝白歌】(净扮田夫上)泥滑喇,脚支沙⑨,短耙长犁滑律⑩的

---

① "平原麦洒"五句:形容暮春田野里麦苗在微风吹拂下的美丽景象。翦翦,指微风。塍(chéng),田间土埂。蠡(lǎ)苴(jū),犹阑珊,衰减,将尽,形容暮春景色。
② 抛荒力不加:荒了田地,不出力耕种。
③ 无头官事:无穷无尽的官府公务。
④ 转岁华:日子变好了。
⑤ 香盆:乡民焚香插在盆里,把盆子顶在头上,跪地迎送高官,表示崇敬。
⑥ 儿童竹马:指杜宝太守受民爱戴。《后汉书》卷三十一郭伋传载,东汉并州牧郭伋,有一次到所属的县邑去,几百儿童骑竹马来欢迎他。
⑦ 阳春有脚:指杜宝太守爱民恤物。《唐人说荟·开元天宝遗事》载,"宋璟爱民恤物,朝野归美。时人咸谓璟为有脚阳春。言所至之处,如阳春煦物也。"
⑧ 月明无犬吠黄花,雨过有人耕绿野:元杂剧中,知府角色出场时常用的诗句。元杂剧《曲江池》第一折郑府尹上场诗就有"雨后有人耕绿野,月明无犬吠黄昏"之句。
⑨ 泥滑喇,脚支沙:形容雨天泥路滑溜溜的,脚踏不稳。
⑩ 滑律:滑溜。

拿。夜雨撒菰麻，天晴出粪渣，香风酶鲊①。（外）歌的好。"夜雨撒菰麻，天晴出粪渣，香风酶鲊"，是说那粪臭。父老呵，他却不知这粪是香的。有诗为证：焚香列鼎②奉君王，馔玉炊金③饱即妨。直到饥时闻饭过，龙涎④不及粪渣香。与他插花赏酒。（净插花赏酒，笑介）好老爷，好酒。（合）官里醉流霞⑤，风前笑插花，把农夫们俊煞⑥。（下）

（门子禀介）一个小厮⑦唱的来也。

【前腔】（丑扮牧童拿笛上）春鞭打，笛儿哨⑧，倒牛背斜阳闪暮鸦。（笛指门子介）他一样小腰䯲⑨，一般双髻鬌⑩，能骑大马。（外）歌得好。怎生指着门子唱"一样小腰䯲，一般双髻鬌，能骑大马"？父老，他怎知骑牛的倒稳。有诗为证：常羡人间万户侯⑪，只知骑马胜骑牛。今朝马上看山色，争似骑牛得自由。赏他酒，插花去。（丑插花饮酒介）（合）官里醉流霞，风前笑插花，

---

① "夜雨撒菰（gū）麻"三句：雨天下种，天晴施肥，粪臭气味如同发臭的咸鱼，但农夫闻着香喷喷的。菰，禾本科植物，嫩茎基部被某种菌感染而膨大，即茭白，结实叫菰米，均可食用。酶（yān）鲊（zhǎ），即腌鲊，发臭的腌鱼。
② 列鼎：形容菜肴丰盛。鼎，古代烹饪兼盛菜的用具。
③ 馔玉炊金：形容珍贵的食物。语出骆宾王《帝京篇》的"炊金馔玉待鸣钟"之句。
④ 龙涎：即龙涎香。抹香鲸病胃的分泌物，香气浓烈，是一种极珍贵的香料。因来自海中，故名。
⑤ 流霞：泛指美酒。原是神话中仙酒名，说是喝了一杯就不会饥渴。见《抱朴子·袪惑》。
⑥ 俊煞：即美煞，意谓乐死了、美死了。
⑦ 小厮：地位低下的跑腿办事的男孩。
⑧ 哨（shā）：吹。
⑨ 腰䯲（jià）：腰身。
⑩ 髻鬌（zhā）：髻鬟，中国古代的一种发式。
⑪ 万户侯：泛指高官。汉制，中国列侯大的食邑万户，小的五六百户。

村童们俊煞。（下）

（门子禀介）一对妇人歌的来也。

【前腔】（旦、老旦采桑上）那桑阴下，柳篓儿搓，顺手腰身劜一丫①。呀，甚么官员在此？俺罗敷自有家，便秋胡怎认他②，提金下马？（外）歌的好。说与他，不是鲁国秋胡，不是秦家使君，是本府太爷劝农。见此勤劬采桑，可敬也。有诗为证：一般桃李听笙歌，此地桑阴十亩多。不比世间闲草木，丝丝叶叶是绫罗。领酒，插花去。（二旦背插花，饮酒介）（合）官里醉流霞，风前笑插花，采桑人俊煞。（下）

（门子禀介）又一对妇人唱的来也。

【前腔】（老旦、丑持筐采茶上）乘谷雨③，采新茶，一旗半枪金缕芽④。呀，甚么官员在此？学士雪炊他⑤，书生困想他，竹烟新

---

① 丫：丫杈，这里是桑枝。
② 俺罗敷自有家，便秋胡怎认他：采桑妇借罗敷、秋胡妻的故事，表明自己忠贞自爱。乐府诗《陌上桑》描写了美貌少妇秦罗敷在采桑时，有个官员来调戏她，要用车子接她去。她说："使君（太守）自有妇，罗敷自有夫。"拒绝了他。唐代《秋胡变文》、元杂剧《秋胡戏妻》中写秋胡在离家十年后做了鲁国中大夫，在回家的路上他调戏一个采桑妇，并用金子来诱惑她，但被拒绝，后来才知道采桑女原来是自己的妻子。
③ 谷雨：二十四节气之一，在公历四月二十日或二十一日。谷雨前采的茶叶叫谷雨前茶，一名雨前。
④ 一旗半枪金缕芽：指极细嫩的上品茶叶。旗、枪，指茶树顶上的小芽，没有展开的叫枪，已经展开的叫旗。参见《钦定四库全书·全唐诗录》卷八十五陆龟蒙诗《奉酬袭美先辈吴中苦雨一百韵》小注。金缕芽，上品茶。元杂剧马致远的《青衫泪》第四折【红绣鞋】有"他有数百块名高月峡，两三船玉屑金芽"之句。
⑤ 学士雪炊他：北宋大臣陶穀的家姬取雪水烹茶。典出《苕溪渔隐丛话·前集》卷四。

瓦①。（外）歌的好。说与他，不是邮亭学士②，不是阳羡书生③，是本府太爷劝农。看你妇女们采桑采茶，胜如采花。有诗为证：只因天上少茶星，地下先开百草精④。闲煞女郎贪斗草⑤，风光不似斗茶⑥清。领了酒，插花去。（老旦、丑插花，饮酒介）（合）官里醉流霞，风前笑插花，采茶人俊煞。（下）

（生、末跪介）禀老爷，众父老茶饭伺候。（外）不消。余花余酒，父老们领去，给散小乡村，也见官府劝农之意。叫袛候们起马。

（生、末做攀留不许介）（起叫介）村中男妇领了花赏了酒的，都来送太爷。

【清江引】（前各众插花上）黄堂春游韵潇洒，身骑五花马⑦。村务里有光华，花酒藏风雅。（外）男女们请了，你德政碑随路打⑧。（下）

闾阎缭绕接山巅⑨。　杜　甫

---

① 竹烟新瓦：竹烟，燃竹烧茶发出的烟气。瓦，陶器，这里指陶制茶壶。
② 邮亭学士：即陶穀。陶穀出使南唐，南唐在邮亭安排妓女秦弱兰诱惑他，他果然上当，爱上了秦弱兰，赠词求欢。
③ 阳羡书生：指轻薄的书生。语出南朝梁吴均《续齐谐记》所载阳羡人许彦在路上遇见一个书生的故事。阳羡，今江苏宜兴，古代以产茶著名。
④ 百草精：指茶。唐代齐己《咏茶十二韵》有"百草让为灵，功先百草成"的诗句。
⑤ 斗草：中国古代民间端午节的一种娱乐游戏，大家相约，竞采花草，比赛多寡优劣。玩此游戏的大都是少女。
⑥ 斗茶：古代一种比赛茶优劣的游戏。宋代江休复《嘉祐杂志》载："苏才翁尝与蔡君谟斗茶。蔡茶精，用惠山泉；苏茶劣，改用竹沥水煎，遂能取胜。"
⑦ 五花马：指毛色斑驳的良马。
⑧ 德政碑随路打：指太守所到之处，都获得百姓的歌颂。德政碑，当地人为歌颂地方官的德政所立的碑石。
⑨ 闾阎缭绕接山巅：描写杜宝出巡劝农所见乡村风光。语本杜甫《夔州歌十绝句》之四。闾阎，里巷。

春草青青万顷田[①]。张　继

日暮不辞停五马[②]。羊士谔

桃花红近竹林边[③]。薛　能

精彩解说

本书出《劝农》在整部《牡丹亭》中似乎并不重要，从来不是戏曲批评家以及《牡丹亭》爱好者的关注点，但曾经被频繁搬演于戏曲舞台上。

"劝农"即古代官吏下乡去鼓励农耕。本出描写了南安太守杜宝下乡劝农的欢乐场景。事实上，这正是汤显祖在遂昌任知县时鼓励农耕的真实写照。在他的心目中，遂昌似乎已是"世外桃源"，是他心目中的理想社会。

杜宝希望女儿遵循传统礼教，禁止女儿追求爱情婚姻自由，在本剧中是思想陈旧、顽固的父亲形象。本出却塑造了杜宝清明惠政的清官一面。清乐乡父老称颂"本府杜太爷，管治三年，慈祥端正，弊绝风清"，清乐乡"以前昼有公差，夜有盗警"，杜宝到任后才使"千村转岁华"。他下乡巡行，鼓励春耕，村民杠抬花酒，一派风调雨顺、政通人和的景象。

杜宝下乡劝农，离开了杜府，女儿杜丽娘才有了游园的机会，才能欣赏到"姹紫嫣红开遍"的春光，继而因梦生情，引入全剧的核心情节。因而在结构上，本出是核心剧情的引线。

《劝农》对古老的采诗观风形式进行了艺术化加工，运用到本出中，增加了本剧的观赏性和教育意义；又揭示了"与时偕行"的哲理，扩充了《牡丹亭》的视野与结构，使整部传奇为之生色。

---

① 春草青青万顷田：描写农田风光。语本张继《阊门即事》。

② 日暮不辞停五马：指杜宝下乡劝农不辞辛苦。语本羊士谔《野望二首》之一。

③ 桃花红近竹林边：借描写乡村美景，形容杜宝治下一片太平景象。语本薛能《宋氏林亭》。

第九出 肃 苑①

原文

【一江风】（贴上）小春香，一种在人奴上②，画阁里从娇养。侍娘行③，弄粉调朱，贴翠④拈花，惯向妆台傍。陪他理绣床，陪他烧夜香。小苗条⑤吃的是夫人杖。

花面丫头十三四，春来绰约省人事。终须等着个助情花，处处相随步步觑⑥。俺春香，日夜跟随小姐。看他名为国色，实守家声⑦。嫩脸娇羞，老成尊重。只因老爷延师教授，读到《毛诗》第一章："窈窕

---

① 肃苑：整肃、打扫园林。苑，园林。
② 一种在人奴上：同样是做家奴。一种，同样。唐代变文《佛说阿弥陀经讲经文》有"僧家和合为门，到处悉皆一种"之句。
③ 娘行（háng）：姑娘。
④ 贴翠：用翡翠珠玉等镶嵌的首饰装扮头脸。
⑤ 小苗条：小小的苗条的身材。这里是春香自指。
⑥ "花面丫头十三四"四句：指春香借诗句打趣自己，憧憬将来嫁个丈夫，跟丈夫相伴相随。诗句化用了唐代刘禹锡《寄赠小樊》："花面丫头十三四，春来绰约向人时。终须买取名春草，处处相将步步随。"花面，中国古代女子把花片贴在脸上作为装饰。省人事，懂得男女相爱交欢之事。助情花，据说是安禄山献给唐明皇的一种春药，这里指爱人。觑（qù），看。
⑦ 家声：家族世传的声名美誉。

淑女，君子好逑。"悄然废书而叹曰："圣人之情，尽见于此矣。今古同怀，岂不然乎？"春香因而进言："小姐读书困闷，怎生消遣则个①？"小姐一会沉吟，逡巡②而起。便问道："春香，你教我怎生消遣那③？"俺便应道："小姐，也没个甚法儿，后花园走走罢。"小姐说："死丫头，老爷闻知怎好？"春香应说："老爷下乡，有几日了。"小姐低回④不语者久之，方才取过历书选看。说明日不佳，后日欠好，除大后日，是个小游神吉期⑤。预唤花郎，扫清花径。我一时应了，则怕老夫人知道。却也由他。且自叫那小花郎吩咐去。呀，回廊那厢，陈师父来了。正是：年光到处皆堪赏⑥，说与痴翁总不知。

【前腔】（末上）老书堂，暂借扶风帐⑦，日暖钩帘荡。呀，那回廊，小立双鬟⑧，似语无言，近看如何相⑨？是春香，问你恩官在那厢？夫人在那厢？女书生怎不把书来上？

（贴）原来是陈师父。俺小姐这几日没工夫上书。（末）为甚？（贴）

---

① 则个：语气助词，用在句子结尾，和"者"字用法差不多，表示加强语气。
② 逡（qūn）巡：有所顾虑而徘徊不前。
③ 那：语气助词，这里同"哪"，表示疑问，本书中有多处此用法。
④ 低回：徘徊。
⑤ 小游神吉期：小游神当值的吉利日子。小游神，传说中的吉利神祇，它当值的那天，被认为是吉日之一。宋代叶梦得《石林燕语》卷三："太平兴国中，司天言太一式有五福、大游、小游……凡十神，皆天之贵神。"
⑥ 年光到处皆堪赏：语出唐代张仲素《汉苑行》诗中的"年光到处皆堪赏，春色人间总未知"二句。年光，春光。
⑦ 扶风帐：指学堂、书塾。东汉学者马融教授学生时"常坐高堂，施绛纱帐，前授生徒，后列女乐"，因马融是扶风人，后世因以"扶风帐"指讲坛、学堂。
⑧ 双鬟（huán）：中国古代少女所梳的两个环形发髻。后代指婢女、丫鬟，这里指春香。
⑨ 近看如何相：走近些看看是谁。如何相，什么模样、面相。

听呵,

【前腔】甚年光,忒煞通明相①,所事②关情况。(末)有甚么情况?(贴)老师父还不知,老爷怪你哩。(末)何事?(贴)说你讲《毛诗》,毛的忒精③了。俺小姐呵,为诗章,讲动情肠。(末)则讲了个"关关雎鸠"。(贴)故此了。小姐说,关了的雎鸠,尚然有洲渚之兴,何以人而不如鸟乎?书要埋头,那景致则抬头望。如今吩咐,明后日游后花园。(末)为甚去游?(贴)他平白地为春伤。因春去的忙,后花园要把春愁漾④。

(末)一发不该了。

【前腔】论娘行,出入人观望,步起须屏障⑤。春香,你师父靠天也六十来岁,从不晓得伤个春,从不曾游个花园。(贴)为甚?(末)你不知。孟夫子说的好,圣人千言万语,则要人"收其放心"⑥。但如常,着甚春伤?要甚春游?你放春归,怎把心儿放⑦?

---

① 忒(tè)煞通明相:太通晓明了的模样儿。忒煞,太,过分。忒煞两字连用,表示更强的语气。
② 所事:凡事,事事。
③ 忒精:精过头了。精,原指深透,讽刺语,是说奇怪。
④ 春愁漾:排遣春愁。漾,发散,排遣。
⑤ 出入人观望,步起须屏障:中国古代闺范,女子不能轻易抛头露面,外出时为了不使人看见,要把脸遮住。《礼记·内则》载:"女子出门,必拥蔽其面。"步起,指外出。
⑥ 圣人千言万语,则要人"收其放心":此指圣人教育人约束身心的必要。《孟子·告子上》云:"学问之道无他,求其放心而已矣。"圣人,指孟子。收,收拢,拘束。放心,指放纵的心性。
⑦ 怎把心儿放:怎样能使心情平静。放,安放。

小姐既不上书，我且告归几日。春香呵，你寻常①到讲堂，时常向琐窗②，怕燕泥香点涴在琴书上③。

我去了。绣户④女郎闲斗草，下帷老子不窥园⑤。（下）

（贴吊场⑥）且喜陈师父去了。叫花郎在么？（叫介）花郎！

【普贤歌】（丑扮小花郎醉上）一生花里小随衙⑦，偷去街头学卖花。令史们将我揸⑧，祗候们将我搭，狠烧刀⑨、险把我嫩盘肠⑩生灌杀。

（见介）春姐在此。（贴）好打。私出衙前骗酒，这几日菜也不送。

（丑）有菜夫。（贴）水也不挑。（丑）有水夫。（贴）花也不送。

（丑）每早送花，夫人一分，小姐一分。（贴）还有一分哩？（丑）这

---

① 寻常：平常，这里作常常解。
② 琐窗：镂刻有连环花纹图案装潢得很好的窗棂，此指书房。琐，雕镂在门窗上的连环形的花纹装饰。
③ 怕燕泥香点涴（wò）在琴书上：语出杜甫《漫兴九首》之一的"江上燕子故来频，衔泥点涴琴书内"的诗句。涴，污，沾染，弄脏。
④ 绣户：指闺房。
⑤ 下帷老子不窥园：陈最良自比"下帷老子"，意谓闭门苦读。《汉书》卷五十六董仲舒传载，汉代学者董仲舒在帷帐内专心学问，三年不去看一下园圃。下帷，放下帷帐。窥园，观赏园景。
⑥ 吊场：古代戏曲表演用语。一出戏的结尾，其他演员都已下场，留下一二人念下场诗；或一出戏中某个场面结束了，由某个角色说几句调转场景的说白，过渡到另一个场面。这里指第二种。
⑦ 随衙：随班，引申为跟随、侍候。
⑧ 揸（zhā）：方言，抓、捉。下文"搭"，也是抓的意思。
⑨ 烧刀：也叫烧刀子，即烧酒。
⑩ 盘肠：肚肠。

该打。(贴)你叫什么名字?(丑)花郎。(贴)你把花郎的意思,诌个曲儿俺听。诌的好,饶打。(丑)使得。

【梨花儿】小花郎看尽了花成浪,则春姐花沁的水洸浪①。和你这日高头偷眼眼,嗏,好花枝干鳖②了作么朗!

(贴)待俺还你也哥。

【前腔】小花郎做尽花儿浪,小郎当夹细的大当郎③?(丑)哎哟!(贴)俺待到老爷回时说一浪④,(揪丑发介)嗏,敢几个小榔头把你分的朗⑤。

(丑倒介)罢了。姐姐为甚事光降小园?(贴)小姐大后日来瞧花园,好些扫除花径。(丑)知道了。

> 东郊风物正薰馨⑥。崔日用
> 应喜家山接女星⑦。陈　陶

---

① "小花郎看尽了花成浪"二句:和下曲头两句都是花郎和春香调情的唱词,语意双关。按,古代戏曲中多夹带些调情的说唱和情节,这里意带猥亵。洸(guāng)浪,水波荡漾。
② 好花枝干鳖:比喻女子年华逝去。干鳖,即干瘪。
③ 小郎当夹细的大当郎:这里两句和上曲唱词,都是语意双关的调情、秽亵语。
④ 说一浪:犹言说一下,告一状。
⑤ 敢几个小榔头把你分的朗:意谓怕只要几下棒槌就把你打成两段。敢,准保。榔头,棒槌。分的朗,分成明显的两半。
⑥ 东郊风物正薰馨:指春光明媚,万物生机勃勃。语本崔日用诗《奉和圣制春日幸望春宫应制》。
⑦ 应喜家山接女星:指打扫花园准备迎接杜丽娘游园。语本陈陶《投赠福建路罗中丞》。家山,原指故乡,这里指园林。女星,三十八宿之一,主扬州,此指非同一般的女子。

莫遣儿童触红粉①。韦应物

便教莺语太丁宁②。杜 甫

精彩解说

本出《肃苑》的主角是杜丽娘的丫鬟春香，她依照小姐的吩咐，让花郎打扫园林。

杜丽娘锁在深闺，长到十六岁，竟然不知道府宅中有座大花园。父亲给她延请了塾师陈最良，准备教授她《诗经》，把她培养成一位女才子。但不巧，因为春香调皮、不服管教，偶然探到了后花园，报告了小姐。而杜丽娘自己，因为在学堂中学习了《诗经》第一首诗《关雎》，引得她"讲动情肠"。本出借春香之口说，"关了的雎鸠，尚然有洲渚之兴，何以人而不如鸟乎？"道出了杜丽娘的内心隐秘，那就是对男女爱情的向往。

杜丽娘已经无心刺绣读书了，动了游园的心思，就安排了打扫园林的事。恰好，此时父亲杜宝下乡去劝农了，几番犹豫之后，杜丽娘决定去后花园游览赏春。塾师陈最良得知后，深知到户外欣赏春光，对一个妙龄少女意味着什么。出于多年的经教教化，以及塾师的身份，他提出了警告："但如常，着甚春伤？要甚春游？你放春归，怎把心儿放？"他最担忧的，是杜丽娘游园而导致伤情。剧情渐渐发展，"因情而死，因情而生"的主要情节即将登场，下一出就是《惊梦》了。

春香和陈最良两个人物形象的性格对比，在此出中继续展现。春香埋怨陈最良讲《关雎》讲动了小姐情肠，陈最良说自己："下帷老子不窥园""靠天也六十来岁，从不晓得伤个春，从不曾游个花园"。吴吴山三妇合评本《牡丹亭》云："《肃苑》只此数语，却写误遇陈老，絮烦半日，一腐一憨，增出多少波折。"

---

① 莫遣儿童触红粉：指不要让年纪尚小的女子懂男女之事。语本韦应物《将往滁城恋新竹，简崔都水示端》。原句"红"作"琼"。

② 便教莺语太丁宁：承接上句诗，意思是（小女子一旦懂了男女之事后）他们言语之间，就时常会说那些打情骂俏的话。语本杜甫《绝句漫兴九首》之一。

本出紧承第七出《闺塾》，是一出过场短戏，继续为后续情节推衍、人物刻画做铺垫。本出中女主角杜丽娘并没有出场，她的心事、深闺的寂寞和伤春的忧郁，全由春香道白诉出。

　　古代戏曲中多夹带些调情、猥琐、下流的说唱和情节，《牡丹亭》也不例外。本出中，花郎调戏春香，不少唱词有双关语意，带着明显的调情猥亵意味。

　　春香的语言，仍是俏皮、幽默。比如，由《毛诗》，她接着一句"毛的忒精"，借用谐音十分巧妙，给演出增添了许多笑场。

第十出 惊 梦

原文

【绕池游】（旦上）梦回莺啭，乱煞年光遍。人立小庭深院①。（贴）炷尽沉烟，抛残绣线，恁今春关情似去年②？

【乌夜啼】（旦）晓来望断梅关，宿妆残③。（贴）你侧着宜春髻

---

① "梦回莺啭"三句：这是杜丽娘清晨刚起床的唱词，大意是莺燕婉转的叫声将人从梦中唤醒，即使整日置身于深深的庭院，依然随处可见让人眼花缭乱的春光。乱煞年光，缭乱的春光。小庭深院，深深的庭院。

② "炷尽沉烟"三句：这是春香的唱词，大意是炉里的薰香已经燃尽，抛掉残剩的绣线，今年被缭乱的春光勾动的情愫怎么和去年一样浓呢？这里暗示，杜丽娘因为时光流逝，对青春易逝、内心情欲无可寄托的叹息和惆怅之情。炷，烧香。沉，沉水香，一种名贵的薰香用的香料。恁，怎么，为什么。

③ 晓来望断梅关，宿妆残：天刚破晓，杜丽娘还未洗净隔夜的残妆，急迫地遥望远处的梅关。梅关，又称"梅岭"，即大庾岭，宋代在这里设有梅关，在广东、江西交界处，位于本剧故事发生地点江西省南安府（大庾）的南面。宿妆，隔夜的残妆。这里暗示了一些剧情：柳梦梅家住广东岭南，他去江西，大庾岭是必经之地，因此"望断梅关"暗示杜丽娘的梦中情人就是柳梦梅。

子①恰凭阑。（旦）剪不断，理还乱②，闷无端。（贴）已吩咐催花莺燕借春看③。（旦）春香，可曾叫人扫除花径？（贴）吩咐了。

（旦）取镜台衣服来。（贴取镜台衣服上）云髻罢梳还对镜，罗衣欲换更添香④。镜台衣服在此。

【步步娇】（旦）袅晴丝吹来闲庭院，摇漾春如线⑤。停半晌、整花钿⑥。没揣菱花⑦，偷人半面，迤逗的彩云偏⑧。（行介）步香闺怎便把全身现！

---

① 宜春髻子：古代立春节气的习俗，女子剪彩色丝绸成燕子形状，戴在发髻上，上贴"宜春"二字。
② 剪不断，理还乱：指杜丽娘生出无来由的烦闷，割也割不断，情绪越理越乱。语出南唐后主李煜《相见欢》的"剪不断，理还乱，是离愁，别是一般滋味在心头"的词句。
③ 已吩咐催花莺燕借春看：春香已经告诉催花绽放的黄莺和燕子要让春光慢些流逝，好让她们多看看。
④ "云髻罢梳还对镜"二句：春香服侍杜丽娘梳好发髻后对镜察看，换了丝衣让杜丽娘变得香气袭人娇艳妩媚。语本薛逢的诗《宫词》。罗衣，轻软丝织品织成的衣服。
⑤ 袅晴丝吹来闲庭院，摇漾春如线：幽静的庭院里吹来了许多丝絮，在春天的阳光里飘荡成根根丝线。晴丝，指飘游在空中的虫类所吐的丝缕，多出现在晴朗的春天，后文所说的烟丝同意。晴丝，与"情思"谐音，暗指杜丽娘的心中漾起情思。清代李渔《闲情偶寄》中评点："以游丝一缕，逗起情丝，发端一语，即费如许深心。"
⑥ 花钿：用珍珠金银等装饰成的形如花朵的首饰。
⑦ 没揣：没料到。菱花：镜子，中国古时铜镜背面所铸刻的花纹多为菱花，后来用菱花代称镜子。
⑧ 偷人半面，迤（yǐ）逗的彩云偏：镜子偷偷地照见了她的一边脸面，害得她不好意思，羞答答地把发髻也弄偏歪了。迤逗，挑逗，诱使；彩云，古代女子梳的柔如彩云的发髻。以上几句，运用拟人化手法，杜丽娘把镜子当成了"偷窥者"，刻画出了杜丽娘的美丽容颜和娇羞的少女心理。

（贴）今日穿插的好。

【醉扶归】（旦）你道翠生生出落的裙衫儿茜①，艳晶晶花簪八宝填②，可知我常一生儿爱好是天然③。恰三春好处无人见④。不堤防沉鱼落雁鸟惊喧，则怕的羞花闭月花愁颤⑤。

（贴）早茶时了，请行。（行介）你看：画廊金粉半零星，池馆苍苔一片青。踏草怕泥新绣袜，惜花疼煞小金铃⑥。（旦）不到园林，怎知春色如许⑦！

【皂罗袍】原来姹紫嫣红开遍，似这般都付与断井颓垣⑧。良辰美

---

① 翠生生出落的裙衫儿茜（qiàn）：指杜丽娘身上穿着鲜艳的裙衫。翠生生，颜色极鲜艳。与苏轼的《和述古冬日牡丹四首》其一中的诗句"一朵妖红翠欲流"用法正同。出落的，显出，衬托出。茜，绛红色。
② 艳晶晶花簪八宝填：指杜丽娘头上戴着镶嵌着多种宝石的光灿灿的花簪。
③ 可知我常一生儿爱好是天然：指杜丽娘从小爱美是天性使然。爱好，方言，意谓爱美。天然，天性使然。
④ 恰三春好处无人见：杜丽娘自叹正值青春妙龄，却无人看到欣赏。三春，包含孟春、仲春、季春，泛指春天，这里比喻青春美貌。
⑤ "不堤防沉鱼落雁鸟惊喧"二句：极言杜丽娘天生丽质，貌美如花。沉鱼落雁、闭月羞花，分别指古代最著名的四大美女西施、王昭君、貂蝉和杨玉环，后用来形容女子的美貌。
⑥ "画廊金粉半零星"四句：描写杜府后花园雨后花谢冷落的情形。零星，零落，这里指花叶衰颓败落。泥，用作动词，弄脏，沾污。金铃，花名。
⑦ 不到园林，怎知春色如许：指杜丽娘被花园春色所震撼。
⑧ "原来姹紫嫣红开遍"二句：杜丽娘感叹绚丽多彩的花朵只能开放在断井残垣的破败庭院，寂寞得无人欣赏，恰与自己的美丽容颜一般，着实令人遗憾。姹（chà）紫嫣红，以花色绚丽多彩代指各种艳丽的花。断井颓垣（yuán），断了的井栏和倒塌的短墙，形容庭院荒败的景象。吴吴山三妇合评本《牡丹亭》评语云："前云'眼见春如许'，见得却浅，此处不知却深。忽临春色，蓦地动魄，那不百端交集。"

景奈何天,赏心乐事谁家院①!恁般景致,我老爷和奶奶再不提起。(合)朝飞暮卷,云霞翠轩;雨丝风片,烟波画船②——锦屏人忒看的这韶光贱③!

(贴)是④花都放了,那牡丹还早。

【好姐姐】(旦)遍青山啼红了杜鹃⑤,荼蘼⑥外烟丝醉软。春香呵,牡丹虽好,他春归怎占的先⑦!(贴)成对儿莺燕呵。(合)闲凝眄⑧,生生燕语明如剪⑨,呖呖莺歌溜的圆⑩。

---

① "良辰美景奈何天"二句:杜丽娘感叹美好春色不能久驻,称心好事又似乎跟自己无关,流露出了世事无常、美貌与情思无所依托的伤感情绪。奈何天,世事无常无可奈何。谁家,哪一家。此二句语出谢灵运《拟魏太子邺中集诗·序》:"天下良辰、美景、赏心、乐事,四者难并。"
② "朝飞暮卷"四句:描写花园里亭台水榭的美景。朝飞暮卷,语出王勃《滕王阁诗》的"画栋朝飞南浦云,朱帘暮卷西山雨"之句。翠轩,青色的轩窗。
③ 锦屏人忒看的这韶光贱:幽居深闺中的人太不珍重这样的美好春光。句中流露出杜丽娘辜负了大好春光的遗憾。锦屏人,关在深闺中的人,这里是杜丽娘自指。忒,太。韶光,指美好的春光。
④ 是:凡是,所有的。
⑤ 啼红了杜鹃:红色的杜鹃花遍地开放。相传杜鹃鸟昼夜悲啼,啼至出血乃止。这里指杜鹃花色由杜鹃鸟泣血而染红。
⑥ 荼蘼:花名,花繁香浓,往往直到春末夏初开花,凋谢后即表示花季结束,所以有完结的意思。
⑦ 牡丹虽好,他春归怎占的先:牡丹虽然是百花之王,但它是在夏初才开放,春天已经过去,它怎么能在春光中占先呢。这里杜丽娘自比牡丹,为自己的青春美貌被耽误而暗自伤怀。
⑧ 凝眄(miǎn):凝视。
⑨ 生生燕语明如剪:欢快的燕子飞来飞去,发出清亮悦耳的叫声。生生,形容有活力。明如剪,声音像锋利的剪刀一样明快清脆。
⑩ 呖呖莺歌溜的圆:黄莺呖呖,叫声婉转流利。溜的圆,形容叫声婉转、滑溜、流利。

（旦）去罢。（贴）这园子委是观之不足[1]也。（旦）提他怎的！（行介）

【隔尾】观之不足由他缱[2]，便赏遍了十二亭台是枉然。倒不如兴尽回家闲过遣。

（作到介）（贴）开我西阁门，展我东阁床[3]。瓶插映山紫[4]，炉添沉水香。小姐，你歇息片时，俺瞧老夫人去也。（下）

（旦叹介）默地游春转，小试宜春面[5]。春啊，得和你两留连，春去如何遣？咳，恁般天气，好困人也。春香那里？（左右瞧介）（又低首沉吟介）天呵，春色恼人，信有之乎！常观诗词乐府，古之女子，因春感情，遇秋成恨，诚不谬矣。吾今年已二八，未逢折桂之夫；忽慕春情，怎得蟾宫之客？昔日韩夫人得遇于郎[6]，张生偶逢崔氏[7]，曾有《题红记》《崔徽传》二书。此佳人才子，前以密约偷期[8]，后皆得成

---

[1] 观之不足：看不厌。
[2] "观之不足由他缱（qiǎn）"二句：满园春色惹人留恋，可是即便赏遍了后花园的各处亭台，也难解春愁。缱，留恋不舍。
[3] 开我西阁门，展我东阁床：语本北朝乐府民歌《木兰诗》中"开我东阁门，坐我西阁床"的诗句。
[4] 映山紫：映山红（即杜鹃花）的一种。
[5] 宜春面：梳了宜春发髻的脸面，指女子的美貌。
[6] 韩夫人得遇于郎：唐传奇中宫女韩氏与书生于祐以红叶为媒的爱情故事。见《青琐高议》前集卷五《流红记》。汤显祖的同时代人王骥德曾以此为蓝本，写成戏曲《题红记》。
[7] 张生偶逢崔氏：唐传奇中张生和崔莺莺的爱情故事。初见唐代元稹《会真记》。后来王实甫以此为蓝本创作出《西厢记》。下文提及的《崔徽传》，写的是妓女崔徽和裴敬中的恋爱故事，见宋代张君房的文言传奇小说集《丽情集》。此处《崔徽传》疑是《莺莺传》或《西厢记》的笔误。
[8] 偷期：幽会，偷情。

秦晋①。(长叹介)吾生于宦族,长在名门。年已及笄②,不得早成佳配,诚为虚度青春,光阴如过隙耳。(泪介)可惜妾身颜色如花,岂料命如一叶乎③!

【山坡羊】没乱里④春情难遣,蓦地里怀人幽怨。则为俺生小婵娟,拣名门一例、一例里神仙眷⑤。甚良缘,把青春抛的远!俺的睡情谁见?则索因循腼腆⑥。想幽梦谁边,和春光暗流转?迁延⑦,这衷怀那处言!淹煎,泼残生⑧,除问天!

身子困乏了,且自隐几⑨而眠。(睡介)(梦生介)

(生持柳枝上)莺逢日暖歌声滑,人遇风情笑口开。一径落花随水入,今朝阮肇到天台⑩。小生顺路儿跟着杜小姐回来,怎生不见?(回看介)呀!小姐,小姐!(旦作惊起,相见介)(生)小生那一处不寻访

---

① 得成秦晋:结成夫妇。春秋时代,秦、晋两国世代联姻,后世称联姻为结秦晋之好。
② 及笄(jī):指女子已成年,到了婚嫁的年龄。古代女子十五岁开始以笄(簪)束发,表示成年,可以婚嫁。笄,发簪。
③ 可惜妾身颜色如花,岂料命如一叶乎:语出元好问《鹧鸪天·薄命妾》的"颜色如花画不成,命如叶薄可怜生"词句。命如一叶,指命薄如叶。
④ 没乱里:迷乱,形容心绪烦乱。
⑤ "则为俺生小婵娟"三句:指杜丽娘希望将来找到一个门当户对的如意郎君,美满得像神仙眷侣一样。生小婵娟,生下来就美丽;婵娟,美女。一例,一样。
⑥ 则索因循腼腆:只能守着规矩,将愿望藏在心里,不好意思表露出来。则索,只得;索,要,须。因循,沿袭。腼腆,害羞。
⑦ 迁延:延宕,停留不前。
⑧ 淹煎,泼残生:淹煎,受熬煎,受折磨;泼残生,苦命儿。泼,表示厌恶、鄙夷,原来是骂人的脏话。
⑨ 隐几:靠着几案。
⑩ 阮肇(zhào)到天台:意谓见到爱人。典出刘晨和阮肇在天台山桃源洞遇见仙女的故事。汉代刘晨、阮肇共入天台山采药,遇两丽质仙女,他们被邀至家中,并招为婿。

小姐来，却在这里！（旦作斜视不语介）（生）恰好花园内折取垂柳半枝，姐姐，你既淹通①书史，可作诗以赏此柳枝乎？（旦作惊喜，欲言又止介）（背云）这生素昧平生，何因到此？（生笑介）小姐，咱爱杀你哩！

【山桃红】则为你如花美眷，似水流年，是答儿②闲寻遍。在幽闺自怜。小姐，和你那答儿讲话去。（旦作含笑不行）（生作牵衣介）（旦低问介）那边去？（生）转过这芍药栏前，紧靠着湖山石边。（旦低问）秀才，去怎的？（生低答）和你把领扣松，衣带宽，袖梢儿搵着牙儿苫③也，则待你忍耐温存一晌④眠。（旦作羞）（生前抱）（旦推介）（合）是那处曾相见，相看俨然，早难道⑤这好处相逢无一言？（生强抱旦下）

（末扮花神束发冠，红衣插花上）催花御史⑥惜花天，检点春工又一年。蘸客⑦伤心红雨下，勾人悬梦彩云边。吾乃掌管南安府后花园花神是也。因杜知府小姐丽娘，与柳梦梅秀才，后日有姻缘之分。杜小姐游春感伤，致使柳秀才入梦。咱花神专掌惜玉怜香，竟来保护他，要他云雨十分欢幸也。

【鲍老催】单则是混阳蒸变，看他似虫儿般蠢动把风情扇。一般儿

---

① 淹通：精通。
② 是答儿：宋元时的俗语，意谓到处。是，凡。答，同"搭"，表示处所。下文"那答儿"，那边的意思。
③ 搵（wèn）：用手指按住。苫（shàn）：遮盖。
④ 一晌：一会儿。
⑤ 早难道：难道说。
⑥ 催花御史：唐时宫中料理盛开鲜花的官吏。
⑦ 蘸客：指如红雨般的落花沾在人的身上。蘸，沾着。

娇凝翠绽魂儿颠①。这是景上缘，想内成，因中见②。呀！淫邪展污③了花台殿。咱待拈片落花儿惊醒他。（向鬼门④丢花介）他梦酣春透了怎留连？拈花闪碎的红如片。

秀才，才到的半梦儿，梦毕之时，好送杜小姐仍归香阁。吾神去也。
（下）

【山桃红】（生、旦携手上）（生）这一霎天留人便，草藉花眠。小姐可好？（旦低头介）（生）则把云鬟点，红松翠偏。小姐，休忘了呵，见了你紧相偎，慢厮连，恨不得肉儿般团成片也，逗的个日下胭脂雨上鲜⑤。（旦）秀才，你可去呵？（合前）

（生）姐姐，你身子乏了，将息，将息。（送旦依前作睡介）（轻拍旦介）姐姐，俺去了。（作回顾介）姐姐，你可十分将息，我再来瞧你那。行来春色三分雨，睡去巫山一片云。（下）（旦作惊醒低叫介）秀才，秀才，你去了也？（又作痴睡介）

（老上）夫婿坐黄堂⑥，娇娃立绣窗。怪他裙衩⑦上，花鸟绣双双。孩儿，孩儿，你为甚瞌睡在此？（旦作醒，叫秀才介）咳也！（老）孩儿

---

① "单则是混阳蒸变"三句：指花神眼中杜丽娘和柳梦梅幽会的情景。混阳蒸变，混沌元阳蒸腾变幻，这里指和煦的春光。搧，同"扇"，摇动。
② "这是景上缘"三句：文中依循了佛家的思想，意谓杜丽娘和柳梦梅的爱情姻缘，如同幻影，在意识中形成，由相应的因而造就。景上缘，梦幻泡影般的因缘；景，影。想内成，因缘在意识中形成。因中见，一切因缘都由相应的因造合而成；见，同"现"。
③ 展污：沾污，弄脏。
④ 鬼门：一作古门，戏台上演员的上、下场门。
⑤ 逗的个日下胭脂雨上鲜：指杜丽娘和柳梦梅两人梦中幽会的情爱场景，旧时称为"粉戏"。
⑥ 黄堂：古代太守衙中的正堂。
⑦ 裙衩（chà）：衣裙。衩，古代女子衣裙两侧开口的地方。

怎的来？（旦作惊起介）奶奶到此！（老）我儿何不做些针指，或观玩书史，舒展情怀？因何昼寝于此？（旦）儿适花园中闲玩，忽值春暄恼人，故此回房。无可消遣，不觉困倦少息。有失迎接，望母亲恕儿之罪。（老）孩儿，这后花园中冷静，少去闲行。（旦）领母亲严命。（老）孩儿，学堂看书去。（旦）先生不在，且自消停①。（老叹介）女孩家长成，自有许多情态，且自由他。正是：宛转随儿女，辛勤做老娘。（下）（旦长叹介）（看老旦下介）哎也天那！今日杜丽娘有些侥幸也。偶到后花园中，百花开遍，睹景伤情，没兴而回。昼眠香阁，忽见一生，年可弱冠②，丰姿俊妍。于园中折得柳丝一枝，笑对奴家说："姐姐既淹通书史，何不将柳枝题赏一篇？"那时待要应他一声，心中自忖，素昧平生，不知名姓，何得轻与交言。正如此想间，只见那生向前说了几句伤心话儿③，将奴搂抱去牡丹亭畔，芍药阑边，共成云雨之欢。两情和合，真个是千般爱惜，万种温存。欢毕之时，又送我睡眠，几声"将息"。正待自送那生出门，忽值母亲来到，唤醒将来。我一身冷汗，乃是南柯一梦④。忙身参礼母亲，又被母亲絮⑤了许多闲话。奴家口虽无言答应，心内思想梦中之事，何曾放怀。行坐不宁，自觉如有所失。娘呵，你教我学堂看书去，知他看那一种书消闷也！（作掩泪介）

【绵搭絮】雨香云片⑥，才到梦儿边。无奈高堂，唤醒纱窗睡不

---

① 消停：休息，歇息。

② 弱冠：二十岁。见《礼记·曲礼上》的"人生十年曰幼，学；二十曰弱，冠；三十曰壮，有室"之句。冠，男子到二十岁行冠礼，表示已经成人。

③ 伤心话儿：指贴心情话。

④ 南柯一梦：做梦。典出《太平广记》卷四七五（昆虫三）引李公佐所写的《淳于梦》。

⑤ 絮：唠叨，说些让人厌烦的话。

⑥ 雨香云片：云雨，指梦中的幽会。

便。泼新鲜冷汗黏煎，闪的俺心悠步躱①，意软鬟偏。不争多②费尽神情，坐起谁忺③，则待去眠。

（贴上）晚妆销粉印，春润费香篝④。小姐，薰了被窝睡罢。

【尾声】（旦）困春心游赏倦，也不索香薰绣被眠。天呵，有心情那梦儿还去不远。

春望逍遥出画堂⑤。　张　说
间梅遮柳不胜芳⑥。　罗　隐
可知刘阮逢人处⑦？　许　浑
回首东风一断肠⑧。　韦　庄

精彩解说

本出《惊梦》由十二支曲词组成，写了杜丽娘和春香离开"小庭深院"，偷偷到后花园游玩，看到"姹紫嫣红开遍"的春景。黄莺的婉转歌声将她惊醒，催醒了情思，美好的春情将这个青春少女引入了一个从未经历的爱情世界：她做了一个甜美而神秘的梦，梦到与情人柳梦梅宽衣解带，欢会于牡丹亭上，两人在花神的簇拥下，相倚相偎，缠绵悱恻。

---

① 闪的俺心悠步躱（duǒ）：害得我心里忧伤，脚步偏斜。躱，偏斜。步躱，脚步偏斜；躱，偏斜，重心不稳。
② 不争多：差不多，几乎。
③ 坐起谁忺（xiān）：无论起坐，都不适意。忺，安适，惬意。
④ 香篝（gōu）：即薰香用的薰笼。
⑤ 春望逍遥出画堂：指杜丽娘走出闺房欣赏春光。语本张说《奉和圣制春日出苑应制》。
⑥ 间梅遮柳不胜芳：指杜府后花园杨柳争春，百花争艳。语本罗隐《桃花》。
⑦ 可知刘阮逢人处：指杜丽娘在梦中与柳梦梅幽会。语本许浑《早发天台中岩寺度关岭次天姥岑》。
⑧ 回首东风一断肠：指杜丽娘梦醒后十分伤感。语本罗隐《桃花》诗末句。三妇评本作"韦庄"，盖以其《春陌二首》之一有句"断肠东风各回首"。

杜丽娘在学堂接触到《诗经·关雎》，领悟到的不是塾师陈最良所授的"后妃之德"，恰恰相反，由洲渚之兴，启发了青春的觉醒、对情爱的神往。

本出唱词情景交融，刻画了杜丽娘的内心世界，巧妙描写了她游园前后的心理活动轨迹，先写孤锁深远、韶华虚度、春光撩人；再写对景梳妆、欲行又止、顾影自怜、情思摇漾。由惊诧、感叹到幽叹、哀怨，准确地把握了人物的心理脉搏。她清晨醒来的慵懒，想到游园时的愉悦，梳洗打扮迎接春天的急切，观赏自己的娇柔，踏出闺门的激动，处在春景中的骄傲，迈进花园的感叹，看到残垣断壁的感慨，想象昔日的欢乐，感叹时光的流逝，辜负大好时光的感伤和消磨时光的无奈。剧情随着人物心理变化而逐渐推向高潮。

她对镜梳妆，菱花镜偷看她，她害羞得把发髻弄得歪斜了。这是拟人化修辞手法，表现出大家闺秀天真娇羞的神态。她梳洗完毕，顾影自怜，珍惜青春却又无人赏识，于是倍感孤单，"恰三春好处无人见"，于是一腔积怨，化作深沉的叹息。

本出【皂罗袍】唱出了杜丽娘在春色感召下所产生的心灵震颤。她惊叹"姹紫嫣红"的美景，这美景正是她美丽青春的象征。但春光易逝，"似这般都付与断井颓垣"的衰败景象，引发了她的幽怨，她感叹这"锦屏人忒看的这韶光贱！"她为生命之花绚丽短暂而深深伤怀，不忍自己的青春美貌白白地被蹉跎。而本出【山桃红】柳梦梅唱出"则为你如花美眷，似水流年"，正与前面杜丽娘的伤春之感相回应。

曹雪芹在《红楼梦》第二十三回写林黛玉听了《牡丹亭》的【皂罗袍】的唱词，"不觉点头自叹，心下自思：原来戏上也有好文章，可惜世人只知看戏，未必能领略其中的趣味"；当听到"则为你如花美眷，似水流年"时，竟"仔细忖度，不觉心痛神驰，眼中落泪"。

作者还把抒情、写景和刻画人物心理活动巧妙地结合了起来。杜丽娘自比牡丹，隐喻自己的妙龄青春被耽误的幽怨和伤感。借用"杜鹃啼血"的典故，渲染了浓郁的感伤气氛。成双的燕子、黄莺与春情萌动、孤寂冷清的杜丽娘又形成了一种对比，这更反衬了杜丽娘孤独、寂寞，更触发了杜丽娘的心扉，哀怨无法排解。

游春生情，因情感梦，又因梦而惊，这是杜丽娘从"游园"到"惊梦"的感情起落发展的"三部曲"。十二支曲词意境优美，使得这出戏自始至终流动着一种内在的优雅的韵律之美。

本出集中展示了《牡丹亭》的艺术成就，即情景交融浑然一体，心理描写生动自然贴切。

第十一出　慈　戒

原文

（老旦上）昨日胜今日，今年老去年①。可怜小儿女②，长自绣窗前。几日不到女孩儿房中，午晌去瞧他，只见情思无聊，独眠香阁。问知他在后花园回，身子困倦。他年幼不知：凡少年女子，最不宜艳妆戏游空冷无人之处。这都是春香贱才逗引他。春香那里？（贴上）闺中图一睡，堂上有千呼。奶奶，怎夜分时节，还未安寝？（老）小姐在那里？（贴）陪过夫人，到香阁中，自言自语，淹淹③春睡去了。敢在做梦也？（老）你这贱才！引逗小姐后花园去。倘有疏虞④，怎生是了！（贴）以后再不敢了。（老）听俺吩咐：

【征胡兵】女孩儿只合香闺坐，拈花剪朵⑤。问绣窗针指如何？逗

---

① 昨日胜今日，今年老去年：语出《云溪友议》卷九《艳阳词》所引刘采春唱词。
② 可怜小儿女：语出杜甫《月夜》诗的"遥怜小儿女，未解忆长安"之句。
③ 淹淹：昏昏沉沉，无精打采。
④ 疏虞（yú）：疏忽，失误。
⑤ 拈花剪朵：中国古代妇女的绣花、裁剪等针线活。

工夫一线多①。更昼长闲不过,琴书外自有好腾那②。去花园怎么?

(贴)花园好景。(老)丫头,不说你不知:

【前腔】后花园窣静③无边阔,亭台半倒落。便我中年人要去时节,尚兀自里打个磨陀④。女儿家甚做作?星辰高⑤犹自可。(贴)不高怎的?(老)厮撞着有甚不着科⑥,教娘怎么?

小姐不曾晚餐,早饭要早。你说与他:

　　　　(老)风雨林中有鬼神⑦。苏广文
　　　　(贴)寂寥未是采花人⑧。郑　谷
　　　　(老)素娥毕竟难防备⑨。段成式

---

① 逗工夫一线多:指春天的白天变长了,可以比平日多做些针线活来消磨时间。逗,度,时间的延续。一线,刺绣时用完一根线的工夫。语出五代和凝的诗《宫词百首》的"才经冬至阳生后,今日工夫一线多"之句。

② 腾那:此处意谓消遣。本剧第三十出的"腾那",却是翻腾、运动的意思。那,同"挪"。本剧第二十六出"不见影儿那",第三十出"月影向中那",第五十五出"偷天把桂影那","那"都同"挪"。

③ 窣(sū)静:很幽静。窣,方言,意谓很、非常。

④ 尚兀自里打个磨陀:意谓还有所犹豫不决。尚兀自里,尚且,犹自。磨陀,徘徊,盘旋,这里作"犹豫"解。

⑤ 星辰高:命大,有好福气。星辰,中国古代人认为人出生时的时辰有相配对应的星宿,如果星辰高命就好。

⑥ 厮撞着有甚不着科:碰到什么不对头,出了什么意外。厮撞,相撞,碰上。不着科,不对头,意外。

⑦ 风雨林中有鬼神:指杜母告诫春香花园中会有鬼神。语本苏广文《自商山宿隐居》。

⑧ 寂寥未是采花人:指春香说出杜丽娘长居深闺寂寞烦闷。语本郑谷《蜀中春日》。

⑨ 素娥毕竟难防备:指杜母告诫春香,女子要时刻防备冲撞了鬼神。素娥,嫦娥的别称,这里借指杜丽娘。语本段成式《嘲元中丞》。

（贴）似有微词动绛唇①。唐彦谦

> **精彩解说**

本出《慈戒》写杜丽娘自游园之后，精神困倦，无心读书，杜母见到女儿神思恍惚的样子，告诫丫鬟春香不可再带小姐游园赏春。

杜宝期盼女儿熟读书史，光耀门楣；杜母甄氏只期望女儿招得个好女婿，她对女儿的管束教养相对不是那么严格，她也意识到"女孩家长成，自有许多情态，且自由他"。但毕竟，杜母还得听丈夫的，她曾因"纵容女孩儿闲眠"，被丈夫责怪为"娘亲失教"，她不可能过分放纵女儿。作为女人，她也曾有过青春，因此她心里非常清楚，女儿在哪些方面需要警惕。当她发现女儿衣裙的花样出现变化，"怪他裙衩上，花鸟绣双双"，就意识到不对头了。她教导女儿，"女孩儿只合香闺坐，拈花剪朵"。

杜丽娘从后花园回来后，白昼睡眠，精神萎靡，杜母看在眼里，起了疑心和忧心，她归罪于春香，嫌春香撺掇小姐游园。吴吴山三妇合评本《牡丹亭》曰："不责小姐而责丫头，总是娇惜女儿。"她从一个深受传统礼教浸淫的女性角度，提防女儿潜藏的春思被勾动，故意欺骗说，花园是"空冷无人之处"，隐藏着"花妖木客"。她告诫春香，女子要时刻防备冲撞了鬼神。春香表示要委婉地规劝杜丽娘，但她深知小姐的心思，所以才说出杜丽娘长居深闺寂寞烦闷。

杜母本想以鬼怪之说警戒女儿，斩断女儿可能引发的儿女情思。然而，在这警戒背后，园林春光依然散发着巨大的诱惑力，杜丽娘还会不顾一切地重新返回园林，寻找逝去的梦景，希冀与梦中情人重逢。《慈戒》为后续故事埋下了伏笔。

本出是一出短的过场戏，介于《惊梦》《寻梦》两出大戏之间，起到衔接场子、调剂剧情、间隔时间的作用。

---

① 似有微词动绛唇：指春香表示要委婉地规劝杜丽娘。微词，很婉转地规劝。语本唐彦谦《绯桃》。

第十二出 寻 梦

原文

【夜游宫】(贴上)腻脸朝云罢盥,倒犀簪斜插双鬟①。侍香闺起早,睡意阑珊②:衣桁③前,妆阁畔,画屏间。

伏侍千金小姐,丫鬟一位春香。请过猫儿师父,不许老鼠放光。侥幸《毛诗》感动,小姐吉日时良。拖带春香遣闷,后花园里游芳。谁知小姐瞌睡,恰遇着夫人问当④。絮了小姐一会,要与春香一场⑤。春香无言知罪,以后劝止娘行。夫人还是不放,少不得发咒禁当⑥。(内介)春香姐,发个甚咒来?(贴)敢再跟娘胡撞,教春香即世里不见儿郎⑦。虽然一时抵对⑧,乌鸦管的凤凰?一夜小姐焦躁,起来促水朝妆。由他自言自语,日高花影纱窗。(内介)快请小姐早膳。(贴)报道官厨饭熟,且去传递茶汤。(下)

---

① "腻脸朝云罢盥"二句:描写春香的梳洗装扮。腻脸,指还未洗脸,脸上满是腻垢。朝云,指女子的头发。犀簪,犀牛角做的簪子。

② 睡意阑珊:睡意未消。阑珊,衰残。

③ 衣桁(hàng):衣架。

④ 问当:问。当,语气助词,此处如"着"。

⑤ 一场:意谓干一场,这里指打一场或骂一场。

⑥ 禁(jīn)当:意即重言,这里是抵对、对付的意思。

⑦ 即世里不见儿郎:这辈子嫁不到丈夫。即世,现世。

⑧ 抵对:回答,应付。

【月儿高】（旦上）几曲屏山展，残眉黛深浅。为甚衾儿里不住的柔肠转？这憔悴非关爱月眠迟倦，可为惜花，朝起庭院？

忽忽花间起梦情，女儿心性未分明。无眠一夜灯明灭，分煞①梅香唤不醒。昨日偶尔春游，何人见梦。绸缪②顾盼，如遇平生。独坐思量，情殊怅恍。真个可怜人也。（闷介）（贴捧茶食上）香饭盛来鹦鹉粒③，清茶擎出鹧鸪斑④。小姐早膳哩。（旦）咱有甚心情也！

【前腔】梳洗了才匀面，照台儿⑤未收展。睡起无滋味，茶饭怎生咽？（贴）夫人吩咐，早饭要早。（旦）你猛说夫人，则待把饥人劝。你说为人在世，怎生叫做吃饭？（贴）一日三餐。（旦）咳，甚瓯儿气力与擎拳，生生的了前件⑥。

你自拿去吃便了。（贴）受用余杯冷炙，胜如剩粉残膏。（下）

（旦）春香已去，天呵，昨日所梦，池亭俨然。只图旧梦重来，其奈新愁一段。寻思展转，竟夜无眠。咱待乘此空闲，背却春香，悄向花园寻看。（悲介）哎也！似咱这般，正是：梦无彩凤双飞翼，心有灵犀一点通⑦。（行介）一径行来，喜的园门洞开，守花的都不在。则这残红满地呵！

---

① 分煞：即忿煞，生气。分，通"忿"。
② 绸缪（móu）：亲密缠绵。
③ 鹦鹉粒：指米饭。语出杜甫《秋兴》的"香稻啄余鹦鹉粒"之句。
④ 鹧鸪斑：形容盏中茶影似鹧鸪斑。语出黄庭坚的词《满庭芳·茶》的"研膏浅乳，金缕鹧鸪斑"之句。
⑤ 照台儿：镜台。
⑥ "甚瓯儿气力与擎拳"二句：哪有气力捧碗吃饭，饭还未嚼完勉强算吃过了。瓯儿，敞口的小碗。擎拳，举手，这里意谓一举手的力气。前件，指吃饭。
⑦ "梦无彩凤双飞翼"二句：语出李商隐的诗《无题》。原诗句"梦"作"身"。意思说人虽不相见，心却可以相通。灵犀，相传犀角中有白纹如线贯通两头，感应非常灵敏，后来惯用灵犀指两心想通。

【懒画眉】最撩人春色是今年。少甚么低就高来粉画垣,原来春心无处不飞悬①。(绊介)哎,睡荼蘼抓住裙衩线,恰便是花似人心好处牵。

这一湾流水呵!

【前腔】为甚呵玉真重溯武陵源②?也则为水点花飞在眼前。是天公不费买花钱,则咱人心上有题红怨。咳,辜负了春三二月天。

(贴上)吃饭去,不见了小姐,则得一径寻来。呀!小姐,你在这里!

【不是路】何意婵娟,小立在垂垂花树③边。才朝膳,个人无伴怎游园?(旦)画廊前,深深蓦见衔泥燕,随步名园是偶然。(贴)娘回转,幽闺窣地④教人见,那些儿闲串⑤?那些儿闲串?

【前腔】(旦作恼介)哇!偶尔来前,道的咱偷闲学少年⑥。(贴)咳,不偷闲,偷淡。(旦)欺奴善,把护春台⑦都猜做谎桃源。(贴)敢胡言,这是夫人命,道春多刺绣宜添线,润逼炉香

---

① "少甚么低就高来粉画垣"二句:意即重重粉墙关不住满园的春色。少甚么,多的是。
② 玉真重溯武陵源:比喻自己到花园里寻梦。玉真,指仙女,原指刘晨、阮肇,他们在天台山桃源洞遇见仙女以后,又回到人间,后来重新到天台山去找寻仙女,见元杂剧《误入桃源》。武陵源,亦作"武陵溪",晋代陶潜《桃花源记》所提到的通向桃花源的溪水名。
③ 垂垂花树:指梅树花枝低垂。垂垂,形容花枝下垂。语出杜甫《和裴迪登蜀州东亭送客逢早梅相忆见寄》的"江边一树垂垂发"之句。
④ 窣地:突然。窣,同"猝"。
⑤ 那些儿闲串:哪儿乱跑?春香学杜丽娘的母亲责问她的口吻。闲串,闲逛。
⑥ 道的咱偷闲学少年:语出程颢《春日偶成》的"时人不识余心乐,将谓偷闲学少年"之句。下文"偷淡"从"偷闲"(咸)引起。
⑦ 护春台:这里指花园。春台,春日登眺览胜之处。

好腻笺①。（旦）还说甚来？（贴）这荒园堑②，怕花妖木客寻常见③。去小庭深院，去小庭深院！

（旦）知道了。你好生答应夫人去，俺随后便来。（贴）闲花傍砌如依主，娇鸟嫌笼会骂人④。（下）

（旦）丫头去了，正好寻梦。

【忒忒令】那一答可是湖山石边，这一答似牡丹亭畔。嵌雕阑芍药芽儿浅，一丝丝垂杨线，一丢丢榆荚钱⑤。线儿春甚金钱吊转！

呀，昨日那书生将柳枝要我题咏，强我欢会之时，好不话长！

【嘉庆子】是谁家少俊来近远，敢迤逗这香闺去沁园⑥？话到其间腼腆。他捏这眼，奈烦也天⑦；咱噷⑧这口，待酬言。

【尹令】那书生可意呵，咱不是前生爱眷，又素乏平生半面。则道来生出现，乍便今生梦见。生就⑨个书生，恰恰生生⑩抱咱去眠。

---

① 腻笺：原意是处理纸张使它变得更加柔滑，便于书写，此指读书。语出唐代羊士谔《都城从事萧员外寄海梨花诗，尽绮丽至惠然远及》的"浣花春水腻鱼笺"之句。

② 堑（qiàn）：指花园里幽深偏僻的山石沟壑。

③ 怕花妖木客寻常见：担心花妖山怪突然现身。见，同"现"。木客，山林精怪。

④ 娇鸟嫌笼会骂人：语出李山甫《公子家二首》的"鹦鹉嫌笼解骂人"之句。

⑤ 一丢丢榆荚钱：一串串榆树果（榆钱）。一丢丢，一串串。榆荚钱，如铜钱的榆荚。榆荚是榆树的果实，圆形如铜钱，又叫榆钱。

⑥ 迤逗这香闺去沁园：逗引我这小姐到花园里去。香闺，闺中小姐。沁园，原为东汉明帝沁水公主的园林，这里借指花园。

⑦ 他捏这眼，奈烦也天：杜丽娘回忆梦中自己跟情人幽会时的情态。捏这眼，眯着眼睛斜视。捏，通"乜"。奈烦也天，梦中情人对她百般温柔体贴。奈烦，耐烦，不厌倦。也，语气助词。

⑧ 噷（xīn）：开。

⑨ 生就：勉强，半推半就。

⑩ 恰恰生生：怯生生，羞答答。

那些好不动人春意也!

【品令】他倚太湖石，立着咱玉婵娟。待把俺玉山①推倒，便日暖玉生烟②。掯过雕阑，转过秋千，掯着裙花展③。敢席着地，怕天瞧见。好一会分明，美满幽香不可言。

梦到正好时节，甚花片儿吊下来也!

【豆叶黄】他兴心儿紧咽咽④，呜⑤着咱香肩。俺可也慢据据⑥做意儿周旋。等闲间把一个照人儿昏善，那般形现，那般软绵⑦。忐一片撒花心的红影儿，吊将来半天⑧。敢是咱梦魂儿厮缠？

咳！寻来寻去，都不见了！牡丹亭，芍药阑，怎生这般凄凉冷落，杳无人迹？好不伤心也！（泪介）

【玉交枝】是这等荒凉地面，没多半亭台靠边，好是⑨咱眯暯色眼⑩寻难见。明放着白日青天，猛教人抓不到魂梦前。霎时间有如活

---

① 玉山：指杜丽娘如花似玉的身体。《世说新语·容止》载，三国魏嵇康酒醉，"若玉山之将崩"。
② 日暖玉生烟：描绘男女交欢的欢愉体验。语出李商隐《锦瑟》的"蓝田日暖玉生烟"之句。
③ 掯（kèn）着裙花展：把裙子铺地压着。掯，压着，摁住。
④ 兴心儿：着意，存心。紧咽咽：即紧，"咽咽"为语气助词。
⑤ 呜：亲吻，吮嚷。
⑥ 慢据据：慢吞吞。
⑦ "等闲间把一个照人儿昏善"三句：轻易地把一个明白的人弄得这般昏迷服帖，到了那般软绵的地步。照人儿，本指镜中人，这里杜丽娘自指透亮、明白。善，适意。形现，活灵活现。
⑧ "忐一片撒花心的红影儿"二句：指杜丽娘梦中被花神从天撒下的花片惊醒。忐，受惊。
⑨ 好是：正是，恰是。
⑩ 眯暯色眼：俗语，形容眼神不好。

现,打方旋再得俄延①,呀,是这答儿压黄金钏匾②。

要再见那书生呵。

【月上海棠】怎赚骗,依稀想像人儿见。那来时荏苒③,去也迁延。非远,那雨迹云踪才一转,敢依花傍柳还重现。昨日今朝,眼下心前,阳台④一座登时变。

再消停一番。(望介)呀,无人之处,忽然大梅树一株,梅子磊磊可爱。

【二犯幺令】偏则他暗香清远,伞儿般盖的周全。他趁这,他趁这春三月红绽雨肥天⑤,叶儿青。偏进着苦仁儿里撒圆⑥。爱煞这昼阴便,再得到罗浮梦边⑦。

罢了,这梅树依依可人,我杜丽娘若死后,得葬于此,幸矣。

【江儿水】偶然间心似缱⑧,梅树边。这般花花草草由人恋,生生

---

① 打方旋再得俄延:希望梦中的情景能在眼前重现,再多延长一会儿。打方旋,盘旋,徘徊。

② 是这答儿压黄金钏匾:意谓这就是那幽会的所在。匾,扁。

③ 荏(rěn)苒(rǎn):时间渐渐地过去。

④ 阳台:指后花园中牡丹亭等处。典出战国楚宋玉《高唐赋》序,指男女幽会之所。

⑤ 红绽雨肥天:梅子成熟的时候。语出杜甫《陪郑广文游何将军山林十首》的"红绽雨肥梅"之句。

⑥ 偏进着苦仁儿里撒圆:双关语,意谓梅子偏偏在她这苦命人的面前结得圆圆的。梅子是圆的,它的果仁是苦的。仁,谐音"人",双关。撒,故意施展。上下唱词流露出了杜丽娘格外孤独幽怨的情绪。

⑦ 再得到罗浮梦边:意指能和柳梦梅再在梦里相会。罗浮梦边,据《河东先生龙城录》上卷《赵师雄醉憩梅花下》记载:隋代赵师雄在罗浮山遇见了美人,一起饮酒;他喝醉就睡着了,天亮醒来才发现自己是在一棵大梅花树下。

⑧ 偶然间心似缱(qiǎn):突然间心绪纠结缠绵。缱,纠缠萦绕,固结不解。

死死随人愿，便酸酸楚楚无人怨①。待打并②香魂一片，阴雨梅天，守的个梅根相见。（倦坐介）

（贴上）佳人拾翠③春亭远，侍女添香午院清。咳，小姐走乏了，梅树下盹。

【川拨棹】你游花院，怎靠着梅树偎？（旦）一时间望，一时间望眼连天，忽忽地伤心自怜。（泣介）（合）知怎生情怅然，知怎生泪暗悬？

（贴）小姐甚意儿？

【前腔】（旦）春归人面，整相看无一言，我待要折，我待要折的那柳枝儿问天，我如今悔不与题笺。（贴）这一句猜头儿④是怎言？（合前）

（贴）去罢。（旦作行又住介）

【前腔】为我慢归休，缓留连。（内鸟啼介）听，听这不如归⑤春暮天。难道我再，难道我再到这亭园，则挣的个长眠和短眠⑥？（合前）

（贴）到了，和小姐瞧奶奶去。（旦）罢了。

---

① "这般花花草草由人恋"三句：如果想爱什么就爱什么，生死由自己决定，那么人间就没有人哀怨悲痛了。酸酸楚楚，悲痛凄楚。

② 打并：拼着。

③ 拾翠：拾取翠鸟的羽毛做首饰，这里指游园。语出杜甫《秋兴》的"佳人拾翠春相问"之句。

④ 猜头儿：谜语。

⑤ 不如归：即"不如归去"，拟杜鹃鸟的啼声。

⑥ "难道我再到这亭园"二句：难道我只有在死后和梦中才能再到这亭园来吗？长眠，指死亡；短眠，指睡梦。

【意不尽】软咍咍①刚扶到画阑偏,报堂上夫人稳便。咱杜丽娘呵,少不得楼上花枝也则是照独眠②。

(旦)武陵何处访仙郎③? 释皎然

(贴)只怪游人思易忘④。 韦 庄

(旦)从此时时春梦里⑤。 白居易

(贴)一生遗恨系心肠⑥。 张 祜

精彩解说

杜丽娘受了母亲的"慈戒"之后仍去"寻梦",说明杜丽娘对那个梦境刻骨铭心难以忘怀。

春香催促她用早膳时,杜丽娘说:"你说为人在世,怎生叫做吃饭?"这字里行间,表明她对现实中的人生已生了厌倦,隐含着对梦境的神往。打发春香走开,她草草梳洗要去寻梦,此处吴吴山三妇合评本评道:"前次游园,浓妆艳饰;今番寻梦,草草梳头,极有神理。""最撩人春色是今年。少甚么低就高来粉画垣,原来春心无处不飞悬。哎,睡荼蘼抓住裙衩线,恰便是花似人心好处牵"几句体现了她急不可待地想重温梦境、再见情人的迫切心情。她的青春已从梦境中陡然觉醒,她要冲破束缚,主动而大胆地寻找那魂牵梦萦的爱情。

再次踏入后花园,粉墙春色勾出了杜丽娘内心深处的秘密,冷不防荼

---

① 软咍咍(hāi):软绵绵。
② 楼上花枝也则是照独眠:语出唐代皇甫冉《春思》的"楼上花枝笑独眠"之句。
③ 武陵何处访仙郎:指杜丽娘寻找梦中情人而不得。语本释皎然《晚春寻桃源观》。
④ 只怪游人思易忘:指杜丽娘对梦境刻骨铭心难以忘怀。语本韦庄《和人春暮书事寄崔秀才》。
⑤ 从此时时春梦里:指杜丽娘从此因梦生情,对那梦境魂牵梦萦。语本白居易《题令狐家木兰花》。
⑥ 一生遗恨系心肠:暗示杜丽娘终将因情而病亡。语本张祜《太真香囊子》。

蘼花刺挂住长裙,要牵她往情人处。她难掩心中的激动,仿佛真有情人在等着她约会一般。"那一答可是湖山石边,这一答似牡丹亭畔"中的"这一答""那一答"都让丽娘重回梦中,极尽缱绻不能自拔。"他兴心儿紧咽咽,呜着咱香肩。俺可也慢掂掂做意儿周旋",她回忆起幽会时梦中情人的神态、动作,不顾一切地回味着梦境中的情爱经验。但现实中的牡丹亭和芍药栏,不见了梦中的美满幽香,却是满目凄凉。冰冷的现实让她惊醒,她在园中寻找到的只是一派冷清和满腹的伤心。"咳!寻来寻去,都不见了!"她几近于绝望,梦境已经消逝了,心儿也跟着破碎了,曲调唱词哀伤凄楚,催人泪下。"明放着白日青天,猛教人抓不到魂梦前""这般花花草草由人恋,生生死死随人愿,便酸酸楚楚无人怨",如同李清照《声声慢》词里的连用叠字,如泣如诉,表现了杜丽娘缠绵悱恻百转千回的心情,婉转凄楚,徘徊倾诉,极富艺术感染力。

清人焦循《剧说》引《蛾术堂闲笔》云:"杭有女伶商小玲者,以色艺称,于《还魂记》尤擅场。尝有所属意,而势不得通,遂郁郁成疾。每作杜丽娘《寻梦》《闹殇》诸剧,真若身其事者,缠绵凄婉,泪痕盈目。一日演《寻梦》,唱'待打并香魂一片,阴雨梅天,守得个梅根相见',盈盈界面,随声倚地。春香上视之,已气绝矣。"明代锄兰忍人的《玄雪谱》对本出批语:"此出曰寻梦,处处就寻梦点眼,几至画龙飞去,所以为文人之妙笔也。"

第十三出 诀谒

原文

【杏花天】（生上）虽然是饱学名儒，腹中饥峥嵘①胀气。梦魂中紫阁丹墀②，猛抬头，破屋半间而已。

蛟龙失水砚池枯，狡兔腾天笔势孤③。百事不成真画虎④，一枝难稳又惊乌⑤。我柳梦梅在广州学里，也是个数一数二的秀才，捱了些数伏数

---

① 峥嵘：原意是形容山势高峻，这里指憋着一肚子的闷气。
② 梦魂中紫阁丹墀（chí）：梦中在朝廷做官。紫阁丹墀，金碧辉煌的阁殿和殿前红色的台阶，这里指在朝廷做官。丹墀，皇官的赤色台阶或赤色地面，后指代官殿。
③ 狡兔腾天笔势孤：毛笔写秃了，没有制毛笔的兔毫了。中国古代用兔毫制毛笔。狡兔腾天，意谓没有毫毛制毛笔了。这里化用了元代胡天游《无笔叹》中"山中老颖飞上天"句意。
④ 画虎：画虎不成反类犬的省语，意谓好高骛远，终无所成，反遭人笑话。
⑤ 一枝难稳又惊乌：柳梦梅自比乌鸦，找不到栖身之所。

九①的日子。于今藏身荒圃，寄口髯奴②。思之，思之，惶愧，惶愧。想起韩友之谈，不如外县傍州，寻觅活计。正是：家徒四壁求杨意③，树少千头愧木奴④。老园公那里？

【字字双】（净扮郭驼上）前山低堁后山堆⑤，驼背。牵弓射弩做人儿，把势⑥。一连十个偌⑦来回，漏地⑧。有时跌做绣球儿，滚气。

> 自家种园的郭驼子是也。祖公公郭橐驼，从唐朝柳员外来柳州。我因兵乱，跟随他二十八代玄孙柳梦梅秀才的父亲，流转到广，又是若干年矣。卖果子回来，看秀才去。（见介）秀才，读书辛苦。（生）园公，正待商量一事。我读书过了廿岁，并无发迹之期。思想起来，前路多长，岂能郁郁居此。搬柴运水，多有劳累，园中果树，都判与伊⑨。听

---

① 数伏数九：酷暑严寒，指柳梦梅历经了多年寒窗苦读。数伏，夏至后第三个庚日为初伏，第四个庚日为中伏，立秋后第一个庚日为末伏，合称三伏，是一年中最热的时段。数九，冬至后每九天算一个九，一直到九个九止，是一年中最冷的时段。
② 寄口髯（rán）奴：倚靠奴仆郭驼为生。汉代王褒写的《僮约》里有一个奴叫髯。髯，胡子。
③ 求杨意：指求人荐引。《史记》卷一百一十七《司马相如列传》载，西汉辞赋家司马相如经替汉武帝管理猎犬的官吏杨得意介绍，才为汉武帝所赏识，并得到重用。
④ 树少千头愧木奴：果树稀少，难以维持生活。木奴，典出东晋习凿齿《襄阳耆旧传》，该书载三国时期吴丹阳太守李衡种了一千株橘树留给他的儿子，并告诉他的儿子，这好比是拥有了"千头木奴"，以后生活不用发愁了。
⑤ 前山低堁（guà）后山堆：形容腹部凹下、背部隆起的样子，这是对驼背的委婉说法。堁，土堆。
⑥ 把势：原意是行家、老手，这里意谓装样子。
⑦ 偌：这样。
⑧ 漏地：意谓走不快，走不稳。
⑨ 判与伊：分给你。伊，你。

我道来：

【桂花锁南枝】俺有身如寄，无人似你。俺吃尽了黄淡①酸甜，费你老人家浇培接植。你道俺像甚的来？镇日里似醉汉扶头②，甚日的和老驼伸背③？自株守④，教怨谁？让荒园，你存济⑤。

【前腔】（净）俺橐驼风味，种园家世。（揖介）不能彀展脚伸腰，也和你鞠躬尽力⑥。秀才，你贴了俺果园，那里去？（生）坐食三餐，不如走空一棍。（净）怎生叫做一棍？（生）混名打秋风⑦哩！（净）咳！你费工夫去撞府穿州⑧，不如依本分登科及第。（生）你说打秋风不好？"茂陵刘郎秋风客⑨"，到大来⑩做了皇帝。（净）秀才，不要攀今吊古的。你待秋风谁？你道滕王阁，风

---

① 黄淡：咸淡。黄，咸的方言音。
② 扶头：这里是形容醉态。
③ 伸背：意谓伸懒腰。因为郭驼是驼背，无法伸腰，即说伸背。
④ 自株守：自己宁愿守株待兔，也不出去想办法。株守，守株待兔的省语。
⑤ 存济：度日，过生活。
⑥ "不能够展脚伸腰"二句：不能够下拜，就对你作个揖。展脚伸腰，下拜，另外民间俗语指死亡，见元杂剧《两世姻缘》第四折【太平令】。鞠躬尽力，语出诸葛亮《后出师表》的"臣鞠躬尽瘁，死而后已"之句。这两句还有双关意义：只要不死，就为你效劳。
⑦ 打秋风：利用各种名义向人要钱要东西。科举时代，新进学的秀才、新中式的举人，以拜客为名，要人送贺礼或路费。拜客的人叫秋风客。
⑧ 撞府穿州：在外地四处奔波，行止无定。
⑨ 茂陵刘郎秋风客：指汉武帝。语出李贺《金铜仙人辞汉歌》。茂陵，汉武帝的陵墓；刘郎，指汉武帝刘彻。秋风，汉武帝曾作过《秋风辞》，意思是尽管汉武帝不可一世，但同样生命短暂，就像秋风中的过客。这里柳梦梅故意接上句"打秋风"，有双关意趣。
⑩ 到大来：倒，反而。

顺随①,则怕鲁颜碑,响雷碎②。

（生）俺干谒③之兴甚浓,休的④阻挡。（净）也整理些衣服去。

【尾声】把破衫衿彻骨⑤搥挑洗。（生）学干谒黉门一布衣。
（净）秀才,则要你衣锦还乡俺还见的你。

（生）此身飘泊苦西东⑥。　杜　甫

（净）笑指生涯树树红⑦。　陆龟蒙

（生）欲尽出游那可得⑧?　武元衡

（净）秋风还不及春风⑨。　王　建

---

① 滕王阁,风顺随:指运道好,时来运转。典出《类说》卷三十四《摭遗》：传说初唐诗人王勃乘船去往南昌,停泊在马当山（在今江西彭泽东北）,遇山神助以顺风,六七百里路程一夜即到,正赶上参加洪州牧阎伯屿在滕王阁举行的宴会,即席写下《滕王阁序》,流芳百世。

② 鲁颜碑,响雷碎:指运气坏。相传宋代书生张镐穷困潦倒,流落到饶州荐福寺,想拓印颜鲁公（颜真卿）碑帖一千份,以便到京师出售获得银两,但不料当天晚上碑石被雷击碎。在元明戏剧小说中,在涉及命运变化无常时常使用"时来风送滕王阁,运去雷轰荐福碑"这类句子。

③ 干谒:为谋求禄位而请见当权的人。

④ 休的:休得。的,得。

⑤ 彻骨:彻底。

⑥ 此身飘泊苦西东:指柳梦梅准备外出干谒,为自己四处漂泊而伤感。语本杜甫《清明二首》之二。

⑦ 笑指生涯树树红:郭驼勉励柳梦梅相信前途一片光明。语本陆龟蒙《阖闾城北有卖花翁讨春之士往往造焉因招袭美》。

⑧ 欲尽出游那可得:指柳梦梅担忧干谒可能不会有好结果。语本武元衡《春题龙门香山寺》。

⑨ 秋风还不及春风:指干谒打秋风比不上登科及第那样风光。春风,进士试在春季举行,这里指登进士第。语本王建《未央风》。

> **精彩解说**

本出《诀谒》写贫穷书生柳梦梅困居岭南，虽饱读诗书，自恃满腹治国经邦之才，却四处漂泊。在无限伤感之际，他偶遇了朋友韩子才，韩建议他去干谒钦差识宝使臣苗舜宾。于是，柳梦梅跟家里老园工郭驼道别，郭驼也凑足银两送柳生上路。

柳梦梅梦想一朝荣华富贵，却"只恨未遭时势，不免饥寒"，靠老奴郭驼种树卖果为生。为求仕进，他不得已外出干谒。告别老仆时，他自嘲"走空一棍""打秋风"，貌似洒脱，其实吐露了心中深藏的无奈和屈辱。

古代文人普遍热衷功名，有时为了走捷径而干谒当朝权贵，柳梦梅也不例外。这一真实合理的情节设计，看似随意，实则是汤显祖又在为后续剧情埋设伏笔。事实上，本出剧情，相当程度来源于汤显祖的个人人生经历。他拒绝干谒权贵以求取功名，曾两次拒绝权臣延揽。二十一岁时，他考取举人名满天下，因拒绝了权臣张居正的延揽，结果几次春试都名落孙山，直至张居正去世次年才考中进士。而此时首辅申时行等又来拉拢他，他再次拒绝了，等待他的命运，是发落到南京做了个闲职。汤显祖一身正气，看不惯官场拉帮结派的风气，因而对柳梦梅这样并非为巴结权贵，而是实出无奈，借干谒以求进取并最终保持正直人格的行为，他是认同的。诚然，汤显祖不是在写一部政治讽刺剧，而是爱情剧，他让柳梦梅去干谒苗舜宾，归根结底是为与杜丽娘相遇做铺垫的。

第十四出 写 真

原文

【破齐阵】(旦上)径曲梦回人杳,闺深佩冷魂销。似雾濛花,如云漏月,一点幽情动早①。(贴上)怕待寻芳迷翠蝶,倦起临妆听伯劳②。春归红袖招。

【醉桃源】(旦)不经人事意相关,牡丹亭梦残。(贴)断肠春色在眉弯,倩谁临远山③?(旦)排恨叠,怯衣单,花枝红泪弹④。(合)蜀妆晴雨画来难,高唐云影间⑤。(贴)小姐,你自花园游

---

① "径曲梦回人杳"五句:指杜丽娘从与情人在牡丹亭幽会的梦中醒来,情人已经消失,唯有她幽闺独处,迷惘惆怅。
② 伯劳:一种善鸣的鸟,仲夏始鸣,好单栖息。这里表明夏天已到,暗示杜丽娘的孤单处境。
③ "断肠春色在眉弯"二句:伤春的悲情聚在眉宇间,请谁来为自己画眉呢?语出周邦彦的词《诉衷情》中"一段伤春,都在眉间"之句。倩,请。临远山,意指画眉毛。据说卓文君秀丽妩媚,眉色如望远山,引为一时风尚,女子竞相学样,称作"远山眉",后成为女子眉毛的一种式样。
④ 花枝红泪弹:形容花上滴落的露水。这里是杜丽娘自喻,眼上噙着伤感的泪水,仿佛花朵上滴落的露水。
⑤ "蜀妆晴雨画来难"二句:形容杜丽娘梦中与情人幽会交欢,就像巫山神女高唐云雨一样,缥缈虚无难以描画。蜀妆,指巫山神女。巫山古时属蜀国。杜丽娘是蜀人,此以巫山神女比杜丽娘。高唐,典出战国楚宋玉《高唐赋》。

后，寝食悠悠①，敢为春伤，顿成消瘦？春香愚不谏贤，那花园以后再不可行走了。（旦）你怎知就里？这是：春梦暗随三月景，晓寒瘦减一分花。

【刷子序犯】（旦低）春归恁寒悄，都来几日意懒心乔②，竟妆成熏香独坐无聊。逍遥，怎划尽助愁芳草，甚法儿点活心苗③？真情强笑为谁娇？泪花儿打迸着梦魂飘。

【朱奴儿犯】（贴）小姐，你热性儿怎不冰着，冷泪儿几曾干燥？这两度春游忒分晓，是禁不的燕抄④莺闹。你自窨约⑤，敢夫人见焦⑥。再愁烦，十分容貌怕不上九分瞧。

（旦作惊介）咳！听春香言话，俺丽娘瘦到九分九了。俺且镜前一照，委是⑦如何？（照，悲介）哎也！俺往日艳冶轻盈，奈何一瘦至此！若不趁此时自行描画，流在人间，一旦无常⑧，谁知西蜀杜丽娘有如此之美貌乎？春香，取素绢、丹青，看我描画。（贴下取绢、笔上）三分春

---

① 悠悠：忧愁思虑的样子。
② 都来几日意懒心乔：算来几天都意志消沉，闷闷不乐。都来，算来。心乔，心绪不好。
③ 逍遥，怎划（chǎn）尽助愁芳草，甚法儿点活心苗：意谓怎样才能铲尽内心的忧愁，获得逍遥自在呢？划，即铲。心苗，心。语出宋代秦观的词《八六子》的"恨如芳草萋萋，划尽还生"之句。
④ 抄：同"吵"。
⑤ 窨（yìn）约：宋元俚语，思忖，揣度。
⑥ 敢夫人见焦：恐怕夫人焦心。敢，恐怕。
⑦ 委是：确实，真的是。
⑧ 无常：佛教认为，诸法无常，世间万物都不是恒常不变的，只要出现了肯定就要有消失的一天。这里是人死亡的委婉说法。本剧第二十出的"先他一命无常用"同此义。

色描来易,一段伤心画出难①。绢幅、丹青,俱已齐备。(旦泣介)杜丽娘二八春容②,怎生便是杜丽娘自手生描也呵!

【普天乐】这些时把少年人如花貌,不多时憔悴了。不因他福分难销,可甚的红颜易老?论人间绝色偏不少,等把风光丢抹早③。打灭起离魂舍欲火三焦④,摆列着昭容阁文房四宝⑤,待画出西子湖眉月双高⑥。(照镜叹介)

【雁过声】轻绡,把镜儿擘掠⑦。笔花尖淡扫轻描。影儿呵,和你细评度⑧:你腮斗儿恁喜谑⑨,则待注樱桃⑩染柳条⑪,渲云鬓

---

① 一段伤心画出难:伤心的情态难以描画。语出元好问《元遗山诗集笺注》卷十二《俳体雪香亭杂咏十五首》的"一段伤心画不成"之句。

② 春容:青春美丽的容颜。

③ 等把风光丢抹早:都是很早就容颜衰老了。丢抹,指容颜衰老。

④ 打灭起离魂舍欲火三焦:消除掉身体里炽烈如火的欲念凡情。离魂舍,佛家语,指人的躯壳。欲火,佛家认为人有三欲,即饮食欲、睡眠欲、淫欲,人的欲望(尤其淫欲)就像炽烈之火。三焦,中医用语,是上、中、下三焦的合称。欲火三焦,都指人的凡情。

⑤ 昭容阁文房四宝:大家闺秀在闺房中摆放的珍贵的笔墨纸砚。昭容阁,这里指大家闺秀的闺房。昭容,本指宫中妃嫔等女官。

⑥ 西子湖眉月双高:美人高高扬起的双眉。西子湖,喻美人。语出苏轼《饮湖上初晴后雨》中"若把西湖比西子,淡妆浓抹总相宜"之句。眉月,如新月的眉毛,喻美貌。

⑦ 擘(bò)掠:擦拭。

⑧ 评度(duó):评论。度,用作动词。

⑨ 腮斗儿恁喜谑(xuè):形容春风满面,充满喜乐。腮斗儿,脸颊。喜谑,指笑意盈盈;谑,喜乐。

⑩ 注樱桃:画朱唇。樱桃,形容女子妆后小巧红润的嘴唇。

⑪ 染柳条:画细眉。柳条,柳眉,形容女子眉毛细长如柳叶。

烟霭飘萧①。眉梢青未了,个中人②全在秋波妙,可可的淡春山钿翠小③。

【倾杯序】(贴)宜笑,淡东风立细腰,又似被春愁着。(旦)谢半点江山,三分门户,一种人才,小小行乐,捻青梅闲厮调④。倚湖山梦晓,对垂杨风裊,忒苗条,斜添他几叶翠芭蕉⑤。

春香,幀⑥起来,可厮像也?

【玉芙蓉】(贴)丹青女易描,真色⑦人难学。似空花水月⑧,影儿相照。(旦喜介)画的来可爱人也。咳!情知画到中间好,再有似生成别样娇。(贴)只少个姐夫在身傍。若是姻缘早,把风流婿招,少甚么美夫妻图画在碧云高!

(旦)春香,咱不瞒你,花园游玩之时,咱也有个人儿。

(贴惊介)小姐,怎的有这等方便呵?(旦)梦哩!

---

① 渲云鬟烟霭飘萧:画出如云般飘逸潇洒的头发。渲,渲染,一种绘画的技法。烟霭,云雾。飘萧,飘逸潇洒。语出白居易《筝》诗的"云髻飘萧绿,花颜旖旎红"之句。

② 个中人:此中人,即画中人。

③ 可可的淡春山钿翠小:指杜丽娘对镜画出淡淡的秀眉和小小的珠宝首饰。可可的,恰好的。春山,姣好的眉毛。

④ "谢半点江山"五句:杜丽娘在自画像里,没有画出远处的背景山水景物,只有她自己手持着青梅枝。谢,辞,弃。半点江山、三分门户,均指画中作为背景的景物;一种人才,杜丽娘自指。行乐,行乐图,均代指人身画像。捻青梅,语出李白《长干行》。青梅,双关语,暗指梦中情人柳梦梅。闲厮调,悠闲地摆弄着。

⑤ "倚湖山梦晓"四句:描写杜丽娘自画像中姿态。湖山,太湖山石。

⑥ 幀(zhèng):同"帧",展开画像。

⑦ 真色:本色。

⑧ 空花水月:形容真色难以捉摸。佛教认为,世间万物没有真实的永恒不变的本质,一切如梦幻泡影、镜花水月,看起来真实,其实是虚幻的。

【山桃犯】有一个曾同笑,待想象生描着,再消详邈入其中妙,则女孩家怕漏泄风情稿①。这春容呵,似孤秋片月离云峤②,甚蟾宫贵客傍的云霄③?

春香,记起来了。那梦里书生,曾折柳一枝赠我,此莫非他日所适之夫姓柳乎?故有此警报④耳。偶成一诗,暗藏春色,题于帧首之上,何如?(贴)却好。(旦题吟介)近睹分明似俨然,远观自在若飞仙。他年得傍蟾宫客,不在梅边在柳边。(放笔叹介)春香,也有古今美女,早嫁了丈夫相爱,替他描模画样;也有美人自家写照,寄与情人。似我杜丽娘寄谁呵!

【尾犯序】心喜转心焦。喜的明妆俨雅,仙佩飘摇。则怕呵,把俺年深色浅,当了个金屋藏娇⑤。虚劳,寄春容教谁泪落,做真真无人唤叫⑥。(泪介)堪愁夭,精神出现留与后人标⑦。

---

① "再消详邈入其中妙"二句:想把梦中的情人的美妙神态慢慢画在自画像中,又只怕泄漏了自己心中的秘密。消详,缓慢,揣摩。邈,同"描",描画。
② 云峤(qiáo):即员峤,古代神话传说中海中的仙山。
③ 甚蟾宫贵客傍的云霄:怎么样的登科贵人能和画中的美人相依在一起?蟾宫贵客,即本剧第十出的折桂之士,指新考中的进士。
④ 警报:预兆。
⑤ "则怕呵"三句:只怕年深月久,这张自画像的色彩也褪了,只能放在屋里深藏着。意谓杜丽娘担忧自己不能早得佳偶,以致青春美貌不再,年老色衰了。金屋藏娇,典出《汉武故事》,汉武帝幼时喜爱陈阿娇,并欲建金屋让她居住。
⑥ 做真真无人唤叫:意谓杜丽娘自己的画像以后无人顾怜。真真,唐人传奇故事中的画中美人。《太平广记》卷二八六引《闻奇录·画工》载,唐代进士赵颜得一幅画,画中女子名真真,赵颜呼其名百日,真真从画中走下来,与赵颜结为夫妇。
⑦ 标:品题,鉴赏。

春香，悄悄唤那花郎吩咐他。（贴叫介）（丑扮花郎上）秦宫①一生花里活，崔徽不似卷中人②。小姐有何吩咐？（旦）这一幅行乐图，向行家③裱去。叫人家收拾好些。

【鲍老催】这本色人儿妙，助美的谁家裱？要练花绡，帘儿莹，边阑小④。教他有人问着休胡嘌⑤。日炙风吹悬衬的好。怕好物不坚牢⑥，把咱巧丹青休涴了。

（丑）小姐，裱完了，安奉在那里？

【尾声】（旦）尽香闺赏玩无人到，（贴）这形模则合挂巫山庙⑦。（合）又怕为雨为云飞去了。

　　　　（贴）眼前珠翠与心违⑧。崔道融

---

① 秦宫：花郎自指。秦宫，东汉大将军梁冀所宠幸的监奴名。本句语出《李贺歌诗编》卷三《秦宫诗》。
② 崔徽不似卷中人：意谓画中人因为相思而憔悴了。崔徽，唐代歌妓。唐代元稹《崔徽歌并序》载，崔徽与裴敬中相恋，别后寄其肖像与裴，曰："崔徽一旦不及画中人，且为郎死。"后抱恨而死。
③ 行家：专业手艺匠人，这里指裱画店。
④ "要练花绡"三句：指裱画的工艺要求，画用漂白丝绡装裱，裱好的画幅上方要留空白，边栏要小。练，把织物煮熟漂白，这里指白绢。绡，轻纱。帘儿，裱好的画幅上方空白处。边阑，画幅的边栏。
⑤ 胡嘌（piāo）：乱说，胡说。
⑥ 好物不坚牢：语出白居易《简简吟》的"大都好物不坚牢，彩云易散琉璃脆"之句。
⑦ 这形模则合挂巫山庙：这幅画像只有挂在巫山庙里最合适，意谓杜丽娘美貌可比巫山神女。巫山庙，楚怀王为巫山神女立的庙宇。
⑧ 眼前珠翠与心违：指画中人虽然装扮了各种珠玉首饰，但并不是杜丽娘的真心意愿。语出崔道融《马嵬》。

（旦）却向花前痛哭归①。　韦　庄
（贴）好写妖娆与教看②。　罗　虬
（旦）令人评泊画杨妃③。　韩　偓

精彩解说

　　本出《写真》写了杜丽娘再次游园后，勾起对梦中相会的书生的无限眷念，以至于茶饭不思，形容消瘦。她虽貌美如花，但心中极为痛苦。她意识到容颜易老，为了留住自己的绝代风华，于是对镜描画姿容。

　　汤显祖通过【普天乐】【雁声过】等五支曲子，具体而微地展开杜丽娘为自己画像的整个过程：取素绢、备丹青，然后对镜顾影，从颊、唇、眉、云鬓、秋波到各种珠玉首饰、行为仪态仔细描画，她希望留下一个真实完备的青春少女容貌。画像完成后，杜丽娘还特意让春香悄悄唤来花郎，把画像拿给行家去裱，并一再叮嘱："叫人家收拾好些。"

　　杜丽娘在镜中看到往日艳冶轻盈的自己，如今已消瘦憔悴："哎也！俺往日艳冶轻盈，奈何一瘦至此！若不趁此时自行描写，流在人间，一旦无常，谁知西蜀杜丽娘有如此之美貌乎？"前有姹紫嫣红"都付与断井颓垣"，今有"一旦无常"，天真的少女已觉知岁月的无情，加上她从与情人在牡丹亭幽会的梦中醒来，情人已经消失，唯有她幽闺独处。迷惘惆怅，梦境破灭的摧残，使她清醒地知道，除了写真，现实中的自己的美貌正在逐渐消逝。吴吴山三妇合评本《牡丹亭》评论云："游园时，好处恨无人见；写真时，美貌恐有谁知。一种深情。"

　　画中美人虽然装扮了各种珠玉首饰，但并不是杜丽娘的真心意愿。其

---

①却向花前痛哭归：指杜丽娘不得不为自己画像，虽然貌美如花，但心中极为痛苦。语本韦庄《残花》。
②好写妖娆与教看：指画出的女子美丽无比令人耐看。语本罗虬《比红儿诗百首》之八十三。
③令人评泊画杨妃：指画中杜丽娘实在美丽，人们会评说像杨贵妃。语本韩偓《遥见》。评泊，评说。

"手画形容传与后世"的真实意图，实际凸现了她对实现梦中爱情的渴望。在梦中，她和陌生男子欢会交媾，令她心醉神迷。她执着地希冀梦境再现。在爱的火焰即将燃尽生命时，她不仅要将春容留在世上，还在画帧上题诗一首："近睹分明似俨然，远观自在若飞仙。他年得傍蟾宫客，不在梅边在柳边。"这首诗表达了她希望梦中的情人能高中及第，有朝一日跟画中的美人相偎相依。

《牡丹亭》的剧情层层推进，环环相扣。"丽娘千古情痴，惟在留真一节。若无此，后无可衍矣。"（吴吴山三妇合评本《牡丹亭》评语）从《写真》起，紧接下来的《诘病》《道觋》《诊祟》《闹殇》等出，徐徐演绎杜丽娘"生者可以死"的全过程。

原文

【一枝花】（净扮番王引众上）天心起灭了辽，世界平分了赵①。静鞭儿替了胡笳哨②。擂鼓鸣钟，看文武班齐到。骨碌碌南人③笑，则个鼻凹儿跷，脸皮儿皰，毛梢儿虨④。

万里江山万里尘，一朝天子一朝臣。俺北地怎禁沙日月⑤，南人偏占

---

①"天心起灭了辽"二句：指金灭辽，又灭了北宋，然后宋（南宋皇帝姓赵）金平分了天下。天心，天意。
②静鞭儿替了胡笳哨：金国建立了政权，采用了汉人朝仪，以鸣鞭代替了胡笳响。静鞭，又称鸣鞭，仪仗的一种。群臣上朝时，鸣鞭振响，示意群臣肃静。胡笳，古代北方民族的一种乐器。
③南人：金人对汉人的称呼。
④"则个鼻凹儿跷"三句：金人嘲笑汉人的长相容貌，鼻梁高，脸上长斑点，辫梢盘成椎状的发髻。皰（pào），同"疱"，脸上长的斑点，凸凹不平。虨（jiāo），上翘，椎状的发髻。
⑤俺北地怎禁沙日月：我们北方人怎么忍受得住一直住在沙漠里。禁，耐住，忍受。沙日月，在沙漠里过日子。

锦乾坤。自家大金皇帝完颜亮①是也。身为夷房，性爱风骚②。俺祖公阿骨都③，抢了南朝天下，赵康王④走去杭州，今又三十余年矣。听得他妆点杭州，胜似汴梁⑤风景。一座西湖，朝欢暮乐。有个曲儿，说他"三秋桂子，十里荷花"⑥。便待起兵百万，吞取何难？兵法虚虚实实，俺待用个南人，为我乡导。喜他淮扬贼汉李全⑦，有万夫不当之勇。他心顺溜于俺，俺先封他为溜金王之职。限他三年内招兵买马，骚扰淮扬地方，相机而行，以开征进之路。哎哟！俺巴不到西湖上散闷儿也！

【二犯江儿水】平分天道，虽则是平分天道，高头偏俺照⑧。俺司天台⑨标着那南朝，标着他那答儿好。（众）那答里好？（净笑介）你说西子怎娇娆，向西湖上笑倚着兰桡。（众）西湖有俺

---

① 完颜亮（1122—1161年）：金朝第四位皇帝，死后被追废为海陵炀王，不久又被废为庶人，完颜阿骨打之孙。他称帝后迁都中都（北京），推行汉化，曾大举南侵攻宋，是著名的暴君。

② 身为夷房，性爱风骚：话语中带有当时对北方少数民族的诽诋倾向。按，本出中还有同类的词句。

③ 阿骨都：又译作阿骨打，即金开国皇帝太祖完颜阿骨打。

④ 赵康王：即南宋高宗赵构（1107—1187年），初封康王。

⑤ 汴梁：北宋的国都，今河南省开封市。

⑥ "有个曲儿"句：指北宋柳永描写杭州风景的词《望海潮》，南宋罗大经《鹤林玉露》卷一载。金主完颜亮看了《望海潮》这首词，垂涎宋地美景，就生起南侵的野心。曲儿，宋人称词为曲子。

⑦ 李全（1190—1231年）：本是南宋农民起义军的一位首领，以反抗金兵有功，后受招安归顺南宋，领兵抗金。后来叛宋通元蒙，骚扰江淮。曾围攻淮安、扬州，被宋将赵善湘、赵葵、赵范打败，被杀。李全叛宋时为1225年，距赵构即位杭州将近百年。本剧中涉及李全的情节多为虚构，如被金人封为溜金王、兵败下海（第四十七出）等。

⑧ 高头偏俺照：上头偏偏关照着我。高头，指上天，上苍。照，保佑。

⑨ 司天台：唐代官署名，掌管天文（包括地理）、历数方面。明代以后称钦天监。

这南海子、北海子①大么？（净）周围三百里②。波上花摇，云外香飘③。无明夜、锦笙歌围醉绕。（众）万岁爷，借他来耍耍。（净）已潜遣画工，偷将他全景来了。那湖上有吴山第一峰，画俺立马其上④。俺好不狠也！吴山最高，俺立马在吴山最高。江南低小，也看见了江南低小。（舞介）俺怕不占场儿砌一个《锦西湖上马娇》⑤。

（众）奏万岁爷，怕急不能彀到西湖，何方驻驾？

【北尾】（净）呀！急切要画图中匹马把西湖哨⑥，且迤递的⑦看花向洛阳道。我呵，少不的把赵康王剩水残山都占了。

    线大长江扇大天⑧。谭　峭

    旌旗遥拂雁行偏⑨。司空图

---

① 南海子、北海子：湖名，即现在北京的南海、北海。金国首都中都在今北京。
② 周围三百里：夸张的说法，西湖周围实长约三十里。
③ 云外香飘：语出宋之问《灵隐寺》诗的"桂子月中落，天香云外飘"之句。
④ "那湖上有吴山第一峰"二句：《大金国志》载，相传完颜亮即位后，派遣画工潜入临安，偷偷画下临安湖山城郭。回国之后，把湖山城郭画在屏风上，再添上金主完颜亮骑马立在吴山上的形象。完颜亮在画上题诗，其中有"立马吴山第一峰"之句。吴山，即杭州胥山，俗称城隍山。
⑤ 俺怕不占场儿砌一个《锦西湖上马娇》：占场儿，在花酒场中占首位，这里用作调侃。场，原指勾栏。砌，串演。《锦西湖上马娇》，是作者杜撰的上演节目。上马娇，原为曲牌名。
⑥ 哨：侦察，探察。
⑦ 迤递的：犹迤逦，意谓慢慢地迂回曲折而行。
⑧ 线大长江扇大天：形容完颜亮的野心之大，他将长江天险只看作一根线，全天下江山只是一张扇子。语本谭峭《大言诗》。
⑨ 旌旗遥拂雁行偏：指完颜亮出巡旌旗招展声势浩大。语本司空曙《秋日趋府上张大夫》。

可胜饮尽江南酒①？张　祜

交割山川直到燕②。王　建

> **精彩解说**

　　本出《虏谍》写金主完颜亮欲发兵南侵，封淮扬贼汉李全为溜金王，在南宋江淮间大举骚扰。从本出开始，展开了一条杜宝领命抗金的情节副线，与杜丽娘、柳梦梅爱情故事主线交相穿插，推进剧情。

　　完颜亮野心勃勃，将长江天险看作一根线，将全天下江山看作一把扇子，梦想占领整个南宋的江南领土。杜宝抗金的故事，让《牡丹亭》全剧有了鲜明的时代背景，让这部爱情戏不时闪过金戈铁马，响起疆场厮杀之声，加强了戏剧冲突，使得情节跌宕起伏，极大地丰富了全剧的情感和内涵张力。

　　杜宝在国家危难之时，出任安抚使镇守淮扬领兵抗金，再解淮安城被围之危。老夫人与春香避战乱抵临安，意外地与还魂后的杜丽娘相遇，杜宝相信"老夫人被寇所戕"等情节，既具有戏剧效果又真实可信。柳梦梅从临安辗转到淮安岳父处报信，见杜宝时"破衣、破帽、破襦袄、破雨伞、手里拿着一幅破画儿"，映衬出兵荒马乱的乱世景象。

　　作者汤显祖生活于明朝，《牡丹亭》的故事背景设置于时局动荡的南宋初年，可谓是一部有历史感的爱情剧。南宋初年，强敌入侵，最高统治者宋高宗却"妆点杭州，胜似汴梁风景。一座西湖，朝欢暮乐"，在鼙鼓声中求宝。汤显祖借剧中写到的钦差识宝使臣，杜丽娘金銮殿上面对皇帝时云"在阎浮殿见了些青面獠牙，也不似今番怕"，嘲讽了南宋君王醉生梦死，此外指桑骂槐，隐含着对当朝帝王荒淫奢侈的批评。

---

① 可胜饮尽江南酒：指完颜亮梦想占领整个江南领土。语本张祜《偶作》。

② 交割山川直到燕：句意同上句。语本王建《寄贺田侍中东平功成》。燕，北京旧属燕国地面。原诗句中"川"为"河"。

第十六出 诘 病①

原文

【三登乐】（老旦上）今生怎生？偏则是红颜薄命，眼见的孤苦仃俜②。（泣介）掌上珍，心头肉，泪珠儿暗倾。天呵，偏人家七子团圆③，一个女孩儿厮病④。

【清平乐】如花娇怯，合得天饶借。风雨于花生分劣，作意十分凌藉⑤。止堪深阁重帘，谁教月榭风檐⑥。我发短回肠寸断，眼昏眵⑦泪双淹。老身年将半百，单生一女丽娘。因何一病，起倒⑧半年？看他举止容谈，不似风寒暑湿。中间缘故，春香必知，则问他便了。春香贱才那里？（贴上）有哩。我眼里不逢乖小使⑨，掌中擎着个病多娇。得知

---

① 诘病：询问病因。
② 孤苦仃（dīng）俜（pīng）：孤苦伶仃，无依无靠。
③ 七子团圆：祝颂用语，表示子女众多，家族兴旺。宋时常绘印五男二女图于纸笺或礼品上以示祝福。
④ 厮病：害病。
⑤ "如花娇怯"四句：语出宋代刘克庄《卜算子·惜海棠》词。饶借，宽待，怜惜。生分劣，作恶；生分，即生忿，与人过不去。凌藉，欺压，侵害。
⑥ 月榭风檐：月下风前的水榭亭台。指杜丽娘游园。
⑦ 眵（chī）：眼睛分泌出的浑浊黏液，俗称眼屎。
⑧ 起倒：好一阵坏一阵，轻一阵重一阵，病情持久不愈。
⑨ 乖小使：乖巧的童仆。乖，伶俐乖巧。小使，当差的小厮、童仆。

堂上夫人召，剩酒残脂要咱消。春香叩头。（老）小姐闲常好好的，才着你贱才伏侍他。不上半年，偏是病害。可恼，可恼！且问近日茶饭多少？

【驻马听】（贴）他茶饭何曾，所事儿休提叫懒应。看他娇啼隐忍，笑谵迷厮，睡眼懵憕①。（老）早早禀请太医了。（贴）则除是八法针针断软绵情②。怕九还丹丹不的腌臜证③。（老）是甚么病？（贴）春香不知，道他一枕秋清，却怎生还害的是春前病。

（老哭介）怎生了。

【前腔】他一搦④身形，瘦的庞儿没了四星⑤。都是小奴才逗他。大古是⑥烟花惹事，莺燕成招，云月知情。贱才还不跪！取家法来。（贴跪介）春香实不知道。（老）因何瘦坏了玉娉婷⑦，你怎生触损了他娇情性？（贴）小姐好好的拈花弄柳，不知因甚病了。（老

---

① "所事儿休提"四句：形容杜丽娘病得精神恍惚，神志不清。所事儿，凡事，事事。隐忍，克制忍耐。笑谵迷厮，精神恍惚。谵（zhān），病中说胡话。懵（měng）憕（dèng），神志模糊，这里形容睡眼蒙眬。

② 则除是八法针针断软绵情：除非最好的针灸医术才能治愈相思病。八法针，最高超的针灸疗法，根据阴、阳、表、里、寒、热、虚、实八纲，采用不同经穴，利用各种不同手法，达到汗、吐、下、和、温、清、补、消八种目的的针刺方法。软绵情，相思病。

③ 怕九还丹丹不的腌（ā）臜（zā）证：恐怕最好的医药也医不好相思病。九还丹，即九转丹，道家所炼的一种丹药，据说吃了三天就可以成仙。《抱朴子·内篇》卷四载，九还丹是丹砂烧成水银，水银又烧成丹砂的炼制过程。第二个"丹"，作动词，医治。腌臜证，肮脏病，指代相思病；证，证候，病况。

④ 一搦：一握，一把，形容女子腰身纤细。

⑤ 瘦的庞儿没了四星：意谓瘦得不成样子。庞儿，脸庞。四星，古代秤杆末尾钉有四星，因为屡屡摩擦，容易磨灭。

⑥ 大古是：宋元俚语，大概是。

⑦ 玉娉婷：借指美人。玉，玉人，形容美丽的女子。娉婷，形容女子姿态美好的样子。

旦恼，打贴介）打你这牢承①，嘴骨棱的胡遮映②。

（贴）夫人休闪③了手。容春香诉来。便是那一日游花园回来，夫人撞到时节，说个秀才，手里拈的柳枝儿，要小姐题诗。小姐说：这秀才素昧平生，也不和他题了。（老）不题罢了。后来？（贴）后来那、那、那秀才就一拍手，把小姐端端正正抱在牡丹亭上去了。（老）去怎的？（贴）春香怎得知？小姐做梦哩。（老惊介）是梦么？（贴）是梦。（老）这等着鬼了。快请老爷商议。（贴请介）老爷有请。

（外上）肘后印嫌金带重④，掌中珠怕玉盘轻⑤。夫人，女儿病体因何？（老泣介）老爷听讲：

【前腔】说起心疼，这病知他是怎生？看他长眠短起，似笑如啼，有影无形⑥。原来女儿到后花园游了，梦见一人，手执柳枝，闪⑦了他去。（作叹介）怕腰身触污了柳精灵，虚嚣侧犯了花神圣⑧。老爷呵，急与禳星⑨，怕流星赶月相刑迸⑩。

---

① 牢承：原作殷勤解。这里指耍滑头、善于献殷勤的人。
② 嘴骨棱的胡遮映：嘴骨棱，多言多语，多嘴多舌。遮映，隐瞒，掩饰。
③ 闪：扭伤。
④ 肘后印嫌金带重：形容年老力衰，不愿再做官。肘后印，随身携带的官印。古代官员会将官印佩戴在腰间，会增加腰带的重量。
⑤ 掌中珠怕玉盘轻：玉盘太轻，恐怕承受不住掌中珠玉，意谓担忧女儿养不大。
⑥ 有影无形：指病症蹊跷。
⑦ 闪：招引。
⑧ 虚嚣(xiāo)侧犯了花神圣：虚弱的身子触犯花神。虚嚣，虚弱。侧犯，冒犯，比正犯情节较轻。
⑨ 禳(rǎng)星：古代通过祭祀星辰以消灾解厄。禳，道家用符咒为人去邪除病。星，祭星，禳解用的一种法术。
⑩ 怕流星赶月相刑迸：怕是碰上了不吉利的时辰和地方。流星赶月，流星追月亮的天象，通过推算天象历法预测吉凶祸福。刑迸，星命家用天象、生辰等推算凶吉，有"冲、克、刑、迸"的说法，刑、迸主凶事。

（外）却还来。我请陈斋长教书，要他拘束身心，你为母亲的，倒纵他闲游。（笑介）则是些日炙风吹，伤寒流转。便要禳解，不用师巫，则叫紫阳宫石道婆，诵些经卷可矣。古语云："信巫不信医①，一不治也。"我已请过陈斋长看他脉息去。（老）看甚脉息！若早有了人家，敢没这病。（外）咳！古者男子三十而娶，女子二十而嫁。女儿点点年纪，知道个什么呢？

【前腔】忒憨生，一个娃儿甚七情②？则不过往来潮热，大小伤寒，急慢风惊③。则是你为母的呵，真珠不放在掌中擎，因此娇花不奈这心头病。（泣介）（合）两口丁零④，告天天，半边儿⑤是咱全家命。

（丑扮院公上）人来大庾岭，船去郁孤台⑥。禀老爷，有使客到。

【尾声】（外）俺为官公事有期程。夫人，好看惜女儿身命，少不的人向秋风病骨轻⑦。（下）

（老旦、贴吊场介）（老旦）无官一身轻，有子万事足。我看老相公则为往来使客，把女儿病都不瞧，好伤怀也。（泣介）想起来，一边叫石道婆禳解，一边教陈教授下药。知他效验如何？咳！正是：世间只有娘

---

① 信巫不信医：语出《史记·扁鹊仓公列传》的"故病有六不治：……信巫不信医，六不治也"之句。

② 忒憨生，一个娃儿甚七情：杜宝责怪杜母太娇惯女儿，认为杜丽娘一个女孩子，哪里懂什么男女情事。忒憨生，太过于娇生惯养了。生，语气助词。七情，喜、怒、哀、惧、爱、恶、欲，这里特指男女之情。

③ 往来潮热，大小伤寒，急慢风惊：潮热、伤寒、急慢风惊都是疾病的名称。急慢风惊，就是急惊风和慢惊风，都是中医病名。急惊风，小儿急重病症；慢惊风，来势缓慢、抽搐无力、反复发作之类的病。

④ 丁零：零丁，孤单。

⑤ 半边儿：中国古代民间称女婿为"半子"，这里指女儿。

⑥ 郁孤台：在今江西省赣州西南贺兰山上，因树木葱郁、山势孤独而得名。

⑦ 人向秋风病骨轻：进入秋季人容易体弱得病。

怜女，天下能无卜与医！（下）

柳起东风惹病身①。李　绅

举家相对却沾巾②。刘长卿

遍依仙法多求药③。张　籍

会见蓬山不死人④。项　斯

> **精彩解说**

本出《诘病》写杜丽娘因在后花园游春而患病，不到半年，"一搦身形，瘦的庞儿没了四星"。全家人都为她的病而焦急伤心。杜母盘问丫鬟春香，始知游园时女儿梦见"那秀才就一拍手，把小姐端端正正抱在牡丹亭上去了"。

杜母一向对女儿比较宠溺，因此多次被丈夫责怪。作为母亲，她听了春香讲述女儿的梦境，便心中有数，猜到女儿的病根，是源于思慕梦中男子。可是当她不得不请出杜宝商量时，又不敢把真实情况讲出来，而是一本正经地装作不知情，说恐怕是女儿游园"腰身触污了柳神灵，虚嚣侧犯了花神圣"。不过，当丈夫准备延请大夫给女儿看脉息时，杜母并不同意，只是委婉地说："看甚脉息！若早有了人家，敢没这病。"其言下之意，女儿患的是儿女相思病。

杜宝并不重视夫人的意见，他相信自己的知识和判断，扬言"信巫不信

---

① 柳起东风惹病身：指杜丽娘因春日游园而得相思病。柳，暗指柳梦梅。语本李绅《发寿阳分司敕到又遇新正感怀书事》。

② 举家相对却沾巾：指杜丽娘全家人都为她的病而焦急伤心。语本刘长卿《戏题赠二小男》。

③ 遍依仙法多求药：指杜家为给女儿治病而请陈最良诊脉，并请石道姑禳解。语本张籍《寄白二十二舍人》。

④ 会见蓬山不死人：指希望杜丽娘能够得到仙人灵药而痊愈。蓬山不死人，指仙人。语本项斯《梦仙》。按，怀德堂本无此下场诗。吴吴山三妇合评本的下场诗放在"人向秋风病骨轻"句后，今释评者依本剧体例，置于本出末尾处。

医，一不治也"，也不认可触犯花妖柳怪这一说法，还不相信女儿是萌发了春情。他用圣贤古训作为指导，"古者男子三十而娶，女子二十而嫁。女儿点点年纪，知道个什么呢？"他聘请陈最良做女儿的塾师，原本是教导女儿知"后妃之德"，做个班昭那样的女才子，不愿女儿沾惹男女情爱。

杜家采用了当时常用的方式给女儿治病，先请陈最良诊脉，再请石道姑禳解，希望女儿能够得到仙人灵药而痊愈。但杜母是心里有数的，她忧虑禳解驱邪和诊祟下药对女儿可能都没有效果，真是"世间只有娘怜女，天下能无卜与医"。

此出与接下来的《道觋》《诊祟》两出，均写为杜丽娘诊病的情况，隐含着父母虽疼爱女儿，但却不懂女儿心病病根的时代风习。

第十七出 道觋①

> 原文

【风入松】（净扮老道姑上）人间嫁娶苦奔忙，只为有阴阳。问天天从来不具人身相②，只得来道扮男妆③，屈指有四旬之上。当人生，梦一场。

【集唐】

④紫府空歌碧落寒。　李群玉

竹石如山不敢安。　杜　甫

长恨人心不如石。　刘禹锡

每逢佳处便开看。　韩　愈

贫道紫阳宫石仙姑是也。俗家原不姓石，则因生为石女，为人所弃，故号"石姑"。思想起来：要还俗，《百家姓》上有俺一家；论出身，

---

① 道觋（xí）：兼巫师身份的女道姑。觋，男巫，也泛指巫师。
② 从来不具人身相：老道姑是石女（先天阴道缺失或者阴道闭锁的女子），所以这样说。
③ 道扮男妆：男道士的装扮。僧道的制服统一式样颜色，无男女之别。
④ "紫府空歌碧落寒"四句：分别出自李群玉《紫极宫斋后》、杜甫《绝句四首》之二、刘禹锡《竹枝词九首》之七、韩愈《将至韶州先寄张端公使君借图经》。紫府，道教中仙人居的宫殿。碧落，道家语，指天。

《千字文》①中有俺数句。天呵，非是俺"求古寻论②"，恰正是"史鱼秉直③"。俺因何住在这"楼观飞惊④"，打并的"劳谦谨敕⑤"？看修行似"福缘善庆"，论因果是"祸因恶积"。有甚么"荣业所基"？几辈儿"林皋幸即⑥"。生下俺"形端表正"，那些"性静情逸"。大便孔似"园莽抽条"，小净处也"渠荷滴沥⑦"。只那些儿正好叉着口"钜野⑧洞庭"，偏和你灭了缝"昆池碣石⑨"。虽则石路上可以"路侠槐卿⑩"，石田中怎生"我艺⑪黍稷"？难道嫁人家"空谷传声"？则好守娘家"孝当竭力⑫"。可奈不由人"诸姑伯叔"，聒

---

① 《千字文》：中国古代儿童启蒙用的四言韵文读物，相传南北朝梁周兴嗣编次。这一段说白，引用了《千字文》原文一百一十六句，加引号为记。按，这是文人的游戏之作，浅显易懂，本出中引用的词语大多与石女身份和男女之事相关，不免流于猥亵下流。

② 求古寻论：推究古籍，追根溯源。

③ 史鱼秉直：指实话实说。史鱼，春秋时代卫国的史官，以敢于直谏著名。秉直，持正。

④ 飞惊：形容建筑物很高。

⑤ 劳谦谨敕（chì）：殷勤规矩。劳谦，勤劳谦恭。谨敕，即谨饬，规规矩矩，自我约束。

⑥ 林皋幸即：指退隐林野，幸免于难。皋，水边高地。幸，幸运。即，到。

⑦ 渠荷滴沥：蕖荷，水沟中的荷花。滴沥，形容荷花花色鲜艳，这里借荷叶上水珠落下来的声音，插科打诨，流于猥亵。

⑧ 钜野：古代的大湖，在现在山东省巨野一带，已经干涸。

⑨ 昆池碣石：昆池，昆明池，在陕西长安，汉武帝所开，宋后干涸。碣石，海边的山名，在今河北昌黎。

⑩ 路侠槐卿：古代"侠""夹"二字通用。槐卿，三公九卿。《周礼·秋官司寇·朝士》载，周代天子的外朝种植三槐九棘，作为臣僚朝见时的位次标志，三槐是三公的位置，两边各有九棘，是孤卿大夫与公、侯、伯、子、男的位置。

⑪ 艺：种植。

⑫ 则好守娘家"孝当竭力"：只好一辈子不嫁人，守在家中奉养父母。

聒^①噪俺"入奉母仪^①"。母亲说：你内才儿虽然"守真志满"，外象儿"毛施淑姿^②"，是人家有个"上和下睦"，偏你石二姐没个"夫唱妇随"？便请了个有口齿的媒人，"信使可覆"：许了个大鼻子^③的女婿，"器欲难量"。则见不多时，那人家下定了。说道选择了一年上"日月盈昃^④"，配定了八字儿"辰宿列张^⑤"。他过的礼，"金生丽水^⑥"，俺上了轿，"玉出昆冈^⑦"。遮脸的"纨扇圆洁"，引路的"银烛辉煌"。那新郎好不打扮的头直上"高冠陪辇^⑧"，咱新人一般排比了腰儿下"束带矜庄"。请了些"亲戚故旧"，半路上"接杯举觞"。请新人"升阶纳陛^⑨"，叫女伴们"侍巾帷房"。合卺^⑩的"弦

---

① 聒（guō）噪俺"入奉母仪"：整日不停地唠叨，劝我嫁人为母。聒噪，吵闹。入奉母仪，指出嫁去做母亲。母仪，古代所规定的为母之道。

② 毛施淑姿：像毛嫱、西施那么美貌。毛嫱，越王勾践的宠姬。西施，吴王夫差的爱妃。她们都是古代有名的美女。

③ 大鼻子：据柳宗元《河间传》的说法，大鼻子男子善淫。

④ 选择了一年上"日月盈昃（zè）"：指选择了一年中的吉日。盈昃，盈亏；昃，太阳偏西。

⑤ 配定了八字儿"辰宿列张"：推算男女两方的八字是否适宜婚配。八字，星命家以人出生的年、月、日、时所值的干支，按天星的运数，推算人的命运。辰宿列张，星命家以天星、生辰推算命运。列张，指星宿散布在天上。

⑥ 金生丽水：丽水即今金沙江，以产金著名。这里指聘金。

⑦ 玉出昆冈：昆冈，即今昆仑山，以产玉石著名。这里指出嫁。

⑧ 高冠陪辇（niǎn）：戴着高冠，坐在受尊崇的车子左方。陪辇，陪乘，意谓有人陪坐在车子的右方。古代以车左受人尊敬。

⑨ 升阶纳陛：指登堂入室。《千字文》一作"升陛纳阶"。

⑩ 合卺（jǐn）：指吃交杯酒。合卺是古代结婚仪式之一，把一瓠剖成两瓢，新婚夫妇各执一瓢，斟酒来饮，相当于现今的喝交杯酒。

歌酒燕"，撒帐的"诗赞《羔羊》①"。把俺做新人嘴脸儿一寸寸"鉴貌辨色"，将俺那宝妆奁一件件都"寓目囊箱"。早是二更时分，新郎紧上来了。替俺说，俺两口儿活象"鸣凤在竹②"，一时间就要"白驹食场③"。则见被窝儿"盖此身发"，灯影里褪尽了这几件"乃服衣裳"。天呵！瞧了他那"驴骡犊特④"，教俺好一会"悚惧恐惶"。那新郎见我害怕，说道：新人，你年纪不少了，"闰余成岁⑤"，俺可也不使狠，和你慢慢的"律吕调阳⑥"。俺听了口不应，心儿里笑着：新郎，新郎，任你"矫⑦手顿足"，你可也"靡恃己长⑧"。三更四更了，他则待阳台上"云腾致雨"，怎生巫峡内"露结为霜"？他一时摸不出路数儿，道是怎的？快取亮来。侧着脑要"右通广内⑨"，踣着眼在"篮笋象床⑩"。那时节俺口不说，心下好不冷笑，新郎，新郎，俺这件东西，则许你"徘徊瞻眺"，怎许你"适口充肠"。如此者几

---

① 撒帐的"诗赞《羔羊》"：古代婚礼习俗，夫妻对拜毕，入洞房，坐到床上。主持赞礼的人口诵赞美祝福的诗句，祝福早生贵子，并向来看热闹的孩子们撒金钱彩果，这叫坐床撒帐。参看《梦粱录》卷二十。"诗赞《羔羊》"，撒帐时唱颂《诗经·羔羊》这类的祝福诗句。《羔羊》出自《诗经·国风·召南》，剧中套用《千字文》语句，与原义无关。

② 鸣凤在竹：指夫妻和睦。相传凤凰非竹实不吃，凤凰比喻夫妻和睦。

③ 白驹食场：语出《诗经·小雅·白驹》的"皎皎白驹，食我场苗"之句。

④ 特：幼兽。

⑤ 闰余成岁：指年纪已经很大了。《千字文》原意，以闰月定四时成岁。农历三年一闰，五年再闰，把三十二年的闰月加起来共十二个月，才够满一年。

⑥ 律吕调阳：指夫妻恩爱。律吕，古代校正乐器音调的用具，作用和现在的音叉相同。音分阴、阳两种，阳为律，阴为吕。

⑦ 矫：翘，举。

⑧ 靡恃己长：不要因自己的长处而骄傲。靡，不要。恃，依靠。

⑨ 广内：汉代宫殿藏书的场所。

⑩ 踣（bó）着眼在"篮笋（xùn）象床"：踣，这里作倾斜、俯着解。篮，篮舆，类似轿子。笋，竹轿。

度了,恼的他气不分的嘴劳叨"俊乂密勿①",累的他凿不窍皮混沌的"天地玄黄②"。和他整夜价则是"寸阴是竞③",待讲起丑煞那"属耳垣墙④"。几番待悬梁⑤,待投河,"免其指斥⑥"。若还用刀钻,用线药⑦,"岂敢毁伤⑧"?便拼做赸⑨了交"索居闲处",甚法儿取他意"悦豫且康"?有了,有了。他没奈何央及煞后庭花"背邙而洛",俺也则得且随顺干荷叶和他"秋收冬藏"。哎哟,对面儿做的个"女慕贞洁",转腰儿倒做了"男效才良"。虽则暂时间"释纷利俗",毕竟情意儿"四大五常⑩"。要留俺怕误了他"嫡后嗣续⑪",要嫁了俺怕人笑"饥厌糟糠⑫"。这时节俺也索劝他了:官人,官人,少不得请一房"妾御绩纺",省你气那"鸟官人皇⑬"。俺情愿"推位让国",则要

---

① 俊乂(yì):指才德出众的人。密勿:做事很勤勉。
② 天地玄黄:相传上古时代天地未开辟之前,元气未分,只是混沌一片。玄黄,指天地的颜色。语出《周易·坤·文言》。凿不窍皮混沌,混沌一片,凿不出一个孔窍。
③ 寸阴是竞:指爱惜短暂的光阴。
④ 属耳垣墙:以耳附墙,意谓墙外有人窃听。
⑤ 悬梁:这里指自缢。
⑥ 免其指斥:《千字文》原句为"勉其祗植"。
⑦ 线药:古代中医用香屑制成如线样的香药,用以治疗疮疖。
⑧ 岂敢毁伤:语出《孝经》的"身体发肤,受之父母,不敢毁伤,孝之始也"之句。
⑨ 赸(shàn):走开。
⑩ 四大五常:四大,佛教认为,人身由地、水、火、风四大元素和合组成;五常,指仁、义、礼、智、信五种道德规范。
⑪ 嫡后嗣续:传宗接代。
⑫ 饥厌糟糠:厌,餍,满足,引申为饱足。糟糠,原指粗粮,这里指糟糠之妻,即贫贱时娶的与食糟糠、患难与共的妻子。《后汉书》卷二六载,东汉光武帝欲以姊湖阳公主嫁宋弘。宋弘说:"贫贱之知不可忘,糟糠之妻不下堂。"
⑬ 鸟官:传说中国上古少皞氏立国时,有凤鸟飞来,他就以鸟名作官名。见《左传·昭公十七年》。人皇:传说是中国上古时代最早的帝王之一,与天皇、地皇并称三皇。

你"得能莫忘"。后来当真讨一个了。没多时做小的"宠增抗极"①，反捻去俺为正的"率宾归王"②。不怨他只"省躬讥诫③"，出了家罢，俺则"垂拱平章④"。若论这道院里，昔年也不甚"宫殿盘郁"；到老身才开辟了"宇宙洪荒"。画真武"剑号巨阙"⑤，步北斗⑥"珠称夜光"。奉香供"果珍李柰"，把斋素也是"菜重芥姜"。世间味识得破"海咸河淡"，人中网逃得出"鳞潜羽翔"。俺这出了家呵，把那几年前做新郎的臭粘涎"骸⑦垢想浴"，将俺即世里做老婆的干柴火"执热愿凉"。则可惜做观主"游鹍独运⑧"，也要知观的"顾答审详"⑨。赴会的都要"具膳餐饭"，行脚的⑩也要"老少异粮"。怎生观中再没个人儿？也都则是"沉默寂寥"，全不会"笺牒简要⑪"。俺

---

① 做小的"宠增抗极"：指妾得宠争权。抗极，与皇帝相抗衡，形容权势很大。极，指皇帝。

② 反捻去俺为正的"率宾归王"：指妻子反而受小妾的排挤摆布。捻，撵，驱逐。为正的，指正妻。率宾归王，语出《诗·小雅·北山》的"率土之滨（宾），莫非王臣"之句。率，循，沿着。

③ 省躬讥诫：省躬，反躬自省、批评自己。讥诫，批评检讨。

④ 垂拱平章：指出家后清净闲适。垂拱，天子垂衣拱手，无为而治。平章，古代官名，代指群臣。

⑤ 画真武"剑号巨阙"：真武，即玄武，道家所崇奉的真武荡魔大帝，一名玄天上帝，见《四游记·北游记》。巨阙，古代著名的宝剑名。

⑥ 步北斗：道家的一种修炼术，道士依北斗七星排列的位置而行步，与天神沟通相应。

⑦ 骸：这里指身体。

⑧ 游鹍（kūn）独运：指只有自己一个人主持道观，没有别的道姑帮助。鹍，古代神话里的大鸟名，据说它一飞八百里。运，飞。

⑨ 也要知观的"顾答审详"：知观，主持道观事务的女道士的职名。顾答审详，对人说话要好好考虑，意思是说话做到审察周到。

⑩ 行脚的：原指行脚僧，这里指游方的道姑。

⑪ 笺牒简要：指以道士身份向人募化。笺牒原指书信。

老将来"年矢①每催",镜儿里"晦魄环照②"。硬配不上仕女图"驰誉丹青",也要接的着仙真传"坚持雅操"。懒云游"东西二京③",端一味"坐朝问道"。女冠子有几个"同气连枝④",骚道士不与他"工颦妍笑⑤"。怕了他暗地虎"布射僚丸⑥",则守着寒水鱼"钓巧任钓⑦"。使唤的只一个"犹子⑧比儿",叫做癞头鼋"愚蒙等诮⑨"。(内)姑娘骂俺哩。俺是个妙人儿。(净)好不羞。"殆辱近耻",倒夸奖你"并皆佳妙"。(内)杜太爷皂隶拿姑娘哩。(净)为甚么?(内)说你是个贼道。(净)咳,便道那府牌来"杜藁钟隶⑩",把俺做女妖看"诛斩贼盗"。俺可也"散虑逍遥",不用你这般"虚辉朗耀⑪"。

---

① 年矢:时光易逝如同飞快的箭矢。
② 晦魄环照:月亏了又慢慢圆起来。环,循环,这里指镜中人影。
③ 懒云游"东西二京":不愿到远方去云游。二京,汉、隋、唐建都长安,叫西京;东汉迁都洛阳,叫东京,后来洛阳又是隋、唐的陪都。"东西二京"这里泛指远方。
④ 同气连枝:原指同胞的兄弟姐妹。这里指志同道合的人。
⑤ 工颦(pín)妍笑:以一颦一笑、卖弄色相取悦于人。颦,皱眉。
⑥ 布射僚丸:东汉的吕布善射,春秋时楚人熊宜僚善弄丸。布,指东汉吕布。僚,指春秋时楚国熊宜僚。
⑦ 则守着寒水鱼"钓巧任钓":指自己坚守清贫道士生活,不受世俗名利的诱惑。寒水鱼,语出《冷斋夜话》唐代船子和尚偈:"千尺丝纶直下垂,一波才动万波随。夜静水寒鱼不食,满船空载月明归。"钓,指三国时曹魏著名的巧匠马钧,曾制造指南车、翻水车、发石车。任,指庄子寓言中的任公子,曾在东海钓得一大鱼,浙江以东、广西以北人人得以饱餐。
⑧ 犹子:侄儿。
⑨ 癞头鼋(yuán)"愚蒙等诮":头有疙瘩似癞的人,和愚昧无知的人一样受人讥诮。
⑩ 便道那府牌来"杜藁钟隶":请差役来缉拿。府牌,府里来的差役。杜藁(gǎo)钟隶,指东汉杜操的草书(藁)和三国魏钟繇的隶书。这里只取"隶"字,指皂隶,差役。
⑪ 虚辉朗耀:虚张声势,指以虚假的声势吓人。

（丑府差上）承差府堂上，提名仙观中。（见介）（净）府牌哥为何而来？

【大迓鼓】（丑）府主坐黄堂，夫人传示，衙内敲桹①。知他小姐年多长，染成一疾半年光。（净）俺不是女科②。（丑）请你修斋，一会祈禳。

【前腔】（净）俺仙家有禁方。小小灵符，带在身傍。教他刻下人无恙。（丑）有这等灵符！快行动些。（行介）（净）叫童儿。（内应介）（净）好看守，卧云房。殿上无人，仔细灯香。（内）知道了。

（净）紫微宫女夜焚香③。　王　建

（丑）古观云根路已荒④。　释皎然

（净）犹有真妃长命缕⑤。　司空图

（丑）九天无事莫推忙⑥。　曹　唐

> **精彩解说**

本出《道觋》主要写石道姑去杜府，用道家灵符为杜丽娘禳解去病的事。

---

① 桹：竹或木制的响器，作信号用。

② 女科：妇科医师。

③ 紫微宫女夜焚香：指石道姑的女道身份。语本王建《宫词一百首》之十三。紫微，即紫微宫，星官名，此指石道姑所居的紫阳宫。

④ 古观云根路已荒：指石道姑住在紫阳观寂寞无聊。语本释皎然《晚春寻桃源观》。云根，山上高处。

⑤ 犹有真妃长命缕：指除病用的道家灵符，这里指石道姑有灵符可以消灾去难。语本司空图《南至四首》之三。真妃，即九华真妃，道家所崇奉的女仙名。长命缕，古代民俗端阳节用五色丝缠在臂上，以辟恶除病。

⑥ 九天无事莫推忙：指府牌请石道姑不要借口供神事忙而拒绝去杜府为杜丽娘禳解。语本曹唐《小游仙诗九十八首》之五十五。九天，天官最高处，此指紫阳观。

依照古代戏曲的惯例，石道姑一上场，就自述了自己的身世。据石道姑自我描述，她原本貌美似西施，性情也贤淑，只因为有"石女"的生理缺陷，无法满足丈夫的性要求而遭受了一段不幸的婚姻。她百般忍让，让丈夫娶妾，但最终还是不能见容，于是被迫出家当了道姑。她住在紫阳观，一个人主持道观，既清净闲适，又寂寞无聊，学会了用道家灵符给人消灾去难，因此成了杜丽娘的"人间的护花人"。

有意思的是，石道姑自叙不得不出家的身世，是以念诵《千字文》的方式。《千字文》是古代社会最流行的儿童启蒙读物之一，四言成句，字各不同，世人耳熟能详，明人对其十分推崇，如明代文坛泰斗王世贞曾夸其为"绝妙文章"。石道姑巧妙地引用了116句《千字文》，浅显易懂，打诨谐趣，原本是文人的游戏之作，用于童蒙识字明理，汤显祖引用时，赋予了许多词语新意，大多关涉石女身份和男女暧昧之事，虽然许多令人忍俊不禁，但不免流于情色，甚至猥亵下流。

石道姑这一角色，跟陈最良一样，是《牡丹亭》中的重要配角，在剧中所起的作用，甚至超过了杜丽娘的丫鬟春香。与春香的不谙世事不同，石道姑知晓风月之事，能随机应变。柳梦梅决定掘墓时，她先为杜丽娘预备下安魂汤，又找来癞头鼋帮忙开棺。杜丽娘还魂成功后，若不是她的及时提醒与献计献策，柳梦梅不会立即离开掘墓现场，故事也就不能辗转延续；离开南安以后，正是她的一路陪伴，杜丽娘才平安地到达了临安，遇到了母亲和春香。石道姑与陈最良分别引领杜丽娘、柳梦梅两位主角情节的发展、走向，辅助着全剧表达、诠释"因情而死，因情而生"的主题。

第十八出 诊 祟

原文

【一江风】（贴扶病旦上）病迷厮。为甚轻憔悴？打不破愁魂谜。梦初回，燕尾翻风，乱飒起湘帘翠。春去偌多时，春去偌多时，花容只顾衰。井梧声①刮的我心儿碎。

【行香子】（旦）春香呵，我楚楚精神，叶叶腰身，能禁多病逡巡②？（贴）你星星措与③，种种生成，有许多娇，许多韵，许多情。（旦）咳！咱弄梅心事④，那折柳情人⑤，梦淹渐暗老残春。（贴）正好簟炉香午，枕扇风清。知为谁颦，为谁瘦，为谁疼？（旦）春香，我自春游一梦，卧病如今。不痒不疼，如痴如醉。知他怎生？（贴）小姐，梦儿里事，想他则甚！（旦）你教我怎生不想呵！

【金落索】贪他半晌痴，赚了多情泥⑥。待不思量，怎不思量得？

---

① 井梧声：井边的梧桐树被风吹发出的声音。
② 多病逡巡：久病不愈。逡巡，拖延，徘徊不去，这里喻疾病缠绵。
③ 星星措与：件件事情，每一举动。星星，意谓件件。措与，举措，行为。
④ 弄梅心事：这里指杜丽娘怀春之情。她为自己画的肖像画，手上捻着一枝青梅。
⑤ 折柳情人：指柳梦梅。本剧在第十出中，杜丽娘梦到柳梦梅曾折柳请她题诗。
⑥ 赚了多情泥（nì）：弄得被感情牵缠。赚，骗取，这里是害得、弄得的意思。泥，与"撒滞腻"的"腻"通，阻滞，这里指为感情所牵缠。

就里暗销肌，怕人知。嗽腔腔①嫩喘微。哎哟！我这惯淹煎②的样子谁怜惜？自噤窄的春心怎的支③？心儿悔，悔当初一觉留春睡。（贴）老夫人替小姐冲喜④。（旦）信他冲的个甚喜？到的年时，敢犯杀花园内⑤？

【前腔】（贴）看他春归何处归，春睡何曾睡，气丝儿怎度的长天日？把心儿捧凑眉，病西施⑥。小姐，梦去知他实实谁？病来只送的个虚虚的你。做行云先渴倒在巫阳会⑦。全无谓，把单相思害得忒明昧⑧。又不是困人天气，中酒心期⑨，魆魆地⑩常如醉。

（末上）日下晒书嫌鸟迹，月中捣药要蟾酥⑪。我陈最良，承公相命，来诊视小姐脉息。到此后堂，不免打叫一声。春香贤弟有么？（贴见介）是陈师父。小姐睡哩。（末）免惊动他。我自进去。（见介）小

---

① 嗽腔腔：连连咳嗽。腔，象声字，咳嗽时的声音。

② 淹煎：疾病缠绵。淹，久。

③ 自噤（jìn）窄的春心怎的支：闷在心里，有心事不对人说。噤窄，闷在心里不说。支，受得住。

④ 冲喜：古代民间认为，以办喜事去冲破可能即将发生的凶事，借此化凶为吉。

⑤ 到的年时，敢犯杀花园内：难道是从前在花园里冲撞了什么神道？以疑问句表示否定的意义。到的，意谓算来是的，想是的。年时，当年，这里指当时。敢，莫非，恐怕。杀，通"煞"，凶神，煞鬼。

⑥ 把心儿捧凑眉，病西施：西施，春秋时代越国的美女。《庄子·天运》载，西施心痛时常捧心颦眉，人都以为美。凑眉，皱眉。

⑦ 做行云先渴倒在巫阳会：指想追求爱情，自己却先夭折了。巫阳，巫山之阳（南）。行云和巫阳，都是用巫山神女的典故。

⑧ 明昧：同暧昧，不明不白。

⑨ 中酒：醉酒。心期：内心向往，此作情绪、心绪讲。

⑩ 魆（xū）魆地：暗暗地，这里指精神恍惚的样子。

⑪ 月中捣药要蟾酥：中国古代神话传说，月亮里有白兔捣药，有蟾蜍。蟾酥，蟾蜍皮疣内毒腺的分泌的白色黏液，待干后可供药用。

姐。（旦作惊介）谁？（贴）陈师父哩。（旦扶起介）（旦）师父，我学生患病，久失敬了。（末）学生，学生，古书有云："学精于勤，荒于嬉①。"你因为后花园汤②冒日，感下这疾，荒废书工。我为师的在外，寝食不安。幸喜老公相请来看病，也不料你清减至此。似这般样，几时勾起来读书？早则端阳节哩。（贴）师父，端节有你的。（末）我说端阳，难道要你粽子？小姐，望闻问切③，我且问你：病症因何？（贴）师父问甚么？只因你讲《毛诗》，这病便是"君子好求"上来的。（末）是那一位君子？（贴）知他是那一位君子！（末）这般说，《毛诗》病用《毛诗》去医。那头一卷就有女科《圣惠方》④在哩。（贴）师父，可记的《毛诗》上方儿？（末）便依他处方。小姐害了"君子"的病，用的史君子⑤。《毛诗》："既见君子，云胡不瘳⑥？"这病有了君子抽一抽，就抽好了。（旦羞介）哎也！（贴）还有甚药？（末）酸梅十个。《诗》云："摽有梅，其实七兮⑦。"又说："其实三兮。"三个打七个，是十个。此方单医男女过时思酸之病。（旦叹介）（贴）还有呢？（末）天南星⑧三个。

---

① 学精于勤，荒于嬉：语出韩愈《进学解》。学，《进学解》原文作"业"。

② 汤（tàng）风：冒着风，受了风吹。汤，接触，碰到。

③ 望闻问切：看病人气色、听声音、问病情、以指按脉（切脉），这是中医诊病的四种方法，见《难经》。

④《圣惠方》：全称《太平圣惠方》，宋代官修医书，太平兴国三年集成，收集了一万多个验方，有百卷。这里指有灵验的处方。

⑤ 史君子：应作"使君子"，中药名。

⑥ 既见君子，云胡不瘳（chōu）：指杜丽娘害了相思病，遇见心仪的爱人，病自然就痊愈了。语出《诗经·郑风·风雨》。这首诗写了热恋中的少女见到所思念的情人的欢乐心情。君子，唱这首情歌的少女的爱人；云，语气助词，不表示意义；胡，为甚么；瘳，病愈。

⑦ 摽有梅，其实七兮：梅子落下来了，树上还留着七个。暗示杜丽娘渴求出嫁的急切心理。语出《诗经·召南·摽有梅》。摽（biào），落下。有，语气助词。

⑧ 天南星：中药名。与下文"三星在天"双关。

（贴）可少？（末）再添些。《诗》云："三星在天①。"专医男女及时之病。（贴）还有呢？（末）俺看小姐一肚子火，你可抹净一个大马桶，待我用栀子仁、当归，泻下他火来。这也是依方："之子于归，言秣其马。"②（贴）师父，这马不同那"其马"。（末）一样髀鞦窟洞下③。（旦）好个伤风切药陈先生。（贴）做的按月通经陈妈妈。（旦）师父不可执方④，还是诊脉为稳。（末看脉，错按旦手背介）（贴）师父，讨个转手。（末）女人反此背看之，正是王叔和《脉诀》⑤。也罢，顺手看是。（诊脉介）呀，小姐脉息，到这个分际了。

【金索挂梧桐】他人才忒整齐，脉息怎微细。小小香闺，为甚伤憔悴？（起介）春香呵，似他这伤春怯夏肌，好扶持。病烦人容易伤秋意。小姐，我去咀药⑥来。（旦叹介）师父，少不得情栽了窍髓针难入⑦，病躲在烟花⑧你药怎知？（泣介）承尊觑，何时何日，来

---

① 三星在天：语出《诗经·唐风·绸缪》。三星，星宿名，傍晚出现在东方。古代民间以"三星在天"为男女婚期之典。与上文"天南星"语意双关。
② 俺看小姐一肚子火……"之子于归，言秣其马"：栀子仁、当归，中药名，但不是泻药。栀子、当归与"之子于归"谐音。"之子于归，言秣其马"语出《诗经·周南·汉广》，原意说：如果那个姑娘肯嫁给我，我就喂饱马，驾着车去迎娶她。这里借用"秣""马"与"抹净一个大马桶"句中的"抹""马"谐音。之子，那个女子；于归，出嫁。言，语气助词；秣，喂马。
③ 一样髀（bì）鞦（qiū）窟洞下：指马和马桶一样都是被坐在人的屁股、大腿下面的。髀鞦，马鞍上的皮带，也为马桶上篾箍的谐音。
④ 执方：固执。
⑤ 王叔和《脉诀》：王叔和，晋代著名的医学家，曾任太医令官，著有《脉经》《脉诀》《脉赋》等医书，还编次汉代张仲景《伤寒论》。
⑥ 咀药：中药中有一些药材，在煎煮前，按照旧法，要用嘴嚼细，名为"咀药"。这里作煎药解。
⑦ 情栽了窍髓针难入：相思病根已长在骨髓里面，用针灸的疗法不起效。窍髓，泛指人体内部的器官。针，针灸。
⑧ 烟花：犹言风月，指男女情爱之事。

看这女颜回①?(合)病中身怕的是惊疑。且将息,休烦絮。

(旦)师父且自在。送不得你了。可曾把俺八字推算么?(末)算来要过中秋好。当生止有八个字②,起死曾无三世医③。(下)

(贴)一个道姑走来了。(净上)不闻弄玉吹箫④去,又见嫦娥窃药⑤来。自家紫阳宫石道姑便是。承杜老夫人呼唤,替小姐禳解。(见贴介)(贴)姑姑为何而来?(净)吾乃紫阳宫石道姑。承夫人命,替小姐禳解。不知害的甚病?(贴)尴尬病⑥。(净)为谁来?(贴)后花园要来。(净举三指,贴摇头介)(净举五指,贴又摇头介)(净)咳!你说是三是五,与他做主。(贴)你自问他去。(净见旦介)小姐,小姐,道姑稽首那。(旦作惊介)那里道姑?(净)紫阳宫石道姑。夫人有召,替小姐保禳。闻说小姐在后花园着魅⑦,我不信。

【前腔】你惺惺的⑧怎着迷?设设的⑨浑如魅。(旦作魇语⑩介)我的人那。(净、贴背介)你听他念念呢呢⑪,作的风风势⑫。是了,

---

① 女颜回:指优秀而短命的女学生。颜回,是孔子最有才华的弟子,但早逝。
② 八个字:指生辰八字。
③ 三世医:祖传三代的医生。
④ 弄玉吹箫:《列仙传》载,春秋时秦穆公的女儿弄玉和她的丈夫萧史都善于吹箫作凤鸣,后来夫妇俩都随凤鸟飞升成仙。
⑤ 嫦娥窃药:《淮南子·览冥训》载,上古时代有穷国的国君后羿,从西王母那里求来一种长生不死的仙药,后来被他的妻子嫦娥(姮娥)偷吃成了仙,飞升到月宫里。
⑥ 尴尬病:指难以启齿的难治的病,即相思病。
⑦ 着魅:着鬼,被鬼怪所迷惑。
⑧ 惺惺的:聪明、机灵的样子。
⑨ 设设的:痴迷状。
⑩ 魇(yǎn)语:梦话,呓语。这里是谵语的意思,人在昏迷状态时说的话。
⑪ 念念呢呢:说话含糊不清。
⑫ 风风势:疯疯癫癫的样子。

身边带有个小符来。(取旦钗挂小符,作咒介)赫赫扬扬,日出东方①。此符屏却恶梦,辟除不祥。急急如律令敕②!(插钗介)这钗头小篆符③,眠坐莫教离。把闲神野梦都回避。(旦醒介)咳!这符敢不中④?我那人呵,须不是依花附木廉纤鬼⑤,咱做的弄影团风抹媚痴⑥。(净)再痴时,请个五雷⑦打他。(旦)些儿意,正待携云握雨,你却用掌心雷。(合前)

(净)还分明说与,起个三丈高咒幡儿⑧。(旦)待说个甚么子好?

【尾声】(旦)依稀则记的个柳和梅。姑姑,你也不索打符桩挂竹枝,则待我冷思量,一星星咒向梦儿里。(贴扶旦下⑨)

(贴)绿惨双蛾不自持⑩。 步非烟

(净)道家妆束厌禳时⑪。 薛　能

---

① 赫赫扬扬,日出东方:古代道士治病念的咒语通常都是这样开头。赫赫扬扬,形容光芒四射。
② 急急如律令敕:道士治病所念咒语的结句。
③ 篆符:符,道家用于驱鬼治病的秘文,样子和篆书差不多,故名。
④ 不中:不行,没有用。
⑤ 廉纤鬼:小鬼。廉纤常用来形容微雨,但也偶尔用来形容别的事物。
⑥ 弄影团风抹媚痴:弄影团风,形容心神不定,也有解释为捕风捉影,疑神疑鬼。"团"与"弄"字意义相近,两字是互文。抹媚痴,即魔魅痴,被鬼物迷惑的痴迷状态。
⑦ 五雷:即掌心雷,道家的一种法术。
⑧ 咒幡(fān)儿:道士禳解时用的长条形的旗子,上面写有咒语。
⑨ 贴扶旦下:下接下场诗的唱念,和下场的动作同时进行。
⑩ 绿惨双蛾不自持:指杜丽娘病体沉重。语本步非烟《答赵子》。
⑪ 道家妆束厌禳时:指石道姑前来禳解。厌、禳都是禳解的意思。语本薛能《黄蜀葵》。

（旦）如今不在花红处①。僧怀济

（合）为报东风且莫吹②。李　涉

精彩解说

本出《诊祟》写杜丽娘因游园伤春感梦而患相思病，病情日益沉重，她的父母先让陈最良为其诊治，后让石道姑以道家灵符禳解，均不得要领，杜丽娘沉疴未愈。

杜丽娘患的是尴尬病，是难以启齿难治的病，即相思病。她执迷于一梦，她将她的"弄梅心事""折柳情人"，从春分小满念叨到五月端阳。当初的梦境已不复存在，但她难以自拔："你教我怎生不想呵！"她明明知道是梦，却执着不放，以致病入膏肓。

杜丽娘的心病，唯贴身丫鬟春香最懂，杜宝和杜母虽然希望老天能怜惜爱女，让她的病尽快好起来，但一个不懂得，一个懂得却不敢说。春香告诉了陈最良："这病便是'君子好求'上来的。"陈最良立马懂了，于是对症施治，"《毛诗》病用《毛诗》去医"，他用《诗经》中的男女情爱诗句为杜丽娘诊病开方。《诗经·郑风·风雨》中第一句"既见君子，云胡不瘳"，原是描写一位大胆泼辣的女子终于等到情人到来的欣喜，陈最良巧妙地利用谐音，把"瘳"改成"抽"，鼓励杜丽娘与那君子幽会交欢。《诗经·召南·摽有梅》中的"摽有梅，其实七兮""其实三兮"，原是写一位少女由梅子日益变得稀少，联想到自己应该及时出嫁。陈最良用此方告诉病人："此方单医男女过时思酸之病。"他知道，相思病还得情来医，他正面肯定了杜丽娘思念情人是适时合理的。《诗经·唐风·绸缪》中的"三星在天"，原是写青年男女相会时的欢乐，陈最良采用此方"专医男女及时之病"，告诉病人，她与情人相会就能病愈，就能获得幸福欢乐。《诗经·周

---

① 如今不在花红处：指当初的梦境已不复存在，杜丽娘如今病势沉重，不再有从前的青春美貌了。语本怀济《上归州刺史代通状二首》之二。

② 为报东风且莫吹：指希望老天能怜惜杜丽娘，让她的病尽快好起来。语本李涉《春晚游鹤林寺寄使府诸公》。

南·汉广》中的"之子于归,言秣其马",原是写男子迎娶爱恋的女子,陈最良对春香说:"俺看小姐一肚子火,你可抹净一个大马桶,待我用栀子仁、当归,泻下她火来。"他利用栀子、当归与"之子于归","秣"与"抹"的谐音,"马"的同音异义的关系,表面上是依照传统理学理解的经书中圣人的教诲,实则与春香在《闺塾》中调侃"在河之洲"一样,戏谑而巧妙还原了《毛诗》的真正含义。一个曾经大谈《关雎》彰扬"后妃之德"的老学究,成了冲破理学束缚、勇敢追求自由爱情的杜丽娘的支持者。

至于前来禳解的石道姑,她"闻说小姐在后花园着魅,我不信"。作为有过婚姻经历的女人,她猜到杜丽娘的病可能与男女之情有关,于是打手势比画"三"或"五",实际是问春香,杜小姐是不是有三个月或五个月的身孕。

但解铃还须系铃人,陈最良念几句情诗和石道姑做法禳解,都无法治杜丽娘的相思病。杜丽娘病势沉重,情梦不能成真,眼看她将要香消玉殒了。

第十九出 牝 贼①

原文

北【点绛唇】（净扮李全引众上）世扰膻风，家传杂种②。刀兵动，这贼英雄，比不得穿墙洞③。

野马千蹄合一群，眼看江海尽风尘。汉儿学得胡儿语，又替胡儿骂汉人④。自家李全是也。本贯楚州⑤人氏。身有万夫不当之勇，南朝不用，去而为盗，以五百人出没江淮之间，正无归着。所幸大金皇帝，遥封俺为溜金王，央我骚扰淮扬，看机进取。奈我多勇少谋，所喜妻子杨氏娘娘，能使一条梨花枪，万人无敌。夫妻上阵，大有威风。则是娘娘有些吃醋，但是掳的妇人，都要送他帐下。便是军士们，都只畏惧他。正是：山妻独霸蛇吞象⑥，海贼封王鱼变龙。

---

① 牝贼：即女贼。牝，指鸟兽的雌性，与牡（雄性）相对。
② 世扰膻风，家传杂种：北方少数民族世代养成吃肉的传统。膻，羊肉的气味。世扰，世代养成。
③ 穿墙洞：指穿墙洞的小贼。
④ 汉儿学得胡儿语，又替胡儿骂汉人：化用司空图《河湟有感》诗的"汉儿尽作胡儿语，却向城头骂汉人"之句。
⑤ 楚州：今江苏省淮安市。
⑥ 蛇吞象：比喻贪得无厌。语出《山海经·海内南经》的"巴蛇食象，三岁而出其骨"之句。

【番卜算】（丑扮杨婆持枪上）百战惹雌雄，血映燕支①重。（舞介）一枝枪洒落花风，点点梨花弄。

（见举手介）大王千岁。奴家介胄在身，不拜了②。（净）娘娘，你可知大金皇帝，封我做溜金王？（丑）怎么叫做溜金王？（净）溜者，顺也。（丑）封你何事？（净）央俺骚扰淮扬三年。待俺兵粮齐集，一举渡江，灭了赵宋。那时还封我为帝哩！（丑）有这等事！恭喜了！借此号令，买马招军。

【六幺令】如雷喧哄，紧辕门③画鼓冬冬。哨尖儿④飞过海云东。（合）好男女，坐当中，淮扬草木都惊动。

【前腔】聚粮收众。选高蹄战马青骢⑤。闪盔缨斜簇玉钗红。（合前）

　　　　（净）群雄竞起向前朝⑥。　杜　甫
　　　　　　折戟沉戈铁未销⑦。　杜　牧
　　　　　　平原好牧无人放⑧。　曹　唐
　　　　　　白草连天野火烧⑨。　王　维

---

① 燕支：即胭脂。
② 介胄（zhòu）在身，不拜了：《史记·绛侯周勃世家》载，汉文帝刘恒到细柳营劳军，将军周亚夫手持武器，作揖为礼。他说："介胄之士，不拜，请以军礼见。"介胄，古代军人防身用的铠甲和头盔等武装，以皮或铁制成。
③ 辕门：领兵将帅的营门或官署外门。
④ 哨尖儿：哨探，探子。
⑤ 青骢（cōng）：毛色青白相杂的骏马。
⑥ 群雄竞起向前朝：指李全夫妇率众叛宋骚扰江淮。语本杜甫《夔州歌十绝句》之三。
⑦ 折戟沉戈铁未销：指李全军兵强马壮。语本杜牧《赤壁》。
⑧ 平原好牧无人放：语本曹唐《病马五首呈郑校书章三吴十五先辈》之一。
⑨ 白草连天野火烧：语本王维《出塞》。后两句诗指李全侵扰江南，燃起战火。

精彩解说

　　本出《牝贼》写南宋大将李全率众叛宋，被金主完颜亮封为溜金王，李全夫妇全军兵强马壮，作为完颜亮挥戈南下的前锋，"为王前驱"，攻打淮安城，燃起战火。李全妻子泼辣强悍，使一杆梨花枪，斩杀宋兵不计其数。贼兵骚扰淮扬，百姓苦不堪言。

　　《牡丹亭》将杜丽娘和柳梦梅的生死之恋，置于历史战争背景中，甚至抽出好几出戏来表现宋金战争场面，使本剧的爱情主题有了强烈的时代感和历史感。汤显祖大写李全之乱，用意不限于此，他还借剧中的南宋政事，来针砭当朝时事。在他生活的时代，国家屡受外族入侵，人民蒙受深重的灾难，而朝廷却只图苟安，一味求和，主战派势力受到严重的打压。汤显祖支持主战派，还曾写过《朔塞歌》《夏州乱》等政治诗，抒写了他对朝廷妥协政策的不满。他借戏曲《牡丹亭》一吐心中的块垒。

　　汤显祖对宋将李全叛宋投敌、助纣为虐十分愤慨，借剧中人物之口，大骂李全是"汉儿学得胡儿语，又替胡人骂汉人"，虽对少数民族有失侮辱，但那也是当时的时代风习，他无法超越时代而穿越拥有现代多民族融合的宽容思想。他对李全之骂，应该代表了时代的正气，想必赢得了当时同样痛恨投降卖国者的民众的喝彩。本剧对李全夫妇的一些"哈哈镜式"的夸张描写，绝不仅仅是加些热闹和情色的"调料"，供哄堂一笑，其中也表明了汤显祖对李全之流的历史评判。

　　《牝贼》是一场短小的过场戏。与其他过场戏不同，这是一出武戏，突然蹦出两个"净""丑"金戈铁马，在悲悲切切、哀哀怨怨的情愁幽怨主调中，似乎显得突兀，以致受到了后世不少批评家的诟病，认为破坏了原先悲凄的气氛，影响了情绪的一贯性，造成了结构松散、头绪纷繁、削弱"主脑"的弊端。比汤显祖稍晚的同时代著名戏曲家和通俗小说作家冯梦龙主张删掉此出："李全原非正戏，借作线索，又添金主，不更赘乎？去之良是。"（冯梦龙《风流梦》总评）但是从情节发展来看，本出为杜宝移镇淮扬埋下伏笔，又是后戏中李全畏惧老婆、悉听妻命、归顺大宋等情节的铺垫，可谓全剧的重要枝蔓。

第二十出 闹 殇

原文

【金珑璁】（贴上）连宵风雨重，多娇多病愁中。仙少效，药无功。

颦有为颦，笑有为笑①。不颦不笑，哀哉年少。春香侍奉小姐，伤春病到深秋。今夕中秋佳节，风雨萧条。小姐病转沉吟，待我扶他消遣。正是：从来雨打中秋月，更值风摇长命灯②。（下）

【鹊桥仙】（贴扶病旦上）拜月堂空，行云径拥③，骨冷怕成秋梦。世间何物似情浓？整一片断魂心痛。

（旦）枕函敲破漏声残④，似醉如呆死不难。一段暗香迷夜雨，十分清

---

① 颦有为颦，笑有为笑：该忧愁时忧愁，该欢笑时欢笑。意指一举一动不能随便。语出《韩非子·内储说上》。颦，皱眉，忧愁哀伤的样子。
② 风摇长命灯：比喻生命危险。长命灯，民间习俗，在寺院或家中佛堂前昼夜燃油灯，以祈求福寿。
③ 拜月堂空，行云径拥：想拜月求团圆，但眼前并无一个实在的心上人；梦中与情人幽会，现实中爱情的道路却断了。拜月，古人常通过拜月祈求团圆。行云，男女欢会。拥，同"壅"，阻塞，隔绝。
④ 枕函敲破漏声残：指躺在枕头上一夜无眠，听更声几乎把枕头敲破了，一直挨到破晓天明。枕函，枕匣，这里指枕头。漏声，铜制漏壶滴漏之声。中国古代夜间凭漏壶表示的时刻报更，所以漏壶又叫更漏。

瘦怯秋寒。春香，病境沉沉，不知今夕何夕？（贴）八月半了。（旦）哎也！是中秋佳节哩。老爷、奶奶都为我愁烦，不曾玩赏了？（贴）这都不在话下了。（旦）听见陈师父替我推命，要过中秋。看看病势转沉，今宵欠好。你为我开轩一望，月色如何？

（贴开窗）（旦望介）

【集贤宾】（旦）海天悠问冰蟾①何处涌？玉杵②秋空，凭谁窃药把嫦娥奉？甚西风吹梦无踪③！人去难逢，须不是神挑鬼弄。在眉峰，心坎里别是一般疼痛④。（闷介）

【前腔】（贴）甚春归无端厮和哄⑤，雾和烟两不玲珑⑥。算来人命关天重，会消详直恁匆匆⑦！为着谁侬⑧，俏样子等闲抛送？待我谎他。姐姐，月上了。月轮空，敢蘸破⑨你一床幽梦。

（旦望叹介）轮时盼节想中秋，人到中秋不自由。奴命不中孤月照，残生今夜雨中休。

【前腔】你便好中秋月儿谁受用？剪西风泪雨梧桐⑩。楞生瘦骨加

---

① 冰蟾：中国古代神话传说中，月宫里有蟾蜍，故以冰蟾代指月亮。
② 玉杵：中国古代神话传说中，月宫里有白兔持杵捣药，因此玉杵也代指月亮。
③ 甚西风吹梦无踪：化用宋代李清照《浪淘沙》的"帘外五更风，吹梦无踪"词句。
④ 在眉峰，心坎里别是一般疼痛：化用宋代李清照词《一剪梅》的"此情无计可消除。才下眉头，却上心头"词句。
⑤ 厮和哄：厮，互相。和哄，欺骗，调弄。
⑥ 雾和烟两不玲珑：春天天气多雾和多雨都不好，意谓春天天气易引发情思。雾、烟，代表春天。
⑦ "算来人命关天重"二句：本以为人命关天，病情会慢慢好转，谁知一下子病成这个模样。消详，待一会儿，这里指病情拖延。
⑧ 谁侬（nóng）：何人。侬，古代吴地方言中指人。
⑨ 蘸（zhàn）破：点破，吵醒。
⑩ 剪西风泪雨梧桐：秋风秋雨吹落梧桐叶。剪，形容风吹落树叶。

沉重①,趱程期②是那天外哀鸿。草际寒蛩,撒剌剌纸条窗缝③。(旦惊作昏介)冷松松,软兀剌四梢难动④。

(贴惊介)小姐冷厥了!夫人有请。(老旦上)百岁少忧夫主贵,一生多病女儿娇。我的儿,病体怎生了?(贴)奶奶,欠好,欠好。(老)可怎了!

【前腔】不堤防你后花园闲梦铳⑤,不分明再不惺忪⑥,睡临侵打不起头梢重⑦。(泣介)恨不呵早早乘龙⑧。夜夜孤鸿,活害杀俺翠娟娟雏凤。一场空,是这答里把娘儿命送。

【啭林莺】(旦醒介)甚飞丝缱的阳神动,弄悠扬风马丁冬⑨。(泣介)娘,儿拜谢你了。(拜跌介)从小来觑的千金重,不孝女孝顺无终。娘呵,此乃天之数也。当今生花开一红,愿来生把萱椿

---

① 楞生瘦骨加沉重:瘦骨嶙峋,(病情)更加严重了。楞,瘦骨突起。
② 趱程期:赶路,赶时辰。趱(zǎn),催促。
③ "草际寒蛩(qióng)"二句:化用李清照《行香子》的"草际鸣蛩,惊落梧桐,正人间天上愁浓"词句。蛩,蟋蟀的别名。撒剌剌,形容风吹窗上纸片声。
④ 软兀剌四梢难动:全身软绵绵的,四肢无力不能动。软兀剌,软绵绵的。兀剌,原为蒙古语,用作词尾,不表达具体意义。四梢,四肢。
⑤ 梦铳(chòng):睡梦,指杜丽娘游园惊梦之事。
⑥ 不惺忪:神志不清醒。
⑦ 睡临侵打不起头梢重:睡得昏昏沉沉,头重得抬不起来。临侵,词尾,本身无意义,有时写作"淋浸",如本剧第三十六出"死淋浸"、第四十八出"冷淋浸",意思分别是死死地、冷冷地。头梢,这里指头。
⑧ 乘龙:比喻嫁个好女婿。唐代徐坚《初学记》载,东汉桓焉的两个女儿都嫁给大官,当时人说他"两女俱乘龙"。
⑨ "甚飞丝缱的阳神动"二句:原来是风吹铁马,叮咚作响,把因情思搞得昏迷的阳神惊醒了过来。飞丝,指心头飘飞的情思。阳神,生魂。风马,悬挂在檐间的铁马,风吹相击发声。

再奉。（众泣介）（合）恨西风，一霎无端，碎绿摧红。

【前腔】（老）并无儿、荡得个娇香种①，绕娘前笑眼欢容。但成人索把俺高堂送②，恨天涯老运孤穷。儿呵，暂时间月直年空③，返将息你这心烦意冗。（合前）

（旦）娘，你女儿不幸，作何处置？（老）奔④你回去也。儿！

【玉莺儿】（旦泣介）旅榇⑤梦魂中，盼家山千万重。（老）便远也去。（旦）是不是⑥听女孩儿一言。这后园中一株梅树，儿心所爱，但葬我梅树之下可矣。（老）这是怎的来？（旦）做不的病婵娟桂窟里长生，则分的粉骷髅向梅花古洞⑦。（老泣介）看他强扶头泪濛，冷淋心汗倾，不如我先他一命无常用。（合）恨苍穹，妒花风雨，偏在月明中。

（老）还去与爹讲，广做道场⑧也，儿。银蟾谩捣君臣药，纸马重烧子

---

① 荡得个娇香种：好不容易养了一个好女儿。荡得，好不容易得到。娇香种，指娇贵的女儿。
② 高堂送：指给父母送终。高堂，指父母。
③ 月直年空：当月正值年灾，赶上命定的灾厄。空，空亡，如甲子旬无戌亥，戌亥即为空亡。空，大不利，这里指杜丽娘病危。
④ 奔：把遗体送走。这里指把杜丽娘的遗体送回家乡。
⑤ 旅榇（chèn）：客死者的灵柩。
⑥ 是不是：无论如何，不管怎样。
⑦ "做不的病婵娟桂窟里长生"二句：做不成带病的嫦娥住在月宫里长生不死，但求尸骨能埋葬在古梅树下的洞穴。婵娟，指嫦娥。桂窟，桂花窟，指月宫。分（fèn），应分，应该。
⑧ 做道场：请僧道做法事，以消灾祈福。

母钱①。(下)

(旦)春香,咱可有回生之日否?

【前腔】(叹介)你生小事依从,我情中你意中。春香,你小心奉事老爷奶奶。(贴)这是当的了。(旦)春香,我记起一事来。我那春容,题诗在上,外观不雅。葬我之后,盛着紫檀匣儿,藏在太湖石底。(贴)这是主何意儿?(旦)有心灵翰墨春容,傥直那人知重②。(贴)姐姐宽心。你如今不幸,坟孤独影。肯将息起来,禀过老爷,但是姓梅姓柳秀才,招选一个,同生同死,可不美哉!(旦)怕等不得了。哎哟!哎哟!(贴)这病根儿怎攻③,心上医怎逢?(旦)春香,我亡后,你常向灵位前叫唤我一声儿。(贴)他一星星说向咱伤情重。(合前)

(旦昏介)不好了,不好了,老爷奶奶快来!

【忆莺儿】(外、老旦上)鼓三冬,愁万重,冷雨幽窗灯不红。听侍儿传言女病凶。(贴泣介)我的小姐,小姐!(外、老同泣介)我的儿呵,你舍的命终,抛的我途穷。当初只望把爹娘送。(合)恨匆匆,萍踪浪影,风剪了玉芙蓉。

(旦作醒介)(外)快苏醒!儿,爹在此。(旦作看外介)哎哟!爹爹,扶我中堂去罢。(外)扶你也,儿。(扶介)

---

① "银蟾谩捣君臣药"二句:意谓月宫中玉兔徒然捣着仙药,也救不得杜丽娘性命。谩,徒然。君臣药,中医配药的方法,主治药品叫君,辅助药品叫臣。子母钱,这里指各种纸钱。
② 傥(tǎng)直那人知重:也许能碰到心上人欣赏珍重。傥,同"倘",也许。直,值,碰到。知重,爱惜,珍重。
③ 攻:医治。

【尾声】（旦）怕树头树底不到的五更风①，和俺小坟边立断肠碑一统②。爹，今夜是中秋？（外）是中秋也，儿。（旦）禁了这一夜雨。（叹介）怎能勾月落重生灯再红！（并下）

（贴哭上）我的小姐，我的小姐！天有不测之风云，人有无常之祸福。我小姐一病伤春死了。痛杀了我家老爷、我家奶奶。列位看官们，怎了也！待我哭他一会。

【红衲袄】小姐，再不叫咱把领头香心字烧③，再不叫咱把剔花灯红泪缴④，再不叫咱拈花侧眼调歌鸟，再不叫咱转镜移肩和你点绛桃⑤。想着你夜深深放剪刀，晓清清临画稿。提起那春容，被老爷看见了，怕奶奶伤情，吩咐殉了葬罢。俺想小姐临终之言，依旧向湖山石儿靠也，怕等得个拾翠人来把画粉销⑥。

老姑姑，你也来了。（净上）你哭得好，我也来帮你。

【前腔】春香姐，再不叫你暖朱唇学弄箫。（贴）为此。（净）再不和你荡湘裙闲斗草。（贴）便是。（净）小姐不在，春香姐也松泛多少。（贴）怎见得？（净）再不要你冷温存热絮叨，再不要得

---

① 怕树头树底不到的五更风：怕满树的花朵不待五更风的吹折，就已经落尽了。这里指杜丽娘青春时就夭折。语出王建《宫词》的"树头树底觅残红，一片西飞一片东。自是桃花贪结子，错教人恨五更风"诗句。
② 一统：一方。
③ 领头香心字烧：第一炷香要用心字形香篆烧。领头香，第一炷香。心字，成心字形的香篆。
④ 红泪缴：意思是把烧过的灯芯夹去一点儿，让蜡烛重新烧得更亮一些。红泪，红蜡烛点燃时流下来的蜡液。缴，浙赣一带方言音，揎了的意思。
⑤ 点绛桃：点染红红的嘴唇。点，点染。绛桃，喻红红的嘴唇。
⑥ 怕等得个拾翠人来把画粉销：只怕等着拾画的人来到，画上的彩色已经剥落褪掉了。拾翠人，本指拾取翠鸟羽毛的人，这里指拾画的人。

你夜眠迟、朝起的早。(贴)这也惯了。(净)还有省气的所在。鸡眼睛不用你做嘴儿挑①,马子儿不用你随鼻儿倒。(贴啐介)(净)还一件,小姐青春有了,没时间做出些儿也②,那老夫人呵,少不的把你后花园打折腰。

　　(贴)休胡说!老夫人来也。(老上哭介)我的亲儿!

【前腔】每日绕娘身有百十遭,并不见你向人前轻一笑。他背熟的班姬《四诫》③从头学,不要得孟母三迁把气淘。也愁他软苗条忒恁娇,谁料他病淹煎真不好。(哭介)从今后谁把亲娘叫也,一寸肝肠做了百寸焦。

　　(老闷倒)(贴惊叫介)老爷,痛杀了奶奶也!快来,快来!(外哭上)我的儿也!呀!原来夫人闷倒在此。

【前腔】夫人,不是你坐孤辰把子宿嚣④,则是我坐公堂冤业报。

---

① 鸡眼睛不用你做嘴儿挑:鸡眼睛,即鸡眼病,皮肤上状如鸡眼的小硬结,常生于足跖部及趾侧。做嘴儿挑,因鸡眼睛里发出臭气,挑时努嘴躲避。
② 没时间做出些儿也:不知道什么时候做出些儿事来。事,指儿女私情。
③ 班姬《四诫》:东汉班昭(姬)作《女诫》七篇,但是在明代一般通行的只有四篇,用于规范女子品行道德。
④ 坐孤辰把子宿嚣:因为生辰八字不好,没有儿子。坐,因为。孤辰,古代卜者术语,天干为日,地支为辰,六甲中无天干相配之地支称孤辰,如甲子旬中无戌亥,戌亥即为孤辰。孤辰、寡宿主孤寡,人的生辰八字犯孤辰就可能成为孤寡。子宿,子星。嚣,虚无。

较不似老仓公多女好①。撞不着赛卢医他一病跷②。天，天，似俺头白中年呵，便做了大家缘③何处消？见放着小门楣生折倒④！夫人，你且自保重。便作你寸肠千断了也，则怕女儿呵，他望帝魂归不可招⑤。

（丑院公上）人间旧恨惊鸦去，天上新恩喜鹊来。禀老爷：朝报⑥高升。（外看报介）吏⑦部一本：奉圣旨，金寇南窥，南安知府杜宝，可升安抚使⑧，镇守淮扬。即日起程，不得违误。钦此⑨。（叹介）夫人，朝旨催人北往，女丧不便西归。院子，请陈斋长讲话。（丑）老相公有请。（末上）彭殇真一壑⑩，吊贺每同堂。（见介）（外

---

① 较不似老仓公多女好：比不上仓公女儿多那样的福气。较不似，比不上，不如。老仓公，即汉代名医淳于意。《史记·扁鹊仓公列传》载，老仓公做过太仓长的官，称仓公。他没有儿子，只有五个女儿。他曾犯罪，要受肉刑，他最小的女儿缇萦上书汉文帝，才得赦免。

② 撞不着赛卢医他一病跷：碰不到良医，她因而得病死去了。赛，赛过，比得上。卢医，指战国时代良医扁鹊，他原名秦越人，住在卢（今山东长清境内），世称卢医。跷，这里是死的意思。

③ 家缘：家计，指家产。

④ 小门楣生折倒：指杜丽娘死去。门楣，门上的横梁，这里指能光大门面的女儿杜丽娘。生，硬生生地，活生生地。

⑤ 望帝魂归不可招：魂招不回来，死而不能复生。望帝，传说蜀王杜宇，自称望帝，死后化为杜鹃鸟，日夜悲鸣，泪尽后流出血来。

⑥ 朝报：古代朝廷的公报。

⑦ 吏部：古代官署名，掌管全国官吏的任免、考察、升降、调动等事务。

⑧ 安抚使：宋代官制，主管一个地区的军政大事之官，常由知州兼任。

⑨ 钦此：宋代以后圣旨结束时最后一句套语。钦，尊敬；与皇帝有关的事物名，上加钦字，以示敬意，如钦命、钦差。

⑩ 彭殇（shāng）真一壑：无论长寿还是短命都逃不出一死。彭，彭祖，传说中寿命最长的人，活到八百岁。殇，未成年即夭折的人。壑，山谷，指埋葬的地方。

陈先生，小女长谢你了。（末哭介）正是。苦伤小姐仙逝，陈最良四顾无门。所喜老公相乔迁①，陈最良一发失所。（众哭介）（外）陈先生，有事商量：学生奉旨，不得久停。因小女遗言，就葬后园梅树之下。又恐不便后官居住，已吩咐割取后园，起座梅花庵观，安置小女神位，就着这石道姑焚修看守。那道姑可承应的来？（净跪介）老道婆添香换水。但往来看顾，还得一人。（老）就烦陈斋长为便。（末）老夫人有命，情愿效劳。（老）老爷，须置些祭田才好。（外）有漏泽院②二顷虚田，拨资香火。（末）这漏泽院田，就漏在生员身上。（净）咱号道姑，堪收稻谷③。你是陈绝粮，漏不到你。（末）秀才口吃十一方④，你是姑姑，我还是孤老⑤，偏不该我收粮？（外）不消争，陈先生收给。陈先生，我在此数年，优待学校。（末）都知道。便是老公相高升，旧规有诸生遗爱记、生祠碑文，到京伴礼送人⑥为妙。（净）陈绝粮，遗爱记是老爷遗下与令爱作表记么？（末）是老公相政迹歌谣。什么"令爱"！（净）怎么叫做生祠？（末）大祠宇塑老爷像供养，门上写着："杜公之祠"。（净）这等不如就塑小姐在傍，我普同供养。（外恼介）胡说！但是旧规，我通不用了。

---

① 乔迁：迁居，升官，这里是升官的意思。见《诗经·小雅·伐木》的"出自幽谷，迁于乔木"之句。
② 漏泽院：宋代官设的埋葬地，政府将死而无葬的贫者和战死士兵加以安葬。
③ 稻谷：与道姑谐音。
④ 口吃十一方：古代俗语说，和尚口吃十方，住在庙里的秀才连和尚的也要吃，所以说口吃十一方。
⑤ 孤老：指年老的孤独汉。孤老，与上文"姑姑"构成双关，孤与姑谐音。
⑥ 到京伴礼送人：以遗爱记、生祠碑文，随同礼物一起送人，以结纳朝官，标榜自己官做得好，并进一步谋求升官。

【意不尽】陈先生,老道姑,咱女坟儿三尺暮云高,老夫妻一言相靠。不敢望时时看守,则清明寒食一碗饭儿浇。

　　　　　　　(外)魂归冥漠魄归泉①。　朱　褒
　　　　　　　(老)使汝悠悠十八年②。　曹　唐
　　　　　　　(末)一叫一回肠一断③。　李　白
　　　　　　　(合)如今重说恨绵绵④。　张　籍

精彩解说

　　本出《闹殇》写十六岁的杜丽娘因相思病一病不起,无药可治,在一个风雨潇潇的中秋之夜不幸夭折。杜宝夫妻因女儿的去世而万分悲痛,按女儿遗嘱,将其葬于后花园古梅树下,并修梅花观令石道姑和陈最良看守。

　　杜丽娘相思成疾,尽管陈最良和石道姑都把准了杜丽娘的病脉,但他们都不是良医,都无法让杜丽娘情梦成真,以致回天无力。她曾经躺在枕头上一夜无眠,听更声几乎把枕头敲破了,一直挨到破晓天明。当她嘱咐后事,丫鬟春香劝慰她说:"姐姐宽心。你如今不幸,坟孤独影。肯将息起来,禀过老爷,但是姓梅姓柳秀才,招选一个,同生同死,可不美哉!"但杜丽娘已经绝望,不相信现实中真能找到梦中的情人,她回答:"怕等不得了。"那一刻,她的心里是多么的绝望凄凉。

　　在中秋之夜,正值人间祈愿美满团圆之时,年轻美丽的杜丽娘离开了人间。这个特殊的时间点也加重了她的悲剧性。她死得不甘,惦念父母,留恋人世,至死痴情不灭。她嘱咐春香将她的画像藏在太湖石底,是希望将来能

---

①魂归冥漠魄归泉:指杜丽娘因患相思病不治而死去。语本朱褒《悼杨氏妓琴弦》。冥漠,虚无,这里指死亡。

②使汝悠悠十八年:指杜丽娘死时正值青春。十八年,十八岁,此为虚指,意谓年轻。语本曹唐《题子侄书院双松》。

③一叫一回肠一断:指杜宝夫妻因女儿的去世而万分悲痛。语本李白《宣城见杜鹃花》。

④如今重说恨绵绵:指丧女之痛无穷无尽。语本张籍《送元结》。

有人拾到而"知重"于她。她一则问"咱可有回生之日否",再则云"怎能勾月落重生灯再红",希望痴心不改的情思能让自己有朝一日死而复生。杜宝夫妇丧女之痛无穷无尽,杜丽娘情恨绵绵,本出曲词哀婉悲凉之极,荡人心魄,倾情演绎了《牡丹亭》作为悲喜剧的悲剧部分。

杜丽娘但求尸骨能埋葬在古梅树下的洞穴,同时将春容藏于太湖石底,这就为后续《拾画》《魂游》《幽媾》等剧情做了铺垫。《牡丹亭》是部悲喜剧,杜丽娘之死将悲剧部分推向高潮,同时拉开了喜剧部分的帷幕。戏曲大师吴梅在《中国戏曲概论》中写道:"此剧肯綮在生死之际。记中《惊梦》《寻梦》《写真》《诊祟》《闹殇》五折,自生而之死,《魂游》《幽媾》《欢挠》《冥誓》《回生》五折,自死而之生。其中搜抉灵根,掀翻情窟,为从来填词家展齿所未及,遂能雄踞词坛,历劫不磨也。"

"殇"本是悲催之事,本出穿插了个"闹",在杜丽娘玉殒之夜,杜母和杜宝都哀伤欲绝,连春香也哀痛不已,前来吊丧的陈最良却和石道姑为争夺祭田发生了口角。两人甚至当面开撕起来:"(末)这漏泽院田,就漏在生员身上。(净)咱号道姑,堪收稻谷。你是陈绝粮,漏不到你。(末)秀才口吃十一方,你是姑姑,我还是孤老,偏不该我收粮?"都是胡扯硬套,强词夺理,也许是汤显祖希望在凄苦缠绵的氛围中,增添点儿调侃的笑料。

第二十一出 谒 遇

原文

【光光乍】（老旦扮僧上）一领破袈裟，香山岙里巴①。多生多宝②多菩萨，多多照证光光乍③。

小僧广州府香山岙多宝寺一个住持④。这寺原是番鬼⑤们建造，以便迎接收宝⑥官员。兹有钦差⑦苗爷任满，祭宝于多宝菩萨位前，不免迎接。

【挂真儿】（净扮苗舜宾，末扮通事⑧，外、贴扮皂卒，丑扮番鬼上）半壁天南开海汉，向真珠窟里排衙⑨。（僧接介）（合）广利

---

① 巴：攀附，这里指混迹于寺庙。
② 多生多宝：多生，佛教认为，众生生命是一个无始无终的续流，死亡并非生命终结。多宝，多宝如来，多宝佛。
③ 照证光光乍：照耀和尚的光头。照证，照耀。光光乍，原是铙钹声的音写，这里指光头，和尚自嘲的话。
④ 住持：主持寺院的和尚，也称方丈。
⑤ 番鬼：明代称外国人为番鬼，犹如清代称外国人为洋鬼子。这里指洋商。
⑥ 收宝：收购奇珍异宝。
⑦ 钦差：明代以后，为处理某项重大事件，由皇帝亲自特别委派的大臣。
⑧ 通事：翻译官。
⑨ 真珠窟：我国南海产珍珠，这里指香山岙。排衙：官署陈设仪仗，属吏依次参拜长官的情状。

神王①,善财天女②,听梵放海潮音下③。

（净）铜柱珠崖道路难,伏波横海旧登坛。越人自贡珊瑚树,汉使何劳獬豸冠④?自家钦差识宝使臣苗舜宾便是。三年任满,例当祭赛多宝菩萨。通事那里?（末见介）（丑见介）伽喇喇。（老旦见介）（净）叫通事,吩咐番回⑤献宝。（末）俱已陈设。（净起看宝介）奇哉宝也！真乃磊落⑥山川,精荧日月。多宝寺不虚名矣！看香。（内鸣钟）（净礼拜介）

【亭前柳】三宝唱三多⑦,七宝⑧妙无过。庄严成世界,光彩遍娑

---

① 广利神王：南海海神,唐天宝十载被封为广利王。《仇池笔记》下卷《广利王召》载,广利王富有奇珍异宝。
② 善财天女：善财,又称"善财童子"。《华严经·入法界品》载,善财出生时,种种珍宝自然涌出,后因文殊菩萨指点而修成菩萨。天女,欲界天的女性,见《维摩诘经·观众生品》。
③ 听梵放海潮音下：梵,梵音,指说佛法、诵经、歌赞等的声音；放,散放；海潮音,海潮按时而至,其音宏大,故以喻佛、菩萨应时适机说法的声音。
④ "铜柱珠崖道路难"四句：到铜柱珠崖的路途险远,只有东汉时期的马援曾经到过。珊瑚树是由越人自贡朝廷的,用不着朝廷派使臣去索取。铜柱,《后汉书》卷五十四马援传及附注载,东汉马援曾被封为伏波将军,渡海南征交趾,在今广西壮族自治区上思县分茅岭建铜柱,作为分疆标志。珠崖,汉代郡名,今海南岛东部,古代以产珠著名。登坛,拜将。獬（xiè）豸（zhì）冠,古代御史大夫所戴的冠名,指御史,这里借指使臣。这四句诗见唐代张谓《杜侍御送贡物戏赠》。
⑤ 番回：泛指航海到中国来的外国商人。
⑥ 磊落：众多堆积的样子。
⑦ 三宝唱三多：三宝,佛家以佛、法、僧为三宝,此指僧人。三多,佛家语,即"三多成就：一近善友,二闻法音,三恶露观"。恶露观,即要求修行者观人身不净,以断除欲念。
⑧ 七宝：佛教中说的七种宝物,但说法不一,如《法华经》以金、银、琉璃、砗磲、玛瑙、珍珠、玫瑰为七宝。

婆①。甚多,功德无边阔。(合)领拜南无②多得宝,宝多罗,多罗。

(净)和尚,替番回海商祝赞一番。

【前腔】(老旦)大海宝藏多,船舫遇风波。商人持重宝,险路怕经过。刹那,念彼观音脱③。(合前)

【挂真儿】(生上)望长安④西日下,偏吾生海角天涯。爱宝的喇嘛⑤,抽珠⑥的佛法,滑琉璃两下难拿。

> 自笑柳梦梅,一贫无赖,弃家而游。幸遇钦差寺中祭宝,托词进见。倘言语中间,可以打动,得其赈援,亦未可知。(见外介)(生)烦大哥通报一声。广州府学生员柳梦梅,来求看宝。(报介)(净)朝廷禁物,那许人观。既系斯文⑦,权请相见。(见介)(生)南海开珠

---

① 娑(suō)婆(pó):梵语,意译为堪忍,言世界众生能忍受种种烦恼。佛教中把释迦佛所教化的世人所在的世界,统称为娑婆世界。

② 南(nā)无(mó):梵语,意为归命、敬礼。

③ 刹那(nuó),念彼观音脱:念诵观音菩萨圣号,就立即获得解脱。刹那,梵语的音译,最短的时间,这里意谓立刻。观音,即观世音菩萨。

④ 长安:汉唐的京城所在地,后来一般用作指代京城。

⑤ 喇嘛:藏语音译,意谓最胜无上上师,藏传佛教对出家男子的尊称。这里泛指和尚。

⑥ 抽珠:念一声佛菩萨圣号或一遍经文,在数珠上抽一粒珠子以记数。此外,可作抽取珠宝解,有双关的意思。

⑦ 斯文:儒者,读书人。

殿①,(净)西方掩玉门②。(生)剖怀俟知己,(净)照乘③接贤人。敢问秀才以何至此?(生)小生贫苦无聊,闻得老大人在此赛宝,愿求一观,以开怀抱。(净笑介)即逢南土之珍,何惜西昆之秘④。请试一观。(净引生看宝介)(生)明珠美玉,小生见而知之。其间数种,未委何名,烦老大人一一指教。

【驻云飞】(净)这是星汉神砂⑤,这是煮海金丹和铁树花⑥。少什么猫眼⑦精光射,母碌⑧通明差。嗏,这是靺鞨柳金芽⑨,这是温

---

① 珠殿:饰以珠玉的宫殿。《旧五代史·僭伪列传》载,五代十国时期,刘陟(后改名为"刘龑")在广州自立为王,史称南汉。他穷极奢侈,广聚南海珠玑,建立玉堂珠殿。
② 西方掩玉门:美玉很多,不要再向玉门关外去求宝玉了。玉门,即玉门关,汉武帝时置,在今甘肃省敦煌西北,古代中国本部到西域的交通要道。玉门关外昆仑山、于阗(今新疆维吾尔自治区和阗),都盛产玉石。
③ 照乘:即照乘珠,一种特大的珍珠。据说它的光亮能照见许多车辆(乘)。
④ 西昆之秘:这里指西方昆仑山的秘藏,即宝玉。西昆,原是帝王藏书处。秘,稀奇,指稀奇的珍宝。
⑤ 星汉神砂:星汉砂,一种红黄类宝石。星汉,原指银河。
⑥ 煮海金丹和铁树花:煮海金丹,比星汉砂更名贵的红黄类宝石,见《天工开物》卷十八《珠玉》。铁树花,铁树开花,指不可能的事情,这里用来指极其稀罕的宝物。
⑦ 猫眼:即猫眼石、猫睛石,一种宝石。其中有垂直闪光亮带,像猫的眼睛,故名。
⑧ 母碌:祖母绿宝石,阿拉伯文翡翠的音译,一种透明的绿色宝玉。
⑨ 靺(mò)鞨(hé)柳金芽:一种宝石名。隋唐时将女真族称作靺鞨,这里是指靺鞨之地所产的红色宝石。《旧唐书·肃宗本记》载此珠"大如巨栗,赤如樱桃"。

凉玉斝①，这是吸月的蟾蜍②，和阳燧冰盘化③。（生）我广南有明月珠④，珊瑚树。（净）径寸明珠等让他⑤，便是几尺珊瑚碎了他⑥。

（生）小生不游大方之门⑦，何因睹此！

【前腔】天地精华，偏出在番回到帝子家⑧。禀问老大人，这宝来路多远？（净）有远三万里的，至少也有一万多程。（生）这般远，可是飞来？走来？（净笑介）那有飞走而至之理？只因朝廷重价购求，自来贡献。（生叹介）老大人，这宝物蠢尔无知，三万里之外，尚然无足而至；生员柳梦梅，满胸奇异，到长安

---

① 温凉玉斝（jiǎ）：原名四季温凉玉盏，传说出自秦国的宝物，里面盛的饮料能随人意或温或凉。

② 吸月的蟾蜍：或指名为玉蟾蜍的一种宝物。《稗史类编》载，把玉蟾蜍放在点着的香炉旁边，它会把烟吸进里面，过了许久，烟又从它的口内徐徐吐出。

③ 阳燧冰盘化：阳燧，珠名，传说唐贞元时期所得的大食（阿拉伯）的一颗宝石，见《太平广记》卷三十四《崔炜》。冰盘，指玉晶盘，传说汉代董偃以玉晶盘贮冰，冰盘被人拂倒，冰也化了。

④ 明月珠：即大的夜明珠，传说夜间能放光。

⑤ 径寸明珠等让他：意谓直径一寸的大珠也比不上这些珍宝。《太平广记》卷四〇二《径寸珠》载，有波斯人在中国一方石中剖得一枚直径一寸的大珠。他乘船回国，宝珠为海神强求而去。

⑥ 几尺珊瑚碎了他：《晋书》卷三十三载，晋代王恺与石崇争富，王恺拿出皇帝赐他的三尺许高的珊瑚树，石崇看见了，用铁如意把它敲碎，拿出六七株更高大的珊瑚树作赔偿。珊瑚，热带海底腔肠动物珊瑚类的骨骼所形成，形如树枝，十分名贵，尤以红色为贵。

⑦ 大方之门：大方之家，见识广博、通晓大道之人。语出《庄子·秋水》。这里指祭宝的大场面。

⑧ 帝子家：帝王家，指朝廷。帝子，皇帝。

三千里之近，倒无人购取，有脚不能飞！他重价高悬下，那市舶①能奸诈，嗏，浪把宝船攑②。（净）疑惑这实物欠真么？（生）老大人，便是真，饥不可食，寒不可衣③，看他似虚舟飘瓦④。（净）依秀才说，何为真宝？（生）不欺，小生倒是个真正献世宝⑤。我若载宝而朝，世上应无价。（净笑介）则怕朝廷之上，这样献世宝也多着。（生）但献宝龙宫笑杀他，便斗宝临潼⑥也赛得他。

　　（净）这等便好献与圣天子了。（生）寒儒薄相，要伺候官府，尚不能勾。怎见的圣天子？（净）你不知，倒是圣天子好见。（生）则三千里路资难处。（净）一发不难。古人黄金赠壮士，我将衙门常例银两⑦，助君远行。（生）果尔，小生无父母妻子之累，就此拜辞。（净）左右，取书仪⑧，看酒。（丑上）广南爱吃荔枝酒，直北偏飞榆荚钱。酒到，书仪在此。（净）路费先生收下。（生）谢了。（净送酒介）

---

① 市舶：中国古代对外国商船的通称。市舶，市舶司，《万历野获编》卷十二载，明代在广州设有市舶司，主管对外贸易。
② 攑：同"划"。
③ 饥不可食，寒不可衣：语出《汉书·食货志第四上》。
④ 虚舟飘瓦：比喻无用或不足道的东西。虚舟，无人的空船。飘瓦，飘落下来的瓦片。
⑤ 献世宝：即现世宝，稀少罕有的宝物。后文苗舜宾说的献世宝，用以指人，含有鄙薄、讽刺的意味。
⑥ 便斗宝临潼：见元杂剧《临潼斗宝》。便，就算是。斗宝临潼，传说秦穆公为并吞天下十七国诸侯，要每个国家拿出一件宝物，在临潼彼此比斗，看哪件更珍贵。
⑦ 常例银两：旧时代官员在俸禄之外所享有的一种额外收入，如下属的馈送、浮收的赋税等，其实是变相的贪污。因是不成文规定，故称"常例"。
⑧ 书仪：馈赠钱物所写的礼帖和封签，这里指馈赠的钱物。

【三学士】你带微醺走出这香山罅①,向长安有路荣华。(生)无过献宝当今②驾,撒去收来再似他。(合)骤金鞭及早把荷衣挂③,望归来,锦上花。

【前腔】(生)则怕呵重瞳④有眼苍天瞎,似波斯⑤赏鉴无差。

(净)由来宝色无真假,只在淘金的会拣沙。(合前)

(生)告行了。

【尾声】你赠壮士黄金气色佳。(净)一杯酒酸寒奋发,则愿的你呵,宝气冲天海上槎⑥。

(生)乌纱巾上是青天⑦。司空图

(净)俊骨英才气俨然⑧。刘禹锡

---

① 罅(xià):裂缝,这里指峡谷、山口。

② 当今:指当时正在位的皇帝。

③ 把荷衣挂:指做官。荷衣,古代中进士前所穿的绿袍。挂,脱了挂起来,不穿的意思。

④ 重瞳:眼中有两个瞳仁。传说舜帝是重瞳,后世以重瞳指虞舜等圣明的皇帝。这里指代皇帝。

⑤ 波斯:今伊朗。相传波斯人善识宝,此指识宝的外国商人。

⑥ 海上槎:比喻爬上去做官。《博物志》卷三载神话传说,天河与海相通,年年八月有浮槎来往,有人乘槎一直到了天河上,看到了牛郎织女。槎(chá),浮在水上的木筏。

⑦ 乌纱巾上是青天:指柳梦梅自许能高中状元,平步青云。语本司空图《修史亭三首》之三。

⑧ 俊骨英才气俨然:指苗舜宾称赞柳梦梅是个青年才俊,定成大事。语本刘禹锡《哭庞京兆》。

（生）闻道金门堪济美①。张南史

（净）临行赠汝绕朝鞭②。李　白

精彩解说

本出《谒遇》写柳梦梅来到香山岙多宝寺，拜会钦差识宝使臣苗舜宾，苗舜宾临别赠送柳梦梅路费，鼓励柳梦梅快马加鞭，进京赴考，早日登第。

《牡丹亭》本来是以南宋为故事背景，但写了许多明朝发生的事，有点类似今天的穿越剧。《谒遇》一出写到的香山岙，事实上是明朝租借给葡萄牙的通商口岸，也就是今天的澳门。汤显祖是中国最早与西方社会有过接触的文人之一。万历十九年（1591），汤显祖贬谪广东徐闻，途经广州，顺路游览了澳门，这时澳门已成了中外贸易港口，有许多外国人出入，如"贾胡""番回海商""番鬼""番僧""通事"等，外国货物珠宝琳琅满目、光怪陆离，十分繁华。汤显祖不仅专门写下了咏澳门的诗歌《听香山译者》二首、《香岙逢贾胡》及《香山验香所采香口号》等，又将在澳门的见闻写入了《牡丹亭》中，这大约就是《谒遇》一出的缘起。

本出故事发生地香山岙多宝寺，不同于内地的寺院，它琳琅满目、遍地宝物，柳梦梅前来干谒的大人物，便是到此重价购求珠宝奇珍的钦差识宝使臣苗舜宾。明朝朝廷"重价高悬"收购，使"偏出在番回"的"天地精华"之宝物均来到了"帝子家"，结果是"内府告匮，至移济边银以供之"，几乎动摇了国家的根基，引发了汤显祖强烈的社会责任感和忧患意识。此时，他虽离任退居家乡，仍系挂着国家的前途命运，他以戏曲之笔，对宫廷奢靡无度的现实发出讽刺之音。汤显祖感伤时事，寄讽刺于笔端，体现了强烈的爱国之情和社会责任感。明代臧懋循在《牡丹亭·冥判》评语中说："临川

---

① 闻道金门堪济美：指柳梦梅感谢苗舜宾的接济。语本张南史《江北春望赠皇甫补阙》。金门，汉宫有金马门，简称金门，指朝廷。

② 临行赠汝绕朝鞭：指苗舜宾临别赠送柳梦梅路费，鼓励他快马加鞭，早日登第。语本李白《送羽林陶将军》。

传奇好为伤世之语，亦如今士子作举业，往往入时事。"

正是在香山岙的赛宝会上，柳梦梅得见钦差苗舜宾，后者成了他的恩人。他观异域宝物，大加贬斥，"饥不可食，寒不可衣，看他似虚舟飘瓦"，认为真正的"世上应无价"之宝，是自身的济世之才，他自许能高中状元，平步青云。苗舜宾对柳梦梅大加赞赏，认定柳生是个青年才俊，定成大事，遂"黄金赠壮士"。柳梦梅得了接济，远行进京赶考。柳梦梅感激苗舜宾的资助，同时又有所担忧，"则怕呵重瞳有眼苍天瞎"，隐含着对官场和科场黑暗的指斥。好在苗大人为人正直，无论在物质还是精神上，都给予了柳梦梅最大的支持；后续剧情中，当柳梦梅耽误了考期时，苗大人又出面相助。

当我们赞叹柳梦梅得遇贵人相助的好福报时，更应称道汤显祖既能制造矛盾冲突又能巧妙缝合的杰出的戏曲创作才华。

第二十二出 旅 寄

原文

【捣练子】(生伞袱,病容上)人出路,鸟离巢。(内风声介)搅天风雪梦牢骚。这几日精神寒冻倒。

香山岙里打包①来,三水②船儿到岸开。要寄乡心值寒岁,岭南南上半枝梅③。我柳梦梅,秋风拜别中郎④,因循亲友辞钱。离船过岭⑤,早是暮冬。不堤防岭北风严,感了寒疾,又无扫兴而回之理。一天风雪,望见南安。好苦也!

【山坡羊】树槎牙饿鸢惊叫⑥,岭迢遥病魂孤吊。破头巾雹打风筛,透衣单伞做张儿哨⑦。路斜抄,急没个店儿捎⑧。雪儿呵,偏

---

① 打包:打包裹,指收拾行装。
② 三水:地名,在广州西北部,当西江、北江、绥江合流处。
③ "要寄乡心值寒岁"二句:化用南北朝宋陆凯折梅寄友诗。陆凯在江南把一枝梅花寄给他的友人范晔,附了一首《赠范晔诗》:"折梅逢驿使,寄与陇头人。江南无所有,聊赠一枝春。"
④ 中郎:官名,指识宝使臣苗舜宾。
⑤ 岭:指梅岭。
⑥ 槎牙:也写作查牙、楂枒、杈枒,形容老树枯枝纵横。鸢(yuān):老鹰。
⑦ 透衣单伞做张儿哨:大风吹透了单衣,吹过破纸伞,像哨子一样呜呜地吹着。张儿,一个。
⑧ 捎:寄托,寄宿。

则把白面书生奚落①。怎生冰凌断桥,步高低蹬着。好了。有一株柳,酾②将过去。方便处柳跎腰③。(扶柳过介)虚嚣④,尽枯杨命一条。蹊跷,滑喇沙跌一交。(跌介)

【步步娇】(末上)俺是个卧雪先生⑤没烦恼。背上驴儿笑,心知第五桥⑥。那里开年,有斋村学⑦!(生叫哎哟介)(末)怎生来人怨语声高?(看介)呀!甚城南破瓦窑,闪下个精寒料⑧。

(生)救人!救人!(末)我陈最良,为求馆冲寒到此。彩头儿恰遇着吊水之人,且由他去。(生又叫介)救人!(末)听说救人,那里不是积福处。俺试问他。(问介)你是何等之人,失脚在此?(生)俺是读书之人。(末)委是读书之人,待俺扶起你来。(末扶生,相跌,诨介)(末)请问何方至此?

----

① 奚落:冷落,怠慢,这里是欺负的意思。

② 酾:扶。

③ 柳跎腰:柳树斜横水上,好像驼腰一样。跎,同"驼",这里意谓驼背。

④ 虚嚣:虚浮,不可靠。这里指柳树已经枯了,快断了,扶着不牢、不稳。

⑤ 卧雪先生:指陈最良自比东汉袁安安贫乐道。《后汉书》载,一次洛阳大雪,积雪丈余,袁安一个人僵卧在家里,不愿出去求人。袁安后来成为安贫乐道的典范。

⑥ 背上驴儿笑,心知第五桥:在驴背上,见它脚步轻快,心知第五桥快到了。第五桥,在长安韦曲之西,语出杜甫《陪郑广文游何将军山林》的"不识南塘路,今知第五桥"之句。这里只是指一座桥。

⑦ 斋村学:村塾。陈最良出来是为寻找一个坐馆教书的地方。

⑧ "甚城南破瓦窑"二句:这是哪里来的穷困潦倒的倒霉鬼。破瓦窑,指宋朝吕蒙正青年时贫穷住在破窑受苦的故事。元代王实甫有《吕蒙正风雪破窑记》杂剧。精寒料,穷光蛋。

【风入松】（生）五羊城一叶过南韶①，柳梦梅来献宝。（末）有何宝货？（生）我孤身取试长安道，犯严寒少衾单病了。没揣的逗着断桥溪道，险跌折柳郎腰。

（末）你自揣高中的，方可去受这等辛苦。（生）不瞒说，小生是个擎天柱，架海梁②。（末笑介）却怎生冻折了擎天柱，扑倒了紫金梁？这也罢了，老夫颇谙医理。边近有梅花观，权将息度岁而行。

【前腔】尾生般抱柱正题桥③，做倒地文星④佳兆。论草包⑤似俺堪调药，暂将息梅花观好。（生）此去多远？（末指介）看一树雪垂垂如笑⑥，墙直上绣幡飘。

（生）这等，望先生引进。

---

① 五羊城一叶过南韶：五羊城，广州的别名。《南部新书·庚》载，吴修做广州刺史，有五位仙人骑五色羊，负五谷而来，故名。一叶，指一只小船。南韶，即韶州，今广东曲江。
② 擎天柱，架海梁：中国古代戏曲中常以擎天白玉柱、驾海紫金梁比喻肩负重任的朝廷将、相，以及有出息的读书人。
③ 尾生般抱柱正题桥：指柳梦梅满怀科举高中、功名荣显的抱负，却掉进了水里。尾生般抱柱，传说尾生跟一女子约定在桥下相会，尾生先到，女子未到，遇到河上涨水，为等那女子，他不肯离开，抱着桥柱而被淹死。这里借用此典故，指柳梦梅掉进水里。《西京杂记》载，汉代辞赋作家司马相如初入长安，经过成都升仙桥，在桥柱上题字："不乘赤车驷马，不过汝下也。""题桥"用此典意指柳梦梅怀抱科举高中的抱负。
④ 倒地文星：文星，即文曲星，传说主文的星宿。因奎星也是主文的星宿，科举时代奎星被附会成魁星，就魁星取像，塑造成鬼以一只脚翘起踢斗的样子，好像要倒地一样。这里指跌倒在地。
⑤ 草包：指没有学问的无用之人。这里是陈最良自嘲。
⑥ 看一树雪垂垂如笑：看那树上下垂的雪一样的梅花好像在微笑。

（生）三十无家作路人①。薛　据

（末）与君相见即相亲②。王　维

（生）华阳洞里仙坛上③。白居易

（合）似近东风别有因④。罗　隐

精彩解说

本出《旅寄》写柳梦梅离开岭南，千里迢迢跋山涉水，北上京城应试，一路艰辛到了南安；他饥寒交迫，不幸染上寒疾，又跌跌撞撞不小心掉进冰溪，恰逢陈最良外出，搭救了柳梦梅，并让他留住在梅花观。

陈最良自嘲，自己出来是为寻找一个坐馆教书的地方，是个没有学问的无用之人。没料到，搭救了一条人命。而且，被搭救者是满怀科举高中、闻达荣显抱负的柳梦梅。柳梦梅远离故乡，无安身立足之所，穷困潦倒，旅途漂泊，遇到了同是落魄书生的陈最良。柳生手持破雨伞，寒冬日子里行走在冰天雪地，"人出路，鸟离巢，搅天风雪梦牢骚……"。若没有陈最良，他也许会冻死在雪地里。陈最良与柳梦梅可谓是萍水相逢，同是天涯沦落人。陈最良看见有人落水，起初本不想多管闲事，后来想到救人也是积福之事，于是援之以手。听说被救之人也是个读书人时，他越发动了恻隐之心，对柳梦梅充满了同情和理解。

两个穷书生：一个年轻气盛，自许甚高；一个年近六十，准备安心做个塾师了却残生。两人年龄悬殊，心态和志趣自然也不相同。柳梦梅自命"擎

---

①三十无家作路人：指柳梦梅感慨离了故乡，无安身立足之所，旅途漂泊。语本薛据《早发上东门》。

②与君相见即相亲：指陈最良对同是落魄书生的柳梦梅，充满同情和理解。语本王维《寄河上段十六》。

③华阳洞里仙坛上：指柳梦梅借住在梅花观。语本白居易《华阳观中八月十五日夜招友玩月》。华阳洞，这里指梅花观。

④似近东风别有因：指作者有意安排柳梦梅借住梅花观，才能使柳梦梅捡到杜丽娘画像，并与她相遇。语本罗隐《牡丹花》。

天柱""架海梁",长途跋涉虽则艰辛困苦,他却不后悔,坚信自己满腹才华定能高中。陈最良多次参加科举考试,曾经观场十五次,前后历时四十五年,屡遭挫折,深知科举的不易与艰辛,他善意忠告柳梦梅可能要遭遇的辛酸和痛苦:"你自揣高中的,方可去受这等辛苦。"

  汤显祖无疑是个编故事的高手,他让陈最良搭救了柳梦梅,又引柳梦梅住进梅花观。梅花观可是杜丽娘因患相思病不治而亡后安葬之所,她相思的梦中情人,恰是这个书生柳梦梅。柳梦梅借住后,捡到杜丽娘画像并与她人鬼相遇相恋,似乎就水到渠成了。男女主人公在现实世界里本未有过任何交集,而且阴阳两隔,可是就此无巧不成书地邂逅了。杜丽娘在游园中梦到的男子终于在此出与她的现实世界相连,作者汤显祖对戏曲情节纵横开阖的建构艺术不可谓不高超。

第二十三出 冥 判

原文

北【点绛唇】（净扮判官，丑扮鬼持笔、簿上）十地①宣差，一天封拜。阎浮界②，阳世栽埋③，又把俺这里门桯④迈。

　　自家十地阎罗王殿下⑤一个胡判官是也。原有十位殿下，因阳世赵大郎家⑥和金达子⑦争占江山，损折众生，十停去了一停，因此玉皇上帝⑧照

---

① 十地：佛家语，指菩萨修到成佛的十个阶段和境界。这里指阴司十殿的第十殿转轮王，主管鬼魂转世事。下文十地阎罗王，同。
② 阎浮界：泛指人世间。
③ 栽埋：埋葬。
④ 门桯（tīng）：门槛。
⑤ 十地阎罗王殿下：十地阎罗王，佛教中主管地狱十殿阎王中的第十殿五道转轮王，掌管生死轮回之事。这里殿下，是指第十殿阎王的属下。下文"原有十位殿下"的"殿下"是指阎罗王。
⑥ 赵大郎家：指赵宋。赵大郎，指宋代的开国皇帝赵匡胤。罗贯中《宋太祖龙虎风云会》杂剧第三折《滚绣球》："敲门的是万岁山前赵大郎。"
⑦ 金达子：指女真族，曾在中国北部建立金朝的统治，和南宋处于长期对立的局面。达子，当时汉人对金元北方少数民族的蔑称。
⑧ 玉皇上帝：是道教对天上的最高统治者的称呼，也称作玉皇大帝，简称玉皇、玉帝。

见人民稀少,钦奉裁减事例。九州①九个殿下,单减了俺十殿下之位,印无归着。玉帝可怜见②下官正直聪明,着权管十地狱印信。今日走马到任,鬼卒夜叉③,两傍刀剑,非同容易也。(丑捧笔介)新官到任,都要这笔判刑名,押花字④。请新官喝采他一番。(净看笔介)鬼使,捧了这笔,好不干系⑤也。

【混江龙】这笔架在那落迦山外,肉莲花高耸案前排⑥。捧的是功曹⑦令史,识字当该⑧。(丑)笔管儿呢?(净)笔管儿是手想骨、脚想骨⑨,竹筒般划的圆滴溜⑩。(丑)笔毫?(净)笔毫呵,是牛头⑪须、夜叉发,铁丝儿揉定赤支毸⑫。(丑)判爷上的选⑬了?(净)这笔头公⑭,是遮须国⑮选的人才。(丑)有甚名

---

① 九州:中国古代分天下为九州,泛指全中国、天下。
② 可怜见:可怜(得),可怜(着)。
③ 夜叉:一作药叉,梵语的音译,意译为捷疾鬼,一种状貌狰狞的鬼。
④ 判刑名,押花字:判案签字。刑名,刑罚的名称,如死刑、徒刑。押花字,签名画押。因签名时多用草书,其形状如花,故名花字。
⑤ 好不干系:关系多么重大,责任多么重大。
⑥ "这笔架在那落迦山外"二句:指判官手中的这枝笔在地域中干系重大。那落迦山,即地狱,梵语音译。这里借取"山"字字形,来指笔架。肉莲花,用来形容山形,这里指笔架。肉,指阴司笔架是人骨肉制成。
⑦ 功曹:阎罗殿中吏官之类的下级官员。
⑧ 当该:当值,当班。
⑨ 手想骨、脚想骨:指手管骨、脚管骨。阴间判官的笔管是用手骨、脚骨做成。
⑩ 圆滴溜:滚圆。
⑪ 牛头:阎罗殿上的鬼卒,头作牛头形。
⑫ 赤支毸(sāi):指红色的胡须。第四十七出写作"赤支砂",同。
⑬ 上的选:意谓上面所印的选者为谁。制毛笔重在选毫,故毛笔上印有某人(或某商号)"精选"的字样。
⑭ 笔头公:指笔。笔头、笔公原是北朝人古弼的外号。
⑮ 遮须国:据宋代的笔记小说总集《类说》载,传说三国魏曹植死后做遮须国王。

号?(净)这管城子①,在夜郎城②受了封拜。(丑)判爷兴哩?(净作笑舞介)啸③一声,支兀另汉钟馗其冠不正④。舞一回,疏喇沙斗河魁近墨者黑⑤。(丑)喜哩?(净)喜时节,奈河桥⑥题笔儿耍去。(丑)闷呵?(净)闷时节,鬼门关⑦投笔归来。(丑)判爷可上榜来⑧?(净)俺也曾考神祇,朔望⑨旦名题天榜。(丑)可会书来?(净)摄星辰,井鬼宿⑩,俺可也文会书斋。(丑)判爷高才?(净)做弗迭鬼仙才,白玉楼摩空作赋;

---

① 管城子:韩愈《毛颖传》中给笔取的外号。
② 夜郎城:即夜郎国,汉代少数民族建立的一个小国,在今贵州省境内。《史记·西南夷列传》载,一次夜郎国主问汉朝使臣:"汉朝有夜郎这样大吗?"后来以成语"夜郎自大"形容妄自尊大。这里借"夜"字指阴间。
③ 啸:打口哨。
④ 支兀另汉钟馗(kuí)其冠不正:支兀另,形容啸声。钟馗,民间传说中驱鬼除邪之神。相传唐明皇病中梦见一大鬼捉小鬼啖之,自称叫钟馗,生前应武举不第,死后发誓除尽天下妖孽。唐明皇醒后,召吴道子绘了钟馗形象,后成为捉鬼之神。在绘画及舞台上的钟馗形象,都是破帽、蓝袍、角带、朝靴,容貌丑陋,衣冠不整。
⑤ 疏喇沙斗河魁近墨者黑:形容判官面貌丑陋。疏喇沙,形容舞蹈时的声音、形态。斗,斗魁,传说是主管文章的神,手执墨斗,作踢斗状。河魁,凶神名。
⑥ 奈河桥:佛教中说,人死后灵识会根据生前善恶而投生不同的来世,恶人死后堕入地狱,通往地狱的奈河桥非常狭窄凶险,恶人通过时会掉入桥下全都是污血的河里。
⑦ 鬼门关:从阳间进入阴间之门。
⑧ 可上榜来:可曾列名在榜上,也意谓是否曾考取功名。
⑨ 朔、望:农历每月的初一、十五。
⑩ 井鬼宿:即星宿中的井宿和鬼宿。由鬼星联想到主文的魁星,意思说自己也能文。

陪得过风月主，芙蓉城遇晚书怀①。便写不尽四大洲②转轮日月，也差的着五瘟使③号令风雷。（丑）判爷见有地分？（净）有地分④，则合北斗司、阎浮殿，立俺边傍⑤；没衙门，却怎生东岳观、城隍庙，也塑人左侧⑥。（丑）让谁？（净）便百里城高捧手，让大菩萨，好相庄严乘坐位⑦。（丑）恼谁？（净）怎三尺土⑧，低分气⑨，对小鬼卒，清奇古怪立基阶。（丑）纱帽古气

---

① "做弗迭鬼仙才"四句：自谦之词，意谓比不上鬼仙李贺，但和风月主石曼卿不相上下。做弗迭，比不上，做不得。鬼仙才，指唐代诗人李贺，他被称为鬼才。《沧浪诗话》以李贺诗为"鬼仙之词"。李商隐《李长吉小传》载，李贺临死时看见有绯衣人带信给他，说上帝造了一座白玉楼，请他去写文章。摩空作赋，语出李贺的"殿前作赋声摩空"诗句，形容读赋的声音很高，直上天空。芙蓉城，仙人所居之地，传说宋代文人石曼卿死后为芙蓉城主。
② 四大洲：指世界。佛教中说，须弥山四方咸海中有四大洲，包括东胜神洲、南赡部洲、西牛贺洲、北俱卢洲。
③ 五瘟使：灾神，主管人间瘟疫。
④ 有地分：现在的地位。
⑤ 则合北斗司、阎浮殿，立俺边傍：只该把判官的塑像立在北斗司的北斗星君和阎浮殿的阎罗旁边。北斗星君，传说主管人死；阎浮，这里指阎罗。
⑥ 却怎生东岳观、城隍庙，也塑人左侧：却怎么东岳观、城隍庙里有判官的塑像，也立在东岳大帝、城隍的左侧？东岳观，即道教的东岳庙，祀东岳大帝，相传主管人的生死。城隍，地方的神名，古代各省、府、县都有城隍。后来城隍和阎罗王被人混在一起了。
⑦ "便百里城高捧手"三句：指判官的塑像总是手捧笔和文卷，照例站着，有意让着庄严的菩萨有座位坐。百里城，古代一县辖百里，故作县的代称，这里指权管十地狱印信的判官。高捧手，判官的塑像都是站着的姿势，手捧着笔和簿册。好相庄严，指佛菩萨像十分庄重端严。乘坐位，有座位坐。
⑧ 三尺土：这里指塑像不过三尺高，不神气。
⑨ 低分气：不体面，不成样子。

些？（净）但站脚，一管笔、一本簿，尘泥轩冕①。（丑）笔干了？（净）要润笔②，十锭金、十贯钞，纸陌③钱财。（丑）点鬼簿在此。（净）则见没掂三展花分鱼尾册，无赏一挂日子虎头牌④。真乃是鬼董狐落了款⑤，《春秋传》⑥某年某月某日下，崩薨葬卒大注脚⑦。假如他支祈兽上了样，把禹王鼎各山各水各路上，魍魉魑魅细分腮⑧。（丑）待俺磨墨。（净）看他子时砚，忔

---

① 尘泥轩冕：座车、衣冠上全是灰尘和泥土。
② 润笔：写字、作文、作画的酬金。这里指贿金，由上文"笔干了"引起。
③ 纸陌：纸钱一叠。陌，通"佰"，一百钱为佰。
④ "则见没掂三展花分鱼尾册"二句：随随便便翻开了点鬼簿，虽然没有赏赐，也按照点鬼簿开列的名单、日期，一一摄拿判处死刑。没掂三，不加考虑，糊里糊涂。花分鱼尾册，指列有姓名的点鬼簿。花分，开列名字的。古时登录户口，户叫花户，口叫花名。鱼尾册，即簿册，因古代簿页中缝有鱼尾形的标志，故名。无赏一，即一无赏赐，意谓判处死刑。虎头牌，古代官府捉拿罪犯的虎头形牌子，这里指摄魂牌。
⑤ 鬼董狐落了款：董狐，春秋时代晋国的史官，以公正不阿而著名。鬼董狐，指晋朝干宝，因他撰《搜神记》，善写仙狐鬼怪故事，这里指判官自己。落了款，署名。
⑥ 《春秋传》：即《春秋》，是我国最早的历史著作，五经之一。传，阐明经义的著作，《春秋》有公羊、谷梁、左氏三传。
⑦ 崩薨葬卒大注脚：指各种不同人等死亡的身份和日期。古代对不同等级的人的死亡有不同的叫法。《礼记·曲礼》："天子死曰崩，诸侯曰薨。"唐代制度，二品以上官死叫薨，五品以上称卒。注脚，注解、说明的文字。
⑧ "假如他支祈兽上了样"三句：点鬼簿上一无遗漏地列了形形色色的各种人物，就像禹王鼎上不仅铸上了支祈兽的像，也铸了各地山林水泽的神怪。支祈兽，即无支祈，淮河水神，相传形状如猴，力量比九匹象还要大，在治水时被大禹所征服。上了样，指把支祈兽铸在禹王鼎上。禹王鼎，相传夏禹铸九鼎，鼎上有百物的图像，包括魑（chī）魅魍魉（wǎng liǎng）在内。魑、魅、魍、魉，指山林水泽的各种神怪。细分腮，细细地分别展现它们不同的形貌。

忔察察，乌龙蘸眼显精神①。（丑）鸡唱了。（净）听丁字牌，冬冬登登②，金鸡剪梦追魂魄。（丑）禀爷点卷。（净）但点上格子眼，串出四万八千三界有漏人名，乌星炮粲③；怎按下笔尖头，插入一百四十二重无间地狱，铁树花开④。（丑）大押花。（净）哎也！押花字止不过发落簿，剉、烧、舂、磨一灵儿⑤。（丑）少一个请字⑥。（净）登请书，左则是那虚无堂，瘫、痨、蛊、膈四正

---

① "看他子时砚"三句：指地府中用的墨是用子时砚磨出，浓黑发亮。子时砚，半夜子时用的砚。忔忔察察，形容磨墨的声音。乌龙蘸眼，形容墨汁闪闪有亮光，照人眼目。乌龙，指墨。蘸眼，照眼，耀眼。

② 丁字牌，冬冬登登：丁字牌，丁字形的勾魂牌。冬冬登登，形容许多勾魂牌碰撞发出的声音。

③ "但点上格子眼"三句：只要笔尖在格子内的姓名上轻轻点一下，这些人就进入轮回，上演各种不同的命运、遇上各种不同的烦恼。四万八千，形容每个人死后的命运、烦恼千差万别。三界，佛教将众生生死轮回的世界分为欲界（有淫欲、色欲的众生住所）、色界（无淫、食二欲的众生住所）和无色界（没有物质、身体的四无色界天）。有漏，佛家语，意谓世间众生会有种种烦恼；漏，烦恼。乌星炮粲，形容人多；炮粲，爆竹爆裂的碎片。

④ "怎按下笔尖头"三句：判官如果把笔尖重重地按一下，就把鬼犯打入无间地狱，就会永远受苦，要想脱离苦海是非常稀有的事情。一百四十二重，佛教中的地狱，从寒冰地狱到饮铜地狱共有一百四十二隔（重）。无间地狱，梵语阿鼻地狱的意译，八大地狱中最下、最苦的一重。生前造下极重恶业者将堕入无间地狱，永远受苦，没有间断，极难脱身。

⑤ 剉、烧、舂、磨一灵儿：鬼犯遭受各种地狱的刑罚。剉、烧、舂、磨，地狱中刑罚的名称。一灵儿，指堕入地狱中的鬼犯魂魄。

⑥ 少一个请字：意即请谁来执行。

客①。(丑)吊起称竿来。(众卒应介)(净)发称竿,看业重②身轻,衡石程书秦狱吏③。(内作"哎哟",叫"饶也""苦也"介)(丑)隔壁九殿下拷鬼。(净)肉鼓吹,听神啼鬼哭,毛钳刀笔汉乔才④。这时节呵,你便是没关节包待制"人厌其笑"⑤;(内哭介)恁风景,谁听的无棺椁颜修文"子哭之哀"⑥。(丑)

---

① "左则是那虚无堂"二句:反正是那因患瘫、痨、蛊、膈四种疾病而死的人虚无堂。左则,反正,横竖。虚无堂,即四正客的住所。瘫、痨、蛊、膈,四种疾病。瘫,瘫痪、风瘫;痨,结核症;蛊,蛊毒;膈,噎膈反胃,下咽困难。四正客,因上述四种疾病而正常死亡的人。

② 业重:罪孽深重。

③ 衡石(dàn)程书秦狱吏:形容办案迅速。《史记·秦始皇本纪》载,秦始皇每日称(衡)取一石(一百二十斤)公文,日夜进程一定,不办完不休息。石程,一石的数量。秦代没有纸,用简册,文书很重。

④ "肉鼓吹"三句:酷吏们严刑酷罚,把鞭打犯人的声音当作音乐。五代后蜀李匡远做县官很残酷,天天用刑,把鞭笞犯人的声音叫作肉鼓吹。鼓吹,音乐。毛钳刀笔汉乔才,指酷吏。毛钳,拔取毛发的工具。刀笔,在纸张出现前,古人用铁笔在竹木简上刻字,写错的字用刀刮掉。乔才,指刀笔吏,主管文书的吏人,引申为酷吏。汉乔才,指汉代做过刀笔吏的张汤等几个酷吏。《史记》专门有《酷吏列传》。

⑤ 你便是没关节包待制"人厌其笑":你就是像铁面无私的包公一样难得一笑,即使笑了也让人讨厌。此是极言地狱之惨。关节,指暗中行贿勾结官吏。包待制,即宋代著名清官包拯。他曾做过天章阁待制、龙图阁直学士、开封知府等官,故也被称为包待制、包龙图。

⑥ 无棺椁颜修文"子哭之哀":地狱的境况已经够惨了,不忍再听见孔子哭颜回那样的哭声。颜修文,即孔子最欣赏的弟子颜回(渊),短命而死;孔子听说后,哭得很伤心。传说颜回死后做地下修文郎的官,故称颜修文。子,即孔子。颜回死,他的父亲请求孔子把车子卖了,给颜回买椁入葬;孔子不答应,因为按照他的身份,必须坐车,不能徒步。椁,外棺。

判爷害怕哩。(净恼介)哎!《楼炭经》是俺六科五判①,刀花树是俺九棘三槐②。脸娄搜风髯赳赳③。眉剔竖电目崖崖④。少不得中书鬼考,录事神差⑤。比着阳世那金州判、银府判、铜司判、铁院判,白虎临官,一样价打贴刑名催伍作⑥;实则俺阴府里注湿生、牒化生、准胎生、照卵生⑦,青蝇报赦⑧,十分的磊齐功德转三

---

① 《楼炭经》是俺六科五判:我把《楼炭经》作为刑法,判处鬼犯投生为某类飞鸟或走兽。唐代段公路《北户录》卷一《绯猨》条:"《楼炭经》云:鸟有四千五百种,兽有二千四百种。"六科,即六条,汉代派遣刺史到各地巡察,审理疑案,根据六条法令办事。五判,指古代的笞、杖、徒、流、死这五种刑罚。
② 刀花树是俺九棘三槐:刀山地狱是审判场所。刀花树,指刀山地狱。九棘三槐,原意指三公九卿,此指审判场所。
③ 脸娄搜风髯赳赳:满脸胡子气势威武。赳赳,威武雄健貌。
④ 电目崖崖:形容目光如电光般闪烁可怕。
⑤ 少不得中书鬼考,录事神差:经过阴司考选、派遣协助判官审理鬼魂的吏员很多。中书,官名,掌管文书的吏人。考,考选。录事,抄录文书的吏人。
⑥ "比着阳世那金州判"三句:跟阳世一个样,阴间各路判官贪赃勒索,愈在下级衙门愈有钱;碰到这样的凶神判官当值就有灾祸,得行贿判官和验尸人。金州判、银府判、铜司判、铁院判,意指州判、府判、司判、院判的判官;金、银、铜、铁,表示判官职级逐级升高,贪赃财富逐级减少。白虎临官,白虎当值;白虎,凶神名。打贴,打点,贿赂。刑名,即刑名师爷。伍作,即仵作,古代官府中检验尸、伤的差役。
⑦ 实则俺阴府里注湿生、牒化生、准胎生、照卵生:按众生往托的四生,去胎生、卵生、湿生、化生。注、牒、准、照,都是判明、批准的意思。佛经说世界众生依四种方式出生:湿生,依湿气而受形,如昆虫及腐肉中生蛊、虱之类;化生,指无所依托,借业力而忽然出现者,如诸天神、饿鬼及劫初众生;胎生,如人畜;卵生,如禽鸟鱼鳖。
⑧ 青蝇报赦:《晋书》卷一百一十三载,前秦国主苻坚正在起草赦书,有一大苍蝇飞绕他的笔尖。赦书还没有公布,长安人都已经知道将要大赦了。原来是这个苍蝇化为黑衣人,把消息传出去。

阶①。威凛凛人间掌命②,颤巍巍天上消灾。

叫掌案的③,这簿上开除④都也明白。还有几宗人犯,应该发落了?(贴扮吏上)人间勾令史,地下列功曹⑤。禀爷:因缺了殿下,地狱空虚三年。则有枉死城⑥中轻罪男子四名,赵大、钱十五、孙心、李猴儿;女囚一名,杜丽娘;未经发落。(净)先取男犯四名。(生、末、外、老旦扮四犯,丑押上)(丑)男犯带到。(净点名介)赵大有何罪业,脱在枉死城?(生)鬼犯没甚罪。生前喜歌唱些。(净)一边去。叫钱十五。(末)鬼犯无罪。则是做了一个小小房儿,沉香泥壁⑦。(净)一边去。叫孙心。(老旦)鬼犯些小年纪,好使些花粉钱⑧。(净)叫李猴儿。(外)鬼犯是有些罪,好男风⑨。(丑)是真。便在地狱里,还勾上这小孙儿。(净恼介)谁叫你插嘴!起去伺候。(做写簿介)叫鬼犯听发落。(四犯同跪介)(净)俺初权印,且不用刑。赦你们卵生去罢。(外)鬼犯们禀问恩爷,这个卵是什么卵?若是回回卵,又生在边方去了。(净)哇!还想人身?向弹壳里走去。(四犯泣介)哎!被人宰了!(净)也罢,不教阳间宰吃你。赵大喜歌唱,贬做黄莺儿。(生)好了。做莺莺小姐⑩去。(净)钱

---

① 磊齐功德转三阶:磊齐功德,形容屡建功德,功高德厚。转三阶,官升了三级。

② 掌命:掌握人的生死祸福。

③ 掌案的:指管理案卷的吏员。

④ 开除:开列,列出。

⑤ 人间勾令史,地下列功曹:从人间勾死了一个令史,来到阴间做了功曹。勾,勾摄阴魂,这里指死去。

⑥ 枉死城:阴司里拘禁枉死鬼的地方。

⑦ 沉香泥壁:把沉香涂在墙壁上。沉香,沉水香,一种极名贵的香料。泥,作动词,涂。

⑧ 花粉钱:指嫖妓的费用。

⑨ 男风:男色,男宠。

⑩ 莺莺小姐:唐人元稹传奇《会真记》和金元王实甫杂剧《西厢记》的女主角崔莺莺,这里指黄莺儿。

十五住香泥房子。也罢，准你去燕窠里受用，做个小小燕儿。（末）恰好做飞燕娘娘①哩。（净）孙心使花粉钱，做个蝴蝶儿。（外）鬼犯便和孙心同做蝴蝶去。（净）你是那好男风的李猴，着你做蜜蜂儿去，屁窟里长拖一个针。（外）哎哟，叫俺钉谁去？（净）四虫儿听吩咐：

【油葫芦】蝴蝶呵，你粉版花衣②胜剪裁；蜂儿呵，你忒厉害，甜口儿咋③着细腰捱；燕儿呵，斩④香泥弄影钩帘内；莺儿呵，溜笙歌警梦纱窗外：恰好个花间四友⑤无拘碍。则阳世里孩子们轻薄，怕弹珠儿打的呆⑥，扇梢儿扑的坏，不柱了你宜题入画高人爱，则教你翅膀儿展将春色闹场⑦来。

（外）俺做蜂儿的不来，再来钉肿你个判官脑。（净）讨打。（外）可怜见小性命。（净）罢了。顺风儿放去，快走快走。（噀气⑧介）（四人做各色飞下）

（净做向鬼门噀气映声⑨介）（丑带旦上）天台有路难逢俺，地狱无情欲恨谁？女鬼见。（净抬头背介⑩）这女鬼倒有几分颜色！

---

① 飞燕娘娘：汉成帝的皇后赵飞燕，古代著名的四大美人之一，这里指燕子。
② 粉版花衣：形容蝴蝶的翅膀沾着花粉。
③ 咋：同"扎"。
④ 斩：同"蘸"，沾。
⑤ 花间四友：中国传统文化里，以莺、燕、蜂、蝶为花间四友。
⑥ 怕弹珠儿打的呆：这句写莺。以下三句，依次写蝴蝶、燕子、蜜蜂。
⑦ 翅膀儿展将春色闹场：蜜蜂翅膀飞动，嗡嗡作响，整出一派春天的热闹景象。闹场，形容蜜蜂飞动很热闹。
⑧ 噀（xùn）气：嘘气作法。
⑨ 映（xuè）声：如口吹物发出的小声音。
⑩ 背介：旁白，中国古代戏剧中让其他角色听不到而观众能听到的说白。

【天下乐】猛见了荡地惊天女俊才，哈也么哈①，来俺里来。（旦叫苦介）（净）血盆中叫苦观自在②。（丑耳语介）判爷，权收做个后房夫人。（净）咦！有天条③，擅用囚妇者斩。则你那小鬼头胡乱筛④，俺判官头何处买？（旦叫哎介）（净回身）是不曾见他粉油头忒弄色⑤。叫那女鬼上来。

【那吒令】瞧了你润风风粉腮，到花台、酒台⑥？溜些些短钗，过歌台、舞台⑦？笑微微美怀，住秦台、楚台⑧？因甚的病患来？是谁家嫡支派？这颜色不像似在泉台⑨。

（旦）女囚不曾过人家⑩，也不曾饮酒，是这般颜色。则为在南安府后花园梅树之下，梦见一秀才，折柳一枝，要奴题咏。留连宛转，甚是多情。梦醒来沉吟，题诗一首：他年若傍蟾宫客，不是梅边是柳边。为此感伤，坏了一命。（净）谎也！岂有一梦而亡之理？

---

① 哈（hāi）也么哈：中国古代戏曲演唱时的和声助词，这里是表示判官看到杜丽娘美貌时的惊喜神情。
② 血盆中叫苦观自在：地狱中的杜丽娘不停地喊苦。血盆，地狱名。观自在，即观世音菩萨，这里是把杜丽娘比作观音菩萨，形容她极其美丽。
③ 天条：天上的法律条文。
④ 胡乱筛：乱说乱扯，胡说八道。筛，说不着边际的话。
⑤ 粉油头忒弄色：少女爱卖弄风情。粉油头，粉面油头的少女。弄色，撒娇，卖弄风情。
⑥ 润风风粉腮，到花台、酒台：脸色娇嫩红润，是不是吃酒了。花台、酒台，都是古代吃酒的场所。
⑦ 溜些些短钗，过歌台、舞台：短钗微微下滑，是不是唱歌跳舞了。
⑧ 秦台、楚台：秦台，古代神话里秦国弄玉和她的爱人萧史同居之处。楚台，指阳台，古代神话里楚怀王与巫山神女欢会之处。
⑨ 泉台：黄泉，阴间。
⑩ 过人家：方言，指出嫁。

【鹊踏枝】一溜溜①女婴孩,梦儿里能宁耐②!谁曾挂圆梦招牌③,谁和你拆字道白④?哈也么哈,那秀才何在?梦魂中曾见谁来?

(旦)不曾见谁。则见朵花儿闪下来,好一惊。(净)唤取南安府后花园花神勘问。(丑叫介)(末扮花神上)红雨数番春落魄⑤,《山香》一曲女消魂⑥。老判大人请了。(举手介)(净)花神,这女鬼说是后花园一梦,为花飞惊闪而亡。可是?(末)是也。他与秀才梦的绵缠,偶尔落花惊醒。这女子慕色而亡。(净)敢便是你花神假充秀才,迷误人家女子?(末)你说俺着甚迷他来?(净)你说俺阴司里不知道呵!

【后庭花滚】但寻常春自在,恁⑦司花忒弄乖。眨眼儿偷元气艳楼台⑧,克性子费春工淹酒债⑨。恰好九分态,你要做十分颜色。数

---

① 一溜溜:一点点大。
② 能宁耐:能有这样的本事。
③ 挂圆梦招牌:挂起招牌替人解梦。圆梦,专门替人解梦,以梦中情景来推算人的吉凶祸福。
④ 拆字道白:即拆字,一作测字,中国古代有人以此为谋生的职业,让人挑选某个字,然后把该字拆开来,使成一句或几句有意义的话,来推测占卜人的运气好坏。这里指谁和你猜题的诗是什么预兆。
⑤ 落魄:潦倒,失意,这里指春天将尽。
⑥《山香》一曲女消魂:指杜丽娘因情梦而病亡。《山香》,古代神话中的曲名。《仇池笔记·砑光帽》载,西王母宴群仙,有舞者舞《山香》,曲未终,花纷纷落下。
⑦ 恁:你,您。
⑧ 眨眼儿偷元气艳楼台:片刻之间,你就偷来了天地间的元气,催开了千花百草,把亭台楼阁装点得分外美丽了。
⑨ 克性子费春工淹酒债:赏春醉酒是花神的本性,但耗时耗钱,你应该克制一下自己的本性,少在花酒之间陶醉。

着你那胡弄的①花色儿来。（末）便数来：碧桃花。（净）他惹天台②。（末）红梨花。（净）扇妖怪③。（末）金钱花。（净）下的财④。（末）绣球花。（净）结的采。（末）芍药花。（净）心事谐⑤。（末）木笔花。（净）写明白。（末）水菱花。（净）宜镜台。（末）玉簪花。（净）堪插戴。（末）蔷薇花。（净）露⑥渲腮。（末）腊梅花。（净）春点额⑦。（末）剪春花。（净）罗袂裁。（末）水仙花。（净）把绫袜踹⑧。（末）灯笼花。（净）红影筛。（末）酴醿花。（净）春醉态⑨。（末）金盏花。（净）

---

① 胡弄的：胡来乱搞。

② 碧桃花　他惹天台：中国古代戏曲中，常以碧桃花下指男女幽会的地方。

③ 红梨花　扇妖怪：典出元代张寿卿杂剧《谢金莲诗酒红梨花》，写赵汝州在同窗洛阳太守刘公弼的后园，遇见并爱上了妓女谢金莲，晚上谢拿着酒和红梨花与情人相会。刘怕好友耽误了前程，设计叫三婆去哄骗他，说他在晚上遇到的女子是一个女鬼，红梨花就是她的怨气所化。赵吓得匆匆进京赴考，及第后返回。在刘家的宴会上，赵看见谢的扇上插一朵红梨花，大为惊惧。刘说清原委，两人终成眷属。

④ 下的财：中国古代民间订婚习俗，男方向女方送财礼（聘金）。

⑤ 芍药花　心事谐：语出《诗经·郑风·溱洧》的"维士与女，伊其相谑，赠之以勺药"之句。后来常以赠送芍药来表示男女之间相爱。

⑥ 露：即蔷薇露，宋元时代妇女常用的化妆品。

⑦ 腊梅花　春点额：《北户录·寿阳妆》载，南朝宋武帝女儿寿阳公主，有一次躺在含章殿檐下，有梅花落在她的额上，妇女们都以之为美，纷纷照着这样子，用胭脂在额头上点一朵梅花，称作梅花妆或寿阳妆。

⑧ 水仙花　把绫袜踹：由水仙花作者联想到水仙洛神。绫袜，典出三国魏曹植《洛神赋》，其中有"凌波微步，罗袜生尘"的名句，描写洛神的仙姿。

⑨ 酴醿花　春醉态：古代用酴醿花酿制酴醿酒。酴醿花，也作荼蘼花，现多写作荼蘼花。

做合卺杯。（末）锦带花。（净）做裙褶带。（末）合欢花①。（净）头懒抬。（末）杨柳花。（净）腰恁摆②。（末）凌霄花。（净）阳壮的咍。（末）辣椒花。（净）把阴热窄。（末）含笑花。（净）情要来。（末）红葵花。（净）日得他爱。（末）女萝花。（净）缠的歪。（末）紫薇花。（净）痒的怪③。（末）宜男花。（净）人美怀。（末）丁香花。（净）结半蘸④。（末）豆蔻花。（净）含着胎⑤。（末）奶子花。（净）摸着奶。（末）栀子花。（净）知趣乖。（末）柰子花。（净）恣情奈。（末）枳壳花。（净）好处揩。（末）海棠花。（净）春困怠⑥。（末）孩儿花。（净）呆笑孩。（末）姊妹花。（净）偏妒色。（末）水红花。（净）了不开⑦。（末）瑞香花。（净）谁要采⑧。（末）旱莲花。（净）怜再来⑨。（末）石榴花。（净）可留得在⑩？几桩儿你

---

① 合欢花：一种落叶乔木所开的花。这种树的小叶对生，一到晚上就合拢，因此又名夜合、合昏。民间常以合欢象征男女恋爱结婚、夫妻好合。

② 杨柳花　腰恁摆：古人常以杨柳的摇曳比喻美人柔软婀娜的腰身，也以美人腰身比喻杨柳的摇曳样子。

③ 紫薇花　痒的怪：紫薇花是一种观赏用的落叶乔木所开的花。这种树的树皮滑润，用手抚摸，枝叶就会摇动，所以又称怕痒树。

④ 丁香花　结半蘸（xǐ）：丁香的花蕾半开如结。李商隐《代赠二首》中有"芭蕉不展丁香结"的诗句。半蘸，指花半开的样子。

⑤ 豆蔻花　含着胎：胎，指豆蔻花的苞蕾。豆蔻花未大开时，称含胎花。这里指女子怀胎。

⑥ 海棠花　春困怠：中国古代诗词中常以海棠花喻美人春困。

⑦ 水红花　了不开：水红花，即蓼花。"蓼""了"谐音。

⑧ 瑞香花　谁要采：瑞香，也称睡香。"瑞""睡"与"谁"谐音。

⑨ 旱莲花　怜再来：旱莲花，即小连翘。"莲""怜"谐音，"怜"指怜爱的人。

⑩ 石榴花　可留得在："榴""留"谐音。按，这支曲子，借用花神与判官对出不同的花名，写女子从受聘、结婚、生孩子直到老时的过程，都语含双关。

自猜。哎！把天公无计策。你道为甚么流动了女裙钗①，划地里②牡丹亭，又把他杜鹃花魂魄洒③？

（末）这花色花样，都是天公定下来的，小神不过遵奉钦依，岂有故意勾人之理？且看多少女色，那有玩花而亡？（净）你说自来女色，没有玩花而亡。数你听着：

【寄生草】花把青春卖，花生锦绣灾。有一个夜舒莲扯不住留仙带④；一个海棠丝剪不断香囊怪⑤；一个瑞香风赶不上非烟在⑥。你

---

① 流动了女裙钗：流动，感动。女裙钗，古代女子着裙插钗，故以裙钗代指女子，这里指杜丽娘。

② 划地里：无端，怎么，表示嗔怪、反诘语气。

③ 杜鹃花魂魄洒：相传杜鹃是蜀帝杜宇的亡魂所化，这里喻杜丽娘魂归地府。

④ 有一个夜舒莲扯不住留仙带：指赵飞燕是因玩花淫乱而亡身女子中的一个。《类说》引《拾遗记·夜舒荷》载，东汉灵帝荒淫无度，在西园建了座裸游馆，里面修有流香渠，渠中栽了夜舒荷，即荷花晚上开放（舒），白天卷合。灵帝常常带着宫女在这里寻欢作乐。《赵后外传》载，汉成帝皇后赵飞燕能歌善舞，深受宠幸。一次，赵飞燕起舞，突然刮起风，她说："仙乎，仙乎，去故而就新，宁忘怀乎？"成帝命左右扯住了她的裙子，裙子被弄皱了。后来将有皱褶的裙子叫留仙裙。她行为不端，秽乱中宫，成帝死后，被贬为庶人，自杀而亡。留仙带这里指赵飞燕。

⑤ 一个海棠丝剪不断香囊怪：指杨贵妃因与安禄山有染而亡。传说杨贵妃庇护安禄山，唐明皇未对安禄山有所防备，终致安史之乱爆发，杨贵妃也死于乱中。海棠丝，海棠花的一种，这里指杨贵妃。《事类统编》卷七十八引《太真外传》载："明皇登沉香亭，召太真（杨贵妃）。宿酒未醒，钗横鬓乱。不能再拜。上笑曰：'岂海棠春睡未足耶！'"香囊怪，《顾氏文房小说·杨太真外传》载，安史之乱平定之后，杨贵妃被赐死马嵬坡，唐明皇回到长安。他叫人把贵妃的骸骨重新安葬。打开坟墓后，只看到一个锦香囊。

⑥ 一个瑞香风赶不上非烟在：唐人传奇《非烟传》载，武公业的爱妾步非烟，偷偷和书生赵象相爱，赵象给步非烟写情诗，其中有两句："瑞香风引思深夜，知是蕊宫仙驭来。"后来事泄，非烟被武公业毒打而死。

道花容①那个玩花亡?可不道你这花神罪业随花败。

（末）花神知罪,今后再不开花了。（净）花神,俺这里已发落过花间四友,付你收管。这女囚慕色而亡,也贬在燕莺队里去罢。（末）禀老判,此女犯乃梦中之罪,如晓风残月②。且他父亲为官清正,单生一女,可以耽饶。（净）父亲是何人?（旦）父亲杜宝知府,今升淮扬总制之职。（净）千金小姐哩。也罢,杜老先生分上,当奏过天庭,再行议处。（旦）就烦恩官替女犯查查,怎生有此伤感之事?（净）这事情注在断肠簿上。（旦）劳再查女犯的丈夫,还是姓柳姓梅?（净）取婚姻簿查来。（作背查介）是有个柳梦梅,乃新科状元也。妻杜丽娘,前系幽欢,后成明配,相会在红梅观中。不可泄漏。（回介）有此人和你姻缘之分。我今放你出了枉死城,随风游戏,跟寻此人。（末）杜小姐,拜了老判。（旦叩头介）拜谢恩官,重生父母。则俺那爹娘在扬州,可能够一见?（净）使得。

【幺篇】他阳禄③还长在,阴司数未该。禁烟花一种春无赖④,近柳梅一处情无外。望椿萱一带天无碍。则这水玻璃堆起望乡台⑤,可哨见纸铜钱夜市扬州界⑥?

花神,可引他望乡台随意观玩。（旦随末登台,望扬州哭介）那是扬州,俺爹爹奶奶呵,待飞将去。（末扯住介）还不是你去的时节。

---

① 花容：如花的容貌，指美人。
② 如晓风残月：比喻不着痕迹，不可捉摸的事物，这里指不是确凿的判罪罪证。
③ 阳禄：阳寿，世间人的寿命。
④ 禁烟花一种春无赖：春天的烟花景致都容易勾人生起情思，都应该禁了。无赖，这里意谓爱惹事令人讨厌。
⑤ 则这水玻璃堆起望乡台：在望乡台上只有白茫茫一片水色，其他什么都看不到。第三十一出《缮备》的【番卜算】所谓"边海一边江"，即指扬州。扬州既临海又临江。据说阴间有望乡台，鬼魂在上面可以看见自己的家中情况。水玻璃，形容水气弥漫、白茫茫一片的水色。
⑥ 可哨见纸铜钱夜市扬州界：可瞧见扬州夜市里有人在烧纸钱吗？哨见，看见。

（净）下来听盼咐：功曹，给一纸游魂路引①去；花神，休坏了他的肉身也。（旦）谢恩官！

【赚尾】（净）欲火近干柴②，且留的青山在③，不可被雨打风吹日晒，则许你傍月依星将天地拜，一任你魂魄来回。脱了狱省的勾牌④，接着活免的投胎。那花间四友你差排，叫莺窥燕猜，倩蜂媒蝶采，敢守的那破棺星⑤圆梦那人来。（下）

（末）小姐回后花园去来。

    （末）醉斜乌帽发如丝⑥。许　浑

    （旦）尽日灵风不满旗⑦。李商隐

    （净）年年检点人间事⑧。罗　邺

    （合）为待萧何作判司⑨。元　稹

精彩解说

本出《冥判》写杜丽娘因患相思病而亡后，魂魄到了阴间，胡判官为杜丽娘苦苦思念梦中情人而病亡的真情所感动，将其鬼魂放出了枉死城，杜丽娘的魂魄随风游荡，去寻找梦中情人。

---

① 路引：通行凭证。

② 欲火近干柴：比喻男女欢爱之狂热浓烈。欲火，比喻情欲如同烈火。

③ 且留的青山在：语出谚语"留得青山在，不怕没柴烧"。这里喻杜丽娘肉身不坏，将来可以还魂。

④ 勾牌：勾传去审讯用的牌子。

⑤ 破棺星：星名，这里指起坟开棺救活杜丽娘的人。

⑥ 醉斜乌帽发如丝：指花神作为人证，旁观鬼判断案。语本许浑《送萧处士归缑岭别业》。

⑦ 尽日灵风不满旗：指杜丽娘游魂希望能舒展心愿。语本李商隐《重过圣女祠》。

⑧ 年年检点人间事：指判官判案。语本罗邺《赏春》。

⑨ 为待萧何作判司：称赞判官断案公平。语本元稹《酬孝甫见赠十首》之一。萧何，汉初大臣，曾制定律令制度，世称"萧何定律"。

《牡丹亭》里的阴间世界，似乎跟阳间世界很相似。跟阳世一个样，阴间各路判官也有贪赃勒索的，愈在下级衙门愈有钱；碰到这样的凶神判官当值就有灾祸，得行贿判官和验尸人。不过，主审杜丽娘的判官，本是一个"正直聪明"的小吏，刚刚被提拔做了判官。鬼判外表十分狰狞恐怖，内心却很仁慈。判官审鬼依照因果，有章有法，还挺有人情味。对生前喜欢唱歌的赵大，判他来生做个黄莺；钱十五爱用沉香泥墙，判他去做燕子；孙心喜欢在女儿堆中厮混，那就让他去做蝴蝶；好男风的李猴儿，罚他做了蜜蜂。大家都得偿所愿，十分满意。花神细数花色，引发判官对杜丽娘之死前因后果的理解和同情："花把青春卖，花生锦绣灾。"他放杜丽娘出枉死城，嘱咐花神"休坏了他的肉身"，准许杜丽娘的游魂去继续追寻梦中的情人。

　　杜丽娘的魂魄到了阴间，仍然对梦中的情人痴心不改，要判官查查"女犯的丈夫，还是姓柳姓梅"。王思任在《批点玉茗堂〈牡丹亭〉叙》中写，真是"月可沉，天可瘦，泉台可瞑，獠牙判发可狎而处，而'梅''柳'二字，一灵咬住，必不肯使劫灰烧失"。让她没想到的是，梦中那个虚幻的俊美男子，并不是无中生有的幻觉，而是在现实中确有其人，而且和自己有夫妻之分儿，这使温柔痴情的杜丽娘变得更加执着勇敢。杜丽娘一念咬定，决定"魂返人间"，正式开启"人鬼情"的序幕。杜丽娘追寻爱情是无论生死的，在人间因情而亡，在可怖的阴间，幽魂一缕渴望重返人间，跟梦中情人成婚。她对情爱的向往超越生死之境，诠释着为了情"生可以死，死可以生"的主题。

　　《冥判》是一出热闹戏，出场的判官举笔笑舞，"点鬼簿""押花字"。台上捉鬼，台后拷鬼，判官审鬼。判官勾出花神，花神细数花色。花神连说带唱，一口气报出四十种花名。同时，《冥判》是《牡丹亭》故事情节的转折点。青木正儿在《中国近世戏曲史》中表示："《冥判》一出，使丽娘再生人世，使人一见已处绝望之局面，忽然打开，手段最高。"杜丽娘的魂魄出了枉死城，必有全新的故事，观众观戏的情绪必定越来越高涨。

第二十四出 拾 画

原文

【金珑璁】（生上）惊春谁似我？客途中都不问其他。风吹绽蒲桃褐①，雨淋殷杏子罗②。今日晴和，晒衾单兀自有残云涡③。

脉脉梨花春院香，一年愁事费商量。不知柳思④能多少？打迭腰肢斗沈郎⑤。小生卧病梅花观中，喜得陈友知医，调理痊可。则这几日间春怀郁闷，何处忘忧？早是⑥老姑姑回也。

【一落索】（净上）无奈女冠何，识的书生破。知他何处梦儿多？每日价欠伸千个。

---

① 蒲桃褐：黄色印染的粗布衣服。蒲桃，一种常绿乔木，果实成熟呈黄色。
② 雨淋殷杏子罗：杏红罗衣被雨水淋湿后颜色褪了，浓淡不匀。殷，红色，这里用作动词，变红。
③ 兀自有残云涡：指路途上遇雨打湿了衾被，导致衾被上留有的湿渍形似云朵。涡，浸染。
④ 柳思：春思。
⑤ 打迭腰肢斗沈郎：意谓柳梦梅比沈约还要消瘦。打迭，打点，收拾。腰肢，指柳腰，借喻柳梦梅。沈郎，南朝沈约老来多病，衣带在百日间移动数孔，腰围变小，后来以"沈郎腰""沈腰"形容腰身变瘦。
⑥ 早是：幸好是。

秀才安稳①！（生）日来病患较些②，闷坐不过。偌大梅花观，少甚园亭消遣。（净）此后有花园一座，虽然亭榭荒芜，颇有闲花点缀。则留散闷，不许伤心。（生）怎的得伤心也？（净叹介）是这般说。你自去游便了。从西廊转画墙而去，百步之外，便是篱门；半里之遥，都为池馆。你尽情玩赏，竟日消停③，不索老身陪去也。名园随客到，幽恨少人知。（下）（生）既有后花园，就此迤逦④而去。（行介）这是西廊下了。（行介）好个葱翠的篱门，倒了半架。（叹介）

【集唐】

　　　　⑤凭阑仍是玉阑干。王　初

　　　　四面墙垣不忍看。张　隐

　　　　想得当时好风月。韦　庄

　　　　万条烟罩一时干。李山甫

　　（到介）呀！偌大一个园子也。

【好事近】则见风月暗消磨，画墙西正南侧左。（跌介）苍苔滑擦，倚逗着断垣低垛，因何，蝴蝶门儿落合⑥？原来以前游客颇盛，题名在竹林之上。客来过年月偏多，刻画尽琅玕⑦千个。咳！早则是寒花绕砌，荒草成窠。

　　怪哉！一个梅花观女冠之流，怎起的这座大园子？好疑惑也。便是这湾

---

① 安稳：平安，安好。

② 较些：病好一些。

③ 消停：消遣，逗留。

④ 迤逦：形容路径蜿蜒，这里可作慢慢解。

⑤ "凭阑仍是玉阑干"四句：分别出自王初《望雪》、张隐《万寿寺歌词》、韦庄《令狐亭》、李山甫《柳十首》之十。个别字有改动。

⑥ 蝴蝶门：一种双扇门的样式。落合：门闩着。

⑦ 琅（láng）玕（gān）：本是玉名，后来用作竹的代称。白居易有"剖擘青琅玕"的诗句。

流水呵!

【锦缠道】门儿锁,放着这武陵源一座。恁好处教颓堕!断烟中,见水阁摧残,画船抛躲,冷秋千尚挂下裙拖。又不是曾经兵火,似这般狼藉呵,敢断肠人远,伤心事多?待不关情么,恰湖山石畔留着你打磨陀①。

好一座山子哩!(窥介)呀,就里一个小匣儿。待把左侧一峰靠着,看是何物?(作石倒介)呀,是个檀香匣儿。(开匣看画介)呀!一幅观世音喜相②。善哉!善哉!待小生捧到书馆,顶礼供养,强如埋在此中。

【千秋岁】(捧匣回介)小嵯峨③,压的旃檀合④,便做了好相观音俏楼阁。片石峰前,那片石峰前,多则是,飞来石三生因果⑤。请将去,炉烟上过⑥,头纳地,添灯火,照的他慈悲我⑦。俺这里尽情供养,他于意云何⑧?

(到介)到了观中,且安置阁儿上,择日展礼。(净上)柳相公多

---

① 打磨陀:消磨时光。
② 喜相:指喜悦的神色。
③ 嵯(cuō)峨:形容山势险峻,这里指太湖石堆砌的假山。
④ 旃(zhān)檀合:檀木盒。旃檀,香木名,梵语"旃檀那"的省译,碾细即檀香的原料。合,同"盒"。
⑤ 飞来石三生因果:即前因宿缘。飞来石,杭州西湖灵隐飞来峰,晋代僧惠理说,这是中天竺国(在印度)灵鹫山的小岭,不知是哪年飞来的,山因此而得名。这里是指柳梦梅看到假山后的联想。三生因果,以飞来石联想到三生石,暗指柳梦梅和杜丽娘的生死情缘。
⑥ 请将去,炉烟上过:指把画像迎请去,为它上香,然后对其叩头。
⑦ 头纳地,添灯火,照的他慈悲我:对菩萨画像叩头,点上供灯,以虔敬的心感得菩萨保佑我。
⑧ 于意云何:意思是觉得怎么样。这是佛经里常见的佛陀问弟子大众的话。

早了?

【尾声】(生)姑姑,一生为客恨情多,过冷澹园林日午矬①。老姑姑,你道不许伤心,你为俺再寻一个定不伤心何处可。

（生）僻居虽爱近林泉②。伍　乔

（净）早是伤春梦雨天③。韦　庄

（生）何处邀将归画府④? 谭用之

（合）三峰花半碧堂悬⑤。钱　起

精彩解说

本出《拾画》写柳梦梅借住在梅花观,在病体初愈后,他偶游梅花观后花园,在倒塌的太湖石假山旁,拾到装有杜丽娘自画像的檀香小木匣。

三年前的春天,杜丽娘难舍梦中情人而重游后花园,发誓要"守的个梅根相见",终因相思病而香消玉殒。临死前,她特意嘱咐将那幅亲手描画的自己的春容,盛在紫檀匣内,藏在太湖石下的梅树根旁。她的游魂飘荡在阴司阳世,以一腔痴情和哀怨,等待着梦中情人拾起春容。在上一出中,柳梦梅幸遇杜丽娘的塾师陈最良,被从雪地里救至梅花观借住;因已染疾,他比沈约还要消瘦,正好在此养病;当病体初愈,听得石姑姑讲:"此后有花园一座,虽然亭榭荒芜,颇有闲花点缀。"

三年后,又是个春天,进京赴考的柳梦梅为解愁怀,去游园。这是杜丽娘生情又葬身的园子,如今那姹紫嫣红的园子,"葱翠的篱门,倒了半

---

① 矬(cuó):指日斜。欧阳炯《南乡子》有"豆蔻花间趖晚日"的词句。这里"矬"与"趖"意同。

② 僻居虽爱近林泉:指柳梦梅喜欢幽静的园林山水。语本伍乔《僻居酬友人》。

③ 早是伤春梦雨天:指石道姑提醒春天容易惹人伤感伤心。语本韦庄《长安清明》。

④ 何处邀将归画府:指柳梦梅拾到了画轴。语本谭用之《贻钓鱼李处士》。

⑤ 三峰花半碧堂悬:指柳梦梅会将拾到的画轴误认为是观音像而悬挂起来。语本钱起《题嵩阳焦道士石壁》。

架"，女主人公眼中的"朝飞暮卷，云霞翠轩；雨丝风片，烟波画船"，成了男主人公眼中的荒草成窠、断烟缥缈。杜丽娘曾为寻梦不得而伤心："牡丹亭，芍药阑，怎生这般凄凉冷落，杳无人迹？好不伤心也！"柳梦梅同样多情多愁："敢断肠人远，伤心事多。"两个不约而同都是伤春伤情的"有情人"。

柳梦梅将拾到的画轴，误认为是观音像，非常虔诚小心地揩去画轴上的灰尘，准备带回书房悬挂起来，为它上香，然后对其叩头礼拜，点上供灯，以虔敬的心感得菩萨保佑。这画是杜丽娘的画像，因此他们虽一个在阳间，一个在阴间，本不可能生发情事，但阴差阳错，通过汤显祖的妙笔，将一个因缘际会的爱情悲喜剧徐徐在观众眼前展开。本剧中充满了许多巧合，而这些巧合又是通过悬念的方式一点点连缀起来，可见汤显祖在剧情结构上时多么善于吊起观众的观赏欲望。

第二十五出 忆 女

原文

【玩仙灯】（贴上）睹物怀人，人去物华销尽。道的个仙果难成，名花易陨。（叹介）恨兰昌殉葬无因①，收拾起烛灰香烬。

  自家杜府春香是也。跟随公相夫人到扬州。小姐去世，将次三年。俺看老夫人那一日不作念，那一日不悲啼。纵然老公相暂时宽解，怎散真愁？莫说老夫人，便是俺春香，想起小姐平常恩养，病里言词，好不伤心也。今乃小姐生忌②之辰，老夫人吩咐香灯，遥望南安浇奠。早已安排。夫人有请。

【前腔】（老旦上）地老天昏，没处把老娘安顿。思量起举目无亲，招魂有尽。（哭介）我的丽娘儿也！在天涯老命难存，割断的肝肠寸寸。

【苏幕遮】岭云沉，关树杳。（贴）春思无凭，断送人年少。（老）子母千回肠断绕，绣夹书囊，尚带余香袅。（贴）瑞烟清，

---

① 恨兰昌殉葬无因：指春香感叹自己还活着，不能陪葬在小姐杜丽娘的墓侧。典出《太平广记》唐人传奇故事：张云容原是杨贵妃侍女，服了申天师给她的绛雪丹，天师告诉她，她在死后一百年，遇活人交媾精气，便为地仙。萧凤台、刘兰翘也是当时宫女，被人毒杀，葬在张云容墓侧。一天，薛昭在兰昌宫遇见这三位美女。他与张云容同居。不久，薛昭发掘她的坟墓，张云容终于复生。

② 生忌：纪念死者的生日。

银烛皎。(老)绣佛灵辰,血泪风前祷。(哭介)(合)万里招魂魂可到?则愿的人天净处超生早。(老)春香,自从小姐亡过,俺皮骨空存,肝肠痛尽。但见他读残书本,绣罢花枝,断粉零香,余簪弃履,触处无非泪眼,见之总是伤心。算来一去三年,又是生辰之日。心香①奉佛,泪烛浇天。吩咐安排,想已齐备。(贴)夫人,就此望空顶礼。(老拜介)

【集唐】

②微香冉冉泪涓涓。李商隐

酒滴灰香似去年。陆龟蒙

四尺孤坟何处是?许　浑

南方归去再生天。沈佺期

杜安抚之妻甄氏,敬为亡女生辰,顶礼佛爷。愿得杜丽娘皈依佛力,早早生天。(起介)春香,祷告了佛爷,不免将此茶饭,浇奠小姐。

【香罗带】丽娘何处坟?问天难问。梦中相见得眼儿昏,则听的叫娘的声和韵也,惊跳起,猛回身,则见阴风几阵残灯晕。(哭介)俺的丽娘人儿也,你怎抛下的万里无儿白发亲!(贴拜介)

【前腔】名香叩玉真③,受恩无尽,赏春香还是你旧罗裙。(起介)小姐临去之时,吩咐春香,长叫唤一声。今日叫他,小姐,小姐呵,叫的一声声小姐可曾闻也?(老旦、贴哭介)(合)想他那情切,那伤神,恨天天生割断俺娘儿直恁忍!(贴回介)俺的小姐

---

① 心香:表示心意虔诚。只要心诚意至,就和焚香供佛一样。

② "微香冉冉泪涓涓"四句:杜母描述自己祭奠亡女时的心情。分别出自李商隐《野菊》、陆龟蒙《和袭美初冬偶作》、许浑《经故丁补阙郊居》、沈佺期《再入道场纪事应制》。个别字有改动。

③ 玉真:仙人,这里指杜丽娘。

人儿也，你可还向这旧宅里重生何处身？

（跪介）禀老夫人：人到中年，不堪哀毁。小姐难以生易死，夫人无以死伤生。且自调养尊年，与老相公同享富贵。（老哭介）春香，你可知老相公年来因少男儿，常有娶小之意？止因小姐承欢膝下，百事因循。如今小姐丧亡，家门无托。俺与老相公闷怀相对，何以为情？天呵！（贴）老夫人，春香愚不谏贤，依夫人所言，既然老相公有娶小之意，不如顺他，收下一房，生子为便。（老）春香，你见人家庶出①之子，可如亲生？（贴）春香但蒙夫人收养，尚且非亲是亲，夫人肯将庶出看成，岂不无子有子？（老）好话！好话！

（老）曾伴残蛾到女儿②。　徐　凝
（贴）白杨今日几人悲③？　杜　甫
（老）须知此恨消难得④。　温庭筠
（合）泪滴寒塘蕙草时⑤。　廉　氏

> **精彩解说**

本出《忆女》写杜丽娘死后，杜母随夫移居扬州，三年来她日夜思念女儿。杜丽娘的丫鬟春香奉杜母之命，在杜丽娘的冥诞之日，安排香烛灯火，遥望南安浇奠，主仆同祭杜丽娘的亡魂。

杜母思念亡女的痛苦之情一直难以消除，她目睹爱女遗物，断粉零香，余簪弃履，总是不胜哀伤。"梦中相见得眼儿昏，则听的叫娘的声和韵也，

---

① 庶出：妾所生的子女。
② 曾伴残蛾到女儿：指杜母深夜思念亡女。语本徐凝《语儿见新月》。
③ 白杨今日几人悲：指春香悲伤哀悼去世的小姐。语本杜甫《存殁口号二首》之一。
④ 须知此恨消难得：指杜母思念亡女的痛苦之情难以消除。语本温庭筠《李羽处士故里》。
⑤ 泪滴寒塘蕙草时：指杜母和春香忆起往日与杜丽娘相伴的情景。语本廉氏《寄征人》。

惊跳起,猛回身,则见阴风几阵残灯晕。"唱尽了白发人送黑发人的惨痛之情,以及老来失女膝下无依的凄凉和孤独。杜母忆念爱女的感情越痛切,后来杜丽娘还魂,她的反应就越合情合理。在钱塘遇见女儿后,杜母的第一反应是怀疑遇到了鬼魂,但随后又道:"儿呵,便是鬼,娘也不舍的去了!"汤显祖的笔力在表现悲情时尤其出色,以致李渔在《闲情偶寄》中赞赏有加:"《忆女》曲云:'地老天昏,没处把老娘安顿''你怎撇得下万里无儿白发亲''赏春香还是你旧罗裙'……此等曲则纯乎元人,置之《百种》前后,几不能辨,以其意深词浅,全无一毫书本气也。"

春香的悲痛不亚于杜母。作为杜丽娘的贴身丫鬟,在杜丽娘因患相思病而死之前,她们寸步不离。如没有春香的推动,就没有了杜丽娘游园感梦,春香可谓杜丽娘冲破礼教束缚、勇于追求爱情的助推器。正是因为春香顽皮,去探得后花园,才让杜丽娘生出游园的兴致;正因为游园,才引发了杜丽娘大做春梦、又因梦而亡的情节。春香和杜丽娘既是主仆,更似朋友,杜丽娘将心事与春香分享,春香最懂得小姐的情思。如今,她与小姐阴阳两隔,她感叹自己还活着,不能陪葬在小姐的墓侧,足见其对小姐感情之深。

杜母也知晓春香跟女儿的非同一般的亲密关系,"赏春香还是旧罗裙",她从春香身上仿佛看到了女儿的身影。春香由小姐的旧罗裙,忆起往日相伴的种种,但物是人非,勾起她无限的伤感思念之情。明末戏评家茅暎评曰"入髓",确是打动人心。焦循《剧说》记载:"相传临川作《还魂记》,运思独苦。一日家人求之不可得,遍索,乃卧庭中薪上,掩袂痛哭。惊问之,曰:填词至'赏春香还是旧罗裙'也。"作者感动伤怀至此,如何能不打动读者观众呢?

第二十六出 玩 真

原文

（生上）芭蕉叶上雨难留，芍药梢头风欲收。画意无明偏着眼，春光有路暗抬头。小生客中孤闷，闲游后园。湖山之下，拾得一轴小画，似是观音大士，宝匣庄严。风雨淹旬①，未能展视。且喜今日晴和，瞻礼一会。（开匣展画介）

【黄莺儿】秋影挂银河，展天身自在波②，诸般好相③能停妥。他真身在补陀④，咱海南人遇他。（想介）甚威光不上莲花座？再延俄，怎湘裙直下，一对小凌波⑤？

是观音，怎一对小脚儿？待俺端详一会。

【二郎神慢】些儿个，画图中影儿则度⑥。着了，敢谁书馆中吊下

---

① 淹旬：满一旬，即过了十天。
② 自在波：自在，即观自在（观音）菩萨。波，语气助词，同"呵""啊"。
③ 诸般好相：佛家语，指佛陀显示出超越凡夫的三十二种相（显著特征）和八十种好（细微特征），如手指纤长、眉如初月、身金色等，见《大智度论》。
④ 补陀：即普陀。一名补陀落迦，舟山群岛所属的一个小岛。佛家传说，这是善财童子第二十八参观世音菩萨说法的圣地。
⑤ 一对小凌波：指女人小脚。曹植《洛神赋》："凌波微步，罗袜生尘。"观音像都作大脚，所以柳梦梅有这样的疑问。
⑥ 度（duó）：猜度。

幅小嫦娥？画的这俜停倭妥①。是嫦娥，一发该顶戴了。问嫦娥折桂人有我？可是嫦娥，怎影儿外没半朵祥云托？树皱儿又不似桂丛花琐②？不是观音，又不是嫦娥，人间那得有此？成惊愕，似曾相识，向俺心头摸。

待俺瞧，是画工临的，还是美人自手描的？

【莺啼序】问丹青何处娇娥，片月影光生毫末③？似恁般一个人儿，早见了百花低躲④。总天然意态难模，谁近得把春云淡破？想来画工怎能到此！多敢他自己能描会脱⑤。

且住，细观他帧首之上，小字数行。（看介）呀，原来绝句一首。

（念介）近睹分明似俨然，远观自在若飞仙。他年得傍蟾宫客，不在梅边在柳边。呀，此乃人间女子行乐图也。何言"不在梅边在柳边"？奇哉怪事哩！

【集贤宾】望关山梅岭天一抹，怎知俺柳梦梅过？得傍蟾宫知怎么？待喜呵端详停和⑥，俺姓名儿直么、费嫦娥定夺？打磨诃⑦，敢则是梦魂中真个。

好不回盼小生！

【黄莺儿】空影落纤娥，动春蕉⑧散绮罗，春心只在眉间锁。春山⑨

---

① 俜（pīng）停倭妥：指姿容美好的女子。倭妥，美好的姿态。
② 皱：表皮开裂，指画中的树皮开裂。花琐：细碎的花朵，指桂花。
③ 毫末：毫毛的末端，这里指笔端。
④ 早见了百花低躲：化用闭月羞花之"羞花"，意谓百花见了她的美丽而羞惭躲避。
⑤ 脱：脱稿，这里指逼真地描画。
⑥ 停和：消停，这里是细看一会儿。
⑦ 打磨诃：即打磨陀，原意是消磨时光，这里意谓徘徊、思量。
⑧ 春蕉：春天的芭蕉。杜丽娘为自己画像时，身旁画了芭蕉。
⑨ 春山：形容美女的眉毛。

翠拖,春烟淡和,相看四目谁轻可①?恁横波,来回顾影,不住的眼儿睃。

却怎半枝青梅在手,活似提掇小生一般?

【啼莺序】他青梅在手诗细哦,逗春心一点蹉跎。小生待画饼充饥②,小姐似望梅止渴③。小姐,小姐,未曾开半点幺荷④,含笑处朱唇淡抹。韵情多,如愁欲语,只少口气儿呵⑤。

小娘子画似崔徽,诗如苏蕙⑥,行书逼真卫夫人。小子虽则典雅,怎到得⑦这小娘子!蓦地相逢,不免步韵⑧一首。(题介)丹青妙处却天然,不是天仙即地仙。欲傍蟾宫人近远,恰些春在柳梅边。

【簇御林】他能绰斡⑨,会写作,秀入江山人唱和。待小生狠狠叫

---

① 轻可:轻易,等闲。可,与少可、猛可的可一样,没有具体意义。
② 画饼充饥:画个大饼来解除饥饿,喻有名无实。这里指聊以杜丽娘的画像自慰。
③ 望梅止渴:眼望梅林,流出口水而解渴,比喻用不切实际的空想来安慰自己。语出《世说新语·假谲》。这里指杜丽娘手拈青梅以及题诗"不在梅边在柳边",空怀对爱情的渴望。
④ 幺荷:荷花花蕾,这里指嘴唇。幺,小。
⑤ 呵:呵气,动词。
⑥ 苏蕙:十六国时期前秦窦滔妻。《晋书》卷九十六载,窦滔做秦州刺史,因事被流放。他的妻子苏蕙织锦为回文,凡八百四十字,循环反复,皆能成章句,名《璇玑图》,寄给丈夫。
⑦ 到得:及得,赶上。
⑧ 步韵:和诗,依照别人作的诗所叶的韵(杜丽娘画像中的题诗的韵是"然""仙""边")另作诗。
⑨ 绰斡(chuò wò):这里指作画。"绰""斡"都是动词,用法很广,如"绰"可作"拾""戳""擦"解,和现代语"搞""弄"相近;"斡",挖,含有雕镂之意。

他几声：美人！美人！姐姐！姐姐！向真真①啼血你知么？叫的你喷嚏似天花唾②。动凌波，盈盈欲下——不见影儿那。

咳！俺孤单在此，少不得将小娘子画像，早晚玩之、拜之、叫之、赞之。

【尾声】拾的个人儿先庆贺，敢柳和梅有些瓜葛③？小姐，小姐，则被你有影无形看杀我。

不须一向恨丹青④。白居易

堪把长悬在户庭⑤。伍　乔

惆怅题诗柳中隐⑥。司空图

添成春醉转难醒⑦。章　碣

精彩解说

本出《玩真》写柳梦梅对拾来的画像非常喜爱，以为是观音菩萨的画像，他将画像虔诚悬挂礼拜，在书房内展开画卷，猜画、疑画、认画，才发现画中人并不是观音菩萨，也不是月中嫦娥，而是一位手执青梅、身倚垂柳的凡间美女。再经过一连串的猜、疑、认、思后，柳梦梅确认，那画中的美

---

① 真真：泛指画中美人，这里指杜丽娘的画像。唐代杜荀鹤《松窗杂记》载，唐代进士赵颜曾得到一幅美人软障，对画工说，如果能让画中女子成真，愿意娶她为妻。画工云，美人名真真，叫之百日当活。后果如其言，真真与赵颜成亲。
② 叫的你喷嚏似天花唾：中国古代民间传说，叫某人名字，那人当会打喷嚏。这里指柳梦梅声声叫唤"姐姐"，杜丽娘一定会感应打喷嚏。
③ 瓜葛：瓜、葛都有藤蔓，用来喻亲戚或一般人事的牵缠关联。
④ 不须一向恨丹青：指柳梦梅对拾来的画像非常喜爱。语本白居易《昭君怨》。
⑤ 堪把长悬在户庭：指柳梦梅将画像虔诚悬挂礼拜的珍爱之情。语本伍乔《观华夷图》。
⑥ 惆怅题诗柳中隐：指柳梦梅认出画中女子就是梦中的情人，并题诗画卷表达心中的思慕。语本司空图《汴柳半枯因悲柳中隐》。
⑦ 添成春醉转难醒：指柳梦梅对画像如痴如醉难以自拔。语本章碣《雨》。

人，竟然就是自己梦中与之欢会的意中情人，他喜不自禁。

虽然在面前的只是一幅画像，但柳梦梅对画像如痴如醉难以自拔，他心里早不把它当作画了。在他的眼中，画中的美女就是一个活生生的女子，就等于梦中的情人，因而他情不自禁、如痴如醉地声声呼唤："姐姐！姐姐！向真真啼血你知么？叫的你喷嚏似天花唾。""叫画"是本出的高潮，四声"叫"是戏眼。"俺孤单在此，少不得将小娘子画像，早晚玩之、拜之、叫之、赞之。"画中美人成了柳梦梅的精神和情感寄托，他对梦中情人的呼唤，一声比一声缠绵，一声比一声热烈，叫得真切志诚，叫得迷恋痴情，他希望像唐代进士赵颜那样，真的把画中美人叫活，让那梦中的情人从画里走出来，在现实中与自己成亲欢会。

柳梦梅饱读诗书，自负甚高，深信自己终能科举及第、赢得功名。同时，作为一个年轻气盛的男子，他感情丰富，并不是一个书呆子，而是富有浪漫情怀。他渴望在人生中的两大盛事——"洞房花烛夜，金榜题名时"——上，都斩获成功。他的内心涌动着对异性的渴望和激情，但贫穷的现实使他找不到实际的爱恋对象。于是，他对着画像如醉如痴，浮想联翩，画像成为他寄托情思、倾注爱情的象征之物。《玩真》一出与第十四出《写真》遥相呼应。杜丽娘对镜自描，留下了绝世春容；如今柳梦梅对画遐想，倾诉望梅止渴的相思。

汤显祖把柳梦梅对杜丽娘画像的迷恋痴态写到了极致。王思任《批点玉茗堂〈牡丹亭〉叙》中称"柳生呆绝"，"柳生见鬼见神，痛叫顽纸，满心满意，只要插花"。艺术之所以是艺术，在于它高于生活。作者展开天马行空的想象，要让柳梦梅的痴情志诚美梦成真。吴吴山三妇合评本《牡丹亭·玩真》评论说："人知梦是幻境，不知画境尤幻。梦则无影之形，画则无形之影。丽娘梦里觅欢，春卿画中索配，自是千古一对痴人，然不以为幻，幻便成真。"后续剧情便朝着大团圆的喜剧发展。

第二十七出 魂 游

原文

【挂真儿】（净扮石道姑上）台殿重重春色上，碧雕阑映带银塘。扑地香腾①，归天磬响。细展度人经藏②。

【集唐】

　　　　　③几年红粉委黄泥。雍裕之

　　　　　十二峰头月欲低。李　涉

　　　　　折得玫瑰花一朵。李建勋

　　　　　东风吹上窈娘堤。罗　虬

俺老道姑，看守杜小姐坟庵，三年之上。择取吉日，替他开设道场④，超生玉界⑤。早已门外竖立招幡，看有何人来到。

【太平令】（贴扮小道姑，丑扮徒弟上）岭路江乡，一片彩云扶月

---

① 扑地香腾：遍地香烟升腾。扑地，遍地。
② 经藏：这里指经卷。藏，指佛教的经典。
③ "几年红粉委黄泥"四句：分别出自雍裕之《宫人斜》、李涉《竹枝词》之四、李建勋《春词》、罗虬《比红儿诗百首》之一百。个别字有改动。十二峰，指四川巫山十二座山峰。窈娘堤，在洛阳；窈娘，唐代乔知之的宠婢，为武承嗣所夺，投井死。
④ 道场：超度亡灵的一种宗教仪式。
⑤ 玉界：上界，仙界。

上,羽衣青鸟①闲来往。(丑)天晚,梅花观歇了罢。(贴)南枝外有鹊炉②香。

小道姑乃韶阳郡碧云庵主是也。游方到此,见他庄严幡引,榜示道场,恰好登坛,共成好事。(见介)

【集唐】

    (贴)大罗天上柳烟含③。 鱼玄机

    (净)你毛节朱幡倚石龛④。 王 维

    (贴)见向溪山求住处⑤。 韩 愈

    (净)好哩,你半垂檀袖学通参⑥。女 光

小姑姑从何而至?(贴)从韶阳郡来,暂此借宿。(净)东头房儿,有个岭南柳相公养病。则下厢房可矣。(贴)多谢了。敢问今夕道场,为何而设?(净叹介)则为杜衙小姐去三年,待与招魂上九天⑦。(贴)这等呵,清醮坛场⑧今夜好,敢将香火助真仙。(净)这等却好。(内鸣钟鼓介)(众)请老师父拈香。(净)南斗注生真妃⑨、东岳受生夫

---

① 羽衣青鸟:指小道姑和她的徒弟。羽衣,指道士;青鸟,神话中西王母的信使。
② 鹊炉:即鹊尾炉,有柄的香炉。
③ 大罗天上柳烟含:语本鱼玄机《光、威、哀姊妹三人少孤而始妍乃有是作……因次其韵》。大罗天,道家语,三十六重天中最高的天。
④ 你毛节朱幡倚石龛:语本王维《送方尊师归嵩山》。"你毛节"在原诗作中为"旄节"。毛节,即旄节,指道士用来表示法力的符节;髦,通"旄"。
⑤ 见向溪山求住处:语本韩愈《游西林寺题萧二兄郎中旧堂》。"见向溪"在原诗作中为"偶到匡"。
⑥ 好哩,你半垂檀袖学通参:语本《全唐诗》卷八〇一《联句》,"好哩"在原诗作中无,"你半"原诗作中为"暗"。
⑦ 九天:传说天有九重。
⑧ 清醮(jiào)坛场:设坛祈祷的一种道教仪式。
⑨ 南斗注生真妃:传说南斗星君管人生。真妃,女仙的称号。注生,让死后转世。

人①殿下：（拈香拜介）

【孝南歌】钻新火，点妙香，虔诚为因杜丽娘。（众拜）香霭绣幡幢，细乐风微扬。仙真呵，威光无量，把一点香魂，早度人天上。怕未尽凡心，他再作人身想。做儿郎，做女郎，愿他永成双，再休似少年亡。

（净）想起小姐生前爱花而亡，今日折得残梅，安在净瓶供养。

（拜神主介）

【前腔】瓶儿净，春冻阳，残梅半枝红蜡装。小姐呵！你香梦与谁行？精神忒孤往。（众）老师兄，你说净瓶像什么，残梅像什么？（净）这瓶儿空像，世界包藏，身似残梅样，有水无根，尚作余香想。（众）小姐，你受此供呵，教你肌骨凉，魂魄香。肯回阳，再住这梅花帐？

（内风响介）（净）奇哉！怪哉！冷窣窣一阵风打旋也。（内鸣钟介）（众）这晚斋时分，且吃了斋，收拾道场。正是：晓镜抛残无定色，晚钟敲断步虚声②。（众下）

【水红花】（魂旦作鬼声掩袖上）则下得望乡台如梦俏魂灵，夜荧荧，墓门人静。（内犬吠）（旦惊介）原来是赚花阴③小犬吠春星，冷冥冥，梨花春影。呀，转过牡丹亭、芍药阑，都荒废尽。爹娘去了三年也。（泣介）伤感煞断垣荒径，望中何处鬼灯青④？

---

① 东岳受生夫人：传说东岳大帝是泰山神，掌管人间生死，他的夫人管人死后投生。

② 步虚声：指道观所唱的赞歌。

③ 赚花阴：花影动，误以为有人来。赚，骗。

④ 鬼灯青：指鬼火，其色青碧。

（听介）兀的有人声也啰①。

【添字昭君怨】昔日千金小姐，今日水流花谢。这淹淹惜惜杜陵花②，太亏他。生性独行无那③，此夜星前一个。生生死死为情多。奈情何！奴家杜丽娘女魂是也。只为痴情慕色，一梦而亡。凑的④十地阎君奉旨裁革，无人发遣，女监三年。喜遇老判，哀怜放假。趁此月明风细，随喜一番。呀！这是书斋后园，怎做了梅花庵观？好伤感人也！

【小桃红】咱一似断肠人和梦醉初醒，谁偿咱残生命也？虽则鬼丛中姊妹不同行，窣地的把罗衣整⑤。这影随形，风沉露，云暗斗⑥，月勾星⑦，都是我魂游境也。到的这花影初更，（内作丁冬声）（旦惊介）一霎价心儿瘆⑧，原来是弄风铃台殿冬丁。

　　好一阵香也。

【下山虎】我则见香烟隐隐，灯火荧荧。呀，铺了些云霞幀⑨，不由人打个吃挣⑩。是那位神灵？原来是东岳夫人、南斗真妃。（稽首介）仙真，仙真，杜丽娘鬼魂稽首⑪。魆魆地投明证明，好替俺

---

① 也啰：感叹词，无意义，加强语气。《水红花》曲都以"也啰"两字作结束。
② 淹淹惜惜杜陵花：淹淹惜惜，形容柔弱可怜。杜陵花，指杜家的女儿杜丽娘。
③ 无那（nuó）：无奈。
④ 凑的：碰着。
⑤ 窣地的把罗衣整：意谓把窣地的罗衣整。窣地，拖地，形容衣裙很长。
⑥ 斗：星辰。
⑦ 月勾星：即辰钩月，月食。辰星一名钩星，即水星。中国古代天文家认为它在辰、戌、丑、未前出来，就有月食，见《史记·天官书第五》。
⑧ 心儿瘆（shèn）：心里惊恐。
⑨ 幀（zhèng）：即"帧"，画幅，这里指供奉的神仙像。
⑩ 吃挣：寒噤，发怔。
⑪ 稽首：古时的一种跪拜礼，叩头至地，是九拜中最恭敬的一种。

朗朗的超生注生。再看这青词①上，原来就是石道姑在此住持。一坛斋意，度俺生天。道姑，道姑，我可也生受你呵。再瞧这净瓶中，咳，便是俺那冢上残梅哩。梅花呵！似俺杜丽娘半开而谢，好伤情也！则为这断鼓零钟金字经②，叩动俺黄粱境③。俺向这地坼④里梅根进几程，透出些儿影。（泣介）姑姑们这般至诚，若不留些踪影，怎显的俺鉴知他？就将梅花散在经台之上。（撒花介）抵甚么一点香销万点情。

想起爹娘何处，春香何处也？呀，那边厢有沉吟叫唤之声，听怎来？（内叫介）俺的姐姐呵！俺的美人呵！（旦惊介）谁叫谁也？再听。（内又叫介）（旦叹介）

【醉归迟】生和死孤寒命，有情人叫不出情人应。为甚么不唱出你可人⑤名姓？似俺孤魂独趁，待谁来叫唤俺一声？不分明，无倒断⑥，再消停。（内又叫介）（旦）咳！敢边厢甚么书生，睡梦里语言胡吰⑦？

【黑麻令】不由俺无情有情，凑着叫的人，三声两声，冷惺忪红泪飘零。呀！怕不是梦人儿，梅卿柳卿？俺记着这花亭水亭，趁的这

---

① 青词：道家的祈祷词，用青藤纸书写，故名。

② 金字经：经卷。金字，以泥金写经。

③ 黄粱境：指梦境。

④ 地坼（chè）：地裂。

⑤ 可人：可爱之人，称心如意之人。

⑥ 无倒断：没完没了。倒断，了结，休止。

⑦ 胡吰（jìng）：胡言乱语。

风清月清。则这鬼宿前程,盼得上三星四星①?

呀,待即行寻趁,奈斗转参横②,不敢久停呵。

【尾声】为甚么闪摇摇春殿灯?(内叫介)殿上响动。(丑虚上③望介)(又作风起介)(旦)一弄儿绣幡飘迥,则这几点落花风是俺杜丽娘身后影。

(旦作鬼声下)(丑打照面④惊叫介)师父们快来!快来!(净、贴惊上)怎生大惊小怪?(丑)则这灯影荧煌,躲着瞧时,见一位女神仙,袖拂花幡,一闪而去。怕也!怕也!(净)怎生模样?(丑打手势介)这多高,这多大,俊脸儿,翠翘金凤⑤,红裙绿袄,环佩玎珰,敢是真仙下降?(净)咳,这便是杜小姐生时样子,敢是他有灵活现?(贴)呀,你看经台之上,乱糁⑥梅花,奇也!异也!大家再祝赞他一番。

【忆多娇】(众)风灭了香,月到廊。闪闪尸尸⑦魂影儿凉,花落在春宵情易伤。愿你早度天堂,早度天堂,免留滞他乡故乡。

(贴)敢问杜小姐为何病亡?以伺缘故而来出现?

【尾声】(净)休惊恍,免问当,收拾起乐器经堂。你听波,兀的冷窣窣佩环风还在回廊那边响。

---

① "则这鬼宿前程"二句:做了鬼,我的婚姻还能有几分盼头呢?鬼宿,二十八星宿之一,这里指鬼。前程,指婚姻。三星,星名,一说为参星,一说为心星,见《诗经·唐风·绸缪》,这是描写爱人在晚上相会的诗。四星,秤杆末梢钉有四星,引申为下场、结果。
② 斗转参横:北斗转向,参星横斜。表示天快亮了。斗、参,星宿名,从它们的运行可以看出大约是什么时间。
③ 虚上:古代戏曲表演中,演员上场后闪在一边。
④ 打照面:碰面。这里指丑与旦作面对面相遇的动作。
⑤ 翠翘金凤:翠翘,古代女子所用钗之类的首饰。金凤,金凤钗。
⑥ 糁(sǎn):细屑,这里作动词解,散落的意思。
⑦ 闪闪尸尸:忽隐忽现,突然出现了一下,又不见了。

（净）心知不敢辄形相[①]。曹　唐
（贴）欲话因缘恐断肠[②]。天竺牧童
（丑）若使春风会人意[③]。罗　邺
（合）也应知有杜兰香[④]。罗　虬

精彩解说

　　本出《魂游》写杜丽娘亡故三年后，石道姑为她做道场祈祷，杜丽娘亡魂飘然而至，重游后花园，发现故园已变为梅花观，牡丹亭、芍药阑都已荒废残破；父母和春香已经离去，而自己则是个鬼魂；香案净瓶中的梅花，正是当年园中而今坟上的那株梅树所出。石道姑知道是杜丽娘的鬼魂出现了，只是还不敢现形。小道姑并不知道杜丽娘因情而死的事，向石道姑询问，但石道姑并不愿提及伤心事。

　　按照中国古代传说，鬼魂一般只在夜间出现。在夜静时分，杜丽娘的亡魂听到有人情真意切地呼唤，惊道："谁叫谁也？"两个"谁"字，展示了杜丽娘幽微的内心世界。她对那种痴情太熟悉了，她自己就是因情而死的，她多么羡慕那种真情，多么渴盼自己的亡灵被有情人如此热切地呼唤啊。听到深情呼唤时，她既被此人的真情打动，又羡慕那被爱的女子。哪位痴心的有情人在呼唤？又是哪位幸福的有情人被呼唤？"似俺孤魂独趁，待谁来叫唤俺一声？"这花亭水亭，这风清月清，她盼望曾经的梦中情人、自己生生死死寻找的情人来呼唤。

[①] 心知不敢辄形相：指石道姑知道是杜丽娘鬼魂出现，只是不敢现形。语本曹唐《小游仙诗九十八首》之二。

[②] 欲话因缘恐断肠：指小道姑询问杜丽娘事，石道姑不愿提及伤心事。语本天竺牧童《别李源》之二。

[③] 若使春风会人意：指杜丽娘的鬼魂相信，一定会有善解人意的人。语本罗邺《叹平泉春》。

[④] 也应知有杜兰香：指杜丽娘的鬼魂向人暗示，仙、鬼都是实际存在的。语本罗虬《比红儿诗百首》之十九。杜兰香，古代神话中仙女名，曾谪于湘江洞庭之岸。

杜丽娘急切地寻找，她深信，虽然自己已成鬼魂，但仙、鬼都是实际存在的，鬼是可以还魂的，可以重返人间，跟情人重新相聚。但令她遗憾的是，天色将明，时辰已到，她不得不离开。但杜丽娘已经看到希望，"守的个梅根相见""守的那破棺星圆梦那人来"。即使她成了鬼魂，对爱情依然如此执着，大有不等到梦中那个情人出现、不重生跟那个情人成婚，就不罢休。

　　《魂游》上承《叫画》，下接《幽媾》，前后衔接，环环相扣。剧中道姑惊见丽娘魂影，为第二十九出《旁疑》埋下伏笔。从主题意蕴来说，《魂游》与《寻梦》互相对应。杜丽娘为情而生，为情而死，生可以死，死可以生。《寻梦》中，活着的杜丽娘追逐梦中的情人，以致染病而亡；《魂游》中，死后作为亡魂的杜丽娘对那份爱情依然保持着痴狂，盼望着重生与有情人相聚相守。《魂游》与《寻梦》，展示了杜丽娘生前死后对理想爱情的浪漫追求。

　　难怪汤显祖在《牡丹亭·题词》中发出"天下女子有情，宁有如杜丽娘者乎"的诘问。

第二十八出 幽媾

> 原文

【夜行船】（生上）瞥下天仙何处也？影空濛似月笼沙。有恨徘徊，无言窨约①。早是夕阳西下。

  一片红云下太清②，如花巧笑玉娉婷。凭谁画出生香面？对俺偏含不语情。小生自遇春容，日夜想念。这更阑时节，破些工夫，吟其珠玉③，玩其精神。倘然梦里相亲，也当春风一度。（展画玩介）呀，你看美人呵，神含欲语，眼注微波。真乃"落霞与孤鹜齐飞，秋水共长天一色④"。

【香遍满】晚风吹下，武陵溪边一缕霞，出落个人儿风韵杀。净无瑕，明窗新绛纱。丹青小画叉⑤，把一幅肝肠挂。

  小姐，小姐，则被你想杀俺也。

---

① 窨（yìn）约：思忖，揣度。
② 红云：指杜丽娘画像。下太清：从天而降。
③ 珠玉：喻诗文佳作，这里指杜丽娘在自画像上的题诗。
④ "落霞与孤鹜齐飞"二句：语出王勃《滕王阁序》。这里引用这两句诗，着重在后一句"秋水"与"秋波"关联起来。
⑤ 画叉：用以悬挂或取下高处立幅书画的长柄叉子。

【懒画眉】轻轻怯怯一个女娇娃，楚楚臻臻像个宰相衙①。想他春心无那对菱花，含情自把春容画，可想到有个拾翠人儿也逗着他？

【二犯梧桐树】他飞来似月华，俺拾的愁天大。常时夜夜对月而眠，这几夜啊，幽佳，婵娟隐映的光辉杀。教俺迷留没乱②的心嘈杂，无夜无明快着他。若不为擎奇怕浣的丹青亚，待抱着你影儿横榻③。

想来小生定是有缘也。再将他诗句朗诵一番。（念诗介）

【浣溪沙】拈诗话，对会家④，柳和梅有分儿些⑤。他春心迸出湖山罅，飞上烟绡萼绿华⑥。则是礼拜他便了。（拈香拜介）傒倖杀⑦，对他脸晕眉痕心上掐，有情人不在天涯。

小生客居，怎勾姐姐风月中片时相会也？

【刘泼帽】恨单条不惹的双魂化，做个画屏中倚玉兼葭⑧。小姐

---

① "轻轻怯怯一个女娇娃"二句：纤弱娇柔、端庄完美像宰相的千金小姐。轻轻怯怯，形容纤弱娇柔。楚楚臻臻，形容端庄完美。
② 迷留没乱：宋元俗语，意谓迷离烦乱，心绪紊乱。
③ "若不为擎奇怕浣的丹青亚"二句：如果不是怕把画儿弄脏压坏，我就抱着画幅躺在床上睡觉。擎（qíng）奇，擎举。浣，弄脏。亚，同"压"。
④ 拈诗话，对会家：杜丽娘写诗是为他这个知心的人。会家，精通某种技艺的人，这里指知心的人。
⑤ 有分儿些：有些缘分。
⑥ 飞上烟绡萼绿华：好像仙女飞上了如烟的薄纱，化成画像。萼绿华，中国古代神话中女仙名，相传是九嶷山得道女子罗郁。见《太平广记》卷五十七引《真诰·萼绿华》。
⑦ 傒（xī）倖（xìng）杀：烦恼极了。杀，煞，很。
⑧ "恨单条不惹的双魂化"二句：恨不得自己也化成画中人物，和画中的玉人在一起。单条，狭长的独幅字画。倚玉兼葭，即"蒹葭倚玉树"，比喻美丑不能相比。蒹葭，芦苇。蒹葭相比玉是贱物，这里是柳梦梅自喻。

呵，你耳朵儿云鬟月侵芽①，可知他一些些，都听的俺伤情话？

【秋夜月】堪笑咱，说的来如戏耍。他海天秋月云端挂，烟空翠影遥山抹。只许他伴人清暇，怎教人佻达②。

【东瓯令】俺如念咒，似说法，石也要点头③，天雨花④。怎虔诚不降的仙娥下？是不肯轻行踏。（内作风起）（按住画介）待留仙怕杀风儿刮，黏嵌着锦边牙⑤。

怕刮损他，再寻个高手临他一幅儿。

【金莲子】闲啧牙⑥，怎能勾他威光水月生临榻⑦？怕有处相逢他自家，则问他许多情，与春风画意再无差。

再把灯剔起细看他一会。（照介）。

【隔尾】敢人世上似这天真多则假⑧？（内作风吹灯介）（生）好一阵冷风袭人也，险些儿误丹青风影落灯花。罢了，则索睡掩纱窗去梦他。（生睡介）

（魂旦上）泉下长眠梦不成，一生余得许多情。魂随月下丹青引，人在风前叹息声。妾身杜丽娘鬼魂是也。为花园一梦，想念而终。当时自画春容，埋于太湖石下。题有"他年得傍蟾宫客，不在梅边在柳边"。谁

---

① 耳朵儿云鬟月侵芽：以云遮月喻发掩耳。芽，指月牙，新月。侵，遮掩。
② 佻（tiāo）达：挑逗，戏谑。
③ 石也要点头：《事类统编》卷六十三载，东晋梁高僧竺道生在苏州虎丘讲法，立石为徒，讲《涅槃经》，群石皆点头。
④ 天雨花：《舆地纪胜》载，梁武帝时高僧云光法师在南京雨花台讲经，感天而降下花雨。雨，此处为动词，下雨。
⑤ 锦边牙：嵌在裱好的画幅上端的丝带，供张挂画幅用。
⑥ 闲啧牙：说空话，多嘴。
⑦ 威光：佛的光芒。水月：水月观音，观音画像的一种，这里指画中美人。生临榻：活地来到床上。
⑧ 似这天真多则假：天真，天仙。多则假，多半是假的。

想魂游观中几晚,听见东房之内,一个书生高声低叫:"俺的姐姐,俺的美人。"那声音哀楚,动俺心魂。悄然蓦①入他房中,则见高挂起一轴小画,细玩之,便是奴家遗下春容。后面和诗一首,观其名字,则岭南柳梦梅也。梅边柳边,岂非前定乎!因而告过了冥府判君,趁此良宵,完其前梦。想起来好苦也!

【朝天懒】怕的是粉冷香销泣绛纱,又到的高唐馆②,玩月华。猛回头羞飒髻儿髽③,自擎拿。呀!前面是他房头了。怕桃源路径行来诧,再得俄旋试认他。

（生睡中念诗介）他年若傍蟾宫客,不在梅边在柳边。我的姐姐呵。
（旦听打悲介）

【前腔】是他叫唤的伤情咱泪雨麻,把我残诗句,没争差。难道还未睡呵?（瞧介）（生又叫介）（旦）他原来睡屏中作念猛嗟呀④。省喧哗,我待敲弹翠竹窗栊下,（生作惊醒,叫姐姐介）（旦悲介）待展香魂去近他。

（生）呀,户外敲竹之声,是风?是人?（旦）有人。（生）这咱时节有人,敢是老姑姑送茶来?免劳了。（旦）不是。（生）敢是游方的小姑姑么?（旦）不是。（生）好怪,好怪,又不是小姑姑,再有谁?待我启门而看。（开门看介）

【玩仙灯】呀!何处一娇娃,艳非常使人惊诧。

（旦作笑闪入）（生急掩门）（旦敛衽⑤整容见介）秀才万福。

---

① 蓦:穿越,迈过。
② 高唐馆:巫山神女与楚王梦中欢会之处,这里指梅花观。
③ 羞飒髻儿髽:羞飒,突然袭来羞赧之感。髽,指发髻歪斜散乱。
④ 睡屏中作念猛嗟（jiē）呀:睡梦中不断地思念着嗟叹着。睡屏中,犹言床上,引申作睡梦中。作念,想念,思念。嗟呀,叹息,嗟叹。
⑤ 敛衽（liǎn rèn）:整理衣襟,表示恭敬,元代后指女子拜礼。

（生）小娘子到来，敢问尊前何处？因何夤夜①至此？（旦）秀才，你猜来。

【红衲袄】（生）莫不是莽张骞犯了你星汉槎②，莫不是小梁清夜走天曹罚③？（旦）这都是天上仙人，怎得到此？（生）是人家彩凤暗随鸦④？（旦摇头介）（生）敢甚处里绿杨曾系马⑤？（旦）不曾一面。（生）若不是认陶潜眼挫的花⑥，敢则是走临邛道数儿差⑦？（旦）非差。（生）想是求灯的？可是你夜行无烛⑧也，因此上待要红袖分灯向碧纱？

【前腔】（旦）俺不为度仙香空散花，也不为读书灯闲濡蜡。俺不

---

① 夤（yín）夜：深夜。

② 莽张骞犯了你星汉槎：据《荆楚岁时记》载，传说汉代张骞奉命寻找河源，他乘水上浮木（槎）经月亮到银河边，看见了牵牛、织女，带回天马。你，以织女比杜丽娘。槎，木筏。

③ 小梁清夜走天曹罚：柳梦梅怀疑杜丽娘是仙女降临。梁清，古代神话中女仙名，或即织女侍儿梁玉清。相传她和太白星逃往下界卫城少仙洞，相爱生子，被天帝惩罚。

④ 是人家彩凤暗随鸦：本指女子嫁给才貌不如自己的人，这里指柳梦梅问杜丽娘是不是不甘嫁给一个平庸人的怨妇。宋代祝穆《事文类聚·后集》卷十六《武人置妾》载，有武人杜大中，他的爱妾才色俱美，抱怨嫁不到好丈夫，她作了《临江仙》词，说自己是彩凤随鸦。

⑤ 绿杨曾系马：曾下马去看过她。这里指柳梦梅暗示杜丽娘是否是烟花女子。语出宋代姜夔《月下笛》的"曾游处，但系马垂杨，认郎鹦鹉"词句。

⑥ 认陶潜眼挫的花：意谓找情郎看错了人。陶潜，晋代大诗人，《桃花源记》的作者。桃花源和刘晨、阮肇的故事附会在一起以后，陶潜有时也和刘、阮一样，在古代诗文中，被用作情郎的代称。眼挫的花，眼花错看。

⑦ 走临邛道数儿差：意谓私奔走错了路。《史记·司马相如列传》载，四川临邛卓王孙女儿卓文君，寡居在家。一天，司马相如奏琴挑逗，两人产生爱恋，她和相如从临邛私奔到成都。走临邛，指私奔；道数儿差，走错了路。

⑧ 夜行无烛：语出《礼记·内则》的"女子出门……夜行以烛，无烛则止"句。

似赵飞卿旧有瑕,也不似卓文君新守寡①。秀才呵,你也曾随蝶梦②迷花下。(生想介)是当初曾梦来。(旦)俺因此上弄莺簧赴柳衙③。若问俺妆台何处也,不远哩,刚则在宋玉东邻④第几家。

  (生作想介)是了。曾后花园转西,夕阳时节,见小娘子走动哩。

  (旦)便是了。(生)家下有谁?

【宜春令】(旦)斜阳外,芳草涯,再无人有伶仃的爹妈。奴年二八,没包弹⑤风藏叶里花。为春归惹动嗟呀,瞥见你风神俊雅。无他,待和你剪烛临风,西窗闲话。

  (生背介)奇哉!奇哉!人间有此艳色!夜半无故而遇明月之珠,怎生发付?

【前腔】他惊人艳,绝世佳,闪一笑风流银蜡。月明如乍,问今夕何年星汉槎?金钗客寒夜来家,玉天仙人间下榻。(背介)知他,知他是甚宅眷的孩儿,这迎门调法⑥?

  待小生再问他。(回介)小娘子黉夜下顾小生,敢是梦也?(旦笑介)不是梦,当真哩。还怕秀才未肯容纳。(生)则怕未真。果然美人见

---

① "俺不为度仙香空散花"四句:杜丽娘说自己不是仙女,不是侍妾,不是风流不检点的女子,不是与人私奔的寡妇。度仙香空散花,《维摩诘经》说,文殊菩萨到维摩诘居士那里问病,天女以天花散到菩萨身上,花从菩萨身上落下,散在大弟子身上的却没有落下。天女说,这是大弟子尘缘未尽。赵飞卿旧有瑕,《赵飞燕外传》载,汉成帝皇后赵飞燕,相传她贫贱时曾和射鸟者私通。
② 蝶梦:梦。语出《庄子·齐物论》的"昔者庄周梦为胡蝶,栩栩然胡蝶也"之句。
③ 簧:乐器名,一般常用簧声来形容莺鸣,这里指春日。柳衙:语出清代周亮工《书影》卷十引《中朝故事》的"曲江池畔多柳,亦号柳衙"之句,这里指柳梦梅住房。
④ 宋玉东邻:比喻多情的女子。宋玉《登徒子好色赋》载,宋玉东邻有女子,登墙窥视宋玉三年,宋玉不与之交。
⑤ 没包弹:无可指摘,没得批评。
⑥ 调法:花招,花样。

爱，小生喜出望外。何敢却乎？（旦）这等，真个盼着你了！

【耍鲍老】幽谷寒涯，你为俺催花连夜发①。俺全然未嫁，你个中知察，拘惜②的好人家。牡丹亭，娇恰恰；湖山畔，羞答答；读书窗，淅喇喇③。良夜省陪茶，清风明月知无价④。

【滴滴金】（生）俺惊魂化，睡醒时凉月些些。陡地荣华，敢则是梦中巫峡⑤？亏杀你走花阴不害些儿怕，点苍苔不溜些儿滑，背萱亲不受些儿吓，认书生不着些儿差。你看斗儿斜，花儿亚，如此夜深花睡罢。笑咖咖，吟哈哈，风月无加。把他艳软香娇做意儿耍，下的⑥亏他，便亏他则半霎。

（旦）妾有一言相恳，望郎怨责。（生笑介）贤卿有话，但说无妨。

（旦）妾千金之躯，一旦付与郎矣，勿负奴心。每夜得共枕席，平生之愿足矣。（生笑介）贤卿有心恋于小生，小生岂敢忘于贤卿乎？（旦）还有一言：未至鸡鸣，放奴回去。秀才休送，以避晓风。（生）这都领命。只问姐姐贵姓芳名？

【意不尽】（旦叹介）少不得花有根元玉有芽⑦，待说时惹的风声大。（生）以后准望贤卿逐夜而来。（旦）秀才，且和俺点勘春风这第一花。

---

① 催花连夜发：化用武则天《腊日宣诏幸上苑》的"花须连夜发，莫待晓风吹"诗句。
② 拘惜：拘束，管束，又作"拘系"。
③ 淅喇喇：形容风吹窗纸声。
④ 清风明月知无价：语出李白《襄阳歌》的"清风朗月不用一钱买"之句。这里用意不同。无价，极言珍贵。
⑤ 巫峡：巫山，这里意谓男女欢会。
⑥ 下的：忍得。
⑦ 花有根元玉有芽：有根芽，有来历、出处的意思。

（生）浩态狂香昔未逢①。韩　愈
（旦）月斜楼上五更钟②。李商隐
（旦）朝云夜入无行处③。李　白
（生）神女知来第几峰④？张子容

> **精彩解说**

　　本出《幽媾》写柳梦梅自拾到杜丽娘的春容画像后，为画中女子的美丽搞得意乱神迷，以为是仙女下凡，渴盼与之欢会。他恨不得自己也化成画中人物，和画中的玉人在一起。他在睡梦中不断地思念着、嗟叹着，甚至想到，如果不是怕把画儿弄脏压坏，就抱着画幅躺在床上睡觉。他整日如痴似醉捧着画叫"姐姐""美人"，终于他满腔痴情感动了杜丽娘的游魂。她几次探看柳梦梅住处，看到了那幅自描的写真，得知了柳梦梅姓名正与自己在画幅中所题诗"不在柳边在梅边"完全吻合，十分兴奋地确证了柳梦梅就是自己的梦中情人。杜丽娘的游魂不顾女子的矜持羞怯，决定主动"荐枕席"，与柳梦梅东厢幽会，"共永夜"，展平生之愿。

　　前面《惊梦》一出中，杜丽娘与柳梦梅相会，只是杜丽娘在梦中梦到两人欢会交合；本出《幽媾》，杜丽娘与柳梦梅再次相会，柳梦梅是在现实中，而杜丽娘的身份，是死后的游魂，可以说《幽媾》是杜丽娘游魂与柳梦梅之冥会。《惊梦》里杜丽娘作为怀春年龄的少女自然涌发了春梦，那是梦中半推半就的性梦，当时她并不知晓那个欢会的男子是何人。《幽媾》中，已变成鬼魂的杜丽娘因缘际会，再次遇见了那个书生，认定他就是自己因之患相思病而死、死后还日思夜想的意中人，她不再像在现实社会之中，受着

---

① 浩态狂香昔未逢：指柳梦梅与杜丽娘幽会的意外惊喜。语本韩愈《芍药》。
② 月斜楼上五更钟：指杜丽娘的鬼魂深夜而来，鸡鸣而去，飘忽无踪。语本李商隐《无题四首》之一。
③ 朝云夜入无行处：指杜丽娘犹如巫山神女自荐枕席。语本李白《巫山枕障》。
④ 神女知来第几峰：指柳梦梅不知道杜丽娘的来历，怀疑是神女降临。语本张子容《巫山》。

礼教的束缚，而是主动追求，大胆表白："趁此良宵，完其前梦""瞥见你风神俊雅。无他，待和你剪烛临风，西窗闲话"。当梦中情人真的出现在眼前，杜丽娘甚至忘却了两人现在是阴阳相隔，她希望将花园中的梦境转为现实，与柳梦梅情定终生。

　　作为一个鬼魂，杜丽娘的鬼魂可以深夜而来，鸡鸣而去，飘忽无踪，所以当她可以现身时，她摆脱人世间一切束缚身心的世俗观念和道德规范，越过男女"授受不亲"的底线，自由地追逐自己的爱情。她的表白不可谓不大胆，甚至某种程度上惊世骇俗："这等，真个盼着你了！""每夜得共枕席，平生之愿足矣。"这番话，正是杜丽娘在现实中积藏已久的炽热真情的吐露。在《惊梦》中，杜丽娘与梦中情人被惊醒，两人因此分离；在《幽媾》中两人的深情蜜意得以延续，在互诉相思之情后，两人再次甜蜜地结合，享受无尽的情爱。

第二十九出 旁 疑

原文

【步步娇】（净扮老道姑上）女冠儿①生来出家相。无对向，没生长②。守着三清像③，换水添香，钟鸣鼓响。赤紧的是那走方娘④，弄虚花扯闲帐。

> 世事难拚一个信，人情常带三分疑。杜老爷为小姐创下这座梅花观，着俺看守。三年水清石见⑤，无半点瑕疵。止因陈教授老狗，引下个岭南柳秀才，东房养病。前几日到后花园回来，悠悠漾漾的，着鬼着魅一般，俺已疑惑了。凑着个韶阳小道姑，年方念八，颇有风情，到此云游，几日不去。夜来柳秀才房里，唧唧哝哝，听的似女儿声息。敢是小道姑瞒着我去瞧那秀才，秀才逆来顺受了？俺且待他来，打觑⑥他一番。

---

① 女冠儿：指女道士。
② 无对向，没生长：没有配偶，没有生育。
③ 三清像：道观所供奉的玉清元始天尊、上清灵宝天尊、太清道德天尊（即太上老君）三位尊神。
④ 赤紧的是那走方娘：真的是那个小道姑。赤紧的，真的，这里是猜测的口气。走方娘，指游方的小道姑。
⑤ 水清石见：比喻事情清清白白。古乐府《艳歌行》有"水清石自见"之句。
⑥ 打觑：探看。

【前腔】（贴扮小道姑上）俺女冠儿俏的仙真样，论举止都停当①。则一点情抛漾②，步斗③风前，吹笙④月上。（叹介）古来仙女定成双，恁生来寒乞相？

（见介）（贴）常无欲以观其妙，（净）常有欲以观其窍⑤。小姑姑，你昨夜游方，游到柳秀才房儿里去，是窍，是妙？（贴）老姑姑，这话怎的起？谁曾见来？（净）俺看见来。

【剔银灯】你出家人芙蓉淡妆，剪一片湘云鹤氅⑥。玉冠儿斜插笑生香，出落的十分情况。斟量，敢则向书生夜窗，迤逗的幽辉半床⑦？

（贴）向那个书生？老姑姑，这话敢不中哩！

【前腔】俺虽然年青试妆，洗凡心冰壶⑧月朗。你怎生剥落⑨的人轻相？比似你⑩半老的佳人停当！（净）倒栽⑪起俺来。（贴）你端

---

① 停当：妥当，稳当。

② 抛漾：原作抛出去解。这里意谓抛在外面，在外面飘扬（漾）。

③ 步斗：步斗踏罡，道士礼拜星宿、召遣神灵的一种动作。其步行转折，好像踏在罡星斗宿之上。

④ 吹笙：《浙江通志》载，西王母侍女董双成，本在杭州西湖妙庭观炼丹，后来丹成得道，吹着玉笙骑鹤飞上天成仙了。

⑤ "常无欲以观其妙"二句：化用老子《道德经》的"常无欲以观其妙，常有欲以观其徼"之句。此处将"徼"改为"窍"，是有意改动，用以调笑、调谑。

⑥ 湘云：形容衣服淡雅。鹤氅（chǎng）：羽衣，道家装束，这里指道袍。

⑦ 幽辉半床：语出元稹《会真记》，本用来形容崔莺莺到张生那里幽会时的月景，这里暗示小道姑到柳梦梅那边去幽会。

⑧ 冰壶：比喻心地清净纯洁。语出王昌龄《芙蓉楼送辛渐》的"一片冰心在玉壶"之句。

⑨ 剥落：毁坏，这里作诋毁解。

⑩ 比似你：比起你，和你相比。

⑪ 栽：诬陷。

详,这女贞观①傍,可放着个书生话长?

(净)哎也!难道俺与书生有账?这梅花观,你是云游道婆,他是云游秀才,你住的,偏他住不的?则是往常秀才夜静高眠,则你到观中,那秀才夜半开门,唧唧哝哝的。不共你说话,共谁来?扯你道箓司②告去!(扯介)(贴)便去!你将前官香火院,停宿外方游棍③,难道偏放过你?(扯介)

【一封书】(末上)闲步白云除④,问柳先生何处居?扣⑤梅花院主。(见扯介)呀,怎两个姑姑争施主⑥?玄牝同门道可道⑦,怎不韫椟而藏姑待姑⑧?俺知道你是大姑,他是小姑,嫁的个彭郎港口无⑨?

(净)先生不知。听的柳秀才半夜开门,不住的唧哝。俺好意儿问这小姑:"敢是你共柳秀才讲话哩?"这小姑则答应着"谁共秀才讲话来"

---

① 女贞观:女道士的道观。明代高濂的传奇《玉簪记》中宋代潘必正与道姑陈妙常在女贞观幽会。
② 道箓司:管理道教的官署。
③ 游棍:无赖,流氓。
④ 除:阶除,台阶。
⑤ 扣:叩问,探问。
⑥ 施主:佛道家语,对行布施的人的尊称。这里指柳梦梅。
⑦ 玄牝(pìn)同门道可道:"玄牝之门""道可道"都是道家经典《道德经》中的句子。这里作调谑用,与原来意义无关。玄牝,《道德经》中表示万物的起源,比喻道。
⑧《论语·子罕》:"子贡曰:'有美玉于斯,韫椟而藏诸?求善贾而沽诸?'子曰:'沽之哉,沽之哉!我待贾者也。'"这里汤显祖引用原文而有意改动,借以调谑。姑、沽谐音,也是有意调谑两个道姑。韫椟(yùn dú),藏在匣子里。
⑨ 你是大姑,他是小姑,嫁的个彭郎港口无:意义双关的话,调侃石道姑和小道姑。江西彭泽县有大姑山、小姑山,旁有彭郎矶。后人附会,用彭郎称小姑的丈夫。

便罢,倒嘴骨弄的①,说俺养着个秀才。陈先生,凭你说,谁引这秀才来?扯他道箓司明白去②。俺是石的。(贴)难道俺是水的③?(末)嗫声④!坏了柳秀才体面。俺劝你:

【前腔】教你姑徐徐,撒月招风实也虚。早则是者也之乎,那柳下先生君子儒⑤,到道箓司牒⑥你去俗还俗,敢儒流们笑你姑不姑⑦。(贴)正是不雅相。(末)好把冠子儿扶,水云梳,裂了这仙衣四五铢⑧。

(净)便依说,开手罢。陈先生吃个斋去。(末)待柳秀才在时又来。

【尾声】清绝处,再踟蹰。(泪介)咳!糁东风穷泪扑疏疏⑨。道姑,杜小姐坟儿可上去?(净)雨哩。(末叹介)则恨的锁春寒这几点杜鹃花下雨。(下)

(净、贴吊场)(净)陈老儿去了。小姑姑好嗻⑩。(贴)和你再打听,谁和秀才说话来。

---

① 嘴骨弄的:多言多语地,宋元俚语。
② 明白去:评理去。
③ 水的:轻浮,不端正。
④ 嗫声:即禁声,轻声、住声的意思。
⑤ 柳下先生君子儒:柳下先生,原指春秋鲁国的儒者展禽,居柳下,死后私谥为惠。这里借"柳"字,指柳梦梅。君子儒,语出《论语·雍也》,这里指规规矩矩的读书人。
⑥ 牒:公文的一种。这里作动词用,告状。
⑦《论语·雍也》有"觚不觚"之句,这里借"姑"与"觚"谐音,调侃道姑不像道姑。
⑧ 仙衣四五铢:仅重四五铢的仙衣,这里形容极轻薄的道袍。铢,古代重量名,一两的二十四分之一。
⑨ 扑疏疏:扑簌簌。
⑩ 嗻:者,语尾助词。

（净）烟水何曾息世机①！温庭筠

（贴）高情雅淡世间稀②。刘禹锡

（净）陇山鹦鹉能言语③。岑　参

（贴）乱向金笼说是非④。僧子兰

精彩解说

本出《旁疑》写借住梅花观的柳梦梅自从游过后花园后，神情举止总是"悠悠漾漾"，恍恍惚惚的，而且梅花观的住持石道姑夜来又听见他房里"唧唧哝哝"，似有女子的声音，便怀疑借住观里的云游小道姑虽出家，但世俗情爱之心未灭，偷偷跟柳生有染，便找小道姑质询。小道姑埋怨石道姑冤枉自己，表白自己情怀高雅，与柳梦梅无染。小道姑还反驳石道姑，认为石道姑跟柳梦梅之间有私情。二人因此就争执起来，恰遇陈最良到访柳梦梅，遂来劝阻两位道姑。

石道姑是杜丽娘因患相思病病危后出现的，是杜父延请来救治爱女的，杜宝请塾师陈最良为爱女诊治，请石道姑用法术为爱女禳解。杜丽娘死后，杜宝在爱女墓旁建起梅花观，来安置爱女的神位，请石道姑与陈最良一起看守。陈最良只顾收取祭租，很少来观里走动。杜丽娘去世三年来，石道姑则一直看守着梅花观，一人换水添香，将观里打点得"水清石见，无半点瑕疵"，十分尽心尽责。她谨遵老夫人之命，年年寒食供奉杜丽娘。她知道杜丽娘生前喜欢梅花，折得残梅供在杜丽娘神位前的净瓶中。她十分了解杜丽

---

① 烟水何曾息世机：指石道姑怀疑小道姑虽出家，但世俗情爱之心未灭。语本温庭筠《渭上题三首》之三。烟水，散淡的人，这里指小道姑。

② 高情雅淡世间稀：小道姑表白自己情怀高雅，与柳梦梅无染。语本刘禹锡《赠东岳张炼师》。

③ 陇山鹦鹉能言语：指石道姑反被小道姑怀疑跟柳梦梅有私情。语本岑参《赴北庭度陇思家》。

④ 乱向金笼说是非：指小道姑埋怨石道姑冤枉自己跟柳梦梅有染。语本僧子兰《鹦鹉》。

娘游园伤春伤情而来的孤独落寞之感："小姐呵！你香梦与谁行？精神忒孤往。"逢杜丽娘忌日，她还依照道教的仪轨，举办道场为杜丽娘祈福："做儿郎，做女郎，愿他永成双，再休似少年亡。"她对杜丽娘因情而亡十分痛惜，并从女性的心理角度十分理解杜丽娘的心病。因此，她特别祈愿所有年轻的女子和男子都能成双成对，不再重演杜丽娘这样爱而不得、在青春美丽时夭折的悲剧。

  本出也是过场戏，看似节外生枝，但却是后续剧情发展的重要铺垫。如果说春香是杜丽娘生前的知己，那么在某种程度上可以说，石道姑是柳梦梅的知己。因为，正是石道姑知道了柳梦梅的心事后，帮助柳梦梅掘坟、开棺，让柳梦梅实现跟梦中情人人鬼相合的愿望。反观同为寒酸书生的陈最良，他却认定柳梦梅是掘墓贼而去告发。

第三十出 欢 挠

> 原文

【捣练子】(生上)听漏下,半更多,月影向中那,恁时节夜香烧罢么?

一点猩红一点金,十个春纤①十个针。只因世上美人面,改尽人间君子心。俺柳梦梅是个读书君子,一味志诚。止因北上南安,凑着东邻西子。嫣然一笑,遂成暮雨之来;未是五更,便逐晓风而去。今宵有约,未知迟早。正是:金莲②若肯移三寸,银烛先教刻五分③。则一件,姐姐若到,要精神对付他。偷盹一会,有何不可。(睡介)

【称人心】(魂旦上)冥途挣挫④,要死却心儿无那。也则为俺那人儿忒可,教他闷房头守着闲灯火。(入门介)呀,他端然睡瞌,恁春寒也不把绣衾来摸,多应他祗候⑤着我。

待叫醒他。秀才,秀才!(生醒介)姐姐,失敬也。(起揖介)

---

① 春纤:形容女子纤细的手指。
② 金莲:指古代女子的小足。三寸金莲,形容女人的脚小。
③ 银烛先教刻五分:早早点起蜡烛等候。《南史·王僧孺传》载,南朝梁竟陵王萧子良与友人夜集为诗,刻烛为记,做四韵的刻一寸,意指诗才敏捷。
④ 挣挫:挣扎,这里指杜丽娘在阴间受苦。
⑤ 祗候:等候,动词。

【雨中归】待整衣罗，远远相迎个。这二更天风露多，还则怕夜深花睡么①？（旦）秀才，俺那里长夜好难过，缱着你无眠清坐。

（生）姐姐，你来的脚踪儿恁轻，是怎的？

【集唐】

②（旦）自然无迹又无尘。朱庆馀

（生）白日寻思夜梦频。令狐楚

（旦）行到窗前知未寝。无名氏

（生）一心惟待月夫人。皮日休

姐姐，今夜来的迟些。

【绣带儿】（旦）镇消停不是俺闲情忒慢俄，那些儿忘却俺欢哥③。夜香残回避了尊亲，绣床偎收拾起生活④。停脱⑤，顺风儿斜将金佩拖，紧摘离⑥百忙的淡妆明抹。

（生）费你高情。则良夜无酒奈何？（旦）都忘。俺携酒一壶，花果二色，在槅栏之上，取来消遣。（旦出取酒果花上）（生）生受了。是甚果？（旦）青梅数粒。（生）这花？（旦）美人蕉。（生）梅子酸似俺秀才，蕉花红似俺姐姐。串饮一杯。（共杯饮介）

---

① 还则怕夜深花睡么：化用苏轼《海棠》诗的"只恐夜深花睡去，故烧高烛照红妆"之句。
② "自然无迹又无尘"四句：分别出自朱庆馀《逢山人》，令狐楚《坐中闻思帝乡有感》，《全唐诗》中收录的佚名作者《杂诗》之十二，《寒夜文宴润卿有期不至》。个别文字有改动。
③ 欢哥：女子对情郎的昵称，犹言情哥。
④ 生活：针线活计。
⑤ 停脱：停妥，停当，完毕。
⑥ 紧摘离：赶紧起身。摘离，脱离，脱身。

【白练序】（旦）金荷①，斟香糯②。（生）你酝酿春心玉液波，拚③微酡④，东风外翠香红酦⑤。（旦）也摘不下奇花果，这一点蕉花和梅豆呵，君知么，爱的人全风韵，花有根科⑥。

【醉太平】（生）细哦，这子儿花朵，似美人憔悴，酸子情多。喜蕉心暗展，一夜梅犀点污⑦。如何？酒潮微晕笑生涡。待噷着脸恣情的呜嘬⑧。些儿个，翠偃了情波⑨。润红蕉点，香生梅唾。

【白练序】（旦）活泼，死腾那，这是第一所人间风月窝。昨宵个微芒暗影轻罗。把势儿⑩忒显豁，为甚么人到幽期话转多？（生）好睡也。（旦）好月也。消停坐，不妒色嫦娥，和俺人三个。

【醉太平】（生）无多，花影阿那⑪。劝奴奴睡也，睡也奴哥⑫。春宵美满，一霎暮钟敲破。娇娥，似前宵雨云羞怯颤声讹⑬，敢今夜翠颦轻可？睡则那，把腻乳微搓，酥胸汗帖，细腰春锁。

---

① 金荷：中国古代荷叶形的酒杯。
② 斟香糯：斟满糯米香酒。糯，这里指糯米做的米酒。
③ 拚（pàn）：舍弃，豁出去。
④ 微酡（tuó）：稍醉。酡，饮酒脸红的样子。
⑤ 红酦（pō）：这里以花的红艳比喻脸红酒醉。酦，以酒做原料再加蒸制的烈性酒。
⑥ 根科：根株，作根芽解。上文"人"谐（果）仁，与下文"花"并列。
⑦ 梅犀点污：隐喻男女欢会。梅犀，梅花的瓣子。
⑧ 待噷（xīn）着脸恣情的呜嘬：狂吻。噷，亲吻。
⑨ 翠偃了情波：意思是闭上了含情的眼睛。
⑩ 把势儿：姿态，意谓欢会。
⑪ 阿那：即婀娜。
⑫ 睡也奴哥：语出黄庭坚《千秋岁》的"奴奴睡，奴奴睡也奴奴睡"的词句。奴哥，古代男子对女子的昵称。
⑬ 讹：通"呵"，形容说话声音含混不清。

（净、贴悄上）（贴）道可道，可知道。名可名，可闻名①。（生、旦笑介）（贴）老姑姑，你听，秀才房里有人，这不是俺小姑姑了。（净作听介）是女人声，快敲门去。（敲门介）（生）是谁？（净）老道姑送茶。（生）夜深了。（净）相公房里有客哩。（生）没有。（净）女客哩。（生、旦慌介）怎好？（净急敲门介）相公，快开门。地方巡警，免的声扬哩。（生慌介）怎了！怎了！（旦笑介）不妨，俺是邻家女子，道姑不肯干休时，便与他一个勾引的罪名儿。

【隔尾】（旦）便开呵，须撒和②，隔纱窗怎守的到参儿趖③！柳郎，则管松了门儿。俺影着这一幅美人图那边躲。

（生开门）（旦作躲）（生将身遮旦）（净、贴闯进笑介）喜也！（生）什么喜？（净前看）（生身拦介）

【衮遍】（净、贴）这更天一点锣④，仙院重门阔。何处娇娥？怕惹的干柴火。（生）你便打唆⑤，有甚着科⑥？是床儿里窝⑦？箱儿里那？袖儿里阁？

（净、贴向前）（生拦不住）（内作风起）（旦闪下介）（生）昏了灯也。（净）分明一个影儿，只这轴美女图在此，古画成精了么？

---

① "道可道"四句：中国古代戏曲中习用的道姑的上场诗。化用《道德经》的"道可道，非常道。名可名，非常名"之句。
② 便开呵，须撒和：就是要人开门，也要好好说话。撒和，骡马饥饿困倦时主人要解下鞍子，给它喂点草料，让它溜达、休息一会儿，这里引申为对人说好话。
③ 参儿趖（suō）：参星横斜，指夜深。参，星宿名。趖，低斜。
④ 这更天一点锣：晚上起更时分。中国古代计时，每晚上分为五更，每一更次分为五点。锣，报时的更锣。
⑤ 打唆（suō）：巡视。
⑥ 着科：抓着把柄，看出破绽。
⑦ 窝：窝藏。后两句中的"那""阁"都当动词用，分别意为挪、搁。"窝""那""阁"在这里都有藏放的意思。

【前腔】画屏人踏歌①,曾许你书生和。不是妖魔,甚影儿望风躲?相公,这是什么画?(生)妙娑婆,秀才家随行的香火。俺寂静里暗祈求,你莽�吆喝。

(净)是了。不说不知,俺前晚听见相公房内啾啾唧唧,疑惑是这小姑姑。俺如今明白了。相公,权留小姑姑伴话。(生)请了。

【尾声】动不动道箓司官了私和②。(生)则欺负俺不分外的③书生欺别个!姑姑,这多半觉美觍觍则被你奚落煞了我。(净、贴下)

(生笑介)一天好事,两个瓦剌姑④。扫兴!扫兴!那美人呵,好吃惊也!

<PRE>
        应陪秉烛夜深游⑤。 曹 松
        恼乱春风卒未休⑥。 罗 隐
        大姑山远小姑出⑦。 顾 况
        更凭飞梦到瀛洲⑧。 胡 宿
</PRE>

---

① 《酉阳杂俎·诺皋记》载唐人传奇故事:有一士人醉卧厅中,醒来后,看见古画屏上的妇人,都来到他的床前歌舞,他一声惊叫,妇人就回到画屏上去了。
② 官了私和:是去告状,让官府来了结这件公事呢,还是私下和解?这是小道姑责怪老道姑过去不该动辄对她说这种威胁、讹诈的话。
③ 不分外的:守本分的。全句意思是,只欺负我这个守本分的人。
④ 瓦剌姑:即歪辣骨,宋元俚语,骂女人不正派。
⑤ 应陪秉烛夜深游:指柳梦梅本想月夜尽兴与杜丽娘欢会。语本曹松《陪湖南李中丞宴隐溪》。
⑥ 恼乱春风卒未休:指柳梦梅懊恼跟杜丽娘的欢会被打断。语本罗隐《柳》。"恼"在原诗中作"绕"。
⑦ 大姑山远小姑出:指石道姑和小道姑一起来东厢侦探。语本顾况《小孤山》。原诗句为"大孤山远小孤出"。
⑧ 更凭飞梦到瀛洲:指柳梦梅嫌两个道姑打搅了自己的好事。语本胡宿《津亭》。

精彩解说

本出《欢挠》写柳梦梅与杜丽娘的游魂正在幽会,石道姑与小道姑前来侦探,杜丽娘隐身画后,又飘然闪身出门,因此侥幸未被道姑们识破。杜丽娘生前梦想而不得的事,在死后三年,以游魂的身份实现了。她"携酒一壶""蕉花梅豆",与柳梦梅月下流连,赏花饮酒,不觉"酒潮微晕笑生涡"。此时,杜丽娘的鬼魂已经和柳梦梅数度幽期,沉溺在东厢"第一所人间风月窝",尽情欢会。杜丽娘从三年前的怀春少女变为笑靥生花、顾盼生媚的少妇。当柳生说该"好睡也"时,她还意犹未尽:"为甚么人到幽期话转多?……好月也。消停坐,不妒色嫦娥,和俺人三个。"

柳梦梅本想月夜与杜丽娘尽兴欢会,不料石道姑和小道姑一起来东厢侦探,他们的欢会被阻挠,让柳梦梅非常懊恼,嫌两个道姑打搅了他的好事。《魂游》《幽媾》与《欢挠》三出戏,表现了杜丽娘对理想爱情的热烈追求,她摆脱掉人世的束缚,不再像生前那样遵守着封建礼教和所谓的妇德,而是亲自到意中人的房间里"剪烛临风,西窗闲话""良夜省陪茶,清风明月知无价"。杜丽娘成为鬼才从禁锢中解脱出来,获得恋爱的自由,解放了自己的天性。她虽为鬼,却获得为人时不可得的自由,可以毫不掩饰地宣泄内心真实的情感,以及对男女欲望的渴求,这正是对当时束缚人的个性发展的封建礼教的极大嘲讽。

石道姑和小道姑对柳梦梅和杜丽娘"幽媾"的打搅,使情节更加跌宕起伏,增强了戏剧性,引人入胜。这让杜丽娘认识到,毕竟游魂无法自主,唯有复生还魂,才能真正掌握命运,真正实现跟梦中情人永远在一起。这为后续剧情拓展了想象空间。

第三十一出 缮 备

原文

【番卜算】（贴扮文官，净扮武官上）边海一边江，隔不断胡尘涨。维扬①新筑两城墙，酾酒临江上②。

请了。俺们扬州府文武官僚是也。安抚杜老大人，为因李全骚扰地方，加筑外罗城③一座。今日落成开宴，杜老大人早到也。（众拥外上）

【前腔】三千客两行④，百二关重壮⑤。（文武迎介）（外）维扬风景世无双，直上层楼望。

---

① 维扬：扬州。
② 酾（shī）酒临江上：把酒洒在江面上，表示凭吊山川形胜。酾酒，斟酒。语出苏轼《东坡集》卷十九《赤壁赋》的"酾酒临江"之句。
③ 外罗城：城墙外加筑的大城。
④ 三千客两行：杜宝表示自己爱贤好客，门客众多。《史记·孟尝君列传》载，战国时代齐国孟尝君田文好客，招纳贤士，有食客三千人。
⑤ 百二关重壮：指维扬一带形势险要，利于扼守，可以胜过一倍的敌人。百二，以一百人可敌二百人，后以喻地势险固。语出《史记·高祖本纪》。

（见介）（众）北门卧护要耆英①。（外）恨少胸中十万兵②。（众）天借金山为底柱③，（外）身当铁瓮作长城④。扬州表里重城，不日成就，皆文武诸公士民之力。（众）此皆老安抚远略奇谋，属官窃在下风⑤，敢献一杯，效古人城隅之宴⑥。（外）正好。且向新楼一望。（望介）壮哉，城也！真乃江北无双堑⑦，淮南第一楼。（众）请进酒。

【山花子】贺层城顿插云霄敞，雉⑧飞腾映压寒江。据表里山河一方，控长淮万里金汤⑨。（合）敌楼⑩高窥临女墙，临风酾酒旌旆⑪

---

① 北门卧护要耆(qí)英：凭借老将的威名就是卧着不动，也能防守北方保卫国家。典出《新唐书·裴度传》。耆英，年高德重的长者，这里是众人夸赞杜宝。

② 胸中十万兵：指胸中有韬略。《宋人轶事汇编》卷八载，北宋范仲淹曾任陕西经略安抚使，防守西夏；后来袁桷在范仲淹的画像上题"甲兵十万在胸中，赫赫英名震犬戎"，称颂范仲淹。

③ 天借金山为底柱：指金山如同三门山，是防守长江的中流砥柱。金山，在江苏镇江西北，原在长江中心。底柱，一作砥柱，即三门山，在今河南三门峡市，屹立在黄河中流，形势险要。

④ 身当铁瓮作长城：凭借镇江等地来作抵抗金兵的坚固长城。铁瓮，三国吴孙权在镇江北固山前筑了很坚固的子城，号称铁瓮城。

⑤ 下风：谦辞，比喻处于下位、卑位。

⑥ 城隅之宴：语出三国魏曹植《赠丁翼》诗的"吾与二三子，曲宴此城隅"二句。城隅(yú)，城上的角楼。

⑦ 堑：护城河，这里指城池。

⑧ 雉：这里指雉堞，即城垛墙，筑在城墙上边沿的小墙，上面有射箭的孔眼。

⑨ 金汤：金城汤池，喻坚不可摧的城池。

⑩ 敌楼：建在城墙上观察敌情的小楼。

⑪ 旌(jīng)旆(pèi)：旗帜。

扬。乍想起琼花①当年吹暗香,几点新亭②,无限沧桑③。

（外）前面高起如霜似雪四五十堆,是何山也?（众）都是各场所积之盐,众商人中纳④。（外）商人何在?（末、老旦扮商人上）占种海田高白玉,掀翻盐井横黄金⑤。商人见。（外）商人么,则怕早晚要动支兵粮,攒紧上纳。

【前腔】这盐呵,是银山雪障连天晃,海煎成夏草秋粮。平看取盐花灶场,尽支排中纳边商。（合前）

（外）酒罢了。喜的广有兵粮,则要众文武关防如法⑥。

【舞霓裳】（众）文武官僚立边疆,立边疆。休坏了这农桑,士工商。（合）敢大金家早晚来无状⑦,打贴起⑧炮箭旗枪。听边声风沙迭荡⑨,猛惊起,见蟠花战袍旧边将。

---

① 琼花:花名,又称蝴蝶花,花大如盆,用在这里是感叹历史兴亡。《隋炀帝艳史》载,隋炀帝开凿了大运河,坐船到江都（扬州）看琼花,后来为宇文化及所杀,隋亡。
② 几点新亭:指痛苦而无可奈何地怀念故国,不忍见国家危亡而下泪。新亭,在南京城南。南朝宋刘义庆《世说新语·言语》载:"过江诸人,每至美日,辄相邀新亭,借卉饮宴。周侯中坐而叹曰:'风景不殊,正自有山河之异!'皆相视流泪。"后世常以"新亭泪"表示对故国的痛苦怀念之情。
③ 沧桑:沧海变桑田,为世事变迁而发的感叹。
④ 中纳:宋代朝廷允许商人直接运送粮草到边境地区,以供军需,然后在京师发给商人领盐茶的执照,这种交易称为"入中",也即"中纳"。南宋时扬州地处边境,又是盐的转运口,交易可能直接在当地进行,有如戏曲所描写。下文"海煎成夏草秋粮""中纳边商",都是描写这种情况。
⑤ 掀翻盐井横黄金:商人因贩盐而发了大财。
⑥ 关防如法:防守严密的意思。
⑦ 无状:无礼,指前来侵犯骚扰。
⑧ 打贴起:原作打叠起,有收拾起、准备好之意,宋元俚语。
⑨ 迭荡:分布远驰之貌,这里指弥漫。

【红绣鞋】（众）吉日祭赛城隍，城隍。归神谢土安康，安康。祭旗纛①，犒军装。阵头儿，谁抵当？箭眼里，好遮藏。

【尾声】（外）按三韬把六出旗门放②，文和武肃静端详。则等待海西头③动边烽那一声炮儿响。

夹城云暖下霓旄④。　　杜　牧

千里崤函一梦劳⑤。　　谭用之

不意新城连嶂起⑥。　　钱　起

夜来冲斗气何高⑦。　　谭用之

精彩解说

本出《缮备》写杜宝作为朝廷安抚使，领兵镇守淮扬已经三年。为抵御金寇骚扰，杜宝利用防守长江的中流砥柱的金山等天险，以及镇江等地，大肆修缮武备，以极快的速度筑起防御新城，储备粮草，厉兵秣马，防范金兵来袭。他日夜为边境的千里防线操劳，在构筑好抵抗金兵的坚固长城后，他与将士们把酒临江，抒发感慨。尽管淮扬一带形势险要，利于扼守，可以胜过一倍的敌人，尽管淮扬守军士气高昂，但他还是痛苦而无可奈何地怀念故

---

① 旗纛（dào）：饰有鸟羽的大旗，后泛指中国古代军中的大旗。

② 三韬：指《三略》《六韬》，都是古代的兵书，这里指阵图。六出旗门：指这个阵势有六个出入口。

③ 海西头：泛指边塞。海西，瀚海（一说青海）之西。

④ 夹城云暖下霓旄：指杜宝作为朝廷安抚使镇守淮扬。语本杜牧《长安杂题长句六首》之三。夹城，在长安，唐开元时筑，从西苑到南内、曲江的通路，夹在两道城墙之间。霓旄，即蜺旌，彩色羽毛编缀成的旗子，是一种皇帝的仪仗。

⑤ 千里崤函一梦劳：指杜宝日夜为边境的千里防线操劳。语本谭用之《途次宿友人别墅》。崤函，即函谷关，在陕西，这里指险要的关塞。

⑥ 不意新城连嶂起：指杜宝很快筑起防御新城。语本钱起《同王员外陇城绝句》。"意"在原诗中作"忆"。

⑦ 夜来冲斗气何高：指淮扬守军士气高昂。语本谭用之《古剑》。

国，不忍见国家危亡因而落泪。

　　本出塑造了杜宝这个忧国忧民、老骥伏枥、富有使命感和历史担当的老臣形象。他自命西蜀大儒，又是朝廷命官；他从政的最高理想，是儒家兼济天下的文治武功。在本出中，众人称颂杜宝凭借老将的威名，就是卧着不动，也能防守北方保卫国家，展现的是杜宝功高德勋、威震敌胆的镇关武将形象。而前面的《劝农》一出里，他是个爱民勤政的文臣太守。"三千客两行，百二关重壮。维扬风景世无双，直上层楼望。"杜宝像战国时代齐国孟尝君田文一样爱贤好客，门客众多，他无疑是南宋非常倚重的一位重臣。他十分重视商贾在巩固社稷江山中的作用，在巡城视察时看到"前面高起如霜似雪四五十堆"，他问："是何山也？"众随从回答："都是各场所积之盐，众商人中纳。"他叮嘱说："则怕早晚要动支兵粮，攒紧上纳。"并说："平看取盐花灶场，尽支排中纳边商。""此折写安抚淮扬功业，为后来入相之本。"（吴吴山三妇合评本《牡丹亭》评语）

　　本出也是过场戏，延续着前出中交代的杜宝抗金这条副线发展。本出唱词大有金戈铁马、刚劲浑厚之势，匹配着杜宝的拥兵百万、运筹帷幄的将帅气魄，在全剧演绎痴男怨女缠绵悱恻的生死爱情的主线中，丰富了剧情内涵，也能调剂观众过于压抑伤感的情绪。

第三十二出 冥 誓

原文

【月云高】（生上）暮云金阙①，风幡淡摇曳。但听得钟声绝，早则是心儿蓺。纸帐②书生，有分氲兰麝③。咱时还早。荡花阴单则把月痕遮。（整灯介）溜风光稳护着灯儿烨。（笑介）好书读易尽，佳人期未来。前夕美人到此，并不堤防姑姑搅攘。今宵趁他未来之时，先到云堂④之上攀话一回，免生疑惑。（作掩门行介）此处留人户半斜，天呵，俺哪有心期在那些。（下）

【前腔】（魂旦上）孤神害怯，佩环风定夜。（惊介）则道是人行影，原来是云偷月。（到介）这是柳郎书舍了。呀，柳郎何处也？闪闪幽斋，弄影灯明灭。魂再艳，灯油接；情一点，灯头结。（叹

---

① 金阙：道家谓天上有黄金阙，是仙人和天帝的宫阙，这里指道观。
② 纸帐：以藤皮茧纸缝制的帐子，上面常画上梅花、蝴蝶等图案。这里形容衣衫单薄、贫寒。
③ 氲（yūn）兰麝（shè）：指亲近美人。氲，烟气。兰麝，兰与麝香，指名贵的香料，这里代指香气、女人。
④ 云堂：僧道中设斋、议事的法堂。

介)奴家和柳郎幽期,除是人不知,鬼都知道。(泣介)竹影寺①风声怎的遮,黄泉路夫妻怎当赊②?

待说何曾说,如謦不奈謦。把持花下意,犹恐梦中身。奴家虽登鬼录,未损人身。阳禄将回,阴数已尽。前日为柳郎而死,今日为柳郎而生。夫妇分缘,去来明白。今宵不说,只管人鬼混缠到甚时节?只怕说时柳郎那一惊呵,也避不得了。正是:夜传人鬼三分话,早定夫妻百岁恩。

【懒画眉】(生上)画阑风摆竹横斜。(内作鸟声惊介)惊鸦闪落在残红榭。呀,门儿开也。玉天仙光降了紫云车③。(旦出迎介)柳郎来也。(生揖介)姐姐来也。(旦)剔灯花这咱望郎爷。(生)直恁的志诚亲姐姐。

(旦)秀才,等你不来,俺集下了唐诗一首。(生)洗耳④。

(旦念介)【集唐】

　　　　⑤拟托良媒亦自伤。秦韬玉

　　　　月寒山色两苍苍。薛　涛

　　　　不知谁唱春归曲?曹　唐

　　　　又向人间魅阮郎。刘言史

(生)姐姐高才。(旦)柳郎,这更深何处来也?(生)昨夜被姑姑败

---

① 竹影寺:即竹林寺,典出元代谚语"竹林寺有影无形",元曲习用此语,如《汉宫秋》第四折《醉春风》:"想娘娘似竹林寺,不见半分形,只留下这个影、影。"这里是反用,既有影,人们捕风捉影,就免不了说三道四。
② 黄泉路夫妻怎当赊:阴间的夫妻怎么能长久。黄泉,地下,引申为阴间。赊,久远。
③ 紫云车:仙车,神话传说中西王母的座车。
④ 洗耳:洗耳恭听。
⑤ "拟托良媒亦自伤"四句:杜丽娘所吟的四句集唐诗,表达对柳梦梅的思念。四句分别出自秦韬玉《贫女》、薛涛《送友人》、曹唐《小游仙诗九十八首》之六十三、刘言史《赠成炼师四首》之三。

兴，俺乘你未来之时，去姑姑房头看了他动静，好来迎接你。不想姐姐今夜来恁早哩。（旦）盼不到月儿上也。

【太师引】（生）叹书生何幸遇仙提揭①，比人间更志诚亲切。乍温存笑眼生花，正渐入欢肠啖蔗②。前夜那姑姑呵，恨无端风雨把春抄截。姐姐呵，误了你半宵周折，累了你好回③惊怯。不嗔嫌，一径的把断红重接。

【琐寒窗】（旦）是不堤防他来的呷嗻④，吓的个魂儿收不迭。仗云摇月躲，画影人遮。则没揣的涩道⑤边儿，闪人一跌。自生成不惯这磨灭⑥。险些些风声扬播到俺家爷，先吃了俺狠尊慈痛决⑦。

（生）姐姐费心。因错爱小生至此？（旦）爱的你一品人才。（生）姐姐敢定了人家？

【太师引】（旦）并不曾受人家红定回鸾帖⑧。（生）喜个甚样人家？（旦）但得个秀才郎情倾意惬。（生）小生倒是个有情的。（旦）是看上你年少多情，迤逗俺睡魂难贴。（生）姐姐，嫁了小生罢。（旦）怕你岭南归客路途赊，是做小伏低⑨难说。（生）小生未曾有妻。（旦笑介）少甚么旧家根叶，着俺异乡花草填接？

敢问秀才，堂上有人么？（生）先君官为朝散，先母曾封县君。

---

① 提揭：当作提挈，扶持、提携之意，这里指得到杜丽娘的青睐。
② 啖蔗：吃甘蔗如果从顶尖吃起，就越吃越甜，这里指正甜蜜、渐入佳境。
③ 好回：好一会儿。
④ 呷（chē）嗻（zhē）：厉害。
⑤ 涩道：阶石。
⑥ 磨灭：折磨，欺负。
⑦ 痛决：严厉的责罚。
⑧ 受人家红定回鸾帖：指订婚。红定，男家送女家的聘礼。鸾帖，写有女方生辰八字的庚帖。女方接受红定，回以鸾帖，即表示许诺这门亲事，答应确立婚约。
⑨ 做小伏低：指做妾。

（旦）这等是衙内①了。怎恁婚迟？

【琐寒窗】（生）恨孤单飘零岁月，但寻常稔色谁沾藉②？那有个相如在客，肯驾香车？萧史无家，便同瑶阙③？似你千金笑等闲抛泄，凭说，便和伊青春才貌恰争些，怎做的露水相看伾别④！

（旦）秀才有此心，何不请媒相聘？也省的奴家为你担慌受怕。

（生）明早敬造尊庭，拜见令尊令堂，方好问亲于姐姐。（旦）到俺家来，只好见奴家。要见俺爹娘还早。（生）这般说，姐姐当真是那样门庭？（旦笑介）（生）是怎来？

【红衫儿】看他温香艳玉神清绝，人间迥别。（旦）不是人间，难道天上？（生）怎独自夜深行，边厢少侍妾⑤？且说个贵表尊名。（旦叹介）（生背介）他把姓字香沉，敢怕似飞琼漏泄⑥？姐姐不肯泄漏姓名，定是天仙了。薄福书生，不敢再陪欢宴。尽仙姬留意书生，怕逃不过天曹罚折。

---

① 衙内：官家子弟。

② 寻常稔色谁沾藉：谁会沾惹姿色一般的女子。稔（rěn）色，漂亮、美丽，这里指女子。沾藉，沾惹。

③ "那有个相如在客"四句：谁肯像卓文君驾车跟司马相如私奔，萧史跟秦弄玉相爱一起上天成仙那样，来爱一个客居他乡的异乡人？驾香车，卓文君与司马相如一起驾车私奔去了成都，这里指私奔。瑶阙，传说中的仙宫。

④ "便和伊青春才貌恰争些"二句：纵然比你的青春才貌差一些，但你我既然爱上了，就不能轻易分手。露水，喻爱情短暂。伾（pǐ）别，离别。

⑤ 侍妾：指婢女。

⑥ 敢怕是飞琼漏泄：难道是像飞琼那样怕把自己的姓名传了出去吗？飞琼，即许飞琼，神话中昆仑山女仙。孟棨《本事诗》卷二载，唐代许浑梦登昆仑山，看见有人饮酒。他写了一首诗，诗中提到许飞琼的名字。后来又梦到昆仑山，许飞琼对他说："你为什么把我的名字传出去？"许浑就把原句"座中唯有许飞琼"改为"天风吹下步虚声"。

【前腔】（旦）道奴家天上神仙列，前生寿折。（生）不是天上，难道人间？（旦）便作是私奔，悄悄何妨说。（生）不是人间，则是花月之妖。（旦）正要你掘草寻根，怕不待勾辰就月①。（生）是怎么说？（旦欲说又止介）不明白辜负了幽期，话到尖头又咽。

【相思令】（生）姐姐，你千不说，万不说。直恁的书生不酬决②，更向谁边说？（旦）待要说，如何说？秀才，俺则怕聘则为妻奔则妾③，受了盟香说。（生）你要小生发愿，定为正妻，便与姐姐拈香去。

【滴溜子】（生旦同拜）神天的，神天的，盟香满爇。柳梦梅，柳梦梅，南安郡舍。遇了这佳人提挈，作夫妻，生同室，死同穴。口不心齐，寿随香灭。

（旦泣介）（生）怎生吊下泪来？（旦）感君情重，不觉泪垂。

【闹樊楼】你秀才郎为客偏情绝，料不是虚脾④把盟誓撒。哎！话吊在喉咙剪了舌。嘱东君⑤在意者，精神打贴，暂时间奴儿回避趄⑥，些儿待说，你敢扑㨄松害跌⑦。

（生）怎的来？（旦）秀才，这春容得从何处？（生）太湖石缝里。

---

① 勾辰就月：指盼望难遇的佳期。勾辰，即勾陈，中国古代星官名。
② 酬决：应对决断。
③ 聘则为妻奔则妾：明媒正娶就是妻，私奔偶合就成了妾。语出白居易《白香山集》卷四《井底引银瓶》的"聘则为妻奔是妾"之句。
④ 虚脾：虚情假意。
⑤ 东君：神话中的春神。这里杜丽娘以花自喻，以东君喻柳梦梅。
⑥ 趄（jū）：趑（zī）趄，犹豫不前。
⑦ 些儿待说，你敢扑㨄松害跌：我要说一些话，恐怕你会（因为害怕而昏晕）跌倒。些儿待说，即待说些儿（话）。扑㨄（lǒng）松，象声词，形容跌倒的声音。

（旦）比奴家容貌争多？（生看惊介）可怎生一个粉扑儿①？（旦）可知道，奴家便是画中人也。（生合掌谢画介）小生烧的香到哩。姐姐，你好歹表白一些儿。

【啄木犯】（旦）柳衙内，听根节：杜南安原是俺亲爹。（生）呀，前任杜老先生升任扬州，怎么丢下小姐？（旦）你剪了灯。（生剪灯介）（旦）剪了灯，余话堪明灭②。（生）且请问芳名，青春多少？（旦）杜丽娘小字有庚帖，年华二八，正是婚时节。（生）是丽娘小姐，俺的人那！（旦）衙内，奴家还未是人。（生）不是人，是鬼？（旦）是鬼也。（生惊介）怕也，怕也。（旦）靠边些，听俺消详说。话在前教伊休害怯，俺虽则是小鬼头人半截。

（生）姐姐，因何得回阳世而会小生？

【前腔】（旦）虽则是，阴府别，看一面千金小姐，是杜南安那些枝叶。注生妃央及煞回生帖，化生娘点活了残生劫③。你后生儿醮定俺前生业④。秀才，你许了俺为妻真切，少不得冷骨头着疼热。

（生）你是俺妻，俺也不害怕了。难道便请起你来？怕似水中捞月，空里拈花。

---

① 一个粉扑儿：一个模样。
② 剪了灯，余话堪明灭：借用传奇小说书名打趣的话。明代有传奇小说集《剪灯新话》《剪灯余话》《觅灯因话》，合称"剪灯三话"。
③ "虽则是，阴府别"六句：虽然阴曹地府的官员和阳间不同，但看我是杜家的官家小姐，判官就竭力央求注生妃让我还魂，央求化生娘娘让我复活。央及煞，央求。化生娘，传说中阴间执掌轮回投生的女神。
④ 后生儿：年轻的小伙子。

【三段子】（旦）俺三光不灭①。鬼胡由，还动迭②，一灵未歇。泼残生，堪转折。秀才可谙经典？是人非人心不别，是幻非幻如何说？虽则似空里拈花，却不是水中月。

（生）既然虽死犹生，敢问仙坟何处？（旦）记取太湖石梅树一株。

【前腔】爱的是花园后节，梦孤清，梅花影斜。熟梅时节，为仁儿，心酸那些。（生）怕小姐别有走跳处？（旦叹介）便到九泉无屈折，衠③幽香一阵昏黄月。（生）好不冷。（旦）冻的俺七魄三魂④，僵做了三贞七烈⑤。

（生）则怕惊了小姐的魂，怎好？

【斗双鸡】（旦）花根木节，有一个透人间路穴。俺冷香肌早偎的半热。你怕惊了呵，悄魂飞越，则俺见了你回心心不灭。（生）话长哩。（旦）畅好是一夜夫妻⑥，有的是三生话说。

（生）不烦姐姐再三，只俺独力难成。（旦）可与姑姑计议而行。

（生）未知深浅，怕一时间攒不彻。

【上小楼】（旦）咨嗟，你为人为彻⑦。俺砌笼棺勾有三尺叠，你

---

① 三光不灭：人死后在阴间是看不见日、月、星三光的，因为杜丽娘死后还魂复活了，所以说三光不灭。三光，指日、月、星。
② 鬼胡由，还动迭：虽然是鬼，还可以四处走动。鬼胡由，或作鬼狐犹、鬼胡延，原作鬼花样解，这里指鬼。动迭，走动。
③ 衠（zhūn）：正，真。
④ 七魄三魂：道家认为人有三魂七魄，这里就是魂魄、灵魂。
⑤ 三贞七烈：形容妇女极其贞烈，通常作三贞九烈，这里是作者为了和七魄三魂一致而做了改动。
⑥ 一夜夫妻：语出谚语"一夜夫妻百夜恩"之句。
⑦ 为人为彻：意谓好人要好到底，语出谚语"为人须为彻"之句。

点刚锹和俺一谜①掘。就里阴风泻泻，则隔的阳世些些。（内鸡鸣介）

【鲍老催】咳，长眠人一向眠长夜，则道鸡鸣枕空设。今夜呵，梦回远塞荒鸡咽②，觉人间风味别。晓风明灭，子规声容易吹残月，三分话才做一分说。

【耍鲍老】俺丁丁列列③，吐出在丁香舌④。你拆了俺丁香结，须粉碎俺丁香节。休残慢⑤，须急节。俺的幽情难尽说。（内风起介）则这一剪风动灵衣去了也。（旦急下）

（生惊痴介），奇哉，奇哉！柳梦梅做了杜太守的女婿，敢是梦也？待俺来回想一番：他名字杜丽娘，年华二八，死葬后园梅树之下。啐！分明是人道交感，有精有血，怎生杜小姐颠倒自己说是鬼？

（旦又上介）衙内还在此？（生）小姐怎又回来？（旦）奴家还有叮咛：你既以俺为妻，可急视之，不宜自误。如或不然，妾事已露，不敢再来相陪。愿郎留心。勿使可惜。妾若不得复生，必痛恨君于九泉之下矣！

【尾声】（跪介）柳衙内你便是俺再生爷，（生跪扶起介）（旦）一点心怜念妾。不着俺黄泉恨你，你只骂的俺一句鬼随邪⑥。（旦作鬼声下，回顾介）

（生吊场，低语介）柳梦梅着鬼了。他说的恁般分明，恁般凄切，是无是有，只得依言而行。和姑姑商量去。

---

① 一谜：一味。

② 梦回远塞荒鸡咽：化用南唐李璟《摊破浣溪沙》的"细雨梦回鸡塞远"词句。

③ 丁丁列列：形容说话吞吞吐吐。

④ 丁香舌：即舌头。形容女人的舌头形似丁香，伴有丁香似的香气。

⑤ 残慢：懒散。

⑥ 鬼随邪：鬼促狭，指鬼怪作祟害人。

梦来何处更为云①？李商隐

惆怅金泥簇蝶裙②。韦氏子

欲访孤坟谁引至③？刘言史

有人传示紫阳君④。熊孺登

精彩解说

　　本出《冥誓》写杜丽娘的游魂与梦中情人柳梦梅在上出中幽会交欢受到石道姑和小道姑的打搅后，再在夜深出来跟情郎续行好事。但她的幽魂深感人与鬼厮混，如此幽期难以长久，她追求的爱情理想只待重生才可能成为现实，于是与柳梦梅拈香立誓，结为夫妇。杜丽娘不满足于人鬼情，为追求爱情的长久和稳定，她向柳生坦白了自己的家世和鬼的身份，恳请柳生去掘开自己的坟墓，让自己得以还魂。

　　杜丽娘生前因无法跟梦中情人成婚而忧思成疾身亡。现今作为鬼魂，她和柳梦梅终于在一起了，享受着爱情的甜蜜。柳梦梅一表人才，情真意切，也深深爱恋着杜丽娘。但终究人鬼殊途，时辰一到，杜丽娘的鬼魂就得飘走，人鬼幽隔，终难持久，因此她要为自己的爱情争取天长地久。但是柳梦梅还不知杜丽娘的来历，杜丽娘只说自己是东邻女子。现实中的柳梦梅到底是怎样一个人？是不是"破棺星圆梦那人"？杜丽娘还无法确定。她"话到尖头又咽"，咏诗以试探："拟托良媒亦自伤。月寒山色两苍苍。不知谁唱春归曲？又向人间魅阮郎。"吴吴山三妇合评本《牡丹亭》评云："无限幽

---

① 梦来何处更为云：指杜丽娘深感人与鬼厮混，如此幽期难久。语本李商隐《促漏》。

② 惆怅金泥簇蝶裙：指杜丽娘的鬼魂与柳梦梅盟誓为婚。语本京兆韦氏子《悼妓诗》。

③ 欲访孤坟谁引至：指柳梦梅将按杜丽娘的鬼魂吩咐去掘坟开棺。语本刘言史《劾柳论》。

④ 有人传示紫阳君：指石道姑会指引柳梦梅找到杜丽娘的孤坟。语本熊孺登《赠侯山人》。紫阳君，道家崇奉的仙人名。

情,从何说起。借集唐诗,略为逗漏。"然后,她询问柳梦梅的家世,有无正妻,引得柳梦梅一再问她的身世。柳梦梅已经难舍杜丽娘,他表白:纵然他比杜丽娘的青春才貌差一些,但你我既然爱上了,也不能轻易分手。当得到柳生"生同室,死同穴。口不心齐,寿随香灭"的誓言后,杜丽娘为其深情打动落泪,决定告知真相,生死相依,"前日为柳郎而死,今日为柳郎而生"。两人就此盟誓为婚。

柳梦梅在得知杜丽娘是鬼之后,开始也有些吃惊,叫了两声"怕也,怕也",但爱情战胜了恐惧,他坚定地说:"你是俺妻,俺也不害怕了。"杜丽娘向柳生说明身世因由,托付柳生:"俺砌笼棺勾有三尺叠,你点刚锹和俺一谜掘。"在"一剪风动灵衣去了也"之后,又回来叮咛,跪在柳生面前恳请切莫失信。

汤显祖在题词中点明了《牡丹亭》的剧情主线"因情而死,因情而生",本出《冥誓》是杜丽娘由死到生的发端,是引发杜丽娘重生高潮情节的必要交代。下场诗"欲访孤坟谁引至?有人传示紫阳君",暗示柳梦梅将按杜丽娘鬼魂的嘱咐,在石道姑指引下挖掘杜丽娘的孤坟,预告了后续的剧情。

第三十三出 秘 议

原文

【绕池游】（净上）芙蓉冠帔①，短发难簪系。一炉香鸣钟叩齿②。
【诉衷情】风微台殿响笙簧③，空翠冷霓裳。池畔藕花深处，清切夜闻香。人易老，事多妨，梦难长。一点深情，三分浅土，半壁斜阳。俺这梅花观，为着杜小姐而建。当初杜老爷吩咐陈教授看管，三年之内，则见他收取祭租，并不常川④行走。便是杜老爷去后，谎了一府州县士民人等许多分子⑤，起了个生祠。昨日老身打从祠前过，猪屎也有，人屎也有。陈最良，陈最良，你可也叫人扫刮一遭儿。倒是杜小姐神位前，日逐添香换水，何等庄严清净。正是：天下少信掉书子⑥，世外有情持素人。
【前腔】（生上）幽期密意，不是人间世。待声扬徘徊了半日。

（见介）（生）落花香覆紫金堂，（净）你年少看花敢自伤？（生）弄

---

① 冠（guàn）帔（pèi）：与下文"霓裳"都指道姑服装。
② 叩齿：在祈祷前，上下牙齿互相叩击，道家以此表示虔诚。
③ 笙簧：笙的乐音。
④ 常川：经常。
⑤ 分（fèn）子：即份子钱。
⑥ 掉书子：即掉书袋，这里指读书人。

玉不来人换世,(净)麻姑①一去海生桑。(生)老姑姑,小生自到仙居,不曾瞻礼宝殿。今日愿求一观。(净)是礼。相引前行。(行到介)(净)高处玉天金阙,下面东岳夫人、南斗真妃。(内钟鸣)(生拜介)中天积翠玉台遥,上帝高居绛节朝。遂有冯夷来击鼓,始知秦女善吹箫②。好一座宝殿哩。怎生左边这牌位上写着"杜小姐神王",是那位女王?(净)是没人题主③哩,杜小姐。(生)杜小姐为谁?

【五更转】(净)你说这红梅院,因何置?是杜参知④前所为。丽娘原是他香闺女,二八而亡,就此攒瘞⑤。他爷呵,升任急,失题主,空牌位。(生)谁祭扫他?(净)好墓田留下有碑记。偏他没头主儿,年年寒食⑥。

(生哭介)这等说起来,杜小姐是俺娇妻呵。(净惊介)秀才当真么?

(生)千真万真!(净)这等,知他那日生,那日死了?

【前腔】(生)俺未知他生,焉知死⑦?死多年生此时。(净)几

---

① 麻姑:中国神话传说中女仙名。《类说》卷三引《王氏神仙传》载,她曾三次看见东海变为桑田。

② "中天积翠玉台遥"四句:语出杜甫七律《玉台观》。冯(píng)夷,神话中水神名,即河伯。"秦女"原作"嬴女",因秦为嬴姓,因此两者相通,均指弄玉。

③ 题主:古代一种葬仪,人死后,立一木牌,上写死者名字,用墨笔先写作"×××之神王"。然后择期请有名望的人,用朱笔在"王"字上加一点,成为"主"字。这一仪式,叫作题主,也叫点主。

④ 参知:即参知政事,宋代官名,相当于副宰相。此指杜宝的职务。明代各布政使下设左右参政,从三品官。

⑤ 攒瘞(yì):暂时浅埋,以待迁葬。

⑥ 偏他没头主儿,年年寒食:这里指杜丽娘年年没有亲人祭奠。寒食,清明前两日,中国古代有在清明前禁火冷食的风俗,故名寒食节。清明、寒食,都是祭扫坟墓的日子。

⑦ 未知他生,焉知死:这里指不知道她哪日生、哪日死。语出《论语·先进》:"未知生,焉知死?"

时得他死信？（生）这是俺朝闻夕死①了可人矣。（净）是夫妻，应你奉事香火。（生）则怕俺未能事人，焉能事鬼②？（净）既是秀才娘子，可曾会他来？（生）便是这红梅院，做楚阳台，偏倍了③你。（净）是那一夜？（生）是前宵你们不做美。（净惊介）秀才着鬼了。难道，难道。（生）你不信时，显个神通你看。取笔来，点的他主儿会动。（净）有这等事？笔在此。（生点介）看俺点石为人，靠夫作主。

你瞧，你瞧。（净惊介）奇哉，奇哉。主儿真个会动也。小姐呵！

【前腔】则道墓门梅，立着个没字碑，原来柳客神④缠住在香炉里。秀才，既是你妻，鼓盆歌、庐墓三年礼⑤。（生）还要请他起来。（净）你直恁神通，敢阎罗是你？（生）少些人夫用。（净）你当夫，他为人，堪使鬼。（生）你也帮一锹儿。（净）《大明律》：开棺见尸，不分首从皆斩哩⑥。你宋书生是看不着皇明例，不比寻常，穿篱挖壁。

（生）这个不妨，是小姐自家主见。

【前腔】是泉下人，央及你。个中人谁似伊。（净）既是小姐

---

① 朝闻夕死：这里指刚刚听说。语出《论语·里仁》："朝闻道，夕死可矣！"
② 未能事人，焉能事鬼：这里指还未曾事奉过香火。语出《论语·先进》。
③ 偏倍了：背了人行事，不让人知道。
④ 柳客神：古代巫蛊术的一种用具，刻柳木作人形。这里指柳梦梅。
⑤ 鼓盆歌：指悼亡歌。《庄子·至乐》载，庄子的妻子死了，他没有哭泣，敲着盆子在唱歌。庐墓三年礼：古代丧礼规定，妻要为亡夫服丧三年，服丧期间在墓旁搭盖小屋，住在里面守墓；夫为亡妻则不必。这里是调笑。
⑥ "《大明律》："三句：《大明律》是明朝的主要法令条例，由明太祖朱元璋总结历代法律施行的经验和教训而详细制定出的法典。本剧故事背景设在宋代，却屡屡写到明代事，是有意作调笑用，下句明说宋书生看不到。首从，首犯与从犯。

吩咐，也待我检个日子。（看介）恰好明日乙酉①，可以开坟。（生）喜金鸡玉犬非牛日②，则待寻个人儿，开山力士③。（净）俺有个侄儿癞头鼋可用。只怕事发之时怎处？（生）但回生，免声息，停商议。可有偷香窃玉劫坟贼？还一事，小姐倘然回生，要些定魂汤药。（净）陈教授开张药铺。只说前日小姑姑，党了凶煞④，求药安魂。（生）烦你快去也。这七级浮屠⑤，岂同儿戏。

（净）湿云如梦雨如尘⑥。崔　鲁
（生）初访城西李少君⑦。陈　羽
（净）行到窈娘身没处⑧。雍　陶
（生）手披荒草看孤坟⑨。刘长卿

精彩解说

　　本出《秘议》写柳梦梅借居在梅花观，因一直没有瞻礼过观殿，要求石道姑带他参观。他看到了"杜小姐神主"的牌位，非常好奇。石道姑告知，梅花观是当年参知政事杜宝为其女杜丽娘所建，杜小姐十六岁而亡，后杜宝升迁离开了，吩咐塾师陈最良看守杜丽娘坟墓梅花观，但三年中陈最良只管

---

① 乙酉：日子所值的天干地支。
② 喜金鸡玉犬非牛日：金鸡，酉日；玉犬，戌日；牛日，丑日。古代阴阳家认为，酉日、戌日宜开坟，丑日忌开坟。
③ 开山力士：凿石开山的大力士，这里指力气大的开坟人。
④ 党了凶煞：冲撞了凶神恶鬼。
⑤ 七级浮屠：指救人一命。浮屠，梵语的音译，即佛塔，本为收藏高僧大德舍利骨殖之所。造浮屠，就是行功德、做善事。
⑥ 湿云如梦雨如尘：指令人惆怅的风雨时节。语本崔鲁《华清宫三首》之一。
⑦ 初访城西李少君：指柳梦梅拜访石道姑。语本陈羽《游洞灵观》。李少君，汉武帝时的方士名，自称有神妙的法术，后来他渐渐成为传说中的人物。
⑧ 行到窈娘身没处：指石道姑带路去寻找杜丽娘葬身之处。语本雍陶《洛中感事》。
⑨ 手披荒草看孤坟：指柳梦梅要寻坟掘坟。语本刘长卿《送李将军》。

收取祭租，基本没有料看，观里洒满了人屎猪粪。柳梦梅看着杜小姐的坟墓空着牌位，无人祭扫，立即哭泣起来，道出杜小姐原是自己的娇妻，并显神通证明。柳梦梅要求石道姑帮忙掘坟开棺，石道姑拿出明代法律："《大明律》：开棺见尸，不分首从皆斩哩。你宋书生是看不着皇明例。"这一情节虽是戏谑，也在提醒柳梦梅，掘坟盗墓是砍头之罪。但柳梦梅一心爱着杜丽娘，既不怕鬼，又不怕触犯法律，他完全照杜丽娘的嘱托，硬是想要让她还魂重生。

柳梦梅对杜丽娘一往情深，不顾一切地同石道姑秘议掘发杜丽娘之墓，完全不在乎开棺见尸斩首之罪，愿意付出一切来成全爱情。柳梦梅不疑、不负的品质，正是"但是相思莫相负，牡丹亭上三生路"的最好诠释。

石道姑作为一个女性，虽有生理方面的缺陷，但曾经春情荡漾，曾经梦想过"夫唱妇随"的生活，曾经经历过从幻想到失落的大喜大悲，她能够体味杜丽娘为伤春而亡的悲哀，能够理解柳梦梅迫切渴望杜丽娘死而复生的心情，她也是个"有情人"。杜母虽将女儿视为掌上明珠，思想上却与女儿格格不入，她乍见还魂的女儿时，以为遇见了鬼，而在石道姑眼里，还魂的杜丽娘与真正的杜丽娘并无二致。石道姑与杜丽娘在精神上的契合，石道姑对杜丽娘惊天地、泣鬼神的生死遭际的认同与支持，这是杜母、春香都无法相比的。石道姑明知"开棺见尸，不分首从皆斩"，但听说开棺是"小姐自家主见"，就毫不推脱，一口应承下来，还主动推荐自家侄子癞头鼋帮忙掘坟，准备谎称小道姑生病了，要开药铺的陈最良开还魂汤，帮助杜丽娘还魂重生，玉成柳梦梅和杜丽娘的婚姻。

本出是过场戏，柳梦梅和石道姑议定掘坟，也为后面陈最良据《大明律》告发柳梦梅预设了悬念。

第三十四出 诇①药

原文

（末上）积年儒学理粗通，书箧②成精变药笼。家童唤俺老员外③，街坊唤俺老郎中④。俺陈最良失馆，依然开药铺。看今日有甚人来？

【女冠子】（净上）人间天上，道理都难讲。梦中虚诳，更有人儿，思量泉壤。

陈先生利市⑤哩。（末）老姑姑到来。（净）好铺面！这"儒医"二字，杜太爷赠的。好道地药材⑥！这两块土中甚用？（末）是寡妇床头土。男子汉有鬼怪之疾，清水调服，良。（净）这布片儿何用？（末）是壮男子的裤裆。妇人有鬼怪之病，烧灰吃了，效。（净）这等，俺贫道床头三尺土，敢换先生五寸裆。（末）怕你不十分寡。（净）啐！你敢也不十分壮。（末）罢了，来意何事？（净）不瞒你说，前日小道

---

① 诇（xiòng）：原意是刺探，这里是求的意思。
② 书箧（qiè）：书箱。
③ 员外：原指定额之外设置的官名，也可以捐钱买到，后来把稍有财势的人也称员外。
④ 郎中：原为官名，后一般指医生或卖药兼治病者。
⑤ 利市：吉利的话，祝人发财、交好运。
⑥ 道地药材：中药店的招牌上往往写这四个字，意思说所备的药材都是各地品质好、疗效佳的正宗货。

姑呵：

【黄莺儿】年少不堤防，赛江神①归夜忙。（末）着手了？（净）知他着甚闲空旷②？被凶神煞党。年灾月殃，瞑然③一去无回向。（末）欠老成哩！（净）细端详，你医王④手段，敢对的住活阎王。

（末）是活的，死的？（净）死几日了。（末）死人有口吃药？也罢，便是这烧裆散，用热酒调服下。

【前腔】海上有仙方，这伟男儿深裤裆。（净）则这种药俺那里自有。（末）则怕姑姑记不起谁阳壮。剪裁寸方，烧灰酒娘⑤，敲开齿缝把些儿放。不寻常，安魂定魄，赛过反精香⑥。

（净）谢了。

（末）还随女伴赛江神⑦。于　鹄

（净）争那多情足病身⑧。韩　偓

---

① 赛江神：祭祀酬谢江神。赛，酬报。江神，传说掌管江河的水神。

② 空旷：古人认为空旷无人的地方多鬼神。

③ 瞑然：模模糊糊。

④ 医王：佛教称颂佛为医王，意谓能疗治所有众生的一切烦恼疾病，故名，后借指医术极高明的医者。

⑤ 酒娘：甜米酒。

⑥ 反精香：即返魂香。中国古代神话中传说西海聚窟洲产返魂树，根煮汁，制成返魂香，能起死回生。

⑦ 还随女伴赛江神：指石道姑谎称小道姑随女伴赛江神得病，陈最良信以为真。语本于鹄《江南曲》。

⑧ 争那多情足病身：指石道姑谎称小道姑夜归后已经身亡。语本韩偓《江楼二首》之二。

（末）岩洞幽深门尽锁①。　韩　愈
（净）隔花催唤女医人②。　王　建

精彩解说

本出《诇药》写石道姑希望帮助杜丽娘回生，以玉成杜丽娘重回阳间和柳梦梅结成夫妻之事。但是这需要安魂汤，才能让杜丽娘还魂重生，于是石道姑谎称小道姑随女伴赛江神得了怪病，夜归后身亡，到陈最良开的药铺，要了一服"烧裆散"的安魂药。

陈最良原来是杜丽娘的塾师，在杜丽娘因患相思病死后，他失去了生活来源，就重操祖传旧业做了郎中。他将南安太守杜宝亲笔题写的"儒医"二字，作为自己药店的招牌，这是他抬高身价、兜揽生意的手段，表现了陈最良为了生计能放下塾师的架子、遵循经商套路的性格和处事态度。在后续剧情中，他还有一系列变通圆融的行为：兵乱中周旋于杜宝和李全之间，任黄门奏事官周旋于杜宝和杜丽娘、柳梦梅之间。这是汤显祖对陈最良腐儒形象的进一步深化拓展，使这个剧中重要人物的性格更加丰富和饱满。

汤显祖在本出中，给后世留下了几道传统中医的药方，在今人看来，甚是诡异神奇。陈最良知道石道姑讨要定魂汤后，开出了药方：男子安魂药是寡妇床头土，女子安魂药则是壮男子的裤裆灰。本剧第三十五出杜丽娘回生时，石道姑按陈最良药方吩咐："且在这牡丹亭内进还魂丹，秀才剪裆。"陈最良开出的烧裆散，又名烧裈散，可是正宗的中医药方，它出自东汉著名医学家张仲景的《伤寒论》，主治阴阳易。所谓"阴阳易"，指与初愈病人交媾所得病。男人病，取妇人中裈近阴处，剪裁寸方，烧成灰，清水调下，每日三次。妇人病，取男子中裈同样烧服。杜丽娘是因伤春而亡，且为情还阳，所以陈最良开出这个药方算是对症下药了。

---

① 岩洞幽深门尽锁：指陈最良暗示小道姑病因。语本韩愈《奉和李相公题萧家林亭》。

② 隔花催唤女医人：指石道姑求陈最良给她开还魂药。语本王建《宫词一百首》之四十四。

本出也是过场戏,在陈最良与石道姑的戏谑性对白中,安插了许多中医知识。除了本出提到的"反精香"(返魂香),在第四出提到了"吼儿病"(哮喘病)、第十七出提到了"线药"(中医外科用药)、第十八出提到了"咀药"(中药煎煮前用嘴嚼药法)、第二十出提到了"君臣药"(主治药和辅助药)、第二十三出提到了"瘫、痨、蛊、膈四正客"(瘫痪、结核、蛊毒、噎膈反胃四病)。其他诸如"往来寒热""伤寒""急慢风惊""冷厥""三焦""风寒暑湿""八法针""望闻问切""《圣惠方》""王叔和《脉决》"等,虽像是信手拈来,却不仅丰富了情节内涵,还使剧作透出浓郁的民间生活气息。

第三十五出　回　生

原文

【字字双】（丑扮疥童①，持锹上）猪尿泡疙疸偌卢胡，没裤②。铧锹儿入的土花疏，没骨③。活小娘不要去做鬼婆夫，没路。偷坟贼拿倒做个地官符④，没趣。

（笑介）自家梅花观主家癞头鼋便是。观主受了柳秀才之托，和杜小姐启坟。好笑，好笑，说杜小姐要和他这里重做夫妻。管他人话鬼话，带了些黄钱，挂在这太湖石上，点起香来。

【出队子】（净携酒同生上）玉人何处，玉人何处？近墓西风老绿芜。《竹枝歌》唱的女郎苏，杜鹃声啼过锦江无⑤？一窖愁残，三生梦余。

---

① 疥童：头上长癞痢疙瘩的儿童。
② 猪尿泡疙疸偌卢胡，没裤：这里是对癞痢头的恶谑。猪尿泡，猪膀胱。卢胡，疑指葫芦。二者都用于恶谑头。
③ 铧锹儿入的土花疏，没骨：指开坟不难。土花，苔藓。没骨，没有石头。
④ 地官符：道家为人驱病作天、地、水三官手书（符），地官符埋入土内。
⑤ "《竹枝歌》唱的女郎苏"二句：《竹枝歌》，即《竹枝词》，中国古代民歌的乐调名，流行于四川、湖南一带，多歌咏儿女柔情。杜鹃声啼，战国蜀王杜宇称帝，号望帝，死后化为杜鹃鸟，啼声凄切。锦江，蜀锦只有濯于锦江才颜色鲜艳。因为四川是杜丽娘的故乡，故这里引用四川风物。

（生）老姑姑，已到后园。只见半亭瓦砾，满地荆榛。绣带重寻，袅袅藤花夜合；罗裙欲认，青青蔓草春长①。则记的太湖石边，是俺拾画之处。依稀似梦，恍惚如亡，怎生是好？（净）秀才不要忙，梅树下堆儿是了。（生）小姐，好伤感人也。（哭介）（丑）哭甚的，趁时节了。（烧纸介）（生拜介）巡山使者②，当山土地，显圣显灵。

【啄木鹂】开山纸草面上铺，烟罩山前红地炉③。（丑）敢太岁头上动土④，向小姐脚跟挖窟。（生）土地公公，今日开山，专为请起杜丽娘。不要你死的，要个活的。你为神正直应无妒，俺阳神触煞俱无虑。要他风神笑语都无二，便做着⑤你土地公公女嫁吾。呀，春在小梅株。

好破土哩。

【前腔】（丑净锹土介）这三和土⑥一谜锄。小姐呵，半尺孤坟你在这的⑦无？（生）你们十分小心。（看介）到棺了。（丑作惊丢锹介）到官没活的了。（生摇手介）噤声。（内旦作"哎哟"介）（众惊介）活鬼做声了。（生）休惊了小姐。（众蹲向鬼门，开棺

---

① 罗裙欲认，青青蔓草春长：化用五代牛希济《生查子》的"记得绿罗裙，处处怜芳草"词句。

② 巡山使者：传说中山神名。

③ "开山纸草面上铺"二句：破土前焚化黄纸，纸钱烧起来，烟火上腾就跟通红的火炉一样。开山，此指开坟。

④ 太岁头上动土：古人以木星为太岁，是凶煞，不宜在木星的方向破土动工，否则就有灾祸。

⑤ 便做着：就当作……一样，宋元俚语。

⑥ 三和土：即三合土，用糯米浆和黏土、沙石再用石灰搅拌而成，类似现在的混凝土。

⑦ 这的：这里。

介)(净)原来钉头锈断,子口登开①,小姐敢别处送云雨去了。(内"哎哟"介)(生见旦扶介)(生)哎!小姐端然在此。异香袭人,幽姿如故。天也,你看正面上那些儿尘渍,斜空处没半米蚍蜉②。则他暖幽香四片斑斓木,润芳姿半榻黄泉路,养花身五色燕支土。(扶旦软觰③介)(生)俺为你款款偎将睡脸扶,休损了口中珠④。

(旦作呕出水银介)(丑)一块花银,二十分多重,赏了癞头罢。

(生)此乃小姐龙含凤吐之精,小生当奉为世宝。你们别有酬犒。

(旦开眼叹介)(净)小姐开眼哩。(生)天开眼了。小姐呵!

【金蕉叶】(旦)是真是虚?劣梦魂猛然惊遽⑤。(作掩眼介)避三光业眼⑥难舒,怕一弄儿巧风吹去。

(生)怕风怎么好?(净扶旦介)且在这牡丹亭内进还魂丹,秀才剪裆。(生剪介)(丑)待俺凑些加味⑦还魂散。(生)不消了。快快热酒来。

【莺啼序】(调酒灌介)玉喉咙半点灵酥⑧。(旦吐介)(生)哎也,怎生呵落在胸脯。姐姐再进些,才吃下三个多半口还无。(觑介)好了,好了!喜春生颜面肌肤。(旦觑介)这些都是谁?敢是

---

① 子口登开:指棺体和棺盖合缝处裂开。
② 半米:半粒,犹言半只。蚍(pí)蜉(fú):一种大蚂蚁。
③ 软觰(duǒ):无力的样子。
④ 口中珠:古代人死入殓,口中放珍珠、玉等物,叫衔口。为了尸体防腐,有时在尸身上涂水银或者在口中灌入水银,故下文说"呕出水银介"。
⑤ 惊遽(jù):因突然刺激而恐慌。遽,畏惧的样子。
⑥ 业眼:佛家语,犹言造孽的眼睛。
⑦ 加味:原处方外另加几味(种)药。
⑧ 灵酥:灵药。

些无端道途①,弄的俺不着坟墓?(生)我便是柳梦梅。(旦)眵矇②觑,怕不是梅边柳边人数③。

(生)有这道姑为证。(净)小姐可认得道姑么?(旦看不语介)

【前腔】(净)你乍回头记不起俺这姑姑。(生)可记得这后花园?(旦不语介)(净)是了,你梦境模糊。(旦)只那个是柳郎?(生应)(旦作认介)柳郎真信人也。亏杀你拨草寻蛇,亏杀你守株待兔。棺中宝玩收存,诸余④抛散池塘里去。(众)呸!(丢去棺物介)向人间别画个葫芦⑤。水边头洗除凶物⑥。(众)亏小姐整整睡这三年。(旦)流年度,怕春色三分,一分尘土⑦。

(生)小姐,此处风露,不可久停。好处将息去。

【尾声】死工夫救了你活地狱,七香汤莹了美食相扶⑧。(旦)扶往那里去?(净)梅花观。(旦)可知道洗棺尘都是这高唐观中雨。

(生)天赐燕支一抹腮⑨。 罗 隐

---

① 无端道途:这里指无赖之辈、歹徒。
② 眵(míng)矇:朦胧,看不清楚。
③ 人数:人。
④ 诸余:其他的一切东西。
⑤ 向人间别画个葫芦:重新做人。谚语"依样画葫芦",原是模仿的意思。
⑥ 凶物:丧葬的用品。
⑦ 怕春色三分,一分尘土:怕青春虚度,委于尘土。语出苏轼《水龙吟》的"春色三分,二分尘土,一分流水"词句。
⑧ 七香汤:沐浴用的加了许多香料的汤水。莹:用作动词,指沐浴后使之光洁。美食相扶:用好的饮食加以调养。
⑨ 天赐燕支一抹腮:指柳梦梅看到开棺重生的杜丽娘依然美丽。语本罗隐《红梅》。

（旦）随君此去出泉台①。景舜英

（净）俺来穿穴非无意②。张　祜

（生）愿结灵姻愧短才③。潘　雍

精彩解说

　　本出《回生》写柳梦梅得到了石道姑的指引，以及癞头鼋的帮助，掘开了杜丽娘的坟，撬开了棺材，给杜丽娘喝了陈最良开的还魂汤，使已经死去三年的杜丽娘还魂再生了。

　　依照当时的法规，擅自挖坟开棺，是要定死罪的，但柳梦梅对杜丽娘的游魂已经爱得如痴如醉。而且，他知道了当年杜丽娘病亡是由于思念梦中的自己而患了相思病，任何方法都难以救治，最终郁郁而终。因此，他不顾一切地要掘开杜丽娘的坟墓，帮她还魂重生。他慎重地沐浴更衣，烧香拜神，为冲喜还特穿上一袭红衣，一手携香篮，一手提酒，疾步上场，足见他对杜丽娘爱之深、情之切。

　　一般文学作品写到掘墓开棺的情节，尤其是戏曲，多半会轻描淡写一带而过，但汤显祖在《回生》一出中，非常详细地描写了整个过程。当柳梦梅和癞头鼋掘开了杜丽娘的孤坟，棺内的杜丽娘仍然"异香袭人，幽姿如故"，柳梦梅看到杜丽娘依然无比美丽。在地下长眠了三年的杜丽娘迷糊懵懂，她稍回过神来，张口便问："只那个是柳郎？"吴吴山三妇合评本《牡丹亭》评论曰："'梅边柳边'，此处一疑，后文一问，绝有神理。盖丽娘止于梦里魂里曾见柳生，生前原未相识，不可无此疑问耳……两番不语，忽问柳郎，正见一灵不放处。"由此可见，杜丽娘即使是死去了，依旧挂念着

---

① 随君此去出泉台：指杜丽娘被柳梦梅开馆并喂了还魂散，得以死而复生。语本景舜英《留金扼臂赠别》。

② 俺来穿穴非无意：指石道姑热心帮忙寻坟掘墓。语本张祜《题朱兵曹山居》。"俺"在原诗中作"我"。

③ 欲结灵姻愧短才：指柳梦梅愿意与已经还魂了的杜丽娘结成真正的夫妻。语本潘雍《赠葛氏小娘子》。

梦中的情人。她的死去并非现实中真的死去，仅是肉体被埋葬于地下，她的魂灵依旧是活着的。这个细节跟整个还魂的情节极其契合，属于《牡丹亭》艺术化传奇的神来之笔。待认过柳生后，杜丽娘欣慰地说："柳郎真信人也！"这呼应了题词中的宣言："情不知所起，一往而深。生可以死，死可以生。"

在柳梦梅的一片志诚与深情感召下，杜丽娘得以起死回生。柳梦梅毫不犹豫地宣布，愿意与已经还魂了的杜丽娘结成真正的夫妻。"情之至"者，柳生当之无愧。"人鬼情"的剧情进入了高潮。杜丽娘与柳梦梅的人鬼之恋，还必须要经历考验和洗礼。《牡丹亭》的大幕重重开启，读者和观众对柳梦梅和杜丽娘在阳世间的爱情故事充满着新的期待。

第三十六出 婚 走

原文

【意难忘】(净扶旦上)(旦)如笑如呆,叹情丝不断,梦境重开。(净)你惊香辞地府,舆櫬出天台①。(旦)姑姑,俺强挣作②,软哈哈③,重娇养起这嫩孩孩。(合)尚疑猜,怕如烟入抱,似影投怀④。

【画堂春】(旦)蛾眉秋恨满三霜⑤,梦余荒冢斜阳。土花零落旧罗

---

① "你惊香辞地府"二句:指杜丽娘死而复生,容颜依旧,非常令人惊奇。惊香,美貌。舆櫬(chèn),以车载运棺材,这里代指死者。天台,本指仙境,这里和地府一样,都是代称阴间。
② 挣作:挣扎,振作。
③ 软哈哈:软绵绵。
④ 如烟入抱,似影投怀:鬼魂虚无缥缈如烟似影,这里形容杜丽娘刚刚还魂复生,身体十分虚弱的样子。《搜神记》载,吴王夫差的女儿紫玉,爱上了青年韩重,但吴王拒绝了韩家的求婚,紫玉气郁而死。韩重去紫玉墓凭吊,紫玉的魂灵从坟墓中出来,带他进入坟墓,送给他明珠。韩重出来,向吴王说明情况,吴王怀疑韩重盗发坟墓,紫玉魂灵出来,向父王表明,救下了韩重。当紫玉的母亲想去抱她时,紫玉却和烟一样消失不见了。
⑤ 三霜:三年。

裳，睡损红妆①。（净）风定彩云犹怯，火传金炝②重香。如神如鬼费端详，除是高唐。（旦）姑姑，奴家死去三年，为钟情一点，幽契③重生，皆亏柳郎和姑姑信心提救。又以美酒香酥，时时将养，数日之间，稍觉精神旺相。（净）好了，秀才三回五次，央俺成亲哩。（旦）姑姑，这事还早。扬州问过了老相公、老夫人，请个媒人方好。（净）好消停④的话儿。这也由你。则问小姐前生事，可都记得些么？

【胜如花】（旦）前生事，曾记怀，为伤春病害。困春游梦境难捱，写春容那人儿拾在。那劳承、那般顶戴⑤，似盼天仙盼的眼哈⑥，似叫观音叫的口歪。（净）俺也听见些。则小姐泉下怎生得知？（旦）虽则尘埋，把耳轮儿热坏。感一片志诚无奈，死淋侵走上阳台⑦，活森沙⑧走出这泉台。

（净）秀才来哩。

【生查子】（生上）艳质久尘埋，又挣出这烟花界⑨。你看他含笑插金钗，摆动那长裙带。

---

① 土花零落旧罗裳，睡损红妆：指杜丽娘死去三年，容颜改变。化用宋代秦观《画堂春》的"杏花零落燕泥香，睡损红妆"词句。
② 金炝（xiè）：蜡烛的余烬，这里指香烬。
③ 幽契：冥合，指杜丽娘的鬼魂与柳梦梅交欢。
④ 消停：从容，自在。
⑤ 劳承：牢承，古代女子对情人的昵称，犹言滑头。顶戴：供奉膜拜。
⑥ 眼哈：眼呆，眼直。
⑦ 死淋侵：死呆呆、毫无生气的样子。淋侵，语尾助词。阳台：这里指男女欢合的处所，语出战国楚宋玉《高唐赋序》的"旦为朝云，暮为行雨，朝朝暮暮，阳台之下"之句。
⑧ 活森沙：活生生地，活泼地。森沙，语尾助词，加强语气用。
⑨ 挣出这烟花界：挣脱泉台出现在这繁华的世界。挣，从……挣脱出来。烟花界，繁华世间。

（见介）丽娘妻。（旦羞介）（生）姐姐，俺地窟里扶卿做玉真，（旦）重生胜过父娘亲。（生）便好今宵成配偶，（旦）懵腾①还自少精神。（净）起前说精神旺相，则瞒着秀才。（旦）秀才，可记得古书云："必待父母之命，媒妁之言②。"（生）日前虽不是钻穴相窥，早则钻坟而入了。小姐今日又会起书来。（旦）秀才，比前不同。前夕鬼也，今日人也。鬼可虚情，人须实礼。听奴道来：

【胜如花】青台闭、白日开③。（拜介）秀才呵，受的俺三生礼拜，待成亲少个官媒。（泣介）结盏④的要高堂人在。（生）成了亲，访令尊令堂，有惊天之喜。要媒人，道姑便是。（旦）秀才，忙待怎的？也曾落几个黄昏陪待。（生）今夕何夕⑤？（旦）直恁的急色秀才。（生）小姐捣鬼。（旦笑介）秀才捣鬼。不是俺鬼奴台⑥妆妖作乖。（生）为甚？（旦羞介）半死来回，怕的雨云惊骇。有的是这人儿活在，但将息俺半载身材⑦。（背介）但消停俺半刻情怀。

【不是路】（末上）深院闲阶，花影萧萧转翠苔。（扣门介）人谁在？是陈生探望柳君来。（众惊介）（生）陈先生来了，怎好？

---

① 懵（měng）腾：糊里糊涂，神志不清。
② 此引号中二句语出《孟子·滕文公》："丈夫生而愿为之有室，女子生而愿为之有家。父母之心，人皆有之。不待父母之命，媒妁之言，钻穴隙相窥，逾墙相从，则父母国人皆贱之。"
③ 青台闭、白日开：指杜丽娘走出墓穴回到人间。青台，即泉台，黄泉。白日，阳间，人间。
④ 结盏：即合卺，指婚礼。
⑤ 今夕何夕：指柳梦梅希望当夜就成亲。语出《诗经·唐风·绸缪》"今夕何夕？见此良人"之句，这首诗写爱人在晚上相会。
⑥ 鬼奴台：鬼奴胎，犹言小鬼头。
⑦ 但将息俺半载身材：就让我调养半年身体。将息，调养，休息。

（旦）姑姑，俺回避去。（下）（末）忒奇哉，怎女儿声息纱窗外，硬抵门儿应不开？（又扣门介）（生）是谁？（末）陈最良。（开门见介）（生）承车盖①，俺衣冠未整因迟待。（末）有些惊怪。（生）有何惊怪？

【前腔】（末）不是天台，怎风度娇音隔院猜？（净上）原来陈斋长到来。（生）陈先生说里面妇娘声息，则是老姑姑。（净）是了，长生会②，莲花观③里一个小姑来。（末）便是前日的小姑么？（净）另是一众。（末）好哩，这梅花观一发兴哩。也是杜小姐冥福所致。因此径来相约，明午整个小盒儿④，同柳兄往坟上随喜去。暂告辞了。无闲会，今朝有约明朝在，酒滴青娥⑤墓上回。（生）承拖带，这姑姑点不出个茶儿⑥待。即来回拜。（末）慢来回拜。（下）

（生）喜的陈先生去，请小姐有话。（旦上）（净）怎了，怎了？陈先生明日要上小姐坟去。事露之时，一来小姐有妖冶⑦之名，二来公相无闺阃之教⑧，三来秀才坐迷惑之讥，四来老身招发掘之罪。如何是了？（旦）老姑姑，待怎生好？（净）小姐，这柳秀才待往临安取

---

① 承车盖：承蒙您车驾光临，这里指陈最良到访。车盖，车上的伞盖，这里指车。
② 长生会：泛指道观中的法事。
③ 莲花观：道观名。
④ 整个小盒儿：准备一份酒食，这里是指祭奠用的酒食。小盒儿，原是说把酒食放在盒儿里，引申为携带外出的酒食的代词。
⑤ 青娥：少女，这里指杜丽娘。
⑥ 点不出个茶儿：点茶，古代烹茶的一种方法，这里指泡茶。
⑦ 妖冶：妖媚，不正派，不庄重。
⑧ 闺阃之教：指对妇女合乎妇德的教育。闺阃原指女子所居内室，这里借指妇女。

应①。不如曲成亲事,叫童儿寻只赣船②,夤夜开去,以灭其踪。意下何如?(旦)这也罢了。(净)有酒在此。你二人拜告天地。(拜,把酒介)

【榴花泣】(生)三生一会,人世两和谐。承合卺,送金杯。比墓田春酒这新醅,才酡转人面桃腮③。(旦悲介)伤春便埋,似中山醉梦④三年在。只一件来,看伊家龙凤姿容,怎配俺这土木形骸⑤!

(生)那有此话!

【前腔】相逢无路,良夜肯疑猜?眠一柳,当了三槐⑥。杜兰香真个在读书斋,则柳耆卿不是仙才⑦。(旦叹介)幽姿暗怀,被元阳⑧鼓的这阴无赖。柳郎,奴家依然还是女身。(生)已经数度幽期,玉体岂能无损?(旦)那是魂,这才是正身陪奉。伴情哥则是游

---

① 取应:参加科举考试。取,指朝廷开科取士;应,指士子应考。
② 赣船:赣江上的船。
③ "比墓田春酒这新醅"二句:比起墓田祭祀浇奠的酒,今天的酒让新生之人显得人面桃花般美丽。新醅(pēi),新酒。酡(pō)转,指因饮酒而脸红;酡,重酿酒。
④ 中山醉梦:晋代张华《博物志》载,中山狄希能造千日酒,饮后醉千日。刘玄石在中山酒家喝了千日酒,一醉不醒。家里人以为他死了,把他葬了。千日之后,狄希命其家人凿冢破棺,果然发现刘玄石刚刚醒来。
⑤ 土木形骸:原指人的形体和土木一样,不加修饰。这里暗喻杜丽娘在墓(土)棺(木)中埋了三年,刚刚还魂,自惭形秽,不堪与柳梦梅婚配。
⑥ 眠一柳,当了三槐:一夜欢爱,就如同考取了功名平步青云。眠一柳,语出《三辅旧事》的"汉苑中有柳,状如人,号曰人柳。一日三眠三起"的典故。三槐,即高官三公,这里指春试及第。
⑦ "杜兰香真个在读书斋"二句:柳梦梅自谦,认为自己只是凡人,而杜丽娘美得就像仙女一样。杜兰香,传说中的仙女,这里借指杜丽娘。柳耆卿,宋代著名词人柳永,字耆卿,这里借指柳梦梅。
⑧ 元阳:中医认为,元阳是人阳气的根本,这里代指男人。

魂，女儿身依旧含胎①。

（外舟子歌上）春娘爱上酒家子楼，不怕归迟总弗子愁。推道那家娘子睡，且留教住要梳子头。（又歌）不论秋菊和那春子个花，个个能噇空肚子茶。无事莫教频入子库，一名闲物他也要些子些②。（丑扮疙童上）船，船，船，临安去。（外）来，来，来。（拢船介）（丑）门外船便，相公纂下小姐班③。（净辞介）相公、小姐，小心去了。（生）小姐无人伏侍，烦老姑姑一行，得了官时相报。（净）俺不曾收拾。（背介）事发相连，走为上计。（回介）也罢，相公赏侄儿什么，着他和俺收拾房头，俺伴小姐同去。（丑）使得。（生）便赏他这件衣服。（解衣介）（丑）谢了。事发谁当？（生）则推不知便了。（丑）这等请了。秃厮儿堪充道伴，女冠子权当梅香④。（下）

【急板令】（众上船介）别南安孤帆夜开，走临安把双飞路排。（旦悲介）（生）因何吊下泪来？（旦）叹从此天涯，从此天涯。叹三年此居，三年此埋。死不能归，活了才回。（合）问今夕何夕？此来、魂脉脉，意哈哈。

【前腔】（生）似倩女返魂⑤到来，采芙蓉回生并载。（旦叹介）（生）为何又吊下泪来？（旦）想独自谁挨，独自谁挨？翠黯香

---

① 含胎：含苞，意谓还是处女身。

② "春娘爱上酒家子楼"八句：化用唐代李昌符《婢仆诗》二首。噇（chuáng），无节制地吃喝。一名，一样。

③ 相公纂下小姐班：意为相公扶小姐上船。

④ 厮儿：男孩子，这里指秃童。女冠子：指女道姑。按，此处《女冠子》《秃厮儿》都是曲牌名，显出作者汤显祖的文字游戏的机巧。

⑤ 倩女返魂：《太平广记》卷三五八引《离魂记·王宙》载，张倩娘（倩女）和爱人王宙相恋，她的父亲却把她另许人家。两人离别后，张倩娘抑郁相思成病，她的灵魂离开身体，赶上了王宙，同船到四川，和他同居生子。后来两人返回，张倩娘的灵魂和病中的身体合而为一。元代郑光祖据此创作了《倩女离魂》杂剧。

囊,泥渍金钗。怕天上人间,心事难谐。(合前)

(净)夜深了,叫停船。你两人睡罢。(生)风月舟中,新婚佳趣,其乐何如!

【一撮棹】蓝桥驿①,把奈河桥风月筛。(旦)柳郎,今日方知有人间之乐也。七星版,三星照,两星排②。今夜呵,把身子儿带,情儿迈、意儿挨。(净)你过河,衣带紧、请宽怀。(生)眉横黛,小船儿禁重载?这欢眠自在,抵多少吓魂台③。

【尾声】情根一点是无生债④。(旦)叹孤坟何处是俺望夫台⑤?柳郎,俺和你死里逃生情似海。

(生)偷去须从月下移⑥。吴　融

---

① 蓝桥驿:《太平广记》卷五十引《传奇·裴航》载,裴航路过蓝桥驿,口渴,遇见一个织麻的老妪,向其求水喝,老妪让孙女云英给他倒水喝。他对云英一见钟情,想娶她为妻。老妪说,他必须找到月宫中的玉杵白,才能娶孙女。后来裴航历尽曲折,找到了玉杵白,娶了云英,两人双双成仙。
② 七星版,三星照,两星排:指杜丽娘回生,婚走,与柳梦梅情投意合。七星版,即七星板,棺材里的夹底板,有七个星一样的小孔。三星,星宿,语出《诗经·唐风·绸缪》的"三星在天"之句。两星,指牵牛、织女两星,神话传说七夕时双星过银河相会。
③ 抵多少吓魂台:胜过阴间许多。抵多少,胜过。吓魂台,即东岳吓魂台,元曲中常用此词,是阴间折磨鬼魂的地方。
④ 情根一点是无生债:只要有一点点男女情思,就达不到无生的境界。无生,佛家修行所达到的最高境界,即无生无灭、不生不灭的涅槃境界。
⑤ 望夫台:即望夫石,在湖北武昌北山上有大石如人立。相传古时有女子带着小孩在这里送她的丈夫出征,一直站着看丈夫,以至死去,身体化为石头。
⑥ 偷去须从月下移:指柳梦梅等月夜坐船悄悄离开南安。语本吴融《高侍御话及皮博士池中白莲因成一章寄博士兼奉呈》。

（净）好风偏似送佳期[①]。陆龟蒙
（旦）傍人不识扁舟意[②]。张　蠙
（净）惟有新人子细知[③]。戴叔伦

精彩解说

　　本出《婚走》写柳梦梅掘坟开棺，救出了杜丽娘，杜丽娘得以还阳重生。杜丽娘刚刚复生，身体十分虚弱。她虽死去三年，但死而复生后容颜依旧，非常令人惊奇。柳梦梅与之游魂交欢的情人终于复活了，他欣喜不已。但在当时开棺是死罪，一旦为官府所知，定被追究。而陈最良对此并不知情，他约柳梦梅次日去给杜小姐上坟，石道姑和柳梦梅害怕事发。石道姑劝杜丽娘跟梦中情人结成婚配。柳梦梅迫不及待，希望当夜就成亲。他们趁月夜雇船悄悄逃去临安。

　　可是，面对梦中情人的求婚，活着死去都狂恋着柳梦梅的杜丽娘，却以"必待父母之命，媒妁之言"婉拒了。复活的杜丽娘似乎不如作为鬼魂的杜丽娘那样大胆勇敢，成了一个恪守传统礼教的、现实的女子。事实上，杜丽娘的勇气并未随着"回生"而消失，她的思想和肉体都活了过来，她已经是真正的活人了，她希望符合社会规范的"父母之命、媒妁之言"，希望父母能承认她和梦中情人的婚姻，希望礼教社会承认他们正常合理的爱情追求。她是希望以此向父母和社会宣告，自己生生死死追求的自由恋爱婚姻，是正常人性的需求，并非什么见不得人的卑贱、罪恶事。"鬼可虚情，人须实礼"，杜丽娘就是希望在复活后柳梦梅能明媒正娶她，大大方方地生活在一起。

---

① 好风偏似送佳期：指石道姑为杜、柳二人终成伴侣而高兴。语本陆龟蒙《中秋待月》。

② 傍人不识扁舟意：指无人知道船行的目的。语本张蠙《经范蠡旧居》。"傍"在原诗中作"他"。

③ 惟有新人子细知：指船上新婚夫妇因掘坟而逃离。语本戴叔伦《抚州被推昭雪答陆太祝三首》之一。

杜丽娘挣脱了泉台，重返这繁华的世界。面对梦中情人，她有些自惭形秽，认为在墓棺中埋了三年，刚刚还魂，容颜改变，不堪立即与柳梦梅婚配，希望调养半年身体。而柳梦梅也非常自谦，认为自己只是凡人，而杜丽娘美得就像仙女一样。可见，两人互相替对方考虑，并非只是满足自己的私欲，因此两人之间是真爱。

杜丽娘已经经历过死生的历练，从前生那个只能满怀幽情相思而亡的深闺少女，成长为成熟的、希望掌控自己命运的坚强女子。"死里逃生情似海"，表达了杜丽娘对爱情的追求是坚定不移的。当她得知陈最良可能会告发柳梦梅非法开棺而导致爱情婚姻受阻时，她果断地接受了石道姑的建议，曲成婚姻，跟柳梦梅远走临安。石道姑也深为杜、柳二人终成伴侣而高兴。

第三十七出 骇 变

原文

（末上）【集唐】

①风吹不动顶垂丝。雍　陶
吟背春城出草迟。朱庆馀
毕竟百年浑是梦。元　稹
夜来风雨葬西施。韩　偓

俺陈最良。只因感激杜太守，为他看顾小姐坟茔。昨日约了柳秀才到坟上望去，不免走一遭。（行介）岩扉不掩云长在，院径无媒草自生。待俺叫门。（叫介）呀，往常门儿重重掩上，今日都开在此。待俺参了圣②。（看菩萨介）咳，冷清清没香没灯的。呀，怎不见了杜小姐牌位？待俺问一声老姑姑。（叫三声介）俗家去了？待俺叫柳兄问他。（叫介）柳朋友！（又叫介）柳先生！一发不应了。（看介）嘎！柳秀才去了。医好了病，来不参，去不辞。没行止③，没行止！待俺西房瞧瞧。咳哟！道姑也搬去了。磬儿，锅儿，床席，一些都不见了。怪哉！

---

① "风吹不动顶垂丝"四句：分别出自雍陶《咏双白鹭》、朱庆馀《寻僧》、元稹《酬乐天秋兴见赠本句云莫怪独吟秋兴苦比君校近二毛年》、韩偓《哭花》。个别文字有改动。西施，古美女，这里用人比喻落花。

② 参了圣：拜了菩萨。圣，这里指菩萨。

③ 行止：德行，品行。

（想介）是了。日前小道姑有话，日昨又听的小道姑声息，其中必有柳梦梅勾搭事情，一夜去了。没行止，没行止！由他，由他。到后园看小姐坟去。（行介）

【懒画眉】园深径侧老苍苔，那几所月榭风亭久不开，当时曾此葬金钗①。（望介）呀，旧坟高高儿的，如今平下来了也。缘何不见坟儿在？敢是狐兔穿空倒塌来？

这太湖石，只左边靠动了些，梅树依然。（惊介）咳呀！小姐坟被劫了也！（放声哭介）

【朝天子】小姐，天呵！是什么发冢无情短幸材②？他有多少金珠葬在打眼③来。小姐，你若早有人家，也搬回去了。则为玉镜台无分照泉台④。好孤哉！怕蛇钻骨、树穿骸，不堤防这灾。

知道了，柳梦梅岭南人，惯了劫坟。将棺材放在近所，截了一角为记，要人取赎。这贼意思，止不过说杜老先生闻知，定来取赎。想那棺材，只在左近埋下了，待俺寻。（见介）咳呀！这草窝里不是朱漆板头？这不是大锈钉开了去？天呵！小姐骨殖丢在那里？（望介）那池塘里浮着一片棺材。是了，小姐尸骨抛在池里去了。狠心的贼也！

【普天乐】问天天你怎把他昆池碎劫无余在⑤？又不欠观音锁骨连

---

① 葬金钗：指葬杜丽娘。金钗，代指女人。
② 短幸材：短命的、没良心的家伙，骂人的话。
③ 打眼：引人注意，以致使人起觊觎之心。
④ 玉镜台无分照泉台：生前没有受聘结婚，死后坟墓无人照看。玉镜台，指聘礼，典出南朝宋刘义庆《世说新语·假谲》，晋代温峤以玉镜台作聘物，和他的表妹结婚。泉台，阴间。
⑤ 昆池碎劫无余在：骨殖遭了劫难，没有一点儿留下来。昆池碎劫，据《三辅皇图》卷四载，汉武帝在长安近郊开凿昆明池，掘到黑土，问西域胡人，胡人说这就是劫灰。昆池，即昆明池。

环①债,怎丢他水月魂骸?乱红衣暗泣莲腮②,似黑月重抛业海③。待车干池水,捞起他骨殖来。怕浪淘沙碎玉难分派。倒不如当初水葬无猜。贼眼脑④生来毒害,那些个⑤怜香惜玉,致命图财!

先师云:"虎兕出于柙,龟玉毁于椟中,典守者不得辞其责。"⑥

俺如今先去禀了南安府缉拿。星夜往淮扬,报知杜老先生去。

【尾声】石虔婆,他古弄里金珠曾见来⑦。柳梦梅,他做得个破周书汲冢才⑧。小姐呵,你道他为什么向金盖银墙做打家贼?

丘坟发掘当官路⑨。 韩　愈

---

① 观音锁骨连环:即连环锁骨观音。《太平广记》卷一百一《延州妇人》条载,唐大历时,延州有一妇人死后,一西域胡僧见墓,焚香敬礼,说是"锁骨菩萨",众人即开墓,视遍身之骨,钩结皆如锁状,果如僧言。这里指杜丽娘的骸骨。下句"水月魂骸"同义。

② 乱红衣:四处飘落的红色的莲花瓣。莲腮:即莲花腮,这里指代容颜、身体。

③ 业海:佛教形容众生造作的罪业无量无边,犹如大海,这里指池塘。

④ 眼脑:眼。

⑤ 那些个:说不上,哪里会。

⑥ "虎兕出于柙"三句:陈最良引咎自责,自己没尽到看管好杜丽娘坟墓的责任。语出《论语·季氏》:"孔子曰:'……虎兕出于柙,龟玉毁于椟中,是谁之过与?'"朱熹注:"典守者不得辞其过。"兕,野牛;柙,兽笼;龟玉,龟甲和宝玉,上古时代认为是国家的重器;椟(dú),柜子。

⑦ 石虔婆,他古弄里金珠曾见来:指石道姑曾为杜丽娘装殓,见过棺内随葬的金珠。虔婆,指不正派的老婆子,犹言贼婆娘。古弄里,窟窿里,这里指坟墓里。

⑧ 破周书汲(jí)冢(zhǒng)才:这里指柳梦梅为盗墓人。《晋书·武帝本纪》载,晋咸宁五年,汲郡人不准(人名)发掘魏襄王墓,得到很多周秦古书,称汲冢书。冢,墓。

⑨ 丘坟发掘当官路:指陈最良对杜丽娘墓被公然盗掘十分愤慨。语本韩愈《题广昌馆》。

春草茫茫墓亦无①。白居易

致汝无辜由俺罪②。韩　愈

狂眠恣饮是凶徒③。僧子兰

精彩解说

　　本出《骇变》写柳梦梅、石道姑等人掘开杜丽娘的坟墓，打开棺木并救出了杜丽娘后，害怕官府追究问罪，忙乱中将棺木抛在了附近的池塘里。本来，陈最良与柳梦梅约定为杜丽娘上坟的，但陈最良到梅花观，没有找到柳梦梅，人去房空，他只好一个人去上坟。他看到园子里坟头平塌，草窝里散落着朱漆板头，池塘上漂浮着一片棺材，骨殖遭了劫难，没有一点儿留下来。他判定杜丽娘的坟被盗墓贼偷掘了，大为惊骇，不由得放声大哭，为自己曾经的学生、杜宝的宝贝千金死后竟然无端遭受这无妄之灾而伤心不已。陈最良联想到岭南一带盗墓的风俗，认定是柳梦梅劫了坟，还无情地将骨殖抛在水里。陈最良目睹杜丽娘坟茔被掘，大为惊骇，于是连忙先去南安府报了案，请求缉拿劫坟贼，又星夜赶往淮扬，去向杜宝禀告。

　　应该说，陈最良这个人除了迂腐，对曾经的主家还十分忠诚，对曾经的学生富有很深的感情。他感叹杜丽娘生前没有受聘结婚，死后坟墓无人照看；还认为自己没有尽到看管好杜丽娘坟墓的责任，甚为自责；他对杜丽娘墓被公然盗掘十分愤慨，为杜丽娘的骨殖被抛洒荡然无存而伤心悲痛。面对被掘的坟墓，陈最良意识到自己曾受杜宝嘱托，身负看管杜丽娘坟墓之责。他想到石道姑曾为杜丽娘装殓，见过棺内随葬的金珠，而柳梦梅会做出像古

---

① 春草茫茫墓亦无：指陈最良感叹杜丽娘骨殖无存。语本白居易《罗敷水》。

② 致汝无辜由俺罪：指陈最良自责没有尽到看管好杜丽娘坟墓的责任。语本韩愈《去岁自刑部侍郎以罪贬潮州刺史乘驿赴任其后家亦谴逐小女道死殡之层峰驿旁山下蒙恩还朝过其墓留题驿梁》。

③ 狂眠恣饮是凶徒：指陈最良指责柳梦梅是无良的盗墓贼。语本僧子兰《长安伤春》。

人掘墓盗出汲冢书那样掘开杜丽娘的坟墓的事，于是他赶紧去南安府报案请求缉拿劫坟贼，并急匆匆赶往淮扬向杜老爷报信。这一系列的所思所想所做无不体现了他对旧主的忠诚。

　　本出是陈最良的独角过场戏。本出后，剧中人物全部离开南安，剧情发生地点也转移至临安、淮扬，杜、柳的生死爱情主线与杜宝抗金的副线开始收拢，将要交织在一起，将剧情引向更深的层面。

第三十八出 淮 警

原文

【霜天晓角】（净引众上）英雄出众，鼓噪红旗动。三年绣甲锦蒙茸①，弹剑把雕鞍斜鞚②。

贼子豪雄是李全，忠心赤胆向胡天。靴尖踢倒长天堑③，却笑江南土不坚。俺溜金王，奉大金之命，骚扰江淮三年。打听大金家兵粮凑集，将次南征，教俺淮扬开路，不免请出贱房④计议。中军⑤快请。（众叫介）大王叫箭坊。（老旦军人持箭上）箭坊俱已造完。（净笑恼介）狗才，怎么说？（老旦）大王说，请出箭坊计议。（净）胡说！俺自请杨娘娘，是你箭坊⑥？（老旦）杨娘娘是大王箭坊，小的也是箭坊。（净喝介）

---

① 蒙茸：同蒙戎，形容衣服散乱、不整齐。这里形容军中生活劳顿，以至甲胄凌乱。
② 弹剑：敲击剑把。雕鞍：雕花装饰的马鞍，这里指马。鞚：马笼头，这里指拉住马缰绳。
③ 靴尖踢倒长天堑（qiàn）：元代刘一清《钱塘遗事》载，南宋末投降蒙古的叛将吕文焕答宋太皇太后书中有"孤城其如弹丸，谓靴尖之踢倒；长江虽曰堑固，欲提鞭而断流"之句。长天堑，指长江。
④ 贱房：对人谦称自己的妻子。
⑤ 中军：中军官，即传令官。
⑥ 箭坊：造箭作坊，这里指造箭工匠，和上文贱房谐音，属于插科打诨。

【前腔】（丑上）帐莲①深拥，压寨的②阴谋重。（见介）大王兴也！你夜来鏖战好粗雄，困的俺垓心没缝③。

> 大王夫，俺睡倦了。请俺甚事商量？（净）闻得金主南侵，教俺攻打淮扬，以便征进。思想扬州有杜安抚镇守，急切难攻。如何是好？（丑）依奴家所见，先围了淮安，杜安抚定然赴救。俺分兵扬州，断其声援，于中取事。（净）高，高！娘娘这计，李全要怕你了。（丑）你那一宗儿不怕了奴家！（净）罢了。未封王号时，俺是个怕老婆的强盗；封王之后，也要做怕老婆的王。（丑）着了。快起兵去攻打淮城。

【锦上花】拨转磨旗峰④，促紧先锋。千兵摆列，万马奔冲。鼓通通，鼓通通，噪的那淮扬动。

【前腔】（众）军中母大虫⑤，绰有威风。连环阵势，烟粉牢笼⑥。哈哄哄，哈哄哄，哄的那淮扬动。（丑）溜金王听俺吩咐：军到处，不许你抢占半名妇女。如违，定以军法从事。（净）不敢。

   （丑）日暮风沙古战场⑦。　　王昌龄
   （净）军营人学内家妆⑧。　　司空图

---

① 帐莲：即莲帐，莲幕，原指幕府，这里指将领营帐。
② 压寨的：即压寨夫人，山寨首领的妻子。
③ 你夜来鏖战好粗雄，困的俺垓心没缝：这是李全夫妻间调情语。鏖（áo）战，激战。垓心，战场中心。
④ 拨转磨旗峰：摇动调转开道旗，改变行军的方向。磨旗，这里指开道旗。磨，原作挥动解，见《东京梦华录》卷七。峰，指旗帜的顶尖。
⑤ 母大虫：雌老虎，民间多做泼辣悍妇的绰号，这里指李全妻。
⑥ 烟粉：女人的化妆品，代指女人，这里指李全妻。牢笼：控制。
⑦ 日暮风沙古战场：指李全即将发动侵宋战争。语本王昌龄《从军行七首》之三。
⑧ 军营人学内家妆：指李全军中有他的妻子这样的"母夜叉"。语本司空图《歌》。内家妆，宫内女人梳妆打扮的式样。

（众）如今领帅红旗下①。张建封
（众）擘破云鬟金凤凰②。曹　唐

精彩解说

本出《淮警》写宋金的局势越来越紧张，金兵将要大规模南侵，降金贼将李全已经奉金主完颜亮之命，率部先行攻打南宋重镇淮安、扬州。

李全本是南宋农民起义军的首领，以反抗金兵有功，后受招安归顺南宋，领兵抗金。但他后来叛宋通元蒙，骚扰江淮。不过，剧中的李全鲁莽无谋，被李全视为"母老虎"的妻子则诡计多端，李全妻实际统帅全军。李全对妻子言听计从，决定先围淮安，再发兵扬州，从而造成情节发展的紧张气氛。在《牡丹亭》中，汤显祖对李全妻虽着笔不多，但塑造出的人物形象十分鲜明：她的个性既有强悍、果决的一面，指挥大军"拨转磨旗峰"，军中将士称其"绰有威风"，李全都自称封王前是个怕老婆的强盗，被完颜亮封为溜金王后，却又是个怕老婆的王；她跟丈夫打情骂俏时，嗔怪丈夫"你夜来鏖战好粗雄，困的俺垓心没缝"，又显出了一个妻子的温顺柔情；结尾处更是神来之笔，李全妻吩咐传令："溜金王听俺吩咐：军到处，不许你抢占半名妇女。如违，定以军法从事。"表面上是向丈夫传达严厉的军令军规，实际上流露了怕丈夫沾惹其他女人的酸醋心理，一个小女人的形象跃然纸上。

《淮警》一出又进入了武戏模式。就在上出柳梦梅掘开了杜丽娘的坟墓、给杜丽娘喝了还魂汤复活后，他害怕官府追究，匆忙带着心上人一起逃往临安，随之本出舞台上就又出现了金戈铁马疆场驰骋的大场面。汤显祖非常擅长拿捏戏剧的节奏，在儿女情长缠绵悱恻的"人鬼情"主线构架中，不时响起家国战争的战鼓声声，使得故事氛围一张一弛，观众一会儿沉浸于柔情蜜意情恨绵绵中，一会精神为之一振。

---

① 如今领帅红旗下：语本张建封《酬韩校书愈打毬歌》。
② 擘破云鬟金凤凰：本句同上句指李全妻实际统帅全军，李全言听计从。语本曹唐《玉女杜兰香下嫁于张硕》。

溜金王夫妻的对话引出南侵之计，点明李全即将发动侵宋战争，目标直指淮安杜宝，暗示战争将为杜、柳爱情带来更多不确定因素，故事情节发展也蕴含更多不确定，从而成功设置了故事悬念。

需要说明的是，李全叛宋时为1225年，距赵构即位杭州将近百年。本剧中涉及李全的情节多为虚构，如被金人封为溜金王、兵败下海（第四十七出）等。

第三十九出　如　杭

原文

【唐多令】（生上）海月①未尘埋，（旦上）新妆倚镜台。（生）卷钱塘风色破书斋。（旦）夫，昨夜天香云外吹，桂子月中开②。

（生）夫妻客旅闷难开，（旦）待唤提壶酒一杯。（生）江上怒潮千丈雪，（旦）好似禹门平地一声雷③。（生）俺和你夫妻相随，到了临安京都地面，赁下一所空房，可以理会书史。争奈④试期尚远，客思转深。如何是好？（旦）早上吩咐姑姑，买酒一壶，少解夫君之闷，尚未见回。（生）生受了。娘子，一向不曾说及：当初只说你是西邻女子，谁知感动幽冥，匆匆成其夫妇。一路而来，到今不曾请教，小姐可是见小生于道院西头？因何诗句上"不是梅边是柳边"，就指定了小生姓名？这灵通委是怎的？（旦笑介）柳郎，俺说见你于道院西头是假。我前生呵：

---

① 海月：也称"窗贝"，贝壳类动物，白色圆形，薄而透明，大如镜子，《说郛》卷六引《临海水土异物志》有"海月大如镜，白色正圆，常死海边"的记载，这里用来指镜子。

② 昨夜天香云外吹，桂子月中开：指杭州秋天桂花飘香风景怡人。化用宋之问《灵隐寺》的"桂子月中落，天香云外飘"诗句。

③ 禹门平地一声雷：比喻高中状元。禹门，即黄河龙门，相传为夏禹所开凿，鱼跳过龙门，雷电烧了它的尾巴，才化而为龙。

④ 争奈：怎奈。

【江儿水】偶和你后花园曾梦来,擎一朵柳丝儿要俺把诗篇赛。奴正题咏间,便和你牡丹亭上去了。(生笑介)可好哩?(旦笑介)咳,正好中间,落花惊醒。此后神情不定,一病奄奄。这是聪明反被聪明带①,真诚不得真诚在,冤亲做下这冤亲债。一点色情难坏,再世为人,话做了两头分拍②。

【前腔】(生)是话儿听的都呆答孩③。则俺为情痴信及你人儿在。还则怕邪淫惹动阴曹怪,忌亡坟触犯阴阳戒。分④书生领受阴人爱,勾的你色身⑤无坏。出土成人,又看见这帝城风采。

(净提酒上)路从丹凤城边过,酒向金鱼馆内沽⑥。呀,相公、小姐不知:俺在江头沽酒,看见各处秀才,都赴选场去了。相公错过天大好事。(生、旦作忙介)(旦)相公只索快行。(净)这酒便是状元红⑦了。(旦把酒介)

【小措大】喜的一宵恩爱,被功名二字惊开。好开怀,这御酒三杯,放着四婵娟人月在⑧。立朝马五更门外,听六街⑨里喧传人气

---

① 带:带累,耽误。
② 分拍:分说。
③ 呆答孩:发呆,发愣。答孩,词尾,无意义。
④ 分:应分,应当,应该。
⑤ 色身:佛教语,即肉身。
⑥ 路从丹凤城边过,酒向金鱼馆内沽:住在京城,去酒馆沽酒。语出唐代殷尧藩《春游》诗。
⑦ 状元红:酒名,这里以有相关寓意的酒名讨个好彩头,祝柳梦梅能高中状元。
⑧ 四婵娟人月在:人月都团圆。四婵娟,指花、竹、人、月。语出孟郊《婵娟篇》的"花婵娟泛春泉,竹婵娟笼晓烟,妓婵娟不长妍,月婵娟真可怜"之句。
⑨ 六街:唐代京都城中左右有六条街,这里泛指京都街市。

概。七步才①,蹬上了寒宫八宝台②。沉醉了九重春色③,便看花④十里归来。

【前腔】(生)十年窗下⑤,遇梅花冻九⑥才开。夫贵妻荣八字安排。敢你七香车稳情载⑦,六宫宣⑧有你朝拜,五花诰⑨封你非分外。论四德,似你那三从结愿谐⑩。二指大泥金报喜⑪。打一轮皂

---

① 七步才:形容人才思敏捷。南朝宋刘义庆《世说新语·文学》载,曹植被他的哥哥魏文帝曹丕所迫,须在十步内写成一首诗,不成则行大法。曹植只用七步就完成了一首:"煮豆持作羹,漉豉以为汁。萁在釜下燃,豆在釜中泣。本自同根生,相煎何太急!"
② 蹬上了寒宫八宝台:指已经折桂中了状元。寒宫,广寒宫,即月宫。八宝台,据《酉阳杂俎》卷一"月乃七宝合成"。中国古代神话中传说广寒宫中七宝台为嫦娥所居。这里用八宝台,是作者嵌用一到十数字需要而改。因月宫中有桂树,故登上了月宫八宝台折桂,比喻高中状元。
③ 沉醉了九重春色:指高中状元后,受邀进入皇宫中宴饮,化用杜甫《奉和贾至舍人早朝大明宫》的"九重春色醉仙桃"之句。九重,天子住处,语出《楚辞·九辩》:"君之门以九重"之句。春色,指醉酒脸上泛出的红晕。
④ 看花:新科状元打马游街,化用孟郊《登科后》的:"春风得意马蹄疾,一日看遍长安花"之句。
⑤ 十年窗下:即十年寒窗。
⑥ 冻九:数九日子,一年中最冷的时候。喻长年苦读终能科举及第。唐代科举考试在秋季举行,来年春天发榜。
⑦ 七香车稳情载:一定能坐上七香车。意思是柳梦梅相信自己一定能高中状元,妻子杜丽娘能被封为命妇。七香车,用香料涂饰的华贵座车。稳情,一准,一定。
⑧ 六宫宣:接受皇后宣召,贵妇入宫朝拜。六宫,皇后的寝宫,这里代指皇后。
⑨ 五花诰:五色绫做的册封夫人的命令状(诰命)。
⑩ 四德:妇德、妇言、妇容、妇工。三从:女人"未嫁从父,既嫁从夫,夫死从子"。三从、四德都是古代用来约束妇女言行举止的教条。
⑪ 泥金报喜:唐代进士及第,用泥金帖子寄到及第者家里报喜。泥金,金屑和胶水做的金色颜料。

盖①飞来。

（旦）夫，我记的春容诗句来。

【尾声】盼今朝得傍你蟾宫客，你和俺倍精神金阶对策②。高中了，同去访你丈人、丈母呵，则道俺从地窟里登仙那大喝采。

（旦）良人的的有奇才③。刘　氏

（净）恐失佳期后命催④。杜　甫

（生）红粉楼中应计日⑤。杜审言

（合）遥闻笑语自天来⑥。李　端

精彩解说

　　本出《如杭》写柳梦梅携着妻子杜丽娘离开南安，来到京城临安（杭州），同行的还有石道姑，他们租赁一间空房，杜、柳二人过起了"山寺月中寻桂子"的甜蜜生活。临安的秋天桂花飘香风景怡人，在明媚的清晨，杜丽娘夸赞丈夫柳梦梅才华超群，柳梦梅欣赏爱妻的花容月貌，满心欢喜地准备与妻子饮酒消遣。石道姑外出沽酒，夫妻二人闲话。柳梦梅问妻子，以前她在南安府中画春容时，为什么在上面题了"不是梅边是柳边"，恰好暗含了自己的姓名？杜丽娘就说起自己前生的情梦，以及后来感梦而亡的旧事；柳梦梅庆幸自己不畏触犯法规和不忌挖坟触动阴阳戒，从而让杜丽娘还魂重

---

①皂盖：黑色的蓬伞，古代官员仪仗之一，此指得官坐车归来。

②和：替，给。金阶：皇帝宫殿的台阶。对策：举人参加礼部会试中式后，再参加殿试，皇帝亲临殿廷主持，以经义政事出题，由应试人回答，叫对策。

③良人的的有奇才：杜丽娘夸赞丈夫柳梦梅才华超群。语本刘氏《夫下第》。的的，确确实实。

④恐失佳期后命催：指石道姑提醒柳梦梅不要错过科场考试。语本杜甫《送李八秘书赴杜相公幕》。

⑤红粉楼中应计日：指柳梦梅想到自己去应考了，杜丽娘会苦苦思念自己。语本杜审言《赠苏绾书记》。

⑥遥闻笑语自天来：盼望传来柳梦梅科举高中的喜讯。语本李端《长门怨》。

生,然后与自己结为夫妻,使得她前生的梦想成真。

如果说《惊梦》一出写的杜丽娘对柳梦梅的梦中情,《幽媾》一出写的是柳梦梅和杜丽娘的人鬼情,本出《如杭》则是表现杜、柳二人的人间情。《惊梦》是梦里幽欢,《幽媾》是阴阳媾和,到了《如杭》他们才真正享受着人间的男欢女爱。

石道姑沽酒归来,告诉柳生"看见各路秀才,都赴选场去了。相公错过天大好事",提醒柳梦梅不要错过科场考试。这一细节,是为其后续补试剧情埋下伏笔。新婚妻子杜丽娘没有沉浸在新婚燕尔的情欲中忘乎所以,她支持丈夫奔赴前程,催促他速速去赶考,于是石道姑提前祝贺道:"这酒便是狀元红了。"吴吴山三妇合评本《牡丹亭》云:"解闷之酒,移作饯行,简捷。"石道姑以有相关寓意的酒名讨个好彩头,祝柳梦梅能高中状元,她无疑是柳梦梅人生中的大恩人之一。当柳梦梅要去应考时,杜、柳二人各自有一大段欢快的表白:柳梦梅想到自己去应考了,杜丽娘会苦苦思念自己,杜丽娘盼望传来丈夫科举高中的喜讯;柳梦梅相信自己一定能高中狀元,然后作为新科狀元,受邀进入皇宫中宴饮,打马游街,妻子能接受皇后宣召,入宫朝拜,被封为命妇。他们充满了对未来科场高中的美好幻想和无限的喜悦。

杜丽娘为丈夫讲梦一段,解开了前面戏文中的一个谜团,即她为何题写了"不是梅边是柳边"的诗句,正如臧懋循《牡丹亭·如杭》批语所云:"丽娘回生之后,柳郎奔走无暇,今已入临安,石姑他出,诘问题诗所以,此一段断不可少。"

第四十出 仆 侦

原文

【孤飞雁】（净扮郭驼挑担上）世路平消长，十年事老头儿心上。柳郎君，翰墨人家长①。无营运、单承望，天生天养，果树成行。年深树老，把园围抛漾。你索在何方？好没主量②。凄惶，趁上他身衣口粮。

　　家人做事兴，全靠主人命。主人不在家，园树不开花。俺老驼，一生依着柳相公种果为生。你说好不古怪：柳相公在家，一株树上摘百十来个果儿；自柳相公去后，一株树上生百十来个虫。便胡乱长几个果，小厮们偷个尽。老驼无主，被人欺负。因此发个老狠，体探③俺相公过岭北来了，在梅花观养病，直寻到此。早则南安府大封条封了观门，听的边厢人说，道婆为事走了，有个侄儿癞头鼋小西门住。找寻他去。（行介）抹过大东路，投至小西门。（下）

【金钱花】（丑扮疙童披衣笑上）自小疙辣郎当④，郎当。官司拿俺为姑娘，姑娘。尽了法，脑皮撞。得了命，卖了房。充小厮，串

---

① 翰墨人：指读书人。
② 主量：主意，商量。
③ 体探：打听。
④ 疙辣：方言为疥癞，此指癞头。郎当：潦倒、颓唐的样子。

街坊。

若要人不知,除非己不为。自家癞头鼋便是。这无人所在,表白一会。你说姑娘和柳秀才那事,干得好,又走得好!只被陈教授那狗才,禀过南安府,拿了俺去。拷问姑娘那里去了?劫了杜小姐坟哩!你道俺更不聪明,却也颇颇的①,则掉着头②不做声。那乌官喝道:"马不吊不肥,人不拶③不直。把这厮上起脑箍来!"哎也,哎也!好不生疼!原来用刑人,先捞了俺一架金钟玉磬④,替俺方便,禀说这小厮夹出脑髓来了。那乌官喝道:"捻⑤上来瞧。"瞧了,大鼻子颩⑥,说道:"这小厮真个夹出脑浆来了。"不知是俺癞头上脓。叫松了刑,着保在外。俺如今有了命,把柳相公送俺这件黑海青⑦穿摆将起来。(唱介)摆摇摇,摆摆摇。没人所在,被俺摆过子桥。

(净向前叫揖介)小官唱喏⑧。(丑作不回揖,大笑唱介)俺小官子腰闪价,唱不的子喏。比似你个驼子唱喏,则当伸子个腰。(净)这贼种!开口伤人。难道做小官的背偏不驼?(丑)刮这驼子嘴⑨!偷了你什么?贼?(净认丑衣介)别的罢了,则这件衣服,岭南柳相公的,怎在你身上?(丑)咳呀!难道俺做小官的,就没件干净衣服,便是岭南柳家的?隔这般一道梅花岭,谁见俺偷来?(净)这衣带上有字,

---

① 颇颇的:伶俐得很,刁滑得很。

② 掉着头:低着头。

③ 拶(zǎn):拶子,是古代审问犯人时夹手指的刑具,用拶子套入手指,再用力紧收。这里指严刑拷打。

④ 捞了俺一架金钟玉磬:指行刑人收了贵重的贿赂。金钟玉磬皆是古代帝王举行重大典礼时所用的乐器,这里指贿赂了很重的财物。

⑤ 捻:取,拖。

⑥ 颩(diū):抽搐,耸动。

⑦ 海青:古代男子宽袖长袍的便服。舞台上男角的传统戏装便服,款式如道袍。

⑧ 唱喏:古代男子间见面所行的礼节,一面作揖,一面说"喏"。

⑨ 刮这驼子嘴:打你这个驼子一个嘴巴。

你还不认？叫地方①！（扯丑作怕倒介）罢了，衣服还你去罗。（净）耍哩！俺正要问一个人。（丑）谁？（净）柳秀才那里去了？（丑）不知。（净三问）（丑三不知介）（净）你不说，叫地方去。（丑）罢了，大路头难好讲话，演武厅去。（行介）（净）好个僻静所在。（丑）柳秀才倒有一个，可是你问的不是？你说得像，俺说；你说不像，休想。叫地方，便到官司，俺也只是不说。（净）这小厮到贼。听俺道来：

【尾犯序】提起柳家郎，他俊白庞儿，典雅行藏②。（丑）是了。多少年纪？（净）论仪表看他，三十不上。（丑）是了。你是他什么人？（净）他祖上、传留下俺栽花种粮。自小儿俺看成他快长。（丑）原来你是柳大官③。你几时别他，知他做出甚事来？（净）春头别，跟寻至此，闻说的不端详。

（丑）这老儿说的一句句着。老儿，若论他做的事，咦！（作扯净耳语）（净听不见介）（丑）呸，左则④无人，耍他去。老儿，你听着：

【前腔】他到此病郎当。逢着个杜太爷衙教小姐的陈秀才，勾引他养病庵堂，去后园游赏。（净）后来？（丑）一游游到小姐坟儿上。拾得一轴春容，朝思暮想，做出事来。（净）怎的来？（丑）秀才家为真当假，劫坟偷圹⑤。（净惊介）这却怎了？（丑）你还不知。被那陈教授禀了官，围住观门。拖番柳秀才，和俺姑娘行了

---

① 地方：地保，在地方上为官府办差事的人。

② 行藏：出处，这里指行为举止。

③ 柳大官：柳管家。大官，对管家以及仆役的客气称呼。

④ 左则：反正是，横竖。

⑤ 圹（kuàng）：墓穴。

杖。棚琶拶压①,不怕不招。点了供纸②,解上江西提刑廉访司③。问那六案都孔目④,这男女⑤应得何罪?六案请了律令,禀复道:但偷坟见尸者,依律一秋⑥。(净)怎么秋?(丑作按净头介)这等秋。(净惊哭介)俺的柳秀才呵,老驼没处投奔了。(丑笑介)休慌。后来遇赦了。便是那杜小姐活转来哩。(净)有这等事!(丑)活鬼头还做了秀才正房⑦,俺那死姑娘倒做了梅香伴当⑧。(净)何往?(丑)临安去,送他上路,赏这领旧衣裳。

(净)吓俺一跳。却早喜也!

【尾声】去临安定是图金榜。(丑)着了。(净)俺勒挣⑨着躯腰走帝乡。(丑)老哥,你路上精细些。现如今一路里画影图形捕凶党。

(净)寻得仙源访隐沦⑩。　朱　湾

---

① 棚(bēng)琶拶压:古代刑名,这里指严刑拷打。棚琶,当作绷扒,剥去犯人的衣服,用绳子绷捆起来。
② 点了供纸:在供状上画了花押,表示认罪。
③ 提刑廉访司:提刑廉访使的官衙。宋代的走马承受官曾改为廉访使。元代设肃政廉访使,明代为提刑按察使,是主管一省(路)监察、司法的长官。
④ 六案都孔目:主管全部公文案卷的官员。孔目,原是衙门里的书吏。古代中央机关设有六曹,即后来的吏、户、礼、兵、刑、工六部。宋徽宗崇宁四年以后,州县衙门也仿照六部设立六案,各案的头目称孔目,总管六案的总头目称都孔目。
⑤ 男女:相当于东西、家伙,对人侮辱性的称呼。
⑥ 秋:代指斩首。古代行刑有固定时间,一般在秋分之后,称秋决、秋后问斩。或原本意指行刑斩首时刽子手揪住罪犯的发髻。
⑦ 正房:正妻。
⑧ 梅香:指丫头。伴当:男女仆人通用。
⑨ 勒挣:强自振作,挣扎。
⑩ 寻得仙源访隐沦:指郭驼寻访主人柳梦梅寻到了梅花观。语本朱湾《寻隐者韦九山人于东溪草堂》。

（丑）郡城南下是通津①。柳宗元
（净）众中不敢分明说②。于　鹄
（丑）遥想风流第一人③。王　维

精彩解说

本出《仆侦》写郭驼寻访主人柳梦梅，千里迢迢从岭南来到南安，打探主人的去向，寻到了梅花观。他打探到了柳梦梅的行踪，从石道姑之侄癞头鼋那里听说了主人柳梦梅进京赴考，到了梅花观，借住在那里，游玩时游到了杜丽娘的坟边，拾到一幅春容画，爱上了画中的女子，掘开了杜丽娘坟墓，给杜丽娘喂了还魂汤让其还魂重生。之后他听癞头鼋添油加醋，编出陈最良告了官府，官府缉拿了柳梦梅严刑拷打，柳梦梅画押认罪，被判秋后问斩。郭驼听到这里，惊叫哭泣起来。癞头鼋又说，柳梦梅后来被赦罪释放了，杜丽娘成了柳梦梅的正妻，柳梦梅带着新婚妻子杜丽娘以及石道姑一起去了临安。

郭驼是《牡丹亭》剧中一个小人物，他是柳梦梅忠实的老仆人、老园公，他与柳梦梅之间，既有着尊敬和忠心的主仆之情，又有长辈与晚辈之间相互关切爱护之情。早在第二出《言怀》中，郭驼已被柳梦梅提及，在第十三出《诀谒》正式出场，到了本出《仆侦》，郭驼打听好主人柳梦梅的去向后，知道主人去参加科举应试，决定悄悄转赴临安去寻找。这个情节为后续第五十二出《索元》埋下了伏笔。

本出也是过场戏，借癞头鼋之口，交代柳梦梅的行踪。

---

① 郡城南下是通津：指癞头鼋告诉郭驼，柳梦梅等人已经去了临安。语本柳宗元《柳州峒氓》。

② 众中不敢分明说：指郭驼准备悄悄去临安寻访主人。语本于鹄《江南曲》。

③ 遥想风流第一人：指柳梦梅将高中头名状元。语本王维《同崔傅答贤弟》。

第四十一出 耽 试

原文

【凤凰阁】（净苗舜宾引众上）九边烽火咤①。秋水鱼龙怎化②？广寒丹桂吐层花，谁向云端折下③？（合）殿闱深锁④，取试卷看详回话。

【集唐】

　　　　　　⑤铸时天匠待英豪。谭用之

---

① 九边烽火咤（zhà）：慨叹国家的边境到处都燃起了战火。九边，明代北方的边境分为辽东、蓟州、宣府、大同、太原、延绥、宁夏、固原、甘肃九区，称为九边，由大将率军镇守，这里泛指边境。咤，慨叹。按，古代戏曲中用历史故事为题材的，惯常把后代的故实编入剧情发生的时代，本剧多处把明代人事、制度等写入南宋的历史背景中。

② 鱼龙怎化：鱼怎能化为龙。因边境燃起战火，科举考试无法正常进行了，士子们如何能金榜题名呢？鱼化为龙，是用黄河鲤鱼跃龙门的传说，比喻金榜题名等飞黄腾达的好事。

③ "广寒丹桂吐层花"二句：意思是谁还能蟾宫折桂。蟾宫折桂比喻科举应考得中。

④ 殿闱深锁：古代科举考试制度，殿试前三日，试官到学士院锁院，防止泄密，然后陪同考生赴殿对策。这里指考场锁门。

⑤ "铸时天匠待英豪"四句：分别出自谭用之《古剑》、李咸用《陈正字山居》、杜甫《江畔独步寻花七绝句》之三、元稹《寄赠薛涛》。铸时天匠，造物主，这里指主考官。凤凰毛，比喻珍稀的东西，这里指出类拔萃的文章。

引手何妨一钓鳌？李咸用

报答春光知有处。杜　甫

文章分得凤凰毛。元　稹

下官苗舜宾便是。圣上因俺香山能辨番回宝色，钦取来京典试。因金兵摇动，临轩策士①，问和战守三者孰便？各房②俱已取中头卷，圣旨着下官详定。想起来看宝易，看文字难。为什么来？俺的眼睛，原是猫儿睛，和碧绿琉璃水晶无二。因此一见真宝，眼睛火出。说起文字，俺眼里从来没有，如今却也奉旨无奈。左右，开箱，取各房卷子上来。（众取卷上，净作看介）这试卷好少也。且取天字号三卷，看是何如。第一卷，"诏问：'和战守三者孰便？'臣谨对：'臣闻国家之和贼，如里老③之和事。'"呀，里老和事，和不得，罢；国家事，和不来。怎了？本房拟他状元，好没分晓！且看第二卷，这意思主守。（看介）"臣闻天子之守国，如女子之守身。"也比的小了。再看第三卷，倒是主战。（看介）"臣闻南朝之战北，如老阳之战阴④。"此语忒奇。但是《周易》有"阴阳交战"之说。以前主和，被秦太师误了。今日权取主战者第一，主守者第二，主和者第三。其余诸卷，以次而定。

【一封书】文章五色讹⑤。怕冬烘头脑⑥多。总费他墨磨，笔尖花⑦

---

① 临轩策士：即金殿对策，御试。皇帝不坐正座而坐在前殿上叫临轩。

② 各房：指所有的分考官。科举考场中有主考官，有分考官。分考官不止一人，每一分考官称为一房，分别批阅一部分考卷。下文本房，指某一房分考官。

③ 里老：里长，也指地方上有威望的老年人。

④ 老阳之战阴：原指《易经》中所谓阴阳相作用，这里指对金兵发动反击。

⑤ 文章五色讹：文章各色各样，让人目迷。讹，迷误。

⑥ 冬烘头脑：思想迂腐，没有学问，这里指考生。

⑦ 笔尖花：即妙笔生花，指有才学的人。《开元天宝遗事》载，"李白少时，梦所用之笔头上生花。后天才赡逸，名闻天下。"

无一个。恁这里龙门日日开无那,都待要尺水翻成一丈波①。却也无奈了,也是浪桃花当一科②,池里无鱼可奈何!(封卷介)

【神仗儿】(生上)风尘战斗,风尘战斗,奇材辐辏③。(丑)秀才来的停当④,试期过了。(生)呀,试期过了。文字可进呈么?(丑)不进呈,难道等你?道英雄入彀⑤,恰锁院进呈时候。(生)怕没有状元在里也哥?(丑)不多,有三个了。(生)万马争先,偏骅骝⑥落后。你快禀,有个遗才⑦状元求见。(丑)这是朝房里面。府州县道,告遗才哩。(生)大哥,你真个不禀?(哭介)天呵,苗老先赍发⑧俺来献宝。止不住卞和羞,对重瞳双

---

① 尺水翻成一丈波:指考生们大多才识短浅,却幻想高中及第。尺水,比喻才识短浅。《意林》引桓谭《新论》:"龙无尺水,无以升天;圣人无尺土,无以王天下。"
② 浪桃花当一科:虽然没有好文章,也只好算考了一次。浪桃花,黄河春汛叫桃花汛,大鱼集龙门下,跃过龙门的就化为了龙,比喻在春天举行的进士试登第。一科,一次、一届考试。
③ 奇材辐辏(còu):人才聚集。辐,连接车毂和轮圈的直木。辏,车轮的辐集中到毂上。
④ 停当:从容,舒徐,这里指来晚了。
⑤ 入彀(gòu):就范,受到笼络。彀,弓箭的射程。《唐摭言》载:唐太宗看见新进士从宫门内鱼贯而出,他高兴地说:"天下英雄入吾彀中矣。"
⑥ 骅骝:赤色骏马,周穆王八骏之一,这里喻指出众的俊才。
⑦ 遗才:有应考资格因故没有参加考试的叫遗才。遗才可以补考,叫录遗。下文告遗才,即要求参加补考。进士考试原是不能录遗的,所以下文丑说:"府州县道,告遗才哩。"
⑧ 赍发:赠送路费,打发人起程。

泪流①。

（净听介）掌门的，这什么所在！拿过来！（丑扯生进介）（生）告遗才的，望老大人收考。（净）哎也，圣旨临轩，翰林院封进，谁敢再收？（生哭介）生员从岭南万里带家口而来，无路可投，愿触金阶而死。（生起触阶）（丑止介）（净背）这秀才像是柳生，真乃南海遗珠也。（回介）秀才上来。可有卷子？（生）卷子备有。（净）这等，姑准收考，一视同仁。（生跪介）千载奇遇。（净念题介）"圣旨：'问汝多士，近闻金兵犯境，惟有和战守三策，其便何如？'"（生叩头介）领圣旨。（起介）（丑）东席舍去。（生写策介）（净再将前卷细观看介）头卷主战，二卷主守，三卷主和。主和的怕不中圣意。（生交卷，净看介）呀，风檐寸晷②，立扫千言。可敬，可敬。俺急忙难看。只说和战守三件，你主那一件儿？（生）生员也无偏主。可战可守而后能和。如医用药，战为表，守为里，和在表里之间。（净）高见，高见。则当今事势何如？

【马蹄花】（生）当今呵，宝驾迟留，则道西湖昼锦游③。为三秋

---

① 止不住卞和羞，对重瞳双泪流：指柳梦梅自比，像卞和那般献宝而蒙受羞辱，像韩信一样不受项羽看重而伤心。卞和，《韩非子·和氏》载，楚人卞和得到璞玉，拿去献给楚王。玉工不识货，说是石头。他两次献宝，都被诬以欺诳之罪，刖去两足。后来文王即位，卞和怀抱璞玉在荆山下痛哭，文王受了感动，叫玉匠剖开璞玉，得到美玉，成为著名的和氏璧。重瞳，指项羽，因韩信曾是项羽手下，不被重用，后投奔刘邦麾下。

② 寸晷：犹言片刻，这里指柳梦梅才思敏捷。晷，日影。《宋史·朱台符传》："太宗廷试贡士，多擢敏速者。台符与同辈课试，以尺晷成一赋。"这里说寸晷，是夸张的话。

③ "当今呵"三句：意谓皇帝在杭州逗留，错把杭州当作汴州了。当今、宝驾，都指当朝皇帝。昼锦，衣锦还乡。《史记·项羽本纪》载，项羽说："富贵不归故乡，如衣锦夜行。"南宋称临安为"行在"，意思是皇帝临时的住所，其都城仍是汴梁，所以这里说是"迟留"。

桂子，十里荷香，一段边愁。则愿的吴山立马那人休①，俺燕云唾手②何时就？若止是和呵，小朝廷羞杀江南；便战守呵，请銮舆略近神州③。

（净）秀才言之有理。

【前腔】圣主垂旒④，想泣玉遗珠一网收。对策者千余人，那些不知时务，未晓天心，怎做儒流？似你呵，三分话点破帝王忧，万言策检尽乾坤漏。（生）小生岭南之士。（净低介）知道了。你钓竿儿拂绰了珊瑚⑤，敢今番着了鳌头⑥。

秀才，午门⑦外候旨。（生应出，背介）这试官却是苗老大人。嫌疑之际，不敢相认。且当青镜明开眼，惟愿朱衣暗点头⑧。（生下）

（净）试卷俱已详定。左右跟随进呈去。（行介）丝纶阁下文章静，钟鼓楼中刻漏长⑨。呀，那里鼓响？（内急擂鼓介）（丑）是枢密府⑩楼

---

① 则愿的吴山立马那人休：要阻止金主完颜亮觊觎江南。
② 燕云唾手：像唾手那么容易地收复北方失地。燕、云，五代晋石敬瑭割燕、云十六州地（现在河北、山西北部一带）给契丹。唾手，喻极其容易，后有词唾手可得。
③ 请銮舆略近神州：请皇帝由临安迁都到比较接近中原的地区。銮舆，皇帝的座车，这里引申代指皇帝。神州，中国，这里指中原。
④ 垂旒（liú）：居帝位统治天下。旒，古代帝王冠冕前挂下来的玉串。
⑤ 钓竿儿拂绰了珊瑚：以钓到珊瑚比喻科举考中。化用杜甫《送孔巢父谢病归游江东，兼呈李白》的"钓竿欲拂珊瑚树"之句。拂绰，拂擦，碰到，引申为钓着。
⑥ 着了鳌头：独占鳌头。
⑦ 午门：紫禁城正门。
⑧ 朱衣暗点头：指科举中选。宋代赵令畤《侯鲭录》载，欧阳修主考，看到某试卷，好像有一个朱衣人在旁边点头，于是其文中选。
⑨ "丝纶阁下文章静"二句：语出白居易《紫薇花》。丝纶阁：即翰林院，明清时主管掌编修国史及草拟制诰等。《礼记·缁衣》有"王言如丝，其出如纶"之句，后来丝纶用作皇帝诏敕的代称。刻漏：古代的计时器。
⑩ 枢密府：即枢密院，宋代最高的军事机关。

前边报鼓。(内马嘶介)(净)边报警急。怎了,怎了?(外老枢密上)花萼夹城通御气,芙蓉小苑入边愁①。(见介)(净)老先生奏边事而来?(外)便是。先生为进卷而来?(净)正是。(外)今日之事,以缓急为先后,僭②了。(外叩头奏事介)掌管天下兵马知枢密院事臣谨奏俺主。(内宣介)所奏何事?(外)

【滴溜子】金人的,金人的,风闻入寇。(内)谁是先锋?(外)李全的,李全的,前来战斗。(内)到什么地方了?(外)报到了淮扬左右。(内)何人可以调度?(外)有杜宝现为淮扬安抚。怕边关早晚休,要星忙厮救。

(净叩头奏事介)臣看卷官苗舜宾谨奏俺主。

【前腔】临轩的,临轩的,文章看就。呈御览,呈御览,定其卷首。黄道日③传胪祗候④,众多官在殿头,把琼林宴⑤备久。

(内)奏事官午门外伺候。(外、净同起介)(净)老先生,听的金兵为何而动?(外)适才不敢奏知。金主此行,单为来抢占西湖美景。(净)痴靻子,西湖是俺大家受用的,若抢了西湖去,这杭州通没用了。(内宣介)听旨:朕惟治天下有缓有急,乃武乃文。今淮扬危急,便着安抚杜宝前去迎敌,不可有迟。其传胪一事,待干戈宁辑⑥,偃武

---

① "花萼夹城通御气"二句:语出杜甫《秋兴八首》其六。花萼,即花萼楼,唐玄宗时代的长安宫殿名。芙蓉小苑,即芙蓉园,也称南苑,在长安曲江西南。唐代由皇宫到曲江有夹城相通。
② 僭(jiàn):谦辞,越分超越。
③ 黄道日:吉日。黄道,古代天文星命学的术语。
④ 传胪:古代科举时代殿试揭晓时唱名的一种仪式,在殿试公布名次之日,皇帝至殿宣布,由阁门承接,传于阶下,卫士齐声传名高呼,谓之传胪。祗候:恭候。
⑤ 琼林宴:殿试揭晓后,皇帝为新进士设的御宴。琼林苑,地名,在开封城西,宋代曾在这里赐宴新进士。
⑥ 干戈宁辑:指天下太平。干戈,武器。宁辑,安定和睦。

修文①。可谕知多士。叩头。（外、净叩头呼"万岁"起介）

（外）泽国江山入战图②。　　曹　松

（净）曳裾终日盛文儒③。　　杜　甫

（外）多才自有云霄望④。　　钱　起

（净）其奈边防重武夫⑤。　　杜　牧

精彩解说

　　本出《耽试》写在金主完颜亮觊觎江南社稷江山危急的背景下，朝廷开科取士，以"诏问：'和战守三者孰便'"为题，苗舜宾本是个"一见真宝，眼睛火出。说起文字，俺眼里从来没有"的贪官，因苗舜宾"香山能辨番回宝色"，被皇帝钦取，他遂奉诏进京，主持典试。他取了各房试卷审阅，发现参加会试的年轻士子众多，但文质俱优、出类拔萃的文章少，妙笔生花、富有真才实学的文人稀见，几乎无人对军国大事有真知灼见，他不禁感叹：虽然没有好文章，也只好算考了一次。此时，柳梦梅才急匆匆赶到考场，怎奈试期已过。

　　但柳梦梅本来自视甚高，一向自诩"是个擎天柱，架海梁"（《旅寄》），发誓"必须斫得蟾宫桂"（《言怀》），他与还魂后的杜丽娘结为夫妻后，认识到"愿结灵姻愧短才"（《回生》），因此他千里迢迢赴京应考，渴望赢取功名。好在吉人自有天相，当届的主考官恰是他落魄时候，曾经在香山岙干谒过的重臣苗舜宾。柳梦梅再三恳求，陈明自己从岭南携着家眷万里赴考，并不惜以死明志，希望能补录遗才。眼看求取无门，却又尽管

---

① 偃武修文：停止武事，振兴文教。
② 泽国江山入战图：指宋金战事再起。语本曹松《己亥岁二首》之一。
③ 曳裾终日盛文儒：指参加会试的文人众多，但几乎无人对军国大事有真知灼见。语本杜甫《又作此奉卫王》。
④ 多才自有云霄望：指柳梦梅见识超凡出众，功名有望。语本钱起《送裴颋侍御使蜀》。
⑤ 其奈边防重武夫：指边战再起，延迟发榜。语本杜牧《重送》。

"嫌疑之际，不敢相认"，仍被破例"姑准收考，一视同仁"，获得补考机会。

柳梦梅凭借出色才学，对试题"和战守三策"纵横议论："可战可守而后能和。如医用药，战为表，守为里，和在表里之间。"他又认为，皇帝在杭州逗留，错把杭州当作汴州了，他恳请皇帝由临安迁都到比较接近中原的地区，则战守和的问题迎刃而解。苗舜宾看了柳生策论卷子，不由赞叹见解高明，三分话就点破了帝王忧，比起正式典试取的三篇更要高明，因此他予以首肯，准备录取为头名状元。作为看卷官，苗舜宾正筹备殿试揭晓后，皇帝为新进士设的御宴，但风云突变，淮扬危急，朝廷决定延期放榜。

汤显祖擅长制造故事悬念，紧要关头，故事又岔开了，本来顺理成章的剧情又产生了变数，这为后续剧情的发展再次埋下了伏笔。第四十四出《急难》因放榜之期尚远，杜丽娘求柳梦梅去淮扬打听爹娘消息，柳梦梅前去寻找丈人被抓，柳梦梅和杜宝之间的矛盾即将产生。李全入侵，安抚使杜宝奉旨前往迎敌，导致杜母离开杜宝独去临安……《耽试》一出虽是过场小戏，但写得跌宕起伏，再次吊起观众对后续剧情更多的期待。

第四十二出 移 镇

原文

【夜游朝】(外杜安抚引众上)西风扬子津头树,望长淮渺渺愁予①。枕障江南②,钩连塞北,如此江山几处?

　　【诉衷情】砧声又报一年秋。江水去悠悠。塞草中原何处?一雁过淮楼。天下事,鬓边愁,付东流。不分吾家小杜,清时醉梦扬州③。自家淮扬安抚使杜宝。自到扬州三载,虽则李全骚扰,喜得大势平安。昨日打听边兵要来,下官十分忧虑。可奈夫人不解事,偏将亡女絮伤心。

【似娘儿】(老旦引贴上)夫主挈兵符,也相从燕幕栖迟④,(叹

---

①望长淮渺渺愁予:望见渺茫的淮水,使我生出无限愁思。语出《楚辞·湘君》的"帝子降兮北渚,目眇眇兮愁予"之句。渺渺,幽远的样子。愁予,使我发愁。
②枕障江南:作为江南的屏障。枕障,即枕屏,放置枕前的屏风,这里作动词用。
③不分吾家小杜,清时醉梦扬州:真羡慕同姓本家杜牧,能活在太平年代,在扬州纵情享乐。不分,不忿,意谓羡慕。清时,政治清明、天下太平的年代。醉梦扬州,语出杜牧《遣怀》的"十年一觉扬州梦,赢得青楼薄幸名"之句。
④燕幕栖迟:燕子在帐幕上筑巢,比喻在十分危险之地停歇。燕幕,燕巢幕上,处在危险的境地。语出《左传·襄二十九年》的"夫子之在此也,犹燕之巢于幕上"之句。栖迟,停歇。

介）画屏风外秦淮树，看两点金焦①，十分眉恨，片影江湖。

（老）相公万福。（外）夫人免礼。

【玉楼春】（老）相公，几年别下南安路，春去秋来朝复暮。（外）空怀锦水故乡情，不见扬州行乐处。（老）你摩挲②老剑评今古，那个英雄闲处住？（泪介）（合）忘忧恨自少宜男③，泪洒岭云江外树。（老）相公，我提起亡女，你便无言，岂知俺心中愁恨？一来为苦伤女儿，二来为全无子息。待趁在扬州，寻下一房，与相公传后。尊意何如？（外）使不得，部民之女④哩。（老）这等，过江金陵女儿可好？（外）当今王事匆匆，何心及此。（老）苦杀俺丽娘儿也！（哭介）（净扮报子⑤上）诏从日月威光远，兵洗⑥江淮杀气高。禀老爷：有朝报。（外起看报介）枢密院一本，为金兵寇淮事。奉圣旨：便着淮扬安抚使杜宝，刻日渡淮，不许迟误。钦此。呀！兵机紧急，圣旨森严。夫人，俺同你移镇淮安，就此起程了。（丑扮驿丞上）羽檄从参赞⑦，牙签报驿程⑧。禀老爷：船只齐备。（内鼓吹介）（上船

---

① 金焦：金山和焦山，长江中相对峙的两个小岛。金山在镇江北，原为江中小岛，现在已和南岸相连。焦山，也在镇江，距扬州不远。

② 摩挲：抚摩。

③ 忘忧恨自少宜男：是双关语，既含没有儿子之意，又含没有人能生儿子之意。忘忧，草名，即萱草，俗名金针菜、黄花菜，相传能使人忘忧；又说妇人怀孕，佩戴萱草花，就会生男孩子，所以也叫宜男草。妇人多生儿子的，也叫宜男。

④《大明律》规定："凡府州县亲民官，任内娶部民妇女为妻、妾者，杖八十。"部民，治下百姓。

⑤ 报子：探报消息的人。

⑥ 兵洗：洗兵，即洗刷兵器，激励士气准备战斗。西汉刘向《说苑》载，周武王出兵伐纣遇大雨，说是老天洗刷兵器。

⑦ 羽檄：羽书，紧急公文，古代军事公文，插以羽毛为记，表示紧急。参赞：协助谋划。

⑧ 牙签报驿程：化用杜甫诗《宿青草湖》的"邮签报水程"之句。牙签，即邮签，古代驿站驿船晚上报时用的更筹。

介)(内禀"合属官吏候送")(外吩咐"起去"介)(外)夫人,又是一江秋色也。

【长拍】天意秋初,天意秋初,金风①微度,城阙外画桥烟树。看初收泼火②,嫩凉生微雨沾裾。移画舸浸蓬壶③,报潮生,风气肃。浪花飞吐,点点白鸥飞近渡。风定也,落日摇帆映绿蒲,白云秋窣的鸣箫鼓。何处菱歌,唤起江湖④?

(外)呀,岸上跑马的什么人?

【不是路】(末扮报子,跑马上)马上传呼,慢橹停船看羽书。(外)怎的来?(末)那淮安府,李全将次逞狂图。(外)可发兵守御?(末)怎支吾⑤?星飞调度恁安抚。则怕这水路里耽延,你还走旱途。(外)休惊惧。夫人,吾当走马红亭路⑥;你转船归去,转船归去。

(老)后面报马又到哩。(丑扮报子上)

【前腔】万骑胡奴,他要堙断长淮塞五湖⑦。老爷快行,休迟误。小的先去也。怕围城缓急要降胡。(下)(老旦哭介)待何如?你

---

① 金风:秋风。古代以阴阳五行解释季节嬗变,秋属金。
② 泼火:暑气。
③ 蓬壶:即蓬莱,神话传说中的海上三座仙山之一,这里意谓江上景色和仙境一样美丽。
④ 江湖:江湖为隐士所居,这里指退隐之心。
⑤ 支吾:抵挡,对付。
⑥ 红亭路:这里指陆路。红亭,犹长亭,诗词中常用来泛指亭,行人休憩、送别之处。如唐代岑参《水亭送刘颙使还归节度》一诗中有"红亭莫惜醉,白日眼看低"之句。
⑦ 五湖:这里指太湖。

星霜满鬓①当戎虏,似这等烽火连天各路衢②。(外)真愁促,怕扬州隔断无归路,再和你相逢何处、相逢何处?

夫人,就此告辞了。扬州定然有警,可径走临安。

【短拍】老影分飞,老影分飞,似参军杜甫,把山妻泣向天隅③。(老哭介)无女一身孤,乱军中别了夫主。(合)有什么命夫命妇④,都是些鳏寡孤独⑤!生和死,图的个梦和书。

【尾声】(老)老残生两下里自支吾。(外)俺做的是这地头军府⑥。(老)老爷也,珍重你这满眼兵戈一腐儒⑦。

(外下)(老旦叹介)天呵,看扬州兵火满道。春香,和你径走临安去也。

隋堤风物已凄凉⑧。吴 融

---

① 星霜满鬓:两鬓斑白了。星霜,喻毛发斑白。
② 路衢(qú):四通八达的道路。
③ "老影分飞"四句:像杜甫那样,老年了还夫妻离散,天各一方。老影分飞,指老年夫妻离别。据《草堂诗笺》编年载,杜甫于唐肃宗乾元元年(758年)由左拾遗出任华州司功参军,管理地方的祭祀、礼乐、学校、选举等事,当时安史之乱未平,杜甫一家离散。天隅(yú),天边或极遥远的地方。
④ 命夫:指古代奉受天子爵命的男子。命妇:封建时代受封号的妇人。
⑤ 鳏(guān)寡孤独:泛指没有劳动力而又没有亲属供养、无依无靠的人。鳏,年老无妻或丧妻的男子。寡,年老无夫或丧夫的女子。孤,年幼丧父的孩子。独,年老无子女的老人。
⑥ 地头军府:当地的军事机关,引申为当地的军事长官。
⑦ 满眼兵戈一腐儒:兵荒马乱时代中的一个老儒生。化用杜甫《江汉》的"乾坤一腐儒"之句;又,《舟出江陵寄郑少尹》有"干戈送老儒"之句。
⑧ 隋堤风物已凄凉:指宋金战火重燃,淮扬一带不再安宁。语本吴融《彭门用兵后经汴路三首》。隋堤,隋炀帝杨广所开的运河的河堤,沿堤种植杨柳,这里指淮扬的这一段。

楚汉宁教作战场①。　韩　偓
闺阁不知戎马事②。　薛　涛
双双相趁下残阳③。　罗　邺

> **精彩解说**

　　本出《移镇》写宋金战火重燃，南宋叛将李全率金军围困淮安，南宋边境危急，报子接二连三火速传旨，紧急调派杜宝由扬州移镇淮安。杜宝临危受命，立刻赶赴淮安，星夜渡淮。乘船途中，杜宝又接到圣旨，要他立赴驻地，杜宝只好弃舟骑马。金兵压境，淮扬已成战场，杜宝当机立断，让夫人与春香转船返回临安，暂避战乱。

　　杜宝镇守扬州三年，他并不希望发生战争，他甚至羡慕同姓本家杜牧，能活在太平年代，在扬州纵情享乐。但当金主完颜亮意欲侵占"有三秋桂子，十里荷花"的南宋江山，挥师犯境，淮扬一带不再安宁，他不顾自家安危，义无反顾，率军奔赴淮安前线。内心里他感叹自己两鬓斑白了，却要像杜甫那样夫妻离散，天各一方，而自己只是兵荒马乱的时代中一个老儒生；但江山社稷危急之际，他一心以国事为念，激励士气准备战斗，显出慷慨就义之心。

　　本出是杜宝这个次要人物的重头戏，他的品格形象有了进一步的表现。在扬州时，其夫人想到膝下无儿，唯一爱女杜丽娘又不幸夭折，她怕杜家断后，劝丈夫纳妾。杜宝以"部民之女，使不得"和"当今王事匆匆，何心及此"为由婉拒。大敌当前、兵临城下之时，杜宝不顾夫人性命安全，不顾自己"星霜满鬓"，毅然投身战场。本出塑造了杜宝不愧西蜀大儒、朝廷重臣的境界和胸怀。

---

① 楚汉宁教作战场：指金兵压境，淮扬已成战场。语本韩偓《秋郊闲望有感》。
② 闺阁不知戎马事：指杜母只忧家事不知忧国事，为丈夫陷于战事担忧。语本薛涛《赠远二首》之一。
③ 双双相趁下斜阳：指杜母期盼丈夫杜宝早日回家团聚。语本罗邺《仆射陂晚望》。

茅暎评点《汤玉茗牡丹亭记》的本出批语曰："庄而秀,似盛唐人诗。"杜宝与夫人分别时唱："老影分飞,老影分飞,似参军杜甫,把山妻泣向天隅。"作者化用当年杜甫调职华州司功参军时写下的诗句,借以表达杜宝对一家离散的痛苦悲戚之情。杜夫人只懂担忧家人离散,不知亡国之恨,只为丈夫陷于战事而担忧,期盼丈夫杜宝早日回家团聚;但杜宝作为朝廷重臣,他的视野要开阔许多,担忧的是国家前途和民众命运。正如剧中所唱:"有什么命夫命妇,都是些鳏寡孤独!"战乱动荡之中,百姓骨肉分离、夫妻伫别,连朝廷命官、诰命夫人也不能幸免。他深深懂得,没有国家的安宁,个人、家庭就难以保全。

第四十三出 御淮

原文

【六幺令】（外引生、末，众扮军人上）西风扬噪，漫腾腾杀气兵妖，望黄淮秋卷浪云高。排雁阵①，展《龙韬》②，断重围杀过河阳道③。

走乏了。众军士，前面何处？（众）淮城近了。（外望介）天呵！

【昭君怨】剩得江山一半，又被胡笳吹断。（众）秋草旧长营，血风腥。（外）听得猿啼鹤怨④，泪湿征袍如汗。（众）老爷呵！无泪向天倾，且前征。

（外）众三军，俺的儿，你看咫尺淮城，兵势危急。俺们一边舍死先冲入城，一面奏请朝廷添兵救助。三军听吾号令，鼓勇而行。（众哭应介）谨如军令。（行介）

【四边静】坐鞍心把定中军号，四面旌旗绕。旗开日影摇，尘迷日光小。（合）胡兵气骄，南兵路遥。血晕几重围，孤城怎生料！

---

① 雁阵：大雁飞行时排成队列，这里指兵阵。
② 《龙韬》：古代兵书《六韬》之一，这里指兵法韬略。
③ 杀过河阳道：收复失地。河阳，黄河以北地区，南宋时为金人占领的地区。
④ 猿啼鹤怨：指官、兵的悲怨之声。《太平御览》七十四载，周穆王南征，军官化为猿、鹤，士兵化为虫、沙。

（外）前面寇兵截路，冲杀前去！（下）

【前腔】（净引丑、贴众军喊上）李将军射雁穿心落，豹子翻身嚼①。单尖宝镫挑，把追风腻旗儿裊②。（合前）

（净笑介）你看俺溜金王手下，雄兵万余，把淮阴城围了七周遭，好不紧也！（内擂鼓喊介）（净）呀，前路兵风，想是杜安抚来到。分兵一千，迎杀前去。（虚下）（外、众唱"合前"上）（净、众上打话，单战介）（净叫众摆长阵拦路介）（外叫"众军，冲围杀进城去"介）（净）呀，杜家兵冲入围城去了。且由他。吃尽粮草，自然投降也。（合前）（下）

【番卜算】（老旦、末扮文官上）镇日阵云飘，闪却乌纱帽。（净、丑扮武官上）（净）长枪大剑把河桥。（丑）鼓角如龙叫。

（见介）请了。

【更漏子】（老旦）枕淮楼，临海际。（末）杀气腾天震地。（丑）闻炮鼓，使人惊。插天飞不成。（净）匣中剑，腰间箭，领取背城一战③。（合）愁地道，怕天冲④，几时来杜公？

（老旦）俺们是淮安府行军司马，和这参谋，都是文官。遭此贼兵围紧，久已迎接安抚杜老大人，还不见到。敢问二位留守将军，有何计策？（丑）依在下所见，降了他罢。（末）怎说这话？（丑）

---

① 李将军射雁穿心落，豹子翻身嚼：李全夸耀自己武功高强。李将军，汉代名将李广，号称飞将军，善射。这里是李全自比李广。豹子，即豹子马，古时一种马戏。宋代孟元老《东京梦华录》卷七载："放令马先走，以身追及，握马尾而上，谓之豹子马。"

② 追风腻旗儿裊：追风，形容旗子迎风飘展。腻旗，小旗。裊，摇曳。《词林摘艳》无名氏《斗鹌鹑·骠骑》的【秃厮儿】有"追风腻旗手内揉"之句。

③ 背城一战：同背水一战，即在城下作最后一次决战。

④ 天冲：古代装有云梯的兵车，用于攻城。冲，冲车，兵车。

不降,走为上计。(老旦)走的一丁,走不的十个。(丑)这般说,俺小奶奶那一口放那里?(净)锁放大柜子里。(丑)钥匙哩?(净)放俺处。李全不来,替你托妻寄子。(丑)李全来哩?(净)替你出妻献子。(丑)好朋友,好朋友!(内擂鼓喊介)(生报子上)报,报,报!正南一枝兵马,破围而来。杜老爷到也。(众)快开城迎接去。天地日流血,朝廷谁请缨①。(并下)

【金钱花】(外引众上)连天杀气萧条,萧条。连城围了周遭,周遭。风喇喇,阵旗飘。叫开城,下吊桥②。(老旦等上)(合)文和武,索迎着。

(跪迎介)文武官属,迎接老大人。(外)起来,敌楼相见。(老旦等应,起,下)

【前腔】(外)胡尘染惹征袍,征袍。血花风腥宝刀,宝刀。(内擂鼓介)淮安鼓,扬州箫。摆鸾旗③,登丽谯④。(合)排衙了,列功曹。

(到介)(贴扮办事官上)禀老爷:升堂。

【粉蝶儿引】(外)万里寄《龙韬》,那得戍楼清啸⑤?

(贴报门介)文武官属进。(老旦等参见介)孤城累卵,方当万死之

---

① 请缨:自告奋勇请求作战杀敌。《汉书》卷六十四《终军传》载:"军自请,愿受长缨,必羁南越王而致之阙下。"缨,绳子。
② 吊桥:架在城门口外护城河上的活动木桥,可吊起和放下,敌人迫近时,就把桥吊起来。
③ 鸾旗:用于仪仗上面绣有鸾鸟的旗。
④ 丽谯(qiáo):华丽的高楼,此指城楼。谯,城门上的瞭望楼。
⑤ 戍楼清啸:《晋书·刘琨传》载,刘琨(越石)守晋阳时,被胡兵重重包围,他月夜登城楼清啸,又叫人吹胡笳,使敌兵心生凄凉之感,以致军心涣散,弃围而走,刘琨得以解围。戍楼,戍军的瞭望楼。

危；开府弄丸，来赴两家之难①。凡俺官僚，礼当拜谢。（外）兵锋四起，劳苦诸公，皆老夫迟慢之罪。只长揖便了。（众应起揖介）（外）看来此贼颇有兵机。放俺入城，其中有计。（众）不过穿地道，起云梯，下官粗知备御。（外）怕的是锁城之法耳。（丑）敢问何谓锁城？是里面锁，外面锁？外面锁，锁住了溜金王；若里面锁，连下官都锁住了。（外）不提起罢了。城中兵几何？（净）一万三千。（外）粮草几何？（末）可支半年。（外）文武同心，救援可待。（内播鼓喊介）（生扮报子上）报，报，李全兵紧围了。（外长叹介）这贼好无理也！

【划锹儿】兵多食广禁②围绕，则要你文班武职两和调。（众）巡城彻昏晓，这军民苦劳。（内喊介）（泣介）（合）那兵风正号，俺军声静悄。（外拜天，众扶同拜介）泪洒孤城，把苍天暗祷。（众）

【前腔】危楼百尺堪长啸，筹边③两字寄英豪。（外）江淮未应小，君侯佩刀④。（合前）

（外）从今日起，文官守城，武官出城，随机策应。（丑）则怕大金家来了。（外）金兵呵：

【尾声】他看头势而来不定交⑤，休先倒折了赵家旗号。便来呵，

---

① 开府弄丸，来赴两家之难：指杜宝解救两方危险很容易。开府，开设幕府，主管一方军政大权，这里指安抚使杜宝。弄丸，一种抛弄多个弹子不使落地的杂技。据《庄子·徐无鬼》载，楚国勇士熊宜僚居于市南，擅长弄丸，楚国白公胜要杀子西、子期，派人去请宜僚帮助，宜僚在弄丸不答应，但也不把白公的阴谋泄露。这样，他就在两家的争执中解脱出来，没有被牵连。后来把熊宜僚作为排忧解难的代表人物。

② 禁：禁受得起，经得起。

③ 筹边：筹划边境的事务，主持边防。

④ 江淮未应小，君侯佩刀：江淮之地十分重要，自己亲自领兵镇守。

⑤ 看头势而来不定交：金兵伺机而动，进退还不确定。头势，势头，指军事形势。不定交，不确定。

也少不得死里求生那一着敲①。

（净）日日风吹虏骑尘②。　陈　标

（丑）三千犀甲拥朱轮③。　陈　陶

（外）胸中别有安边计④。　曹　唐

（众）莫遣功名属别人⑤。　张　籍

> **精彩解说**

　　本出《御淮》中，自比汉飞将军李广的降金叛将李全拥雄兵万余，将南宋淮安城围得严严实实，淮安形势危急，危如累卵，淮安府行军司马等文官久久等候安抚使杜老大人。杜宝迟迟未到，他们心急火燎，问两位留守将军对围城金兵有何退敌良策，守将的对策居然是投降或者逃跑。这时，杜宝率领一支精军前锋突破了金兵包围圈，赶到淮安城里，守军士气大振。杜宝一边安抚城中军马，"文武同心，救援可待"，一边安排部署"文官守城，武官出城，随机应变"，决心死战到底，同时向朝廷请求援军。

　　本出正面颂扬了杜宝急国家之难，视死如归的御敌精神。他知道淮安被李全重重包围，进城已是九死一生，但是"天地日流血，朝廷谁请缨"？这是一种国难当头、舍我其谁的英雄气概。杜宝率军杀出血路，冲入城中，鼓舞城中一万三千将士和一众文武官员同心守城，等待援兵。杜宝与李全在淮安城内外形成对峙之势。面对血雨腥风，杜宝预料"少不得死里求生那一着敲"，准备誓死捍卫淮安城，"休先倒折了赵家旗号"。杜宝入城后说："看来此贼颇有兵机。放俺入城，其中有计。"说明杜宝不仅英勇善战，也

---

① 一着敲：这里指一次战斗。
② 日日风吹虏骑尘：形容淮安城被金军围得严严实实。语本陈标《饮马长城窟》。
③ 三千犀甲拥朱轮：指杜宝统帅的淮安将士同仇敌忾，决意死守。语本陈陶《赠容南韦中丞》。
④ 胸中别有安边计：指杜宝心中已有退敌之计。语本曹唐《羽林贾中丞》。
⑤ 莫遣功名属别人：指镇守淮安的将士个个摩拳擦掌，争先恐后盼望杀敌建功。语本张籍《寄宋景》。

谙熟军事韬略。

淮安城里原先守将的所谓御敌之策，是要么逃，要么降。相比之下，老将杜宝一到，整顿军威，鼓舞士气，并且在心中酝酿出退敌之计。在主将背城一战的精神激励下，镇守淮安的将士同仇敌忾，决意死守，个个摩拳擦掌，争先恐后盼望杀敌建功。

《牡丹亭》虽属南曲，但本出与《折寇》等表现宋金战争的出目，上演了金戈铁马、战旗飘展的武戏，曲词慷慨豪壮，磊落英武，大有北曲风味。徐渭《南词叙录》云："听北曲使人神气鹰扬，毛发洒淅，足以作人勇往之志，信胡人之善于鼓怒也。"

第四十四出 急 难

原文

【菊花新】（旦上）晓妆台圆梦鹊声高①，闲把金钗带笑敲。博山②秋影摇，盼泥金俺明香暗焦③。

鬼魂求出世，贫落望登科。夫荣妻贵显，凝盼事如何？俺杜丽娘，跟随柳郎科试，偶逢天子招贤，只这些时还迟喜报。正是：长安咫尺如千里，夫婿迢遥第一人。

【出队子】（生上）词场④凑巧，无奈兵戈起祸苗。盼泥金赚杀玉多娇，他待地窟里随人上九霄。一脉离魂，江云暮潮。

（见介）（旦）柳郎，你回来了。望你高车昼锦⑤，为何徒步而回？
（生）听俺道来：

【瓦盆儿】去迟科试、收场锁院散群豪。（旦）咳，原来去迟了。

---

① 晓妆台圆梦鹊声高：早上起来梳妆，听见喜鹊的鸣声，好像在给我圆（解）梦，这是吉祥的兆头。鹊声高，古人将鹊称作喜鹊，传说它鸣叫是一种吉祥的预兆。
② 博山：一种制造精美的香炉名，即博山炉，后用来泛指香炉。
③ 盼泥金俺明香暗焦：泥金，即"泥金帖子"，唐以来用于报新进士登科之喜。明香暗焦，明里熏香，背地里心中焦急。焦，双关语，一指香燃焦，一指杜丽娘心焦急。
④ 词场：科场。
⑤ 高车昼锦：形容富贵显赫。高车，古代贵显者所乘的高大华贵的车。

（生）喜逢着旧知交。（旦）可曾补上？（生）亏他满船明月又把去珠淘。（旦喜介）好了。放榜未？（生）恰正在奏龙楼，开凤榜，蹊跷……（旦）怎生蹊跷？（生）你不知，大金家兵起，杀过淮扬来了。忙喇煞细柳营①，权将杏苑抛②，刚则迟误了你夫人花诰③。（旦）迟也不争几时。则问你，淮扬地方，便是俺爹爹管辖之处了？（生）便是。（旦哭介）天也，俺的爹娘怎了！（泣介）（生）直憨的活擦擦④、痛生生肠断了。比如你在泉路里可心焦？

  （旦）罢了。奴有一言，未忍启齿。（生）但说不妨。（旦）柳郎，放榜之期尚远，欲烦你淮扬打听爹娘消耗⑤，未审许否？（生）谨依尊命。奈放小姐不下。（旦）不妨，奴家自会支吾。（生）这等就此起程了。

【榴花泣】（旦）白云亲舍⑥，俺孤影旧梅梢。道香魂恁寂寥，怎知魂向你柳枝销⑦。维扬千里，长是一灵飘。回生事少，爹娘呵，

---

① 忙喇煞细柳营：军情十分紧张。忙喇煞，忙煞。细柳营，据《史记·绛侯周勃世家》载，汉名将周亚夫在细柳屯军，以纪律严明而著称，后作为军营的代称。细柳，在陕西咸阳西南。

② 权将杏苑抛：暂时把录取进士的事搁置一边。杏苑，即杏园，在长安，唐代赐宴新科进士之处，后来代指新科进士游宴之处。

③ 刚则：偏只，就只是。花诰：用金花罗纸书写的用以封赠大臣之母或妻的诰命。

④ 活擦擦：活生生。

⑤ 消耗：音信，消息。

⑥ 白云亲舍：表示对父母的思念。《唐书·狄仁杰传》载，狄仁杰离开家乡到山西去做官，他登上太行山，回顾河南，看见一朵白云，对左右的人说："我的父母就住在那边白云的下面。"他伫望了许久，云朵移动后才走开。后世将"白云亲舍"为思念亲人的典故。亲，指父母双亲。舍，居住。

⑦ 魂向你柳枝销：杜丽娘因与柳梦梅离别而黯然神伤。柳枝，双关语，指柳梦梅，又柳谐音留，指送别，古人有折柳枝送别的风俗。魂销，销魂，灵魂离开肉体，形容极其伤心哀愁。南朝江淹《别赋》有"黯然销魂者，惟别而已矣"之句。

听的俺,活在人间惊一跳。平白地凤婿①过门,好似半青天鹊影成桥②。

【前腔】(生)俺且行且止,两处系心苗。要留旅店伴多娇……(旦)有姑姑为伴。(生)阴人③难伴你这冷长宵。把心儿不定,还怕你旧魂飘。(旦)再不飘了。(生)俺文高中高,怕一时榜下归难到。(旦泣介)俺爹娘呵!(生)你念双亲舍得离情,俺为半子怎惜攀高④。

　　小姐,卑人拜见岳翁岳母,起头便问及回生之事了。

【渔家灯】(旦叹介)说的来似怪如妖,怕爹爹执古妆乔⑤。(想介)有了,将奴春容带在身傍。但见了一幅春容,少不的问俺两下根苗。(生)问时怎生打话?(旦)则说是天曹,偶然注定的姻缘到,蓦踏着墓坟开了。(生)说你先到俺书斋才好。(旦羞介)休乔,这话教人笑。略说与梅香贼牢⑥。

【前腔】(生)俺满意儿待驷马过门⑦,和你离魂女同归气高。谁承望探高亲去傍干戈,怕寒儒欠整衣毛⑧。(旦)女婿老成些不妨。则途路孤凄,使奴挂念。(生)秋霄,云横雁字斜阳道,向秦

---

① 凤婿:代指女婿。用萧史和秦弄玉骑凤上天的恋爱神话典故。

② 鹊影成桥:这里表示有惊奇和喜悦之事降临。中国古代神话里,传说牛郎、织女每年七夕渡河相见,有喜鹊飞集银河架桥。

③ 阴人:指女人。

④ 攀高:跟地位比自己高的人结交、结亲,这里指去寻访做大官的岳父。

⑤ 执古妆乔:固执地装模作样。

⑥ 贼牢:机警,狡黠,这里作名词用,犹言机灵鬼。

⑦ 满意儿待驷马过门:满以为待高中状元,带着杜丽娘乘坐驷马高车去妻子娘家过门。满意儿,满以为。驷马,指显贵者所乘的四匹马拉的高车。过门,古代民间婚俗,结婚后不几天新婚夫妇一起到女家去行拜门礼。

⑧ 欠整衣毛:指衣着寒酸。

淮夜泊魂销。（旦）夫，你去时冷落些，回来报中状元呵。（生）名标，大拜门喧笑，抵多少驸马还朝①。

（净上）雨伞晴兼雨，春容秋复春。包袱雨伞在此。

【尾声】（拜别介）（旦）秀才郎探的个门楣着。（生）报重生这欢声不小。（旦）柳郎，那里平安了便回，休只顾的月明桥上听吹箫②。

    （生）不为经时谒丈人③。刘　商

    （旦）囊无一物献尊亲④。杜　甫

    （生）马蹄渐入扬州路⑤。章孝标

    （旦）两地各伤无限神⑥。元　稹

精彩解说

  本出《急难》写柳梦梅去京城赶考了，杜丽娘在家里等候。早上起来梳妆，她听见喜鹊的鸣声，好像在给她圆梦，她惊喜地希望这是吉祥的兆头，盼望着柳梦梅能带回科场高中的泥金帖子，夫荣妻贵。柳梦梅赴考归来了，却不是坐着富丽的驷马高车，而是孤单徒步归来。他向妻子述说了赴考迟

---

① 大拜门喧笑，抵多少驸马还朝：指一家人团聚欢笑，比驸马还朝还要高兴。大拜门、驸马还朝，都是曲牌名。驸马，指皇帝的女婿，因魏晋以后皇帝的女婿依定例封驸马都尉的官职，简称驸马。

② 月明桥上听吹箫：这里指杜丽娘叮嘱丈夫柳梦梅不要在扬州享乐，流连忘返。语出杜牧《寄扬州韩绰判官》的"二十四桥明月夜，玉人何处教吹箫？"之句。

③ 不为经时谒丈人：指柳梦梅独自去探寻岳丈岳母。语本刘商《上崔十五老丈》。

④ 囊无一物献尊亲：指杜丽娘感慨自己重生后一无所有，带给父母的只有一幅自画像。语本杜甫《重赠郑炼》。

⑤ 马蹄渐入扬州路：指柳梦梅即将前去扬州寻找岳父杜宝。语本章孝标《及第后寄广陵故人》。

⑥ 两地各伤无限神：预示柳梦梅此番前去并不会很顺利。语本元稹《寄乐天二首》之一。

到、遇昔日贵人准他补考的经过,朝廷正要放榜,但战火突起,金兵侵犯淮扬,朝廷就暂时把录取进士的事搁置一边了。杜丽娘知道淮扬正是父亲管辖之地,不由为父母双亲的安危忧心如焚,央求丈夫赶紧去淮扬寻找爹娘探听消息。二人想象报喜后双亲兴高采烈的景象,"平白地凤婿过门""报重生欢声不小"。柳梦梅担心自己见了岳父岳母,少不得被问起跟杜丽娘的事,不知该如何解释。杜丽娘心生一计,教丈夫说是天注定的姻缘,坟墓突然崩开,她得以回生,并让丈夫带着春容作为回生的证据。

杜丽娘还魂重生,跟梦中情人柳梦梅成亲,丈夫又去京城参加了科考,接下来她满心期待泥金帖子送来丈夫高中、夫贵妻荣的好事,孰料兵戈突起,不仅耽搁了朝廷放榜的事,还平白让爹娘置身于战火地区。世事无常,一切变化得太快,两人离别时黯然神伤。柳梦梅感叹,满以为待高中状元,带着杜丽娘乘坐驷马高车去妻子娘家过门,现在却衣着寒酸,要去烽火连天的淮扬寻找身居高位的岳父岳母。杜丽娘乐观地展望,丈夫归来时一定报中状元。柳梦梅则说,一家人团聚欢笑,比附马还朝还要高兴。杜丽娘不仅为爹娘的安危担忧,还牵挂着远行的丈夫:她叮嘱丈夫不要在扬州享乐,流连忘返,得了消息早日回来。

虽然杜丽娘对爹爹"执古妆乔"的性格有所认识,但她对爹爹接受柳梦梅还是过于乐观了。她满以为爹爹听了丈夫的解释,就会接受柳梦梅,认可她的还魂重生,但她怎么也想不到,后来柳梦梅遭到爹爹吊打,并压根不认回生的自己。

柳梦梅准备携画到扬州,将引出后来《闹宴》《硬拷》《圆驾》等几出戏,环环相扣,波澜不断,扣人心弦。

第四十五出 寇间

原文

【包子令】（老旦、外扮贼兵巡哨上）大王原是小喽罗，喽罗。娘娘原是小旗婆①，旗婆。立下个草朝②忒快活，亏心又去抢山河。（合）转巡罗③，山前山后一声锣。

兄弟，大王爷攻打淮城，要个人见杜安抚打话。大路头影儿没一个，小路头寻去。（唱前合下）（末雨伞、包袱上）

【驻马听】家舍南安，有道为生新失馆。要腰缠十万，教学千年，方才满贯④。俺陈最良，为报杜小姐之事，扬州见杜安抚大人。谁知他淮安被围，教俺没前没后。大路上不敢行走，抄从小路而去。

---

① 旗婆：明代有旗军，这里指女旗兵。
② 草朝：山寨草莽建立的野朝廷。
③ 罗：当作"逻"。
④ "要腰缠十万"三句：指塾师收入微薄，要想攒十万贯钱，得教一千年的书。腰缠十万，语出古代俗语"腰缠十万贯，骑鹤上扬州"。贯，穿钱的绳子，一千个钱叫一贯。

学先师传食走胡旋①,怯书生避寇遭涂炭②。你看树影凋残,猿啼虎啸教人叹。

（老、外上）明知山有虎,故向虎边行。乌汉那里去？（拿介）

（末）饶命！大王！（外）还有个大王哩。（末）天天,怎了！正是：
乌鸦喜鹊同行,吉凶全然未保。（并下）

【普贤歌】（净、丑众上）莽乾坤生俺贼儿顽,谁道贼人胆里单③！南朝俺不蛮,北朝俺不番④。甚天公有处安排俺⑤？

娘娘,俺和你围了淮安许时⑥,只是不下。要得个人去淮安打话,兼看杜安抚动定如何。则眼下无人可使哩。（丑）必得杜老儿亲信之人,将计就计,方才可行。（外绑末上）

【粉蝶儿】没路走羊肠,天天呵,撞入这屠门怎放！

（见介）（外）禀大王,拿的个南朝汉子在此。（净）是个老儿。何方人氏？作何生理⑦？（末）听禀：

【大迓鼓】生员陈最良,南安人氏,访旧淮扬。（净）访谁？（末）便是杜安抚。他后堂曾设扶风帐。（丑）你原来他衙中教

---

① 学先师传食走胡旋：像先师孔子一样四处奔波。先师,指孔丘,他曾周游列国,受到各地诸侯的供养。传食,辗转各地受到供养。走胡旋,到处奔走。胡旋,原是唐代传入的西北民族的舞名。《唐书·乐志》载："康居国乐舞,急转如风,俗谓之胡旋。"

② 涂炭：本为泥沼和炭火,比喻陷入危险的境地。

③ 胆里单：指胆子小。

④ 南朝俺不蛮,北朝俺不番：自己是汉人而降金,搞成了既非南人又非北人的局面。蛮,古代北人侮辱南人的称呼；番,古代南人侮辱北人的称呼。

⑤ 甚天公有处安排俺：语出元代白无咎《鹦鹉曲·渔父》的"算从前错怨天公,甚也有安排我处！"之句。

⑥ 许时：这么久。

⑦ 生理：生计,用以维持生活的职业。

学。几个学生？（末）则他甄氏夫人，单生下一女。女书生年少亡。（丑）还有何人？（末）义女春香，夫人伴房。

（丑笑背介）一向不知杜老家中事体。今日得知，吾有计矣。（回介）这腐儒，且带在辕门外去。（众应，押末下介）（丑）大王，奴家有了一计。昨日杀了几个妇人，可于中取出首级二颗，则说杜家老小，回至扬州，被俺手下杀了，献首在此。故意苏放①那腐儒，传示杜老。杜老心寒，必无守城之意矣。（净）高见，高见！（净起低声吩咐介）叫中军。（生上）（净）俺请那腐儒讲话中间，你可将昨日杀的妇人首级二颗来献，则说是杜安抚夫人甄氏和他使女春香。牢记着。（生应下）（净）左右，再拿秀才来见。（众押末上介）（末）饶命！大王！（净）你是个细作，不可轻饶。（丑）劝大王松了他，听他讲些兵法到好。（净）也罢。依娘娘说，松了他。（众放末缚介）（末叩头介）叩谢大王、娘娘不杀之恩。（净）起来，讲些兵法俺听。（末）卫灵公问陈于孔子，孔子不对②。说道："吾未见好德如好色者也③。"（净）这是怎么说？（末）则因彼时卫灵公有个夫人南子同座，先师所以怕得讲话。（净）他夫人是"南子"，俺这娘娘是妇人。（内擂鼓，生扮报子上）报，报，报！扬州路上兵马，杀了杜安抚家小，竟来献首级讨赏。（净看介）则怕是假的。（生）千真万真。夫人甄氏，这使女叫做春香。（末做看认，惊哭介）天呵，真个是老夫人和春香也！（净）啐！腐儒啼哭什么？还要打破淮城，杀杜老儿去。（末）饶了罢，大王。（净）要饶他，除非献了这座淮安城罢。（末）这等，容生员去传示大王虎威，立取回报。（丑）大王恕你一刀，腐儒快走（内擂鼓发

---

① 苏放：释放。

② 卫灵公问陈于孔子，孔子不对：典出《论语·卫灵公》陈，军阵。

③ 吾未见好德如好色者也：见《论语·子罕》篇，与卫灵公本不相干。后来，司马迁在《史记·孔子世家》中，将这句话变为卫灵公与夫人南子同车出游，令孔子为次乘而招摇过市之后孔子的感慨，遂成为对卫灵公的批判之语。南子是卫灵公的夫人，孔丘曾受她接见，见《论语·雍也》。

喊，开门介）（末作怕介）

【尾声】显威风记的这溜金王。（净、丑）你去说与杜安抚呵，着什么耀武扬威早纳降，俺实实的要展江山、非是谎。（下）

（末打躬送介）（吊场）活强盗，活强盗。杀了杜老夫人、春香。不免城中报去。

> 海神东过恶风回①。　李　白
> 日暮沙场飞作灰②。　常　建
> 今日山翁旧宾主③。　刘禹锡
> 与人头上拂尘埃④。　李山甫

精彩解说

本出《寇间》写杜丽娘从前的塾师陈最良赶赴扬州，准备去向从前的雇主杜宝报告杜丽娘坟墓被掘事，结果看到金兵将淮安围困了，只好改走小道。他自嘲，作为塾师收入微薄，要想攒十万贯钱，得教一千年的书，现在像先师孔子一样四处奔波。李全和夫人包围了淮安多日，并未攻下淮安。他和夫人商议，派人去城内打探杜宝军的动静，恰好此时手下人在小道上捉拿住了陈最良，来向李全禀报。李全审讯陈最良，陈最良老实讲了自己的身份——受杜宝之请做其女儿塾师，以及处理杜丽娘病亡等家事。李全妻趁机使计，她谎称杜宝夫人甄氏和丫鬟春香被杀，骗陈最良看死人头，让陈最良

---

① 海神东过恶风回：指陈最良辛苦到扬州报信却果被金兵擒获。语本李白《横江词六首》之四。
② 日暮沙场飞作灰：指陈最良误以为杜夫人和春香二人已被杀害。语本常建《塞下曲四首》之二。
③ 今日山翁旧宾主：指杜宝曾是陈最良的雇主。语本刘禹锡《送李庚先辈赴选》。山翁，即晋代镇南将军山简。山简出镇襄阳，洛阳失守，迁镇夏口，招纳流亡，归附他的人很多，这里用他借指杜宝。
④ 与人头上拂尘埃：指杜宝要接受夫人被害的噩耗。语本李山甫《下第出春明门》。

信以为真，然后故意放走他，让他将此假消息带给杜宝，利用陈最良达到"杜老心寒，必无守城之意"的目的。

陈最良是《牡丹亭》全剧的一个重要配角，《寇间》一出是陈最良的重头戏，这个人物形象得到了进一步的塑造。他去向杜宝报告杜丽娘坟墓被挖掘之事，不料遇到淮安战祸。他本可以折回避乱，也算尽到了职责，即使以后杜宝问起来，想来也不会责怪陈最良，毕竟淮安的百姓都在逃难，杜宝也遣夫人和春香返回临安避祸了。但陈最良不走大道走小路，甘愿冒着生命危险，也要见到杜宝，由此可见其忠诚的品性。

本出继续强化了陈最良的腐儒标签，不过，这一次他引经据典卖弄经文，突显了他的机智和随机应变。李全要陈最良讲兵法，陈最良可能不懂，也可能懂，但不愿讲，想推脱，又推脱不了。他巧妙地把《论语》中的两段互不相干的话放在一起，摆脱了尴尬的境地。他先说："卫灵公问陈于孔子，孔子不对。"这是有意篡改原文。原文是："卫灵公问陈于孔子，孔子对曰：'军旅之事，未之学也。'"他把孔子不会变成了孔子不说，为自己的不说辩解。然后又引用孔子所说："吾未见好德如好色者也。"潜台词是：你这样好色，哪会听我讲兵法呢？李全不解，他进一步解释："则因彼时卫灵公有个夫人南子同座，先师所以怕得讲话。"言外之意是：现在你与夫人同座，我就不能讲。陈最良很快就摸清李全夫人掌兵权的情势，巧妙地把经典拿来为自己开脱。陈最良的性格始终在变化，非常复杂，又有血有肉。在之后的《折寇》《围释》等出中，陈最良为杜宝破金兵起到了关键作用，并因此立功封官。

第四十六出 折　寇

> 原文

【破阵子】（外戎装佩剑引众上）接济风云阵势①，侵寻②岁月边陲。（内擂鼓喊介）（外叹介）你看虎咆般炮石连雷碎，雁翅似刀轮③密雪施。李全，李全，你待要霸江山、吾在此。

【集唐】

④谁能谈笑解重围？皇甫冉

万里胡天鸟不飞。高　骈

今日海门南畔事。高　骈

满头霜雪为兵机。韦　庄

我杜宝，自到淮扬，即遭兵乱。孤城一片，困此重围。只索调度兵粮，

---

① 风云阵势：中国古代兵书《风后握奇经》中，以天、地、风、云、飞龙、翔鸟、虎翼、蛇蟠为八种阵势。

② 侵寻：渐渐度过。

③ 轮：形容刀身弯成半月形的样子。

④ "谁能谈笑解重围"四句：分别出自皇甫冉《同温丹徒登万岁楼》、高骈《塞上寄家兄》及《赴安南却寄台司》、韦庄《赠边将》。个别文字有改动。

飞扬金鼓。生还无日，死守由天。潜坐敌楼之中，追想靖康而后①。中原一望，万事伤心。

【玉桂枝】问天何意，有三光不辨华夷，把腥膻吹换人间，这望中原做了黄沙片地。（恼介）猛冲冠怒起，猛冲冠怒起，是谁弄的，江山如是？（叹介）中原已矣！关河困，心事违。也则要保扬州，济淮水。俺看李全贼数万之众，破此何难？进退迟疑，其间有故。俺有一计可救围，恨无人与游说。

（内擂鼓介）（净报子上）羽檄场中无雁到，鬼门关上有人来。好笑，城围得铁桶似紧，有秀才来打秋风，则索报去。禀老爷：有个故人相访。（外）敢是奸细？（净）说是江右②南安府陈秀才。（外）这迂儒怎生飞的进来？快请见。（末上）

【浣溪沙】摆旌旗，添景致，又不是闹元宵鼓炮齐飞。杜老爷在那里？（外出笑迎介）忽闻的千里故人谁？（叹介）原来是先生到此，教俺惊垂泪。（末）老公相头通白了。（合）白首相看俺与伊，三年一见愁眉。（拜介）

【集唐】

   ③（末）头白乘驴悬布囊。卢　纶

   （外）故人相见忆山阳。谭用之

   （末）横塘一别千余里。许　浑

   （外）却认并州作故乡。贾　岛

---

① 靖康而后：指靖康二年（1127年）金人攻破宋朝京都汴梁（开封），掳去徽宗、钦宗二帝以后。靖康，宋钦宗年号。

② 江右：江西，长江下游以西地区。

③ "头白乘驴悬布囊"四句：分别出自卢纶《赠别李纷》、谭用之《寄孟进士》、许浑《夜泊永乐有怀》、贾岛《渡桑干》。个别文字有改动。

（末）恭谂公相，又苦伤老夫人回扬州，被贼兵所算了。（外惊介）怎知道？（末）生员在贼营中，眼同验过老夫人首级，和春香都杀了。（外哭介）天呵，痛杀俺也！

【玉桂枝】相夫登第，表贤名甄氏吾妻。称皇宣一品夫人，又待伴俺立双忠烈女。想贤妻在日，想贤妻在日，凄然垂泪，俨然冠帔。（外哭倒，众扶介）（末）我的老夫人，老夫人，怎了！你将官们也大家哭一声儿么！（众哭介）老夫人呵！（外作恼，拭泪介）呀，好没来由！夫人是朝廷命妇，骂贼而死，理所当然。我怎为他乱了方寸，灰了军心？身为将，怎顾的私？任恓惶①，百无悔。陈先生，溜金王还有讲么？（末）不好说得，他还要杀老先生。（外）咳，他杀俺甚意儿？俺杀他全为国。

（末）依了生员，两下都不要杀。（做扯外耳语介）那溜金王要这座淮安城。（外）噤声！那贼营中是一个座位，是两个座位？（末）他和妻子连席而坐。（外笑介）这等，吾解此围必矣。先生竟为何来？（末）老先生不问，几乎忘了。为小姐坟儿被盗，径来相报。（外惊介）天呵！冢中枯骨，与贼何仇？都则为那些宝玩害了也。贼是谁？（末）老公相去后，石道姑招了个岭南游棍柳梦梅为伴。见物起心，一夜劫坟逃去，尸骨丢在池水中。因此不远千里而告。（外叹介）女坟被发，夫人遭难。正是：未归三尺土，难保百年身。既归三尺土，难保百年坟②。也索罢了，则可惜先生一片好心。（末）生员拜别老公相后，一发贫薄了。（外叹介）军中仓卒，无以为情。我把一大

---

① 恓（xī）惶（huáng）：悲伤。
② "未归三尺土"四句：中国古代谚语，原见《琵琶记》第三十八出引。三尺土，代指坟墓。

功劳，先生干去。（末）愿效劳。（外）我久写下咫尺之书①，要李全解散三军之众。余无可使，烦公一行。左右，取过书仪来。倘说得李全降顺，便可归奏朝廷，自有个出身之处。（生取书礼上）儒生三寸舌，将军一纸书。书仪在此。（末）途费谨领。送书一事，其实怕人。（外）不妨。

【榴花泣】兵如铁桶，一使在其中。将折简②、去和戎③。陈先生，你志诚打的贼儿通。虽然寇盗奸雄，他也相机而动。（末）恐游说非书生之事。（外）看他开围放你而来，其意可知。你这书生正好做传书用。（末）仗恩台一字长城④，借寒儒八面威风。（风鼓吹介）

【尾声】戍楼羌笛⑤话匆匆。事成呵，你归去朝廷沾寸宠⑥，这纸书，敢则是保障江淮第一封。

　　　　（外）隔河征战几归人⑦？　刘长卿

　　　　（末）五马临流待幕宾⑧。　卢　纶

---

① 咫（zhǐ）尺之书：尺牍，短信。咫，中国古代长度单位，不到一尺。古代以木简写书函，长约一尺。
② 折简：书札，信笺，这里指写信。
③ 和戎：与少数民族或别国媾和修好。戎，外敌，这里指叛将李全。
④ 仗恩台一字长城：依仗恩官写一封书信就可以退敌。恩台，犹言恩官。一字长城，意思指书信可以退敌。
⑤ 羌笛：泛指笛，笛是羌人的民族乐器。
⑥ 归去朝廷沾寸宠：指回朝之后将得到奖赏。宠，荣耀。
⑦ 隔河征战几归人：指杜宝忧虑战争残酷，谋划智退敌军。语本刘长卿《送耿拾遗归上都》。
⑧ 五马临流待幕宾：指陈最良来得正是时候。语本卢纶《送崔琦赴宣州幕》。

（外）劳动先生远相访①。王　建
（末）恩波自会惜枯鳞②。刘长卿

精彩解说

　　本出《折寇》写南宋叛将李全和妻子杨婆率军侵宋来势汹汹，"堑断长淮塞五湖"，杜宝困守淮城，"生还无日，死守由天"。淮安被围，中原江山被金兵所侵占，杜宝为不能收复河山无限感慨和伤心。他清楚敌众我寡、兵力悬殊，知道不能硬打，只能智取，便设计来破敌之围，但无人可去敌阵送信游说。此时，手下来报，陈最良来访。拜见了杜宝，陈最良立即告知贼兵已经将老夫人和春香杀害的噩耗（上出中写到，李全故意拿两个人头，冒充是杜宝夫人和丫鬟春香的人头，给陈最良看过，又故意放走了陈最良，好让陈最良去向杜宝通风报信）。杜宝十分痛心，但很快意识到自己身系全城："夫人是朝廷命妇，骂贼而死，理所当然。我怎为他乱了方寸，灰了军心？身为将，怎顾的私？"他镇定下来，告诉自己，大敌当前，作为统帅不能乱了方寸。他最惦记的还是破敌之事，于是询问陈最良看到贼王那里有几个座位。当听说有两个座位，立即大喜，他找到了破敌之策。此时，他才记起没有询问陈最良为何来找他。陈最良告知，梅花观里的石道姑，伙同岭南来的游棍柳梦梅掘了小姐的坟墓逃走了。

　　夫人遭难，女儿坟墓被掘，面对接连的家中横祸，杜宝没有一味沉浸在个人的痛苦中不能自拔，他很快将心神回到了军中大事上来，心心念念都在淮安城解围上。他没有钱财酬谢陈最良，就提供了一个立功的机会，写下劝降书，请陈最良做传信的使者，去规劝李全率部归顺南宋。

---

① 劳动先生远相访：指杜宝请陈最良去敌营中劝李全投降。语本王建《从军后寄山中友人》。
② 恩波自会惜枯鳞：指陈最良希冀前去劝降李全而不被李全杀害。语本刘长卿《狱中闻收东京有赦》。枯鳞，枯鱼，典出《庄子·外物》，鱼困在干车辙中等待斗水相救。

《折寇》一出继续塑造杜宝的形象，他不仅是一位对朝廷忠肝义胆、富有军事谋略的将领，而且具有公而忘私、以社稷为重的博大胸怀。同时，陈最良的形象也更加丰满了。陈最良因胆小，在敌人面前不敢讲假话。同样因胆小，他见到杜宝怕担责说假话，明明是他救了柳梦梅住进梅花观，却将柳生的来历赖到石道姑身上："老公相去后，道姑招了个岭南游棍柳梦梅为伴。见物起心，一夜劫坟逃去，尸骨丢在池水中。因此不远千里而告。"可见其胆小怕事、自私狡猾的品性。他清楚，去敌营中游说非书生之事，但最终竟然横下一条心，硬着头皮充当了和谈说客，其动机是杜宝"倘说得李全降顺，便可归奏朝廷，自有个出身之处"的许诺。至此将一个胆小怕事、自私自利的老儒生的形象刻画得活灵活现。

第四十七出 围 释

> 原文

【出队子】（贴通事①上）一天之下，南北分开两事家。中间放着个蓼儿洼②，明助着番家打汉家。通事中间，拨嘴撩牙③。

事有足诧，理有必然。自家溜金王麾下一名通事便是。好笑，好笑，俺大王助金围宋，攻打淮城。谁知北朝暗地差人去到南朝讲话。正是：暂通禽兽语，终是犬羊心。（下）（净引众上）

【双劝酒】横江虎牙④，插天鹰架⑤。擂鼓扬旗，冲车甲马。把座锦城墙围的阵云花。杜安抚你有翅难加。

自家溜金王。攻打淮城，日久未下。外势虽然虎踞，中心未免狐疑。一来怕南朝大兵兼程策应，二来怕北朝见责委任无功：真个进退两难。

---

① 通事：翻译人员。
② 蓼（liǎo）儿洼：即梁山泊，在今山东平湖。蓼儿洼后来用作山寨的代称，这里指李全占山立寨。
③ 拨嘴撩牙：胡言乱语，挑拨是非。
④ 虎牙：原是将军的名号，这里指军营。
⑤ 鹰架：即鹰架木，古代作战中用于挖掘地道上下牵引吊拉重物的木架。

待娘娘到来计议。（丑上）驱兵捉将蚩尤①女，捏鬼妆神豹子妻②。大王，你可听见，大金家有人南朝打话，回到俺营门之外了。（净）有这事？（老旦扮番将带刀骑马上）

北【夜行船】大北里宣差传站马③，虎头牌滴溜的分花④。（外扮马夫赶上介）滑了，滑了。（老旦）那古里谁家⑤？跑翻了拽喇⑥。怎生呵，大营盘没个人儿答煞。（外大叫介）溜金爷，北朝天使到来。（下）（净、丑作慌介）快叫通事请进。（贴上，皆跪介）溜金王患病了。请那颜⑦进。（老旦）可才可才，道句儿克卜喇⑧。

（下马，上坐介）都儿都儿。（净问贴介）怎么说？（贴）恼了。（净、丑举手，老旦做恼不回介）（指净介）铁力温都答喇⑨。（净问贴介）怎说？（贴）不敢说，要杀了。（净）却怎了？（老旦做看丑笑介）忽伶忽伶。（丑问贴介）（贴）叹娘娘生的妙。（老旦）克老克

---

①蚩尤：中国古代神话传说中上古时代一个部族的首领，其性凶恶，铜头铁额，能兴云作雾，后来为黄帝所诛。

②豹子妻：原指戏剧中乔装新娘的黑旋风李逵，这里指李全妻，她自诩威武。豹子，借来形容凶猛。

③大北里宣差传站马：大北里，指金朝。宣差，皇帝派的差官，这里指番将自己。站马，驿马，用于传递情报、公文、物资等。

④虎头牌：虎符，金人颁给文武官员用来证明长官身份的一种证件，参看前注。滴溜：明滴溜的省词，明晃晃的意思。分花：耀眼。

⑤那古里：那答儿，那边。谁家：什么人。

⑥拽喇：契丹语音译，意谓兵卒。

⑦那颜：蒙古语音译，意谓长官。

⑧克卜喇：疑是女真语的音译，当是请进的意思。本出用了契丹语、蒙古语、女真语等的日常问候语，以与番将的身份匹配，其意思可根据上下文推断，并不难理解。

⑨铁力温都答喇：杀了。

老。（贴）说走渴了。（老旦手足做忙介）兀该打剌①。（贴）叫马乳酒。（老旦）约儿兀只。（贴）要烧羊肉。（净叫介）快取羊肉、乳酒来。（外持酒肉上介）（老旦洒酒，取刀割羊肉吃，笑，将羊油手擦胸介）一六兀剌的。（贴）不恼了，说有礼体。（老旦作醉介）锁陀八，锁陀八。（贴）说醉了。（老旦作看丑介）倒喇倒喇。（丑笑介）怎说？（贴）要娘娘唱个曲儿。（丑）使得。

北【清江引】呀，哑观音觑着个番答辣，胡芦提笑哈。兀那是都麻，请将来岸答。撞门儿一句咬儿只不毛古喇。

通事，我斟一杯酒，你送与他。（贴作送酒介）阿阿儿该力。（丑）通事，说什么？（贴）小的禀娘娘送酒。（丑）着了。（老旦作醉，看丑介）字知字知。（贴）又央娘娘舞一回。（丑）使得，取我梨花枪过来。

【前腔】（持枪舞介）冷梨花点点风儿刮，袅得腰身乍②。胡旋儿打一车，花门折一花。把一个睃啜老那颜风势煞③。

（老旦反背拍袖笑倒介）忽伶忽伶。（贴扶起老旦介）（老摆手倒地介）阿来不来。（贴）这便是唱喏，叫唱一直。（老笑点头招丑介）哈散哈散。（贴）要问娘娘。（丑笑介）问什么？（老扯丑轻说介）哈散兀该毛克喇，毛克喇。（丑笑问贴介）怎说？（贴作摇头介）问娘娘讨件东西。（丑笑介）讨甚么？（贴）通事不敢说。（老笑倒介）古鲁古鲁。（净背叫贴问介）他要娘娘什么东西？古鲁古鲁不住的。（贴）这件东西，是要不得的。便要时，则怕娘娘不舍的；便是娘娘舍的，大王也不舍的；便大王舍的，小的也不舍的。（净）甚东西，直恁舍不的？（贴）他这话到明，哈散兀该毛克喇，要娘娘有毛的所在。（净作

---

① "兀该打剌"及下文"约儿兀只""一六兀剌""锁陀八"等，均可以根据对话理解其意。
② 袅：扭动。乍：同"诈"，漂亮，俏样儿。
③ 睃啜老：蒙古语，当时骂人的话。风势煞：疯样子。

恼介）气也，气也！这臊子①好大胆，快取枪来。（作持花枪赶杀介）

（贴扶醉老走）（老提酒壶叫"古鲁古鲁"架住枪介）

北【尾】（净）你那醋葫芦指望把梨花架，臊奴，铁围墙敢靠定你大金家。（搦②倒老介）则踹着你那几茎儿苫嘴的赤支沙③，把那咽腥臊的嗓子儿生掐杀④。

（丑扯住净，放老介）（老）曳喇曳喇哈哩。（指净介）力娄吉丁母剌失，力娄吉丁母剌失。（作闪袖走下介）（净）气杀我也！那曳喇哈的什么？（贴）叫引马的去。（净）怎指着我力娄吉丁母剌失？（贴）这要奏过他主儿，叫人来相杀。（净作恼介）（丑）老大王，你可也当着不着⑤的。（净）啐！着了你那毛克喇哩。（丑）便许他在那里，你却也忒捻酸。（净不语介）正是，我一时风火性。大金家得知，这溜金王到有些欠稳。（丑）便是，番使南朝而回，未必其中无话。（净）娘娘高见何如？（丑）容奴家措思。（内擂鼓介）（贴扮报子上）报，报，报！前日放去的秀才，从淮城中单马飞来，道有紧急，投见大王。（丑）恰好，着他进来。

【缕缕金】（末上）无之奈，可如何！书生承将令，强喽啰⑥。（内喊）（末惊跌介）一声金炮响，将人跌蹉。可怜、可怜！密札札干戈其间放着我。

（贴唱门介）生员进。（末见介）万死一生生员陈最良，百拜大王殿下，娘娘殿下。（净）杜安抚献了城池？（末）城池不为稀罕，敬来

---

① 臊子：当时对北方少数民族的蔑称。臊，兽肉的腥臭味。

② 搦（nuò）倒：按倒。

③ 苫（shàn）嘴的赤支沙：遮盖嘴巴的红胡须。苫，遮掩。赤支沙，红色的胡须。

④ 掐（qiā）杀：扼杀，掐死。

⑤ 当着不着：该做的事不做，不该做的事却做了。这里指李全过于鲁莽，不该把番将那颜赶走。

⑥ 强喽啰：强作聪明，这里陈最良怪自己多事。喽啰，即偻儸，干练、机灵的意思。

献一座王位与大王。(净)寡人久已为王了。(末)正是官上加官，职上添职。杜安抚有书呈上。(净看书介)"通家①生杜宝顿首李王麾下"。(问末介)秀才，我与杜安抚有何通家？(末)汉朝有个李、杜②至交，唐朝也有个李、杜契友，因此杜安抚斗胆称个通家。(净)这老儿好意思，书有何言？

【一封书】(读书介)"闻君事外朝，虎狼心，难定交。肯回心圣朝，保富贵，全忠孝。平梁③取采须收好，背暗投明带早超④。凭陆贾，说庄蹻⑤。颙望麾慈即鉴昭⑥。"

(笑介)这书劝我降宋，其实难从。"外密启一通，奉呈尊阃⑦夫人。"(笑介)杜安抚也畏敬娘娘哩。(丑)你念我听。(净看书介)"通家生杜宝敛衽⑧杨老娘娘帐前。"咳也，杜安抚与娘娘，又通家起来。(末)大王通得去，娘娘也通得去。(净)也通得去。只汉子不该说敛衽。(末)娘娘肯敛衽而朝，安抚敢不敛衽而拜！(丑)说的好。细念我听。(净念书介)"通家生杜宝敛衽杨老娘娘帐前：远闻金朝封贵夫为溜金王，并无封号及于夫人。此何礼也？杜宝久已保奏大宋，敕

---

① 通家：世交，这里指杜宝有意跟李全拉近关系。
② 李、杜：指东汉李固、杜乔，两人在朝做官，同心合作；或指东汉李膺、杜密，两人同因党锢之祸被害。见《后汉书》本传。下文唐朝李、杜，指诗人李白、杜甫。
③ 平梁：可能指王冠，俗称平天冠。
④ 带早超：及早高升。
⑤ 凭陆贾，说庄蹻：凭着自己具有和陆贾说服赵佗一样的辩才，去说服那个倔强的庄蹻（喻指李全）。陆贾，西汉著名政治家，刘邦手下辩士，口才极好，曾说服赵佗归汉。庄蹻，战国楚庄王的后裔，他率兵为楚国平定今四川西部、云南东部地方；后来归路被秦国切断，自立为滇王，到他的后代才归顺汉朝。
⑥ 颙（yóng）望：祈望，恳切地希望。麾慈：对李全夫妇的尊称。鉴昭：明鉴。
⑦ 尊阃（kǔn）：对人妻室的敬称。
⑧ 敛衽：整理衣襟，中国古代的一种礼节，后来专用于妇女。

封夫人为讨金娘娘之职。伏惟妆次①，鉴纳。不宣②。"好也，倒先替娘娘讨了恩典哩。（丑）陈秀才，封我讨金娘，难道要我征讨大金家不成？（末）受了封诰后，但是娘娘要金子，都来宋朝取用。因此叫做讨金娘娘。（丑）这等是你宋朝美意。（末）不说娘娘，便是卫灵公夫人，也说宋朝之美③。（丑）依你说，我冠儿上金子，成色要高。我是带盔儿的娘子④，近时人家首饰浑脱，就一个盔儿⑤，要你南朝照样打造一付送我。（末）都在陈最良身上。（净）你只顾讨金讨金，把我这溜金王，溜在那里？（丑）连你也做了讨金王罢。（净）谢承了。（末叩头介）则怕大王、娘娘退悔。（丑）俺主意定了。便写下降表，赍发秀才回奏南朝去。

【前腔】（净）归依大宋朝，怕金家成祸苗。（丑）秀才，你担承这遭，要黄金须任讨。（末）大王，你鄱阳湖磬响⑥收心早，娘娘，你黑海岸回头星宿高⑦。（合）便休兵，随听招。免的名标在叛贼条。

（净）秀才，公馆留饭。星夜草表送行。（举手送末，拜别介）

---

① 妆次：中国古代书信上对妇女的客气的称呼，如同对男子称阁下。

② 不宣：犹言不尽，旧时书信结尾的套语。

③ 便是卫灵公夫人，也说宋朝之美：卫灵公夫人南子与宋国美男子公子朝私通。宋朝之美，宋公子朝，有美色，见《论语·雍也》。《论语》提到卫灵公夫人，但与宋朝无关，这里借人名双关朝代，有意插科打诨。

④ 带盔儿的娘子：犹如说女将军。

⑤ 近时人家首饰浑脱，就一个盔儿：我头上戴着一顶毡帽，就算是一个头盔。人家，指自己。浑脱，指乌羊毛做的毡帽。

⑥ 鄱阳湖：在江西，湖中有石钟山，由钟联想到磬。磬（qìng）响：击磬礼佛，归心向善，这里意谓投诚归顺。

⑦ 黑海岸回头星宿高：只要及早回头，重归南宋，你一定会吉星高照。化用佛家语"苦海无边，回头是岸"。

【尾声】（净）咱比李山儿①何足道，这杨令婆②委实高。（末）带了你这一纸降书，管取那赵官家欢笑倒③。（末下）

（净、丑吊场）（净）娘娘，则为失了一边金，得了两条王。人要一个王不能勾，俺领两个王号。岂不乐哉！（丑）不要慌，还有第三个王号。（净）什么王号？（丑）叫做齐肩一字王④。（净）怎么？（丑）杀哩。（净）随顺他，又杀什么？（丑）你俺两人作这大贼，全仗金鞑子威势。如今反了面，南朝拿你何难？（净作恼介）哎哟，俺有万夫不当之勇，何惧南朝！（丑）你真是个楚霸王，不到乌江不止⑤。（净）胡说！便作俺做楚霸王，要你做虞美人，定不把赵康王占了你去。（丑）罢，你也做楚霸王不成，奴家的虞美人也做不成。换了题目做。（净）什么题目？（丑）范蠡载西施⑥。（净）五湖在那里？去做海贼便了。（丑作吩咐介）众三军，俺已降顺了南朝。暂解淮围，海上伺候去。（众应介）解围了。（内鼓介）船只齐备了，禀大王起行。（行介）

【江头送别】（净）淮扬外，淮扬外，海波摇动。东风劲，东风

---

① 李山儿：元人水浒杂剧中给李逵的称号。这里是李全自比为李逵，鲁莽无谋。
② 杨令婆：古代戏曲、小说中宋代名将杨令公（业）的夫人佘太君，曾以百岁高龄挂帅出征。这里指李全妻。
③ 管取：一定教。赵官家：赵家皇帝。
④ 齐肩一字王：唐宋以后皇子封王，以一个字为王号，如齐王，是王爵中最高的等级；其次，皇子的儿子封王，以二字为王号，如汝南王，金元时仅亲王得封。这里是揶揄话，平肩一刀，意谓斩首。
⑤ 你真是个楚霸王，不到乌江不止：《史记·项羽本纪》载，楚霸王项羽兵败，被汉军围困垓下，跟他的宠姬虞美人诀别，在乌江自刎。明代沈龄采取这一故事，写作传奇《千金记》中的第三十七出《别姬》，发展成为后来的京剧《霸王别姬》。
⑥ 范蠡载西施：《吴越春秋》载，越王勾践为吴王夫差所败，退守会稽，越王令越国的大夫范蠡献美女西施于吴王，吴王大悦，从此沉湎于酒色，以至朝政尽废，越遂亡吴；范蠡功成身退，带着西施同泛五湖（太湖）而去。

劲,锦帆吹送。夺取蓬莱为巢洞,鳌背上立着旗峰。

【前腔】(丑)顺天道,顺天道,放些儿闲空。招安后,招安后,再交兵言重。险做了为金家伤炎宋①。权袖手,做个混海痴龙。

(众)禀大王、娘娘,出海了。(净)且下了营,天明进发。

　　　　(净)干戈未定各为君②。　许　浑
　　　　(丑)龙斗雌雄势已分③。　常　建
　　　　(净)独把一麾江海去④。　杜　牧
　　　　(众)莫将弓箭射官军⑤。　窦　巩

精彩解说

　　本出《围释》写杜宝和李全本同为宋臣,但现今各为其主而干戈相向。杜宝有意劝降李全,便写下劝降信,派遣陈最良为说客,出使李全兵营。陈最良承接了这个危险的重任,他准备凭着自己和陆贾说服赵佗一样的辩才,去说服倔强的李全。

　　金主完颜亮派使者那颜到降金的将领李全营中。那颜醉酒后,竟然调戏李全的妻子杨婆,李全大怒,将那颜赶走。杨婆责怪丈夫过于鲁莽,不该把番将赶走。这时,陈最良肩负着杜宝赋予的使命,带着劝降信,不顾身家性命,到了李全营中。本来李全杨婆夫妇所率金军久攻淮城不下,已经无法向金主交差了;恰好杨婆得到了宋金间在秘密对话的消息,她再三权衡,为保

---

① 炎宋:指赵宋。古代以阴阳五行解释国家兴衰的道理,相传赵宋以火德而立国,故称火宋,又称炎宋。

② 干戈未定各为君:指李全和杜宝各为其主而干戈相向。语本许浑《鸿沟》。

③ 龙斗雌雄势已分:指李全将收兵,解了淮安之围,胜负结果已定。语本常建《塞下曲四首》之三。

④ 独把一麾江海去:指李全挥动旌旗,带兵入海,准备做海盗。语本杜牧《将赴吴兴登乐游原一绝》。

⑤ 莫将弓箭射官军:指李全的士兵不会再与杜宝的宋军为敌。语本窦巩《唐州东途作》。

全自己的利益，善使梨花枪的杨婆同意"归宋"。于是李全夫妇退兵，解除了对淮安的围困，漂洋出海做海贼去了。

杜宝机智多谋，他希望以情打动叛将李全，他写的招降书，极尽笼络收买之能事，以自己和李全的姓，附会历史上交好的名人"李杜"，攀"通家"之好，再"敛衽"致礼，又保奏册封溜金王妻为"讨金娘娘"。后来，柳梦梅在《圆驾》一出，为此嘲笑了杜宝，"那里平得个李全？则平得个'李半'""哄得个杨妈妈退兵，怎哄得全"。不管怎么说，李全夫妇接到书信后，很快接受了杜宝的重新归顺赵宋的请求和投降条件，承诺不会再与杜宝的宋军为敌。杜宝不费一兵一卒，让李全主动退了兵，完成了解淮安之围的军事任务，"不动征旗，一纸书回寇"，免了生灵涂炭之苦。

劝降成功，也端赖陈最良的游说。陈最良先前被李全捉住时，听说李全要杀杜宝，他不仅为杜宝求情，在被李全释放后，还立即告诉了杜宝；当杜宝提出要杀李全时，他又委婉劝说："依了生员，两下都不要杀。"他不希望双方大动干戈，使得百姓遭殃。他还十分机敏，因为杜宝答应封杨婆为"讨金娘娘"，他看出李全夫妇不敢与金为敌，于是解释那个意思不是"征讨大金"，而是"娘娘要金子，都来宋朝取用"。杨婆说："这等是你宋朝美意。"他搬弄儒家经典回答："不说娘娘，便是卫灵公夫人，也说宋朝之美。"利用谐音双关，巧妙说服了杨婆，原本紧张的剧情，变得诙谐滑稽。本出对应了《标目》中的"陈最良说下梨花枪"。

第四十八出　遇　母

> 原文

【十二时】（旦上）不住的相思鬼，把前身退悔。土臭全消，肉香新长。嫁寒儒客店里孤栖。（净上）又着他攀高谒贵。

【浣溪沙】（旦）寂寞秋窗冷簟①纹，（净）明珰玉枕旧香尘，（旦）断潮归去梦郎频。（净）桃树巧逢前度客②，（旦）翠烟③真是再来人，（合）月高风定影随身。（旦）姑姑，奴家喜得重生，嫁了柳郎。只道一举成名，同去拜访爹娘。谁知朝廷为着淮南兵乱，开榜稽迟。我爹娘正在围城之内，只得赍发柳郎往寻消耗，撇下奴家钱塘客店。你看那江声月色，凄怆人也。（净）小姐，比你黄泉之下，景致争多。（旦）这不在话下。

【针线箱】虽则是荒村店江声月色，但说着坟窝里前生今世，则这

---

① 簟（diàn）：竹席。

② 相传唐诗人刘禹锡曾游玄都观，题了一首有关桃花的诗。若干年后，他从被贬地回京，旧地重游，看到桃花不见了，就又题了一首诗，其中两句："种桃道士归何处？前度刘郎今又来。"前度刘郎，刘禹锡借自己的姓双关神话传说中的刘晨，传说刘晨在天台山桃源洞与仙女相爱，这里指柳梦梅。

③ 翠烟：指吴王小女儿紫玉的亡魂，这里是杜丽娘自喻。

破门帘乱撒星光内,煞强似洞天黑地。姑姑呵,三不归①父母如何的?七件事②儿夫家靠谁?心悠曳,不死不活,睡梦里为个人儿。

(净)似小姐的罕有。

【前腔】伴着你半间灵位,又守见你一房夫婿。(旦)姑姑,那夜搜寻秀才,知我闪在那里?(净)则道画帧儿怎放的个人回避,做的事瞒神唬鬼。昏黑了,你看月儿黑黑的星儿晦,萤火青青似鬼火吹。(旦)好上灯了。(净)没油,黑坐地③,三花两焰,留的你照解罗衣。

(旦)夜长难睡,还向主家借些油去。(净)你院子里坐地,咱去借来。合着油瓶盖,踏碎玉莲蓬④。(下)(旦玩月叹介)

【月儿高】(老旦、贴行路上)江北生兵乱,江南走多半。不载香车稳,跶的鞋鞓断⑤。夫主兵权,望天涯生死如何判。前呼后拥,一个春香伴。凤髻消除,打不上扬州纂⑥。上岸了到临安。趁黄昏黑影林峦,生忔察⑦的难投馆。

(贴)且喜到临安了。(老旦)咳,万死一逃生,得到临安府。俺女娘

---

① 三不归:意谓流连忘返。
② 七件事:泛指老百姓日常生计。元杂剧《玉壶春》第一折上场诗有"早晨起来七件事,柴米油盐酱醋茶"之句。
③ 黑坐地:黑暗中坐着。地,着。
④ 合着油瓶盖,踏碎玉莲蓬:指借油之难。合着油瓶盖,民间有俗语"夜壶合着油瓶盖"。玉莲蓬,喻指女子经包裹过的小脚。
⑤ 跶(tā)的鞋鞓(tīng)断:行路艰难,连鞋带都走断了。跶,把鞋后帮踩在脚后跟下。鞓,皮带,这里指鞋带。
⑥ 凤髻消除,打不上扬州纂:指头发散乱。凤髻,古代女子的一种发型。纂,方言,指古代妇女梳在头后边的发髻。
⑦ 生忔(qì)察:人地生疏,陌生。忔察,语气助词。

无处投,长路多孤苦。(贴)前面像是个半开门儿,蓦了进去①。(老进介)呀,门房空静,内可有人?(旦)谁?(贴)是个女人声息。待打叫一声:开门。

【不是路】(旦惊介)斜倚雕阑,何处娇音唤启关?(老)行程晚,女娘们借住霎儿间。(旦)听他言,声音不似男儿汉,待自起开门月下看。(见介)(旦)是一位女娘,请里坐。(老)相提盼,人间天上行方便。(旦)趋迎迟慢。趋迎迟慢。(打照面介)(老作惊介)

【前腔】破屋颓椽,姐姐呵,你怎独坐无人灯不燃?(旦)这闲庭院,玩清光长送过这月儿圆。(老背叫贴)春香,这像谁来?(贴惊介)不敢说,好像小姐。(老)你快瞧房儿里面,还有甚人?若没有人,敢是鬼也?(贴下)(旦背)这位女娘,好像我母亲,那丫头好像春香。(作回问介)敢问老夫人,何方而来?(老叹介)自淮安,我相公是淮扬安抚,遭兵难,我避房逃生到此间。(旦背介)是我母亲了,我可认他?(贴慌上,背语老介)一所空房子,通没个人影儿。是鬼,是鬼!(老作怕介)(旦)听他说起,是我的娘也。(旦向前哭娘介)(老作避介)敢是我女孩儿?怠慢了你,你活现了。春香,有随身纸钱,快丢,快丢。(贴丢纸钱介)(旦)儿不是鬼。(老)不是鬼,我叫你三声,要你应我,一声高如一声。(做三叫三应,声渐低介)(老)是鬼也。(旦)娘,你女儿有话讲。(老)则略靠远,冷淋侵②一阵风儿旋,这般活现。(旦)那些活现?

———

① 蓦(mò)了进去:闯了进去。
② 冷淋侵:形容冷森森的,寒气逼人。

（扯老）（老作怕介）儿，手怎般冷。（贴叩头介）小姐，休要捻①了春香。（老）儿，不曾广超度你，是你父亲古执。（旦哭介）娘，你这等怕，女孩儿死不放娘去了。

【前腔】（净持灯上）门户牢拴，为甚空堂人语喧？（照地介）这青苔院，怎生吹落纸黄钱？（贴）夫人，来的不是道姑？（老）可是。（净惊介）呀，老夫人和春香那里来？这般大惊小怪。看他打盘旋，那夫人呵，怕漆灯无焰②将身远，小姐恨不得幽室生辉得近前。（旦）姑姑快来，奶奶害怕。（贴）这姑姑敢也是个鬼？（净扯老照旦介）休疑惮。移灯就月端详遍，可是当年人面？（合）是当年人面。

（老抱旦泣介）儿呵，便是鬼，娘也不舍的去了！

【前腔】肠断三年，怎坠海明珠去复旋③？（旦）爹娘面，阴司里怜念把魂还。（贴）小姐，你怎生出的坟来？（旦）好难言。（老）是怎生来？（旦）则感的是东岳大恩眷，托梦一个书生把墓踹穿。（老）书生何方人氏？（旦）是岭南柳梦梅。（贴）怪哉，当真有个柳和梅。（老）怎同他来此？（旦）他来科选。（老）这等是个好秀才，快请相见。（旦）我央他看淮扬动静去把爹娘探，

---

① 捻：意谓作弄，伤害。

② 漆灯无焰：墓穴里的灯烛不亮。漆灯，墓穴里的灯烛。典出宋代龙衮《江南野史》，"沈彬居有一大树。尝曰：'吾死可葬于是。'及葬，穴之，乃古冢。其间一古灯台，上有漆灯一盏。圹头铜牌篆文曰：'佳城今已开，虽开不葬埋。漆灯犹未爇，留待沈彬来。'"

③ 坠海明珠去复旋：指女儿死而复活。旋，还，返回。《后汉书》卷七十六孟尝传载，广东合浦海中本产珠，由于当地的官吏贪婪残酷，珠就迁徙生到临境的交趾（越南）去了。东汉孟尝任合浦太守，革除弊政，政治清明，不到一年，珠又回来了。

因此上独眠深院,独眠深院。

（老背与贴语介）有这等事？（贴）便是,难道有这样出跳①的鬼？
（老回泣介）我的儿呵!

【番山虎】则道你烈性上青天,端坐在西方九品莲,不道②三年鬼窟里重相见。哭的我手麻肠寸断,心枯泪点穿。梦魂沉乱,我神情倒颠。看时儿立地,叫时娘各天。怕你茶饭无浇奠,牛羊侵墓田。（合）今夕何年？今夕何年？咦,还怕这相逢梦边。

【前腔】（旦泣介）你抛儿浅土,骨冷难眠。吃不尽爷娘饭,江南寒食天。可也不想有今日,也道不起从前。似这般糊突谜,甚时明白也天！鬼不要,人不嫌,不是前生断,今生怎得连！（合前）

（老）老姑姑,也亏你守着我儿。

【前腔】（净）近的话不堪提咽,早森森地心疏体寒。空和他做七做中元③,怎知他成双成爱眷？（低与老介）我捉鬼拿奸,知他影戏儿做的恁活现？（合）这样奇缘,这样奇缘,打当④了轮回一遍。

【前腔】（贴）论魂离倩女是有,知他三年外灵骸怎全？则恨他同棺椁、少个郎官,谁想他为院君这宅院⑤。小姐呵,你做的相思鬼

---

① 出跳：女子长得漂亮出众。

② 不道：不料。

③ 做七：古代民间风俗,亲人去世后,每七天做一次佛事,从头七到七七（第四十九天）止。做中元：农历七月十五为中元节,民间俗称"鬼节",这一天要祭奠亡灵,这个风俗一直保留到现在。

④ 打当：原是打点、准备的意思,这里有当作、就算之意。

⑤ 为院君这宅院：做了这个宅院里的女主人。院君,宅院女主人,是对妇人的尊称。

穿，你从夫意专。那一日春香不铺其孝筵①，那节儿夫人不哀哉醮荐②？早知道你撇离了阴司，跟了人上船！（合前）

【尾声】（老）感的化生女显活在灯前面。则你的亲爹，他在贼子窝中没信传。（旦）娘放心，有我那信行③的人儿，他穴地通天，打听的远。

　　　　　想象精灵欲见难④。欧阳詹
　　　　　碧桃何处便骖鸾⑤？薛　逢
　　　　　莫道非人身不暖⑥。白居易
　　　　　菱花初晓镜光寒⑦。许　浑

精彩解说

本出《遇母》写杜丽娘还魂后，跟着丈夫柳梦梅到了临安。因为爹娘困在金兵的围城之内，她让丈夫前去打探爹娘的消息，留下她跟着石道姑过活，十分孤寂，又生活无着，连灯油都用完了，石道姑只好出去借油。而杜母自从扬州"万死一逃生"后，再没有了往日的前呼后拥，只带着女儿的丫鬟春香一个随从，行路艰难，连鞋带都走断了，一路跌跌撞撞的，终于来到临安。"月儿黑黑的星儿晦，萤火青青似鬼火吹"，时近黄昏，她们路过江

---

① 孝筵：为死者准备的供品。

② 节：节令，四时八节。醮（jiào）荐：以酒祭奠亡灵。

③ 信行：诚实守信。

④ 想象精灵欲见难：指杜母苦思爱女，原以为阴阳阻隔永难相见。语本欧阳詹《题延平剑潭》。

⑤ 碧桃何处便骖鸾：指杜母想不到杜丽娘像仙人似的驾鸾云游。语本薛逢《汉武宫辞》。骖，乘，驾驭。

⑥ 莫道非人身不暖：指杜母乍见女儿复活了，不敢相信，有恍惚之感。语本白居易《戏答皇甫监》。

⑦ 菱花初晓镜光寒：指杜丽娘复活不久，身上还有些阴森之气。语本许浑《重游飞泉观题故梁道士宿龙池》。

村小院，看到大门半掩着，知道里面有人，想要进院借宿。这正是杜丽娘与石道姑租住的小院。此时，石道姑出门借油去了，杜母见里面一个女子昏黑独处。杜母在月光下乍见到该女子，觉得像是女儿杜丽娘，以为爱女亡魂出现，又惊又怕，连忙让春香撒纸钱。

待到石道姑借油回来，杜母和春香认出了石道姑。于是，石道姑说明了真相，杜母冲向女儿，痛哭相认。杜丽娘简单向母亲叙述了自己还魂以及嫁给书生柳梦梅的经过，并告诉母亲，她原以为爹娘都困在淮扬，已派柳梦梅前去打探消息。直到此时，杜母仍不敢相信，女儿真的还魂重生了。

《牡丹亭》虽近于神话，但杜母的心理却是一个现实人的正常心理。这一出中，汤显祖重点表现了母女相遇时的巨大心理变化。杜丽娘也没想到，自己会在临安遇到母亲，她尽力说服母亲相信自己还魂了，并不是鬼魂出现。自从丈夫去打探消息之后，杜丽娘虽有石道姑相伴，仍强烈地感到孤独无依："三不归父母如何的？七件事儿夫家靠谁？"正在凄惶之际忽遇母亲，她又惊又喜，迫不及待地想与母亲相认。杜母却以为这是女儿的鬼魂，不敢相认。杜丽娘因复活不久，身上还有些阴森之气，杜母惊避不迭。她答应母亲的三声呼唤越来越低，表明她因为不被母亲认可而万分伤心。杜母虽然日夜思念女儿，但她原以为阴阳阻隔母女永难相见，无论如何也不会想到女儿会重生，所以她一再惊惧的表现，是非常正常的。但石道姑将灯一照，她立刻上前抱住女儿哭道："儿呵，便是鬼，娘也不舍的去了！"这是一个爱女心切的母亲的真实写照。【不是路】【番山虎】等几支曲子淋漓尽致地表达了母女重逢的悲喜交加的情感，吴吴山三妇合评本《牡丹亭》云："苦境从乐境中形出，愈觉凄凉。"

第四十九出　淮泊

原文

【三登乐】（生包袱、雨伞上）有路难投，禁得这乱离时候！走孤寒落叶知秋①。为娇妻思岳丈，探听扬州。又谁料他困守淮扬，索奔前答救②。

【集唐】

　　　　　　　③那能得计访情亲？　李　白
　　　　　　　浊水污泥清路尘。　韩　愈
　　　　　　　自恨为儒逢世难。　卢　纶
　　　　　　　却怜无事是家贫。　韦　庄

俺柳梦梅，阳世寒儒，蒙杜小姐阴司热宠，得为夫妇，相随赴科。且喜殿试撺过卷子④，又被边报耽误榜期。因此小姐呵，闻说他尊翁淮

---

① "落叶知秋"化用唐庚《文录》："唐人有诗云：'山僧不解数甲子，一叶落知天下秋。'"

② 答救：同"搭救"。

③ "那能得计访情亲"四句：分别出自李白《赠段七娘》、韩愈《酒中留上襄阳李相公》、卢纶《长安春望》、韦庄《新正日商南道中作寄李明府》。个别文字有改动。浊水污泥清路尘，形容路途的艰辛。

④ 撺过卷子：指参加科举考试交上了卷子。撺，交上。

扬兵急，叫俺沿路上体访安危。亲赍一幅春容，敬报再生之喜。虽则如此，客路贫难，诸凡路费之资，尽出圹中之物。其间零碎宝玩，急切典卖不来。有些成器金银，土气销镕有限。兼且小生看书之眼，并不认得等子星儿①。一路上赚骗无多，逐日里支分有尽。得到扬州地面，恰好岳丈大人移镇淮城。贼兵阻路，不敢前进。且喜因循解散，不免迤逦数程。

【锦缠道】早则要、醉扬州寻杜牧，梦三生花月楼，怎知他长淮去休！那里有缠十万、顺天风跨鹤闲游！则索傍渔樵寻食宿、败荷衰柳，添一抹②五湖秋。那秋意儿有许多迤逗③！咱功名事未酬，冷落我断肠闺秀。堪回首？算江南江北有十分愁。

一路行来，且喜看见了插天高的淮城，城下一带清长淮水。那城楼之上，还挂有丈六阔的军门旗号。大吹大擂，想是日晚掩门了。且寻小店歇宿。（丑上）多搀白水江湖酒，少赚黄边风月钱④。秀才投宿么？（生进店介）（丑）要果酒、案酒⑤？（生）天性不饮。（丑）柴米是要的？（生）吃倒算⑥。（丑）算倒吃。（生）花银五分在此。（丑）高银散碎些，待我称一称。（称介）（作惊叫介）银子走了。（寻介）（生）怎大惊小怪？（丑）秀才，银子地缝里走了，你看碎珠儿。

---

① 等子星儿：秤上的刻度标记。等子，即戥子，也叫等秤，古代称金、银等微量物品的精密的小秤。星儿，秤杆上表明重量的记号。

② 一抹：一片。

③ 迤逗：牵挂、拖累，这里指牵惹思绪，引发感触。

④ 黄边风月钱：指不正当的收入。

⑤ 要果酒、案酒：用果品下酒，还是用菜肴下酒。果酒，果品和酒；案酒，下酒的小菜和酒。

⑥ 吃倒算：吃完之后再算账付钱。下文店小二说"算倒吃"，是要柳梦梅先算账付钱再吃。

（生）这等，还有几块在这里。（丑接银又走，三度介）呀，秀才原来会使水银。（生）因何是水银？（背介）是了，是小姐殡敛之时，水银在口。龙含土成珠而上天，鬼含汞成丹而出世，理之然也。此乃见风而化。原初小姐死，水银也死；如今小姐活，水银也活了。则可惜这神奇之物，世人不知。（回介）也罢了。店主人，你将我花银都消散去了，如今一厘也无。这本书是我平日看的，准酒一壶①。（丑）书破了。（生）贴你一枝笔。（丑）笔开花了。（生）此中使客往来，你可也听见"读书破万卷②"？（丑）不听见。（生）可听见"梦笔吐千花"？（丑）不听得。（生作笑介）

【皂罗袍】可笑一场闲话，破诗书万卷，笔蕊千花。是我差了，这原不是换酒的东西。（丑笑介）神仙留玉佩，卿相解金貂③。（生）你说金貂玉佩，那里来的？有朝货与帝王家，金貂玉佩书无价。你还不知哩，便是千金小姐，依然嫁他。一朝臣宰，端然拜他。（丑）要他则甚？（生）读书人把笔安天下。

不要书，不要笔，这把雨伞可好？（丑）天下雨哩。（生）明日不走了。（丑）饿死在这里？（生笑介）你认的淮扬杜安抚么？（丑）谁不认的！明日吃太平宴哩。（生）则我便是他女婿，来探望他。（丑惊介）喜是相公说的早，杜老爷多早发下请书了。（生）请书在那里？（丑）和相公瞧去。（请生行介）待小人背褡袱雨伞。（行介）（生）请书那里？（丑）兀的不是！（生）这是告示居民的。（丑）便是。

---

① 准酒一壶：折合一壶酒钱，指柳梦梅用书换酒。准，折算，折合。
② 读书破万卷：语出杜甫《奉赠韦左丞丈二十二韵》的"读书破万卷，下笔如有神"之句。破，遍，尽。
③ 金貂：汉代侍中、中常侍等近侍皇帝之臣所用的冠饰，以貂尾插在附有蝉形饰物的黄金珰上。《晋书》载，晋代散骑常侍阮孚曾以金貂换酒，后被有司弹劾。

你瞧：

【前腔】"禁为闲游奸诈。"杜老爷是巴上生的。"自三巴①到此，万里为家。不教子侄到官衙，从无女婿亲闲杂。"这句单指你相公。"若有假充行骗，地方禀拿。"下面说小的了："扶同歇宿，罪连主家。为此须至关防者②。右示通知。建炎③三十二年五月日示。"

你看后面安抚司杜大花押。上面盖着一颗"钦差安抚淮扬等处地方提督军务安抚司使之印"，鲜明紫粉。相公，相公，你在此消停，小人告回了。各人自扫门前雪，休管他家屋上霜。（下）

（生哭介）我的妻，你怎知丈夫到此凄惶无地也。（作望介）呀，前面房子门上有大金字，咱投宿去。（看介）四个字：漂母④之祠。怎生叫做漂母之祠？（看介）原来壁上有题："昔贤怀一饭，此事已千秋⑤。"是了，乃前朝淮阴侯韩信之恩人也。我想起来，那韩信是个假齐王⑥，尚然有人一饭，俺柳梦梅是个真秀才，要杯冷酒不能勾！像这

---

① 三巴：古地名，东汉末益州牧刘璋置巴郡及巴东、巴西，时称三巴，后泛指四川。
② 须至关防者：发至各方检查人员注意。古代公文结尾习用语。关防，原为印信的一种，始于明初。
③ 建炎：南宋高宗年号。建炎元年是1127年。
④ 漂母：《史记·淮阴侯列传》载，韩信少年贫困，曾在淮阴城边钓鱼，一个漂洗棉絮的老妇人见他饥饿，给他饭食。后来韩信做了楚王，找到漂母，送她千金作为报答。
⑤ "昔贤怀一饭"二句：出自刘长卿《经漂母墓》的"昔贤怀一饭，兹事已千秋"二句。昔贤，这里指韩信。怀一饭，记着人家送一饭之恩。
⑥ 假齐王：《史记·淮阴侯列传》载，秦末韩信攻下齐地后，请刘邦封他做齐假王，刘邦方正与楚激战，只得正式封韩信为齐王。

个漂母,俺拜他一千拜。

【莺皂袍】(拜介)垂钓楚天涯,瘦王孙[1],遇漂纱。楚重瞳较比这秋波瞎[2]。太史公表他[3],淮安府祭他,甫能勾一饭千金价。看古来妇女多有俏眼儿:文公乞食,僖妻礼他[4];昭关乞食,相逢浣纱[5]。凤尖头叩首三千下[6]。

起更了,廊下一宿。早去伺候开门。没水梳洗。(看介)好了,下雨哩。

旧事无人可共论[7]。 韩 愈

---

[1] 瘦王孙:指韩信。韩信为楚王后召漂母,报答当年的一饭之恩,漂母发怒说,"大丈夫不能自食,吾哀王孙而进食,岂望报乎?"他不是贵族出身,漂母称他为王孙(公子),只是表示对他客气。
[2] 楚重瞳较比这秋波瞎:拥有重瞳的项羽,看人眼光反而不及漂母。
[3] 太史公表他:司马迁曾在《史记》里表扬了漂母。太史公,指司马迁,曾任太史令。他,指漂母。
[4] 文公乞食,僖妻礼他:《左传》鲁僖公二十三年载,晋公子重耳流亡国外,经过卫国,他向一个农夫讨东西吃,那人给他一块土。到了曹国,曹共公对他也很无礼。曹国大臣僖负羁的妻子却看出他是很有前途的人,叫丈夫送他食物和璧玉。后来重耳回到晋国继位,就是晋文公,并成为春秋时的霸主之一。
[5] 昭关乞食,相逢浣纱:东汉赵晔《吴越春秋》载,春秋时楚国人伍子胥父兄被楚平王杀害,平王派人追杀伍子胥。伍子胥逃往吴国,经过昭关,途中向一浣纱女乞食。浣纱女为了消除他怕泄漏行踪的顾虑,抱石投江而死。昭关,在今安徽含山西北,春秋时吴楚间的交通要道。
[6] 凤尖头叩首三千下:对漂母、僖妻、浣纱女这样有眼光的女子,应该在她们的脚下顶礼膜拜。凤尖头,即凤头鞋,古代绣有凤凰图案的一种女鞋式样。
[7] 旧事无人可共论:指柳梦梅形只影单,愤懑感慨。语本韩愈《过始兴江口感怀》。

只应漂母识王孙①。汪　遵
辕门拜手儒衣弊②。刘长卿
莫使沾濡有泪痕③。韦洵美

> **精彩解说**

　　第四十四出《急难》写柳梦梅补交了试卷，满心欢喜等待发榜，但突遇金兵犯境，朝廷延迟发榜。娇妻杜丽娘思念爹娘，柳梦梅受托去扬州探听岳父消息。本出《淮泊》写柳梦梅背着褡袱雨伞，一身破衣破帽，只带上杜丽娘坟墓中陪葬的珠宝作为路资。他一路变卖典当这些珠宝，受了不少骗，加上花销，变卖珠宝之资已所剩无几。待他到了扬州，听说岳丈已经被调去镇守淮安城了，只好辗转去淮安。到处是金兵乱贼，他不敢随意前行，一日黄昏才到了淮安城。好在淮安兵围已解，他听闻杜宝次日准备开太平宴，就准备找小店歇宿，明天去拜见岳父。他找了小店投宿，拿出银子，却是杜丽娘下葬时含在嘴里的水银，不想银子"落地而走"。无奈之下，他将书换酒。可是，店小二嫌书破了，他又送一支笔，店小二又嫌笔开花了。柳梦梅像陈最良一样，搬出经典，问小二是否听说过"读书破万卷""梦笔吐千花"，店小二说没听说过，他甚是无奈，以"读书人以笔安天下"来自我慰藉。

　　情急之下，柳梦梅亮出了自己的身份，店小二一听这个书生自称是杜安抚的女婿，便让柳梦梅看杜安抚下的安民告示请书，原来杜宝早就声明"从无女婿亲闲杂"，如有人假充行骗，嘱告"地方禀拿"，还不准收留住宿。店小二害怕惹麻烦，不敢让柳梦梅留宿，将柳生赶出店门。

---

① 只应漂母识王孙：指柳梦梅感慨无人像漂母饭韩信那样同情帮助自己。语本汪遵《淮阴》。

② 辕门拜手儒衣弊：指柳梦梅衣衫褴褛去拜见岳丈杜宝。语本刘长卿《送秦侍御外甥张篆之福州谒鲍大夫秦侍御与大夫有旧》。拜手，拜时头低到着手，表示恭敬。

③ 莫使沾濡有泪痕：暗示柳梦梅见杜宝可能会遇麻烦。语本韦洵美《答素娥》。

柳梦梅看到了一间漂母祠，被迫将就睡在屋檐下。他无限感慨，相比韩信，自己可是个真秀才，却"要杯冷酒不能够！"。他要顶礼膜拜漂母、僖妻、浣纱女那些有眼光热情助人的女子，感叹无人像漂母饭韩信那样同情帮助自己。

　　柳梦梅"淮泊"，衣衫褴褛，形只影单，愤懑感慨，可谓受尽磨难。从本出开始到《圆驾》，是《牡丹亭》剧情发展的最后段落，集中描写柳梦梅、杜丽娘与杜宝之间的矛盾冲突：矛盾越来越尖锐，剧情越来越深入，最后推向高潮。本出也是过场戏，出场人物仅柳生、店小二两人。杜宝可能听说了有人自称是其女婿，便四处张贴了安民告示，这个告示为后续剧情的发展埋下了伏笔，在后面《闹宴》一出里，柳梦梅遭到了囚禁。

第五十出 闹 宴

原文

【梁州令】（外引丑众上）长淮千骑雁行秋，浪卷云浮①。思乡泪国倚层楼。（合）看机遘②，逢奏凯，且迟留。

【昭君怨】万里封侯岐路，几两英雄草履③。秋城鼓角催，老将来。烽火平安④昨夜，梦醒家山泪下。兵戈未许归，意徘徊。

我杜宝，身为安抚，时值兵冲。围绝救援，贻书解散。李寇既去，金兵不来。中间善后事宜，且自看详停当。吩咐中军，门外伺候。

（众下）（丑把门介）（外叹介）虽有存城之欢，实切亡妻之痛。

（泪介）我的夫人呵，昨已单本题请他的身后恩典，兼求赐假西归。

---

① 长淮千骑雁行秋，浪卷云浮：化用南宋辛弃疾《声声慢》中的"指点檐牙高处，浪涌云浮。……罢长淮，千骑临秋"词句。
② 机遘（gòu）：时机，境遇。
③ 万里封侯岐路，几两英雄草履：指万里封侯，建功立业不容易。岐路，让人易于迷路的岔路，比喻官场中充满各种艰难，封侯不容易实现。几两草履，穿破几双草鞋。
④ 烽火平安：古代由边境到内地筑有许多烽火台，用于报警或报平安。敌人进攻，就烧起烽火，一地一地相传。如无战事，每日傍晚例行点起烽火，报告边境平安，叫平安火。

未知旨意如何？正是：功名富贵草头露①，骨肉团圆锦上花。（看文书介）

【金蕉叶】（生破衣巾携春容上）穷愁客愁，正摇落②雁飞时候。（整容介）帽儿光③整顿从头，还则怕未分明的门楣④认否？

（丑喝介）甚么人行走？（生）是杜老爷女婿拜见。（丑）当真？（生）秀才无假。（丑进禀介）（外）关防明白了。（问丑介）那人材怎的？（丑）也不怎的。袖着一幅画儿。（外笑介）是个画师。则说老爷军务不闲便了。（丑见生介）老爷军务不闲。请自在。（生）叫我自在，自在不成人了。（丑）等你去，成人不自在。（生）老爷可拜客去么？（丑）今日文武官僚吃太平宴，牌簿都缴了⑤。（生）大哥，怎么叫做太平宴？（丑）这是各边方年例。则今年退了贼，筵宴盛些。席上有金花树，银台盘，长尺头⑥，大元宝，无数的。你是老爷女婿，背几个去。（生）原来如此。则怕进见之时，考一首《太平宴诗》，或是《军中凯歌》，或是《淮清颂》，急切怎好？且在这班房⑦里等着，打想一篇，正是"有备无患"。（丑）秀才还不走，文武官员来也。（生下）

【梁州令】（末扮文官上）长淮望断塞垣秋，喜兵甲潜收。贺升

---

① 功名富贵草头露：比喻功名富贵如同露水不可长久。化用杜甫《送孔巢父谢病归游江东兼呈李白》的"惜君只欲苦死留，富贵何如草头露"诗句。
② 摇落：草木凋零，指秋天的景色。
③ "帽儿光"语出金元杂剧中常用来形容新婚女婿的熟语："帽儿光光，好做新郎；袖儿窄窄，好做娇客。"
④ 未分明的门楣：指尚未正式确定女婿的身份。
⑤ 牌簿都缴了：不再会客了。牌簿，指官署里的会客登记簿。
⑥ 尺头：指丝绸缎匹衣料。
⑦ 班房：指官府差役值班的门房。

平、歌颂许吾流①。（净武官上）兼文武，陪将相，宴公侯。

请了。（末）今日我文武官属太平宴，水陆②务须华盛，歌舞都要整齐。（末、净见介）圣天子万灵拥辅，老君侯③八面威风。寇兵销咫尺之书，军礼设太平之宴。谨已完备，伏乞俯容。（外）军功虽卑末难当，年例有诸公怎废？难言奏凯，聊用舒怀。（内鼓吹介）（丑持酒上）黄石兵书④三寸舌，清河雪酒五加皮⑤。酒到。

【梁州序】（外浇酒介）天开江左，地冲淮右，气色夜连刁斗⑥。（末、净进酒介）长城一线，何来得御君侯！喜平销战气，不动征旗，一纸书回寇。那堪羌笛里望神州！这是万里筹边第一楼⑦。（合）乘塞草，秋风候，太平筵上如淮酒⑧，尽慷慨，为君寿。

【前腔】（外）吾皇福厚，群才策凑，半壁围城坚守。（末、净）分明军令，杯前借箸题筹⑨。（外）我题书与李全夫妇呵，也是燕

---

① 吾流：吾辈，我等。
② 水陆：水中、陆地所产的各种美食。
③ 君侯：古代对达官贵人的尊称。
④ 黄石兵书：指秦末黄石公赠给张良的《太公兵法》。黄石公，秦末人，曾在下邳赠给张良《太公兵法》。
⑤ 清河：地名，在今江苏淮阴。五加皮：中药名，用它浸制的药酒也名五加皮。
⑥ 刁斗：古代的一种军用品，斗形，铜质有柄，白天用来做饭，晚上可以敲击巡更。
⑦ 万里筹边第一楼：意谓扬州是南宋北部边境的第一重镇，化用元代赵孟𫖯的"春风阆苑三千客，明月扬州第一楼"诗句。万里筹边，唐代李德裕曾在西川建筹边楼，筹划边境事务，这里指扬州。
⑧ 如淮酒：形容酒很多，语出《左传》昭公十二年"有酒如淮"之句。
⑨ 借箸（zhù）题筹：为人出谋划策。《史记·留侯世家》载，张良去看汉王刘邦，刘邦正在吃饭，他向张良讨教一件事，张良就借他的箸在桌上一边说一边比画。箸，筷子。

支却房①,夜月吹篪②,一字连环透。不然无救也怎生休!不是天心不聚头。(合前)

(内擂鼓介)(老旦扮报子上)金貂并入三公③府,锦帐谁当万里城?

报老爷:奏本已下,奉有圣旨,不准致仕④。钦取老爷还朝,同平章军国大事。老夫人追赠一品贞烈夫人。(末、净)平章乃宰相之职,君侯出将入相,官属不胜欣仰。(末、净送酒介)

【前腔】揽貂蝉⑤岁月淹留,庆龙虎风云辐辏。君侯此一去呵,看洗兵河汉⑥,接天高手。偏好桂花时节,天香随马,箫鼓鸣清昼。到长安宫阙里报高秋,可也河上砧声⑦忆旧游?(合前)

(外)诸公皆高才壮岁,自致封侯。如杜宝者,白首还朝,何足道哉!

【前腔】每日价看镜登楼,泪沾衣浑不如旧。似江山如此,光

---

① 燕支却房:《史记·陈丞相世家》载,汉高祖刘邦被匈奴围困在平城(今山西大同东),日日不得食。陈平去游说单于妻子阏氏,说汉高祖准备献美女求和。阏氏怕来了其他美女,自己会失宠,就劝丈夫单于退兵解围。燕支,即阏(yān)氏(zhī),这里喻李全妻。
② 夜月吹篪(chí):典出晋朝刘琨月夜吹奏胡笳退敌解围的故事。篪,竹做的有八个孔、形如笛子的管乐器,和箫差不多,这里指胡笳。
③ 三公:古代朝廷最高级别官员的合称,历代所置不一,周代以太师、太傅、太保为三公。明沿周制。
④ 致仕:退职,辞官退休。
⑤ 貂蝉:貂尾和附蝉,这里指贵官的冠饰。
⑥ 洗兵河汉:用银河里的水把兵器洗干净了,藏起来不用。意即天下太平,不再需要武器了,语出杜甫《洗兵马》的"安得壮士挽天河,净洗甲兵长不用"诗句。河汉,银河。
⑦ 砧(zhēn)声:捣衣声。砧,捣衣石。

阴难又。猛把吴钩看了,阑干拍遍①,落日垂回首。此去呵,恨南归草草也寄东流②,(举手介)你可也明月同谁啸庾楼③?(合前)

(生上)腹稿已吟就,名单还未通。(见丑介)大哥替我再一禀。

(丑)老爷正吃太平宴。(生)我太平宴诗也想完一首了,太平宴还未完。(丑)谁叫你想来?(生)大哥,俺是嫡亲女婿,没奈何禀一禀。

(丑进禀介)禀老爷,那个嫡亲女婿没奈何禀见。(外)好打!(丑出作恼,推生出介)(生)老丈人高宴未终,咱半子礼当恭候。(下)

(旦、贴扮女乐上)壮士军前半死生,美人帐下能歌舞④。营妓⑤们叩头。

【节节高】辕门箫鼓啾,阵云收。君恩可借淮扬寇⑥?貂插首,玉⑦

---

① 猛把吴钩看了,阑干拍遍:形容渴望建功立业的慷慨情怀。语出南宋辛弃疾《水龙吟》中的"落日楼头,断鸿声里,江南游子、把吴钩看了,阑干拍遍,无人会,登临意"词句。吴钩,弯形的刀,因春秋时吴人善铸钩,故名。

② 寄东流:付诸流水,希望落空。比喻功名事业付之东流,不可复返。

③ 明月同谁啸庾楼:《晋书》载,东晋征西将军庾亮出镇武昌。一个秋夜,僚属殷浩等登南楼,庾亮至,一起坐下来谈笑歌咏。

④ 壮士军前半死生,美人帐下能歌舞:语出唐代高适《燕歌行》。"壮""能",原作"战""犹"。

⑤ 营妓:古代军中乐人。

⑥ 借淮扬寇:《后汉书·寇恂传》载,东汉寇恂由颍川太守调到京都做官。后来他跟随皇帝南征,到了颍川,地方上人对皇帝说:"请再借您的寇恂在这里主政一年。"后世常以"借寇"为挽留地方官的典故,这里指挽留杜宝,再在淮扬坐镇。寇,指东汉开国名臣寇恂。

⑦ 玉:指玉带,宋代三品以上的大官腰围玉带。

垂腰，金佩肘。马敲金镫也秋风骤，展沙堤①笑拂朝天袖。（合）但卷取江山献君王，看玉京②迎驾把笙歌奏。

（生上）欲穷千里目，更上一层楼。想歌阑宴罢，小生饥困了，不免冲席而进。（丑拦介）饿鬼不羞！（生恼介）你是老爷跟马贱人，敢辱我乘龙贵婿？打不的你！（打丑介）（外问介）军门外谁敢喧嚷？（丑）是早上嫡亲女婿，叫做没奈何的，破衣、破帽、破褡裢、破雨伞，手里拿一幅破画儿，说他饿的荒了，要来冲席。但劝的都打，连打了九个半，则剩下小的这半个脸儿。（外恼介）可恶！本院自有禁约，何处寒酸，敢来胡赖？（末、净）此生委系乘龙，属官礼当攀凤③。（外）一发中他计了。叫中军官暂时拿下那光棍。逢州换驿，递解到临安监候者。（老旦中军官应介）（出缚生介）（生）冤哉！我的妻呵！因贪弄玉为秦赘，且戴儒冠学楚囚④。（下）（外）诸公不知，老夫因国难分张⑤，心痛如割。又放着这等一个无名子⑥来聒噪人，愈生伤感。（末、净）老夫人受有国恩，名标烈史⑦。兰玉自有，不必虑怀。叫乐人进酒。

---

① 金：指金印。佩肘：悬于肘后，随身携带。沙堤：唐代专为新任宰相通行车马所铺筑的沙面大路。
② 玉京：京都。
③ 攀凤：结交攀附比自己权高位显的人，这里指和杜宝的女婿结识。
④ 楚囚：泛指囚犯。《左传》成公九年载，春秋时楚国人钟仪被郑国俘虏，郑国把他送到晋国。他一直戴着南方的冠子（南冠），奏着南方的音乐，表示不忘故国，后被释放。
⑤ 分张：分离，分割，这里指一家人离散。
⑥ 无名子：匿名诽谤别人的无赖。五代王定保《唐摭言》卷一有"匿名造谤，谓之无名子"之句。
⑦ 烈史：忠烈女子的历史。

【前腔】（末、净）江南好宦游。急难休，樽前且进平安酒。看福寿有，子女悠①，夫人又。（外）径醉矣。（旦、贴作扶介）（外泪介）闪英雄泪渍盈盈袖②，伤心不为悲秋瘦③。（合前）

（外）诸公请了。老夫归朝念切，即便起程。（内鼓乐介）

【尾声】明日离亭一杯酒。（末、净）则无奈丹青圣主求。（外笑介）怕画的上麒麟④人白首。

　　　　　（外）万里沙西寇已平⑤。张　乔
　　　　　（末）东归衔命见双旌⑥。韩　翃
　　　　　（净）塞鸿过尽残阳里⑦。耿　湋
　　　　　（众）淮水长怜似镜清⑧。李　绅

---

① 悠：悠悠，众多。

② 闪英雄泪渍盈盈袖：化用南宋辛弃疾《水龙吟》的"倩何人唤取红巾翠袖，揾英雄泪？"词句。盈盈，仪态美好的样子。袖，指唱歌劝酒的乐女的衣袖。

③ 伤心不为悲秋瘦：化用南宋李清照《凤凰台上忆吹箫》的"新来瘦，非干病酒，不是悲秋"词句。

④ 麒麟：即麒麟阁。汉宣帝叫人把霍光等十一位功臣的像画在未央宫麒麟阁上，以表彰他们的功绩。

⑤ 万里沙西寇已平：指杜宝欣慰金寇的奸计已破，淮安解围。语本张乔《再书边事》。

⑥ 东归衔命见双旌：指杜宝回朝复命，暗示其会受到朝廷嘉奖。语本韩翃《送康洗马归滑州》。双旌，唐朝时节度使辞朝赴任，皇帝会赐双旌双节。杜宝原任安抚使，和唐代节度使职权相仿。

⑦ 塞鸿过尽残阳里：指杜宝虽解了淮安之围，立下了战功，但实有亡妻之痛。语本耿湋《塞上曲》。

⑧ 淮水长怜似镜清：指杜宝准备告老还乡。语本李绅《初出洮口入淮》。

精彩解说

本出《闹宴》写安抚使杜宝大摆太平宴，柳梦梅前来求见，结果被岳丈捆绑关押。在前面剧情中，杜宝派陈最良给李全送去劝降书，李全同意归顺南宋，撤走了围城兵将，解了淮安之围。杜宝感慨，虽解了淮安之围，保下了淮安城，立下了战功，但他的妻子遭难，难忍心中之痛，因此他已向皇帝上书，请求解甲归田。柳梦梅破衣烂衫，一副穷愁相，去府门求见杜宝，怕杜宝不认这个还没过门的女婿。杜宝听说来者带着一幅画，以为是一个画师来打秋风，借口军务繁忙不见。此时，依照边关年例，军礼部大摆太平宴，宴请文武官员。宴席间，手下向杜大人汇报，圣旨下达，皇上不准他辞职还乡，让他回京，并授他相当于宰相之职的平章官位，追赠杜夫人为一品贞烈夫人。诸公向他道贺。他说，诸公都年轻有为，将来一定能封侯拜爵，自己年岁大了，对朝廷已没什么作用了。

柳梦梅不甘心，仗着杜宝女婿的身份和才学，意欲强行闯进求见。差役不相信他的身份，一再推他出去，他已饥饿难忍，想要进去吃酒席。杜宝听到军门外吵嚷，询问何故。差役禀报，一个叫没奈何、自称嫡亲女婿的求见，那人破衣、破帽、破褡袱、破雨伞，手里拿着一幅破画。杜宝恼怒，碍于群僚在席，不便发作，下令驱赶。最后柳梦梅因饥肠辘辘"冲席而进"。杜宝终于按捺不住，命令中军拿下来访者，押解到临安囚禁起来听候发落，还对诸公说：自己因为国难当头，家人离散，妻子遭难，现在又遇无赖来吵闹，更加伤感了，准备启程归朝。

从本出开始，杜宝和柳梦梅两条线索交汇起来，两人初次见面却爆发了冲突。柳生丝毫没有想到会是这种结果。他苦心准备了《太平宴诗》，想为宴会添庆，不料反遭捆绑关押，还要递解到临安。

汤显祖握有一支生花妙笔，极擅长制造矛盾冲突。柳梦梅与杜丽娘的自由恋爱和结婚，本就惊世骇俗，会遇到家庭和社会的巨大的阻挠，何况杜丽娘还魂重生，更难为现实社会接受。杜宝亲眼看到自己女儿香消玉殒，而且女儿死去已经三年，他怎么可能相信女儿复活的神话？没有女儿，何来女婿？所以，他在前面已经张贴了布告，谨防有人冒充他的女婿行骗。一个穷酸书生，一个破敌立功重臣；一个执理执得理直气壮，一个深情坚信"情根一点"；一个出自神话，一个活在现实；于是顺理成章有了太平宴上的"闹"剧。

第五十一出 榜 下

原文

（老旦、丑扮将军持瓜、锤①上）凤舞龙飞作帝京，巍峨宫殿羽林兵②。天门欲放传胪喜，江路新传奏凯声。请了。圣驾升殿，在此祗候。

北【点绛唇】（外扮老枢密上）整点朝纲，运筹边饷，山河壮。（净扮苗舜宾上）翰苑文章，显豁的③升平象。

请了，恭喜李全纳款④，皆老枢密调度之功也。（外）正此引奏。前日先生看定状元试卷，蒙圣旨武偃文修，今其时矣。（净）正此题请。呀，一个老秀才走将来。好怪，好怪！（末破衣巾捧表上）先师孔夫子，未得见周王。本朝圣天子，得睹我陈最良。非小可也。（见外、净介）生员陈最良告揖。（净惊介）又是遗才告考么？（末）不敢，生员是这枢密老大人门下引奏的。（外）则这生员，是杜安抚叫他招安了李全，便中带有降表。故此引见。

---

① 瓜、锤：中国古代皇帝禁卫军所用的武器，顶端呈瓜形、锤形，这里指皇帝的仪仗。
② 羽林兵：羽林军，中国古代皇帝的禁卫军。
③ 显豁的：显出，呈现。
④ 纳款：归顺，投诚。

（内响鼓介）（唱介）奏事官上御道。（外前跪，引末后跪、叩头介）

（外）掌管天下兵马知枢密院事臣谨奏：恭贺吾主，圣德天威。淮寇来降，金兵不动。有淮扬安抚臣杜宝，敬遣南安府学生员臣陈最良奏事，带有李全降表进呈。微臣不胜欢忭①！（内介）杜宝招安李全一事，就着生员陈最良详奏。（外）万岁！（起介）（末）带表生员臣陈最良谨奏：

【驻云飞】淮海维扬，万里江山气脉长。那安抚机谋壮，矫诏从宽荡②。嗏，李贼快迎降，他表文封上。金主闻知，不敢兵南向。他则好看花到洛阳，咱取次擒胡到汴梁③。

（内介）奏事的午门候旨。（末）万岁！（起介）（净跪介）前廷试看详文字官臣苗舜宾谨奏：

【前腔】殿策贤良④，榜下诸生候久长。乱定人欢畅，文运天开放。嗏，文字已看详，胪传须唱。莫遣夔、龙⑤，久滞风云望。早是蟾宫桂有香，御酒封题菊半黄⑥。

（内介）午门外候旨。（净）万岁！（起行介）今当榜期，这些寒

---

① 欢忭（biàn）：喜悦。
② 矫诏：假传圣旨。从宽荡：指招安李全。宽荡，宽恕。
③ "他则好看花到洛阳"二句：金兵只能占领洛阳后，滞留欣赏牡丹，不敢南下；咱战胜了进犯的金兵，接着就可以进军汴梁了。则，只有。花到洛阳，唐宋时洛阳盛产牡丹，名闻天下。取次，次第，逐渐。
④ 贤良：即贤良方正，汉代科举考试的科目之一，这里指进士科。
⑤ 夔（kuí）、龙：喻辅佐皇帝的贤才。夔、龙二臣是舜的贤臣，夔为乐官，龙为谏官。
⑥ 御酒封题菊半黄：在菊花御酒的封口处题签，意谓琼林宴上的菊花御酒早已准备好了。古代御酒为菊花酒。

儒，却也候久。（外笑介）则这陈秀才，夹带一篇海贼文字①，倒中的快。

（内介）圣旨已到，跪听宣读："朕闻李全贼平，金兵回避。甚喜，甚喜。此乃杜宝大功也。杜宝已前有旨，钦取回京。陈最良有奔走口舌之才，可充黄门奏事官，赐其冠带。其殿试进士，于中柳梦梅可以状元。金瓜仪从，杏苑赴宴。谢恩。"（众呼"万岁"起介）（众扮杂取冠带上）黄门旧是黉门客②，蓝袍新作紫袍仙③。（末作换冠服介）二位老先生告揖。（外、净贺介）恭喜，恭喜。明日便借重新黄门唱榜了。（末）适间宣旨，状元柳梦梅何处人？（净）岭南人，此生遭际的奇异。（外）有甚奇异？（净）其日试卷看详已定，将次进呈，恰好此生午门外放声大哭，告收遗才，原来为搬家小到京迟误。学生权收他在附卷进呈，不想点中状元。（外）原来有此！（末背想介）听来敢便是那个、那个柳梦梅？他那有家小？是了，和老道姑做一家儿。（回介）不瞒老先生，这柳梦梅也和晚生有旧。（外、净）一发可喜可贺了。

（净）榜题金字射朝晖④。 郑　畋
（外）独奏边机出殿迟⑤。 王　建

---

① 夹带：原指考试时私带有关书籍资料等作弊行为，这里就是带来的意思。海贼文字，指李全降表。这是取笑陈最良。
② 黉门客：指生员。
③ 蓝袍：蓝衫，即襕衫，明代生员所穿的服装。紫袍：唐代五品以上官员的官服，这里泛指高官的官服。
④ 榜题金字射朝晖：指朝廷终于发榜，柳梦梅高中状元。语本郑畋《下直早出》。
⑤ 独奏边机出殿迟：指因为金兵犯边，朝廷推迟放榜。语本王建《赠王枢密》。

（末）莫道官忙身老大①。韩　愈
（合）曾经卓立在丹墀②。元　稹

精彩解说

本出《榜下》写科举主考官苗舜宾向皇上禀报李全归顺朝廷之事。边患平息，天下太平，他奉旨批阅了状元试卷。此时，南安府学生员陈最良奉淮扬安抚使杜宝之命来到京师，带着李全降表，向朝廷报告了李全招安、淮安解围的情况。苗舜宾以为是遗才前来请求补考，陈最良禀明了身份和来意，苗舜宾向皇帝奏报，皇帝命陈最良详细奏报降服李全的经过。陈最良奏报，杜大人机智多谋，假传圣旨，招安叛将李全，致使金兵只能占领洛阳后，滞留欣赏牡丹，不敢南下，杜宝军战胜了进犯的金兵，接着就可以进军汴梁了。

苗舜宾趁此奏报皇上，先前殿试后并未放榜，考生们一直苦苦等待，现今贼寇已平定，他建议"干戈宁辑，偃武修文"，琼林宴上的菊花御酒早已准备好了，奏请皇帝发布金榜。皇帝很快下旨，念陈最良有奔走口舌之才，任为黄门奏事官；钦点殿试进士柳梦梅为状元。陈最良得赐冠带，奉命唱榜，皇帝邀请新科状元杏苑赴宴。苗舜宾又向皇上禀报了当初柳梦梅延误了考期、自己权让柳生在附卷进呈、不想点中状元等事。

《榜下》一出，照应了第四十一出《耽试》暂缓放榜的剧情，并为后面《索元》《闻喜》《圆驾》诸出又埋下了伏笔。陈最良与苗舜宾的对手戏妙趣横生。陈最良"破衣巾捧表"云："先师孔夫子，未得见周王。本朝圣天子，得睹我陈最良。非小可也。"得意之情溢于言表。苗舜宾初见陈最良，以为"又是遗才告考"，旁边老枢密调侃讥讽陈秀才"夹带一

---

① 莫道官忙身老大：指陈最良虽年事已高，也被钦点做了官。语本韩愈《早春呈水部张十八员外二首》之二。

② 曾经卓立在丹墀：指诸人都是皇帝身边的近臣。语本元稹《酬孝甫见赠十首》之四。

篇海贼文字,倒中的快"。陈最良向苗舜宾打听新科状元柳梦梅的籍贯,意外得悉原来是那个"劫坟贼"柳梦梅。毕竟现在柳梦梅是新科状元,他告诉苗大人:"不瞒老先生,这柳梦梅也和晚生有旧。"显出了他的攀附之心。

中国古代戏曲多大团圆结局。《牡丹亭》全剧将近剧终,因此也向吉祥喜庆的路子发展:边患平定,朝廷如约放榜,柳梦梅高中状元,年事已高的陈最良也被钦点做了官。最后,只待男女主角爱情戏的高潮到来了。

第五十二出 索 元

原文

【吴小四】（净扮郭驼带伞、包上）天九万，路三千，月余程，抵半年①。破虱装衣担压肩，压的头脐匾又圆，扢喇察龟儿爬上天②。

　　谢天，老驼到了临安。京城地面，好不繁华。则不知柳秀才去向，俺且往天街上瞧去。呀，一伙臭军踢秃秃③走来，且自回避。正是：不因渔父引，怎得见波涛！（下）（老旦、丑扮军校旗、锣上）

【六幺令】朝门榜遍，怎生状元柳梦梅不见？又不是黄巢下第题诗赸④。排门⑤的问，刻期宣⑥，再因循敢淹答⑦了杏园公宴。

---

① "天九万"四句：形容路途很远。借用《庄子·逍遥游》的"鹏之徙于南冥也，水击三千里，抟扶摇而上者九万里，去以六月息者也"之句。
② 扢（gē）喇察龟儿爬上天：指慢慢走到了京城临安。扢喇察，形容龟爬行的声音。
③ 踢秃秃：走路声。
④ 黄巢下第题诗赸（shàn）：传说唐末时，黄巢到京城长安考了几次进士都没有及第，就题了一首诗《不第后赋菊》："待到秋来九月八，我花开后百花杀。冲天香阵透长安，满城尽带黄金甲。"后来，黄巢成了唐末农民起义军的领袖之一。赸，原作跳跃解，这里意谓走开。
⑤ 排门：挨家。
⑥ 刻期宣：皇帝限定时刻召见他。宣，皇帝召见。
⑦ 因循：照旧，这里指找不到柳梦梅。淹答：迟误，耽误。下文"淹了琼林宴席面儿"的"淹了"与此同义。

（老笑介）好笑，好笑，大宋国一场怪事。你道差不差①？中了状元干鳖煞②。你道奇不奇？中了状元啰喤唏③。你道兴不兴？中了状元胡厮跸④。你道山不山⑤？中了状元一道烟。天下人古怪，不像岭南人。你瞧这驾牌上：钦点状元岭南柳梦梅，年二十七岁，身中材，面白色。这等明明道着，却普天下找不出这人。敢家去哩？亡化哩？睡觉哩？则淹了琼林宴席面儿。（丑）哥，人山人海，那里淘气⑥去？俺们把一位带了儒巾吃宴去。正身出来，算还他席面钱。（老）使不得，羽林卫宴老军替得，琼林宴进士替不得。他要杏苑题诗。（丑）哥，看见几个状元题诗哩。依你说，叫去。（行叫介）状元柳梦梅那里？（叫三次介）

（老旦）长安东西十二门，大街都无人应，小胡同叫去。（丑）这苏木胡同有个海南会馆。叫地方问去。（叫介）（内应介）老长官贵干？

（老、丑）天大事，你在睡梦哩！听吩咐：

【香柳娘】问新科状元，问新科状元。（内）何处人？（众）广南乡贯。（内）是何名姓？（众）柳梦梅，面白无巴缱⑦。（内）谁寻他来？（众）是当今驾传，是当今驾传。要得柳如烟⑧，裁开杏花宴。（内）俺这一带铺子都没有，则瓦市⑨王大姐家歇着个番鬼。（众）这等，去，去，去。（合）柳梦梅也天，柳梦梅也天。

---

① 差不差：糟糕不糟糕，意谓很糟糕。
② 干鳖煞：干瘪，引申为没兴味、没意思。
③ 啰喤唏：惹出麻烦，惹是生非。唏，用于押韵的语气词，无意义。
④ 胡厮跸：胡行乱走。跸（jìng），同"胫"，小腿，引申为行走。
⑤ 山：粗野。
⑥ 淘气：怄气。
⑦ 巴缱：即疤痕。这里用缱是为押韵。
⑧ 柳如烟：春天三月间柳色如烟，这正是殿试放榜的时候。柳，兼指柳梦梅。
⑨ 瓦市：宋元时期都市中的各种游艺场所，妓院就设在那里。南宋时代临安有五瓦，每瓦各有勾栏若干座。下文"门户"就是瓦市里的妓院。

好几个盘旋，影儿不见。（下）（贴妓上）

【集唐】

^①残莺何事不知秋？　李后主

日日悲看水独流。　王昌龄

便从巴峡穿巫峡。　杜　甫

错把杭州作汴州。　林　升

奴家王大姐是也。开个门户^②在此。天，一个孤老不见，几个长官撞的来。（老旦、丑上）王大姐喜哩。柳状元在你家。（贴）什么柳状元？（众）番鬼哩。（贴）不知道。（众）地方报哩。

【前腔】笑花牵柳眠，笑花牵柳眠。（贴）昨日有个鸡^③，不着裤去了。（众）原来十分形现。敢柳遮花映做葫芦缠^④。有状元么？（贴）则有个状匾。（丑）房儿里状匾去。（进房搜介）（众诨，贴走下介）（众）找烟花状元，找烟花状元。热赶^⑤在谁边？毛臊打^⑥教遍。去罢。（合前）（下）

---

① "残莺何事不知秋"四句：分别出自南唐李煜《秋莺》、唐代王昌龄《万岁楼》、唐代杜甫《闻官军收河南河北》、宋代林升《题临安邸》。个别文字有改动。

② 门户：店铺，这里指妓院。门户中人，即指妓女。

③ 鸡：指南方来的嫖客。明代官场中通行调侃南方人为腊鸡，因南方人经常带腊鸡送给北方人。又，当时俗称江西人为腊鸡头，见《陔馀丛考》卷三十八《混号》。

④ 葫芦缠：胡缠，糊弄人。

⑤ 热赶：即热赶郎，对嫖客的戏称，语出唐代《北里志·王苏苏》。妓女王苏苏和李标诗有云"阿谁乱引闲人到，留住青蚨热赶归"，后来人们戏称嫖客为热赶郎，这里指柳梦梅。

⑥ 毛臊打：即打氆（mào）氉（sào），指科举落第而吃酒解闷。

【前腔】（净拐杖上）到长安日边①，到长安日边，果然风宪②，九街三市③排场遍。柳相公呵，他行踪杳然，他行踪杳然。有了俏家缘④，风声儿落谁店？少不的大道上行走。那柳梦梅也天！（老旦、丑上）柳梦梅也天！好几个盘旋，影儿不见。

（丑作撞跌净）（净叫介）跌死人，跌死人！（丑作拿净介）俺们叫柳梦梅，你也叫柳梦梅。则拿你官里去。（净叩头介）是了，梅花观的事发了。小的不知情。（众笑介）定说你知情！是他什么人？（净）听禀：老儿呵。

【前腔】替他家种园，替他家种园，远来探看。（众作忙）可寻着他哩？（净）猛红尘透不出东君面。（众）你定然知他去向。（净）长官可怜，则听是他到南安，其余不知。（众）好笑，好笑！他到这临安应试，得中状元了。（净惊喜介）他中了状元，他中了状元！踏的菜园穿，攀花上林苑⑤。长官，他中了状元，怕没处寻他！（众）便是哩。（合前）

（众）也罢，饶你这老儿，协同寻他去。

（老）一第由来是出身⑥。　郑　谷

---

① 日边：天子左右，这里指京都。
② 风宪：风纪，法度，这里指京城市容整饬风光。
③ 九街三市：泛指京都的街市。
④ 俏家缘：俏丽的妻子。家缘，家业，家产。
⑤ 踏的菜园穿，攀花上林苑：意谓苦日子到头了，考中了状元。三国魏邯郸淳《笑林》载，有一人常吃蔬菜，忽然吃了一次羊肉，梦见五脏神说："羊把菜园踏破了。"攀花，折桂花，比喻中状元。上林苑，御花园。
⑥ 一第由来是出身：指科举及第向来是做官的前提。语本郑谷《卷末偶题三首》之三。

（丑）五更风水失龙鳞①。张　曙
（净）红尘望断长安陌②。韦　庄
（合）只在他乡何处人③？杜　甫

精彩解说

　　本出《索元》写杜宝平定了贼寇，皇帝准备偃武修文，封官放榜，钦点了状元柳梦梅，并确定下时间，要召见新科状元柳梦梅，依例在杏园为新科状元赐宴。但新科状元不见了，两名军校奉命带领兵士们，寻找新科状元参加琼林宴。军校们拿着驾牌，"钦点状元岭南柳梦梅，年二十七岁，身中材，面白色"。他们挨家挨户到处寻找，打听，担心如果找不到，就要耽误了皇帝的杏园赐宴。他们大为感叹，这真是大宋一件怪事奇事，中了状元人不见了，闹出了麻烦。年轻些的军校出主意，在街上随便找个戴着儒巾的去吃琼林宴；老的说，使不得，他要在杏苑题诗的。一个小胡同里的海南会馆老板指点，到瓦市中王大姐的妓院去找。军校们到了王大姐的妓院，结果还是没有找到。他们怀疑柳梦梅是不是以为没有取中而去喝闷酒了。

　　此时，柳梦梅的老仆郭驼为寻找主人，千里迢迢来到临安，他被京城市容的繁华整饬所震撼，正在大街上喊叫柳梦梅的名字。军校们见郭驼也找柳梦梅，就拿下了郭驼，威胁要押解他到官府去。郭驼以为柳梦梅在梅花观挖掘杜丽娘坟墓的事情被发现了，官府要捉拿柳梦梅。军校审问郭驼，郭驼报了身份，说是听说主人柳梦梅到了临安，就来寻找他。军校说柳梦梅中了状元，郭驼这才大喜。军校命他一同协助寻找柳梦梅。

---

① 五更风水失龙鳞：指新科状元不见了。语本张曙《下第戏状元崔昭纬》。龙鳞，珍稀之物，这里指状元。

② 红尘望断长安陌：指在京城临安里到处找不到新科状元。语本韦庄《春日》。

③ 只在他乡何处人：意思是岭南来的新科状元柳梦梅到底在哪里呢？语本杜甫《戏作寄上汉中王二首》之一。

汤显祖擅长科诨谐趣，于正剧中穿插了许多笑场，语言十分机巧诙谐。本出中，军校和郭仆找寻柳梦梅的过程中，军校议论说状元失踪事，纯用口语，郭驼的语言粗俗风趣。军校到了王大姐的妓院，王大姐说，没有状元，只有个狀區。场面热闹，剧情轻松滑稽。

　　本出也是过场戏，剧中配角郭驼仅在前几出中出现过，现在又现身了，这是为《硬拷》一出郭驼救主埋下伏笔。本出与《淮泊》巧妙照应。《淮泊》突出柳梦梅的"寻"，《索元》着重柳梦梅的"被寻"；《淮泊》里柳梦梅尚是个狼狈秀才，《索元》里则变身钦点状元：主角命运发生了急剧的变化，剧情大起大落，跌宕起伏，委实扣人心弦。

第五十三出 硬 拷

原文

【风入松慢】(生上)无端雀角①土牢中。是什么孔雀屏风②?一杯水饭东床③用,草床头绣褥芙蓉④。天呵,系颈的是定昏店、赤绳羁凤,领解的是蓝桥驿、配递乘龙⑤。

---

① 雀角:本指雀的喙,这里意谓引起狱讼、争吵。语出《诗经·召南·行露》:"谁谓雀无角?何以穿我屋。谁谓女无家?何以速我狱。"
② 孔雀屏风:择婿许婚。《旧唐书·高祖窦皇后传》载,隋朝窦毅不肯轻易把女儿许人。他在屏风上画了两只孔雀,叫求婚的男子用箭去射,约定射中雀目的中选。先前许多男子都射不中,李渊后到,射了两箭,都射中雀目,窦毅就把女儿许给了他。
③ 东床:代指女婿。典出南朝宋刘义庆《世说新语·雅量》:东晋郗鉴叫人到王家挑女婿,王家诸郎个个矜持,唯有一个少年在"东床上坦腹卧",郗鉴听说了,就选中了此人,此人就是王羲之。
④ 草床头绣褥芙蓉:床上铺上了稻草,代替了新女婿床上的芙蓉绣褥,这里是被抓入监牢的柳梦梅自叹遭遇变故。
⑤ "系颈的是定昏店"二句:意思是被关押发配的是乘龙快婿。定昏店,典出唐代李复言传奇《定昏店》:韦固旅居宋城南店(定昏店),遇见一老人,这个老人主管天下的婚姻,他将天下凡是夫妻之人暗中用红绳系上他们的足,这样不管他们身在何处都会聚在一起。凤,柳梦梅自喻。领解,押解。蓝桥驿,唐传奇故事中裴航遇云英之处。配递,即递解,古代发配罪犯,途中逐站接力押送。

【集唐】

①梦到江南身旅羁。方　干

包羞忍耻是男儿。杜　牧

自家妻父犹如此。孙元晏

若问傍人那得知！崔　颢

俺柳梦梅，因领杜小姐言命，去淮扬谒见杜安抚。他在众官面前，怕俺寒儒薄相，故意不行识认，递解临安。想他将次下马，提审之时，见了春容，不容不认。只是眼下凄惶也。（净扮狱官，丑狱卒持棍上）试唤皋陶②鬼，方知狱吏尊③。咄！淮安府解来囚徒那里？（生见举手介）（净）见面钱？（生）少有。（丑）入监油？（生）也无。（净作恼介）哎呀，一件也没有，大胆来举手。（打介）（生）不要打，尽行装检去便了。（丑检介）这个酸鬼，一条破被单，裹一轴小画儿。（看画介）（丑）是轴观音，送奶奶供养去。（生）都与你去，则留下画轴儿。（丑作抢画）（生扯介）（末公差上）僵杀乘龙婿，冤遭下马威。狱官那里？（丑揖介）原来平章府祗候哥。（末票示介）平章府提取送解犯人一名，及随身行李赴审。（丑）人犯在此，行李一些也无。（生）都是这狱官搬去了。（末）搬了几件？拿狗官平章府去。（净、丑慌叩头介）则这画轴儿、被单儿。（末）这狗官！还了秀才，快起解去。（净、丑应介）（押生行介）老相公，你便行动些儿。略知孔子三

---

①"梦到江南身旅羁"四句：分别出自方干《旅次洋洲寓寄郝氏林亭》、杜牧《题乌江亭》、孙元晏《王郎》、崔颢《孟门行》。

②皋陶（yáo）：虞舜的臣子，据说是法律、监狱的创立者，后来被当作狱神。

③方知狱吏尊：化用《史记·绛侯周勃世家》的"吾尝将百万军，然安知狱吏之贵乎！"句。

分礼①，不犯萧何六尺条②。（下）

【唐多令】（外引众上）玉带蟒袍红，新参近九重③。耿秋光长剑倚崆峒④。归到把平章印总，浑不是，黑头公⑤。

【集唐】

   ⑥秋来力尽破重围。 罗　邺，
   入掌银台护紫微。 李　白
   回头却叹浮生事。 李　中
   长向东风有是非。 罗　隐

自家杜平章。因淮扬平寇，叨蒙圣恩，超迁相位。前日有个棍徒，假充门婿，已着递解临安府监候。今日不免取来细审一番。（净、丑押生上）（杂门官唱门介）临安府解犯人进。（见介）（生）岳丈大人拜揖。（外坐笑介）（生）人将礼乐为先。（众呼喝介）（生长叹介）

---

① 略知孔子三分礼：略微懂得一点儿礼节。礼是孔丘教育弟子的一个重要教学内容。

② 不犯萧何六尺条：不要触犯法律。汉初，萧何根据秦法制定《九章律》，世称"萧何律"，是汉代最早的法律。六尺条，用六尺竹简写的条令（法律）。

③ 九重：天，这里指皇帝。

④ 耿秋光长剑倚崆（kōng）峒（tóng）：倚着崆峒山，拔出寒光闪闪的长剑。化用杜甫诗《投哥舒翰开府二十韵》的"防身一长剑，将欲倚崆峒"二句。耿，光明，照耀。倚崆峒，倚着崆峒山，极言剑之长。崆峒，山名，在甘肃，山势险峻，气势雄伟。

⑤ 黑头公：指少年人做大官。

⑥ "秋来力尽破重围"四句：分别出自罗邺《征人》、李白《赠郭将军》、李中《经古观有感》、罗隐《广陵开元寺阁上作》。个别文字有改动。银台，指翰林院，因唐代的翰林院、学士院都在长安城银台门附近，故名。紫微，唐开元元年改中书省为紫微省，中书令为紫微令（即宰相）。

【新水令】则这怯书生剑气吐长虹，原来丞相府十分尊重，声息①儿忒汹涌。咱礼数缺通融，曲曲躬躬；他那里半抬身全不动。

（外）寒酸，你是那色人数②？犯了法，在相府阶前不跪！（生）生员岭南柳梦梅，乃老大人女婿。（外）呀，我女已亡故三年。不说到纳采下茶③，便是指腹裁襟④，一些没有。何曾得有个女婿来？可笑，可恨！祗候们与我拿下。（生）谁敢拿！

【步步娇】（外）我有女无郎，早把他青年送⑤。刬口儿轻调哄⑥。便做是我远房门婿呵，你岭南，吾蜀中，牛马风遥⑦，甚处里丝萝⑧共？敢一棍儿走秋风⑨！指说关亲、骗的军民动。

（生）你这样女婿，眠书雪案⑩，立榜云霄，自家行止用不尽，定要秋风老大人？（外）还强嘴！搜他裹袱里，定有假雕书印，并赃拿贼。

---

① 声息：声势。
② 那色人数：何等样人。
③ 纳采下茶：古代民间订婚习俗，男家送聘礼给女家叫纳采，也习以茶为礼，所以也叫下茶。采、茶，都是聘礼。第五十五出"吃了他茶"，就是接受了婚约的意思。
④ 指腹裁襟：指腹，即指腹为婚，婴儿还在娘肚子里的时候，就由家长为他们订婚。裁襟，幼年男女，由父母代为订婚，怕长大之后彼此不相认，就把孩子衣襟裁为两幅，各执一方作为婚约凭证。
⑤ 送：送葬。
⑥ 刬（chàn）口儿轻调哄：信口胡说。刬，方言，全部，一律。轻，随便。调哄，欺哄诓骗。
⑦ 牛马风遥：风马牛不相干，比喻事物之间毫无关联。
⑧ 丝萝：菟丝与女萝，喻结婚。化用《古诗十九首》的"与君为新婚，菟丝附女萝"之句。菟丝、女萝，均为蔓生攀缘植物，缠绕于草木不易分开，故诗文中常用以比喻缔结婚姻。
⑨ 走秋风：打秋风，指勒索财物。
⑩ 雪案：原指映雪读书时的几案，后泛指书桌。

（丑开祆介）破布单一条，画观音一幅。（外看画惊介）呀，见赃。这是我女孩儿春容。你司到南安，认的石道姑么？（生）认的。（外）认的个陈教授么？（生）认的。（外）天眼恢恢①，原来劫坟贼便是你。左右，采下打。（生）谁敢打！（外）这贼快招来。（生）谁是贼？老大人拿贼见赃，不曾捉奸见床来。

【折桂令】你道证明师②一轴春容。（外）春容分明是殉葬的。（生）可知道是苍苔石缝，迸坼③了云踪？（外）快招来。（生）我一谜的承供，供的是开棺见喜，挡煞逢凶④。（外）圹中还有玉鱼、金碗⑤。（生）有金碗呵，两口儿同匙受用；玉鱼呵，和我九泉下比目⑥和同。（外）还有哩。（生）玉碾的玲珑，金锁的玎珰。（外）都是那道姑。（生）则那石姑姑他识趣拿奸纵，欲不似你杜爷爷逗拿贼威风。

（外）呀，他明明招了。叫令史取过一张坚厚官绵纸，写下亲供：犯人一名柳梦梅，开棺劫财者斩。写完，发与那死囚，于斩字下押个花字，会成一宗文卷，放在那里。（贴扮吏取供纸上）禀爷：定个斩字。（外写介）（贴叫生押花字）（生不伏介）（外）你看这吃敲才⑦！

---

① 天眼恢恢：苍天有眼，报应分明，作恶者难逃法律惩罚制裁，语出《老子》的"天网恢恢，疏而不失"之句。恢恢，宽阔广大。

② 证明师：证据。

③ 迸坼（chè）了云踪：指假山倒坍，露出了杜丽娘的画像。迸坼，坼裂，开裂。云踪，雨云踪，这里指画像。

④ 挡煞逢凶：挡住了恶煞，又碰到了凶神；意谓救活了杜丽娘，自己反被当成了贼子。煞，凶，凶神恶煞，传说中降灾于人的鬼神。

⑤ 玉鱼、金碗：古代富贵人家的殉葬物品。语出杜甫《诸将》的"昨日玉鱼蒙葬地，早时金碗出人间"诗句。

⑥ 比目：比目鱼，据说比目鱼行必成双，喻夫妇和谐恩爱，形影不离。

⑦ 吃敲才：该死的贼骨头，宋元时骂人的话。敲，打死。

【江儿水】眼脑儿天生贼①,心机使的凶。还不画纸?(生)谁惯来!(外)你纸笔砚墨则好招详用。(生)生员又不犯奸盗。(外)你奸盗诈伪机谋中。(生)因令爱之故。(外)你精奇古怪虚头弄②。(生)令爱现在。(外)现在么,把他玉骨抛残心痛。(生)抛在那里?(外)后苑池中,月冷断魂波动。

(生)谁见来?(外)陈教授来报知。(生)生员为小姐费心,除了天知地知,陈最良那得知!

【雁儿落】我为他礼春容、叫的凶,我为他展幽期、耽怕恐,我为他点神香、开墓封,我为他唾灵丹、活心孔,我为他偎熨的体酥融,我为他洗发的神清莹,我为他度情肠、款款通,我为他启玉肱、轻轻送,我为他软温香、把阳气攻,我为他抢性命、把阴程进。神通,医的他女孩儿能活动。通也么通,到如今风月两无功③。

(外)这贼都说的是甚么话?着鬼了。左右,取桃条打他,长流水喷他④。(丑取桃条上)要的门无鬼,先教园有桃⑤。桃条在此。(外)高吊起打。(众吊起生,作打介)(生叫痛,转动)(众诨打鬼介)(喷水介)(净扮郭驼拐杖同老旦、贴扮军校持金瓜上)天上人间忙不忙?开科失却状元郎。一向找寻柳梦梅,今日再寻不见,打老驼。

---

① 眼脑儿天生贼:天生贼眼。眼脑,眼睛。
② 虚头弄:即弄虚头,讹诈,耍花样。
③ 风月两无功:男女爱情到头来一场空。这是古代戏曲中熟语。
④ 取桃条打他,长流水喷他:古代民间驱鬼的做法。桃条,桃树枝,传说可以驱鬼魅。
⑤ 要的门无鬼,先教园有桃:拿桃树枝来驱鬼。门无鬼,《庄子·天地》篇中人名,这里借用来指家中没有鬼。园有桃,《诗经·魏风》篇名,这里借以指园中有桃树。古人相信,桃枝可以打鬼,有桃树的地方就没有鬼。"门无鬼""园有桃"在此处都是语义双关。

（净）难道要老驼赔？买酒你吃，叫去罢。（叫介）状元柳梦梅那里？（外听介）（众叫下）（外问丑）（丑）不见了新科状元，圣旨着沿街寻叫。（生）大哥，开榜哩。状元谁？（外恼介）这贼闲管，掌嘴，掌嘴。（丑掌生嘴介）（生叫冤屈介）（老旦、贴、净依前上）但闻丞相府，不见状元郎。咦，平章府打喧闹哩。（听介）（净）里面声息，像有俺家相公哩！（众进介）（净向前见哭介）吊起的是我家相公也！（生）列位救我。（净）谁打相公来？（生）是这平章。（净将拐杖打外介）拼老命打这平章。（外恼介）谁敢无礼？（老旦、贴）驾上的^①，来寻状元柳梦梅。（生）大哥，柳梦梅便是小生。（净向前解生）（外扯净跌介）（生）你是老驼，因何至此？（净）俺一径来寻相公，喜的中了状元。（生）真个的！快向钱塘门外报杜小姐知道。（老旦、贴）找着了状元，俺们也报知黄门官奏去。未去朝天子，先来激相公。（下）

（外）一路的光棍去了。正好拷问这厮，左右，再与俺吊将起。（生）待俺分诉些，难道状元是假得的？（外）凡为状元者，有登科录^②为证。你有何据？则是吊了打便了。（生叫苦介）（净苗舜宾引老旦，贴扮堂候官，捧冠袍带上）踏破草鞋无觅处，得来全不费工夫。老公相住手，有登科录在此。

【饶饶犯】则他是御笔亲标第一红，柳梦梅为梁栋。（外）敢不是他？（净）是晚生本房取中的。（生）是苗老师哩，救门生一救！（净笑介）你高吊起文章钜公^③，打桃枝受用。告过老公相，军校，快请状元下吊。（贴放）（生叫"疼煞"介）（净）可怜，可怜！是斯文倒吃尽斯文痛，无情棒打多情种。（生）他是我丈人。

---

① 驾上的：奉旨差遣的人。

② 登科录：科举时代登科者的名册，唐时称作登科记，宋以后称作登科录。

③ 文章钜公：文豪，文章大家。

（净）原来是倚太山压卵①欺鸾凤。

（老旦）状元悬梁刺股。（净）罢了，一领宫袍遮盖去。（外）什么宫袍，扯了他！

【收江南】（外扯住冠服介）（生）呀！你敢抗皇宣骂敕封，早裂绽我御袍红。似人家女婿呵，拜门也似乘龙。偏我帽光光走空，你桃夭夭煞风②。（老替生冠服插花介）（生）老平章，好看我插宫花帽压君恩重。

（外）柳梦梅怕不是他？果是他，便童生应试，也要候案③。怎生殿试了，不候榜开，来淮扬胡撞？（生）老平章是不知。为因李全兵乱，放榜稽迟。令爱闻得老平章有兵寇之事，着我一来上门，二来报他再生之喜，三来扶助你为官。好意成恶意，今日可是你女婿了？（外）谁认你女婿来！

【园林好】（净众）嗔怪你会平章的老相公，不刮目破窑中吕蒙④。忒做作、前辈们性重。（笑介）敢折倒你丈人峰？

（外）悔不将劫坟贼监候奏请为是。

---

① 太山压卵：这里是双关用法，一指以绝对优势轻而易举地压倒对方，另一指丈人欺压女婿。太山，即泰山，泰山及泰山的丈人峰都代称岳父。
② 桃夭夭：语出《诗经·周南·桃夭》的"桃之夭夭，灼灼其华"之句，是双关桃树条；夭夭，形容枝叶茁壮貌。煞风：煞风景。
③ 候案：等候出榜。
④ 不刮目破窑中吕蒙：指看不上有才华的穷书生。刮目，刮目相看，另眼相看，典出《三国志·吴志·吕蒙传》注引《江表传》的"士别三日，即更刮目相待"之句。破窑，宋代名臣吕蒙正年轻时穷困，被岳父驱逐欺压，他被迫住在破窑里发奋苦读，后来考中状元，与妻团聚。元代王实甫有《吕蒙正风雪破窑记》杂剧。本剧作者汤显祖为追求诙谐幽默的效果，有意将吕蒙、吕蒙正两个姓名相近的人物故事搅在一起。

【沽美酒】（生笑介）你这孔夫子把公冶长陷缧绁中①。我柳盗跖②打地洞向鸳鸯冢。有日呵，把燮理阴阳问相公③，要无语对春风。则待列笙歌画堂中，抢丝鞭御街拦纵。把穷柳毅赔笑在龙宫，你老夫差失敬了韩重④。我呵，人雄气雄，老平章深躬浅躬，请状元升东转东⑤。呀，那时节才提破了牡丹亭杜鹃残梦。

老平章请了，你女婿赴宴去也。

北【尾】你险把司天台失陷了文星空，把一个有对付的玉洁冰清烈火烘⑥。咱想有今日呵，越显的俺玩花柳的女郎能，则要你那打桃

---

① 你这孔夫子把公冶长陷缧（léi）绁（xiè）中：你这老丈人把我这无罪的女婿关进了牢狱。公冶长，孔子弟子，也是孔子女婿，事见《论语·公冶长》"子曰：公冶长可妻也，虽在缧绁之中，非其罪也。以其子妻之"之句。缧绁中，指关在牢狱里；缧绁，捆缚犯人用的绳索，引申为牢狱。
② 柳盗跖（zhí）：跖，春秋末居于柳下屯（在今山东省），后被指为大盗。《庄子·盗跖》里把盗跖和柳下惠说成兄弟。柳，这里关合柳梦梅，因杜宝指斥柳梦梅为盗墓贼，柳梦梅就顺着岳丈的话，戏称自己为盗。
③ 把燮（xiè）理阴阳问相公：柳梦梅自诩能使杜丽娘从阴间回到阳间而复活，身为宰相的杜宝则徒有"燮理阴阳"的虚名。燮理阴阳，指调和、理顺阴阳使之和谐平衡，治理国家，古人认为这属于宰相的职责。相公，即宰相，这里指杜宝。
④ 穷柳毅赔笑在龙宫：据唐人传奇故事载，落第的穷书生柳毅路遇牧羊的龙女，替龙女带了一封家信给洞庭龙君，洞庭龙君在宫殿里款待了柳毅，后来几经波折，柳毅和龙女成了亲。元人有《柳毅传书》杂剧。夫差失敬了韩重，典出《搜神记》，详见第三十六出。
⑤ 升东转东：古时主位居东面西，宾位居西面东。这里意谓请上坐，待如贵宾。
⑥ "你险把司天台失陷了文星空"二句：你虐待文才出众的女婿，几乎害死新状元，使得观察天象的司天台看不到天上的文星了。文星，古代传说新状元是天上文星下凡。有对付的，相配的，够资格的。玉洁冰清，《晋书》卷三十六卫玠传载，风神秀异的卫玠，娶了很有名望的乐广之女。当时有人称赞他们说："妇公冰清，女婿玉润。"后世作翁婿的美称，这里是指女婿柳梦梅。烈火烘，指前文所写的那些吊打逼供的虐待。

条的相公懂。（下）

（外吊场）异哉，异哉！还是贼，还是鬼？堂候官，去请那新黄门陈老爷到来商议。（丑）知道了。谒者有如鬼①，状元还似人。（下）（末扮陈黄门上）官运精神老不眠，早朝三下听鸣鞭。多沾圣主随朝米，不受村童学俸钱。自家陈最良，因奏捷，圣恩可怜，钦授黄门。此皆杜老相公抬举之恩，敬此趣谢②。（丑上见介）正来相请，少待通报。（进报）（见介）（外笑介）可喜，可喜！昔为陈白屋③，今作老黄门。（末）新恩无报效，旧恨有还魂。适间老先生三喜临门：一喜官居宰辅，二喜小姐活在人间，三喜女婿中了状元。（外）陈先生，教的好女学生，成精作怪哩！（末）老相公，葫芦提④认了罢。（外）先生差矣！此乃妖孽之事。为大臣的，必须奏闻灭除为是。（末）果有此意，容晚生登时奏上取旨何如？（外）正合吾意。

　　（外）夜读沧州怪亦听⑤。陆龟蒙

　　（末）可关妖气暗文星⑥。司空图

　　（外）谁人断得人间事⑦？白居易

　　（末）神镜高悬照百灵⑧。殷文圭

---

① 谒者有如鬼：谒者，古代官名，专为接待宾客，传达帝王旨意，相当于黄门官，语出《战国策·楚策》的"谒者难得见如鬼"之句。

② 趣（qū）谢：前往致谢。趣，同"趋"，前往。

③ 白屋：贫穷人所居之屋，这里指平头老百姓。

④ 葫芦提：糊里糊涂，马马虎虎，宋元口语。

⑤ 夜读沧州怪亦听：指杜宝听柳梦梅陈述杜丽娘如何复活的奇异事。语本陆龟蒙《和袭美为新罗弘惠上人撰灵鹫山周禅师碑送归诗》。

⑥ 可关妖气暗文星：指杜宝认为女儿不可能死而复活，那是妖孽之事。语本司空图《戊午三月晦二首》之一。

⑦ 谁人断得人间事：指此事难以判断，悬而难决。语本白居易《夭老》。

⑧ 神镜高悬照百灵：暗示后一出戏中朝堂悬镜鉴鬼情节。语本殷文圭《省试夜投献座主》。

精彩解说

《硬拷》写柳梦梅受妻子杜丽娘之托,去战火纷飞的淮扬探寻岳父母,不料被岳父杜宝误认作盗墓贼,将他捆缚囚禁,递解到临安府,打入了牢狱。身为杜宝的新女婿,床上本该是芙蓉绣褥,现在却铺上了稻草。狱卒勒索见面钱,他什么都没有,唯有一幅杜丽娘的春容画像。柳梦梅以为当初被囚,是丈人"在众官面前,怕俺寒儒薄相,故意不行识认",准备提审之时,拿出画轴,让他"见了春容,不容不认"。杜宝因平定了侵犯淮扬的金兵贼寇,被皇帝升掌平章府,居宰相之位,派差役押来柳梦梅提审。柳梦梅见了杜宝,立即施礼。杜宝却喝问:他是什么人,犯了法,在宰相府还不下跪!柳梦梅自报姓名,说是杜宝的女婿。杜宝震怒:自己女儿已亡故三年了,从未与人结亲,哪来女婿?柳梦梅是岭南人,他是蜀中人,相隔万里,如何结亲?因此,杜宝命令差役拿下柳梦梅,捆缚上,还推测其褡袄里藏着假印章之类。差役搜到一幅画,以为是观音画像。杜宝一见,发现是其女儿的春容,人赃俱在,这使他怒不可遏,断定柳梦梅就是盗墓贼,命令左右拷打。

在前面剧情中,陈最良去淮安前线,向杜宝报告了杜丽娘坟墓被掘,骸骨被抛在了苑池中,杜宝根据陈最良的指控,认定柳生是劫坟贼。柳梦梅与杜宝对质:"生员为小姐费心,除了天知地知,陈最良那得知!"柳生辩称杜丽娘复活,杜宝全然不信,说那春容是殉葬物,柳梦梅说是假山太湖石倒塌现出了春容。杜宝不相信女儿复活的奇异事,认为女儿不可能死而复生,将柳梦梅判为死罪,下令斩首,命柳梦梅画押。柳梦梅坚决不肯画押,并为自己辩护,说杜宝令爱还活着。提起爱女骸骨被抛洒,杜宝万分心痛,听柳梦梅说了让爱女复活的过程,杜宝认为柳梦梅是着鬼了,命人用桃树条抽打柳梦梅驱鬼,于是差役将柳梦梅吊起抽打喷水。

此时,仆人郭驼和军校们继续奉旨沿街寻找新状元,四处喊叫。郭驼听到平章府里面有人叫冤的声音好像是他的主人柳梦梅,便闯入平章府,见有人吊打柳梦梅。郭驼愤怒地拿拐杖要打杜宝,说明自己本来是来找主人的,不想听说主人已经高中状元了。杜宝执意继续吊打柳梦梅,因为高中状元要有登科录凭证。同样在寻找状元的苗舜宾也来到平章府，苗舜宾拿来了登科录，救下柳梦梅，柳梦梅得以往赴琼林宴。即便苗舜宾拿出登科录证明柳梦梅中状元是真，杜宝依然不相信柳梦梅的状元身份，坚持认为杜丽娘还魂"乃妖孽之事"，不肯认柳梦梅这个女婿。

　　本出是柳梦梅与杜宝的第二次正面冲突。《闹宴》这出中，柳梦梅一身硬气，面对杜宝的威严强横不卑不亢：杜宝越是盛气凌人，柳梦梅越是反抗激烈。本出中，柳梦梅唇枪舌剑，不畏杜宝平章府宰相的威权，将杜宝的质问一句句顶了回去，还理直气壮地反问杜宝不曾见赃捉奸怎能说人是贼，责备杜宝不分青红皂白乱逞威风。即使遭到吊打驱鬼，柳梦梅仍旧拒不认罪，表现出"书生剑气吐长虹"的气势。当得知自己就是新科状元时，柳梦梅不是要求将自己放下来，而是让郭驼"快向钱塘门外报与杜小姐知道"，可见他对杜丽娘一往情深。他嘲笑老丈人几乎害死新状元，使得观察天象的司天台看不到天上的文星了；他能使杜丽娘从阴间回到阳间而复活，身为宰相的杜宝则徒有"燮理阴阳"的虚名。

　　女儿死而复活，女婿高中新科状元，本是人生极喜之事，但杜宝仍固执认定，女儿复活是妖孽之事，要向圣上禀报。《牡丹亭》临近尾声了，剧情却再度反转，波澜又起。

第五十四出 闻 喜

> 原文

【绕池游】（贴上）露寒清怯，金井吹梧叶①，转不断辘轳情劫②。

咳，俺小姐为梦见书生，感病而亡，已经三年。老爷与老夫人，时时痛他孤魂无靠。谁知小姐倒活活的跟着个穷秀才，寄居钱塘江上，母子重逢。真乃天上人间，怪怪奇奇，何事不有！今日小姐吩咐安排绣床，温习针指。小姐早来到也。

【绕红楼】（旦上）秋过了平分③日易斜，恨辞梁燕语周遮④。人去空江，身依客舍，无计七香车。

秋风吹冷破窗纱，夫婿扬州不到家。玉指泪弹江北草，金针闲刺岭南花。春香，我同柳郎至此，即赴试闱。虎榜⑤未开，扬州兵乱。我星夜赍发柳郎打听爹娘消息。且喜老萱堂不意而逢，则老相公未知下

---

① 金井吹梧叶：梧桐叶吹落在金井上。金井，井栏装饰华美的井台。
② 转不断辘轳情劫：情爱的磨难连环不断。辘轳，井上打水用的装置，形容磨难像辘轳般连环无穷。轱辘劫，佛家认为，世界一成一毁为一劫，二十小劫为一中劫（也称轱辘劫），四中劫为一大劫。
③ 秋过了平分：过了秋分。秋分，二十四节气之一，在每年九月二十三日或二十四日，这时太阳直射赤道，昼、夜一样长短，秋分以后，昼渐短夜渐长。
④ 周遮：啁嗻，本指啰嗦多言，这里形容燕子喧闹声让人心烦。
⑤ 虎榜：一作龙虎榜，即进士榜。龙、虎，比喻录取的人才个个都是栋梁俊杰。

落。想柳郎刻下可到，料今番榜上高题，须先剪下罗衣，衬其光彩。

（贴）绣床停当，请自尊裁。（旦裁衣介）裁下了，便待缝将起来。

（缝介）（贴）小姐，俺淡口儿闲嗑，你和柳郎梦里、阴司里，两下光景何如？

【罗江怨】（旦）春园梦一些，到阴司里有转折。梦中逗的影儿别，阴司较追的情儿切。（贴）还魂时像怎的？（旦）似梦重醒，猛回头放教跌。（贴）阴司可也有好耍子处？（旦）一般儿轮回路驾香车，爱河边题红叶。便则到鬼门关逐夜的望秋月。

【前腔】（贴）你风姿恁惹邪①，情肠害劣②。小姐，你香魂逗出了梦儿蝶，把亲娘肠断了影中蛇③。不道燕冢④荒斜，再立起鸳鸯舍。则问你会书斋灯怎遮？送情怀酒怎赊？取喜时，也要那破头梢一泡血。

（旦）蠢丫头，幽欢之时，彼此如梦，问他则甚！呀，奶奶来的恁忙也！

【玩仙灯】（老旦慌上）人语闹吱嗻⑤，听风声似是女孩儿关节。

【前腔】旗影儿走龙蛇⑥，甚宣差教来近者！

---

① 惹邪：招惹邪祟，形容极为美貌。
② 害劣：害得很苦。劣，苦。
③ 把亲娘肠断了影中蛇：杜丽娘并没有真死，杜母却以为女儿真的死了而悲痛万分。影中蛇，即杯弓蛇影。
④ 燕冢：指杜丽娘墓。典出宋祝穆《事文类聚》后集卷四十五《燕女坟》条：南朝宋末，妓女姚玉京从良，丈夫死了不再嫁人；有一双燕子在她家里的梁间做窝，其中的雄燕被鸷鸟害死；玉京用红线系在雌燕足上，雌燕年年归来，待在玉京家梁间的窝里；玉京死后，燕子哀鸣不停，家人告诉它玉京的坟墓所在，燕子飞到玉京坟上，哀鸣而死。
⑤ 吱嗻：形容嘈杂的人声。
⑥ 旗影儿走龙蛇：指拿着旗子的人来得飞快。走龙蛇，形容矫健迅捷。

（见介）奶奶、小姐，驾上人来。俺看门去也！（下）（外、丑扮军校持黄旗上）

【入赚】深巷门斜，抓不出状元门第也。这是了。（敲门介）（老旦）声息儿恁怔忡！把门儿偷瞥。（启门）（校冲开介）（老旦）那衙门来的？（校）星飞不迭。你看这旗，看这旗影儿头势别。是黄门官把圣旨教传泄。（老旦叫介）儿，原来是传圣旨的。（旦上）斗胆相询，金榜何时揭？可有柳梦梅名字高头列？（校）他中了状元。（旦）真个中了状元？（校）则他中状元，急节里遭磨灭。（旦惊介）是怎生？（校）往淮扬触犯了杜参爷，扭回京把他做劫坟茔的贼决。（老旦）我儿，谢天谢地，老爷平安回京了。他哪知世间有此重生之事。（旦）这却怎了？（校）正高吊起猛桃条细抽掣，被官里人抢去游街①歇。（旦）恰好哩。（校）平章他势大，动本了。说劫坟之贼，不可以作状元。（旦）状元可也辩一本儿？（校）状元也有本。那平章奏他，恶茶白赖②把阴人窃。那状元呵，他说头带魁罡③不受邪。便是万岁爷听了成痴呆。（旦）后来？（校）侥幸，有个陈黄门，是平章爷的故人。奏准，要平章、状元和小姐三人，驾前勘对，方取圣裁。（老旦）呀，陈黄门是谁？（校）是陈最良，他说南安教授曾官舍，因此杜平章抬举他掌朝班、通御谒。（老旦）一发诧异哩。（校）便是他着俺们来宣旨。吩咐你家一更梳洗，二鼓吃饭，三鼓穿衣，四鼓走动，到的五

---

① 游街：古代科举考试放榜后，进士的前三名状元、榜眼和探花会骑马游街，以示荣耀。
② 恶茶白赖：耍无赖，无理取闹，宋元俗语。
③ 头带魁罡：古人相信，凡高中状元的人都受到魁星的护佑。罡，天罡，北斗星。魁，北斗的第一颗到第四颗星。

更三点彻，响玎当翠佩，那是朝时节。（旦）独自个怕人。（校）怕则么！平章宰相你亲爷，状元妻妾。俺去了。（旦）再说些去。（校）明朝金阙，讨你幅撞门红①去了也。（下）（旦）娘，爹爹高升，柳郎高中。小旗儿报捷，又是平安贴。把神天叩谢，神天叩谢。（拜介）

【滴溜子】当日的，当日的，梅根柳叶。无明路，无明路，曾把游魂再叠。果应梦，花园后折②。甫能够迸到头，抢了捷。鬼趣里因缘，人间判贴③。

【前腔】（老旦）虽则是，虽则是，希奇事业。可甚的，可甚的，惊劳驾帖④？他道你，是花妖害怯，看承的柳抱怀⑤，做花下劫。你那爹爹呵，没得个符儿，再把花神召摄。

【尾声】女儿，紧簪束扬尘舞蹈⑥摇花颊。（旦）叫俺奏个甚么来？（老旦）有了你活人硬证无虚胁。（旦）少不的万岁君王听臣妾。

---

① 撞门红：新娘的花轿抬到新郎门口时，赏给乐人及别的当差者的喜钱。
② 后折：后边。
③ 判贴：判定一个圆满结局，即上文"驾前勘对，方取圣裁"意。判，判断。贴，说好，团圆。
④ 驾帖：圣旨。
⑤ 柳抱怀：即柳下惠"坐怀不乱"。典出《荀子·大略》：有一天夜里，柳下惠遇到一个女人，怕她冻伤，就用衣服裹住她，让她坐在自己怀里过夜，而没有不正当的行为。这里指柳梦梅行事正派。
⑥ 扬尘舞蹈：弯腰、撩衣、急行、甩衣裳下摆朝上拜见，这是臣子朝见皇帝的最高礼节。

（净扮郭驼上）要问鼋鼍窟，还过乌鹊桥①。两日再寻个钱塘门不着，正好撞着老军，说知夫人下处。抖擞了进去。（见介）（老旦）你是谁？（净）状元家里的老驼，特来恭喜。（旦）辛苦。你可见了状元？（净）俺往平章府抢下了状元，要夫人去见朝也。

（老旦）　往事闲征梦欲分②。韩　偓

（旦）　　今晨忽见下天门③。张　籍

（净）　　分明为报精灵辈④。僧贯休

（旦）　　淡扫蛾眉朝至尊⑤。张　祜

精彩解说

本出《闻喜》写柳梦梅帮助杜丽娘还魂后，前去探寻岳父母消息。杜母带着春香，跟杜丽娘不期而遇。杜丽娘并没有真死，杜母却以为女儿真的死了而痛断肝肠。在临安，杜丽娘一面盼望夫婿归来，一面憧憬着夫婿金榜题名，她与春香预先裁制罗衣。杜丽娘与春香闲聊间，忽然听到外面人声喧闹，像是说新科状元乃是岭南的柳梦梅。杜丽娘询问军校：柳梦梅是否上了龙虎榜？军校告知，柳梦梅中了状元，但遭遇了磨难，被杜平章按照盗墓贼的罪行判处了死刑。杜丽娘又喜又忧：喜的是柳梦梅高中了状元，又得悉父

---

① 要问鼋（yuán）鼍（tuó）窟，还过乌鹊桥：指杜丽娘和柳梦梅居住之处，语出杜甫《玉台观》"江光隐现鼋鼍窟，石势参差乌鹊桥"之句。鼋鼍窟，鼋鼍居住的洞窟，在江海深处，这里指钱塘江。乌鹊桥，神话传说，七夕乌鹊驾桥，让牛郎织女渡银河而相会。

② 往事闲征梦欲分：指杜丽娘梦里都期盼的事情。语本韩偓《松》。

③ 今晨忽见下天门：指丈夫高中状元的喜讯突然传来。语本张籍《朝日敕赐百官樱桃》。

④ 分明为报精灵辈：指杜丽娘要去向皇帝报告自己重生的离奇过程。语本僧贯休《归东阳临岐上杜使君七首》之六。

⑤ 淡扫蛾眉朝至尊：指杜丽娘准备梳妆打扮上殿觐见皇帝。语本张祜《集灵台二首》之二。

亲平安回到了京城，升任宰相；忧的是柳梦梅遭了难，父亲不认柳梦梅这个女婿。军校又告知，杜大人权重势大，已向皇上参了一本，参柳梦梅盗了死人坟墓，不应做状元。杜丽娘立刻心神不定，赶紧追问："状元可也辩一本儿？"可见她极迫切希望解救柳梦梅。军校告知，柳梦梅也参了一本，参他受魁星护佑，邪不干身。皇帝看了两方的参本，竟被惊呆，莫衷一是。陈黄门上奏，建议让杜平章、新状元和杜丽娘三人进宫，在圣驾面前对质，由皇上亲自裁决。杜母打听到，那个陈黄门正是女儿先前的塾师陈最良，不禁连称稀奇。军校说明来意，他是向杜丽娘传宣圣旨，要杜丽娘次日一早进宫朝见皇上，当面向皇帝报告自己重生的离奇过程。恰好，郭驼找到了杜丽娘的住处，也报了柳梦梅高中的喜事。

杜母深知丈夫的脾气，预感到次日在皇帝面前的对证不会顺利："你那爹爹呵，没得个符儿，再把花神召摄。"但她仍鼓励女儿"紧簪束扬尘舞蹈摇花频""有了你活人硬证无虚胁"。在后一出《圆驾》中，她竟然直闯朝堂援助杜丽娘，证明女儿的确复活，表明她已经完全站到了女儿的立场上，敢于跟顽固的丈夫斗争。

听闻喜讯，一家人欢欢喜喜。杜母的"没得个符儿，再把花神召摄"是有意将阴阳对比，用《冥判》与《圆驾》对照，暗示杜宝在朝堂殿上会再掀风波。

第五十五出　圆　驾

原文

（净、丑扮将军持金瓜上）日月光天德，山河壮帝居①。万岁爷升朝，在此直殿。（末上）

北【点绛唇】宝殿云开，御炉烟霭，乾坤泰。（回身拜介）日影金阶，早唱道黄门拜。

【集唐】

②鸾凤旌旗拂晓陈。韦元旦

传闻阙下降丝纶。刘长卿

兴王会净妖氛气。杜　甫

不问苍生问鬼神。李商隐

自家大宋朝新除授一个老黄门陈最良是也。下官原是南安府饱学秀才，因柳梦梅发了杜平章小姐之墓，径往扬州报知。平章念旧，着俺说平李寇，告捷效劳，蒙圣恩钦赐黄门奏事之职。不想平章回朝，恰遇柳生投见，当时拿下，递解临安府监候。却说柳生先曾揎过卷子，中了状元。

———————

① 日月光天德，山河壮帝居：语出南朝陈后主诗《入隋侍宴应诏》。

② "鸾凤旌旗拂晓陈"四句：分别出自韦元旦《奉和人日宴大明宫恩赐彩缕人胜应制》、刘长卿《狱中闻收东京有赦》、杜甫《承闻河北诸道节度入朝欢喜口号绝句十二首》之五、李商隐《贾生》。

找寻之间,恰好状元吊在杜府拷问,当被驾前官校人等冲破府门,抢了状元,上马而去,倒也罢了。又听的说,俺那女学生杜小姐也返魂在京。平章听说女儿成了个色精,一发恼激,央俺题奏一本,为诛除妖贼事。中间劾奏柳梦梅系劫坟之贼,其妖魂托名亡女,不可不诛。杜老先生此奏,却是名正言顺。随后柳生也奏一本,为辨明心迹事。都奉有圣旨:"朕览所奏,幽隐奇特。必须返魂之女,面驾敷陈,取旨定夺。"老夫又恐怕真是杜小姐返魂,私着官校传旨与他,五更朝见。正是:三生石上看来去,万岁台前辨假真。道犹未了,平章、状元早到。(外、生幞头、袍、笏①同上介)

【前腔】(外)有恨妆排,无明耽带②,真奇怪。(生)哑谜难猜,今上③亲裁划。

岳丈大人拜揖。(外)谁是你岳丈!(生)平章老先生拜揖。(外)谁和你平章!(生笑介)古诗:"梅雪争春未肯降,骚人阁笔费平章④。"今日梦梅争辩之时,少不的要老平章阁笔。(外)你罪人咬文哩。(生)小生何罪?老平章是罪人。(外)俺有平李全大功,当得何罪?(生)朝廷不知,你那里平的个李全,则平的个"李半"。(外)怎生止平的个"李半"?(生笑介)你则哄的个杨妈妈退兵,怎哄的全!(外恼作扯生介)谁说?和你官里讲去!(末作慌出见介)午门之

---

① 幞(fú)头、袍、笏(hù):指中国古代官员上朝穿戴的朝服冠带。幞头,即俗称的乌纱帽,相传后周武帝所创制,原是男子包头的幅巾之类的便帽,后为官员、士人通用。因幞头所用纱罗通常为青黑色,也称"乌纱",后代俗称为"乌纱帽"。笏,大臣上朝手拿的狭长手板,用玉、象牙或竹片制成,上面可以记事。
② 有恨妆排,无明耽带:恨命运拨弄,要面临进官对质的场面,无缘无故遭遇了这样的事。妆排,摆场面。耽带,承受。
③ 今上:当今皇上。
④ "梅雪争春未肯降"二句:语出宋代卢梅坡的诗《雪梅》的前二句。"平章"原诗中作"评章",评论的意思。这里柳梦梅故意用其与杜宝官名"平章"同音双关。

外,谁敢喧哗!(见介)原来是杜老先生。这是新状元。放手,放手。(外放生介)(末)状元何事激恼了老平章?(外)他骂俺罪人,俺得何罪?(生)你说无罪,便是处分令爱一事,也有三大罪。(外)哪三罪?(生)太守纵女游春,一罪。(外)是了。(生)女死不奔丧,私建庵观,二罪。(外)罢了。(生)嫌贫逐婿,刁打钦赐状元。可不三大罪?(末笑介)状元以前也罪过些。看下官面分,和了罢。(生)黄门大人,与学生有何面分?(末笑介)状元不知,尊夫人请俺上学来。(生)敢是鬼请先生?(末)状元忘旧了。(生认介)老黄门可是南安陈斋长?(末)惶恐,惶恐。(生)呀,先生,俺于你分上不薄,如何妄报俺为贼?做门馆报事不真,则怕做了黄门,也奏事不以实。(末笑介)今日奏事实了。远望尊夫人将到,二公先行叩头礼。(内唱礼介)奏事官齐班。(外、生同进叩头介)(外)臣杜宝见。(生)臣柳梦梅见。(末)平身①。(外、生立左右介)

(旦上)丽娘本是泉下女,重瞻天日向丹墀。

北【黄钟醉花阴】平铺着金殿琉璃翠鸳瓦,响鸣梢半天儿刮刺②。(净、丑喝介)甚的妇人冲上御道?拿了!(旦惊介)似这般狰狞汉叫喳喳,在阎浮殿见了些青面獠牙,也不似今番怕。(末)前面来的,是女学生杜小姐么?(旦)来的黄门官,像陈教授,叫他一声:"陈师父,陈师父!"(末应介)是也。(旦)陈师父喜哩!(末)学生,你做鬼,怕不惊驾?(旦)噤声。再休提探花鬼乔作

---

① 平身:行跪拜礼后起身站立。
② 响鸣梢半天儿刮刺:挥动丝鞭发出巨大响声,令上朝者肃静。鸣梢,也称静鞭,即鸣鞭,古时皇帝坐朝的仪仗之一。刮刺,形容鸣鞭的响声。

衙①，则说状元妻来面驾。

（净、丑下）（内）奏事人扬尘舞蹈。（旦作舞蹈、呼"万岁，万岁"介）（内）平身。（旦起）（内）听旨：杜丽娘是真是假，放着伊父杜宝，状元柳梦梅出班识认。（生觑旦作悲介）俺的丽娘妻也。（外觑旦作恼介）鬼乜些②，真个一模二样，大胆，大胆！（作回身跪奏介）臣杜宝谨奏：臣女亡已三年，此女酷似，此必花妖狐媚，假托而成。俺王听启。

南【画眉序】臣女殁年多③，道理阴阳岂重活？愿俺王向金阶一打，立见妖魔。（生作泣）好狠心的父亲！（跪奏介）他做五雷般严父的规模，则待要一下里把声名煞抹④。（起介）（合）便阎罗包老难弹破，除取旨前来撒和⑤。

（内）听旨：朕闻人行有影，鬼形怕镜。定时台上有秦朝照胆镜⑥。黄门官，可同杜丽娘照镜。看花阴之下，有无踪影，回奏。（末应，同旦对镜介）女学生是人是鬼？

北【喜迁莺】（旦）人和鬼，教怎生酬答？形和影现托着面菱花。（末）镜无改面，委系人身。再向花街取影而奏。（行看影介）（旦）波查⑦。花阴这答，一般儿莲步回莺印浅沙。（末奏

---

① 再休提探花鬼乔作衙：再不要说我是挖掘女坟的盗墓贼的鬼妻。乔作衙，原指冒充长官坐堂，这里单取乔字。乔，装假，这里指冒充活人。探花鬼，赏花而死的鬼魂，指杜丽娘。探花，还语义双关盗掘女坟。

② 鬼乜（miē）些：鬼。乜些，即乜斜，痴迷，糊涂，这里作语尾助词，无实义。

③ 殁年多：殁，同"殁"，死亡。年多，多年，为押韵而改动。

④ 声名：这里指丑名声。煞抹：即抹煞，为押韵而改倒文。

⑤ 撒和：讲和，调停。

⑥ 秦朝照胆镜：《西京杂记》载，秦始皇咸阳宫中有镜，能照见人肠胃五脏及疾患所在。女子如有邪心，照之则胆张心动。

⑦ 波查：叹词。

介）杜丽娘有踪有影，的系人身。（内）听旨：丽娘既系人身，可将前亡后化事情奏上。（旦）万岁！臣妾二八年华，自画春容一幅。曾于柳外梅边，梦见这生。妾因感病而亡，葬于后园梅树之下。后来果有这生，姓柳名梦梅，拾取春容，朝夕挂念。臣妾因此出现成亲。（悲介）哎哟，凄惶煞！这底是①前亡后化，抵多少阴错阳差。

（内）听旨：柳状元质证，丽娘所言真假？因何预名梦梅？（生打躬呼"万岁"介）

南【画眉序】臣南海乏丝萝，梦向娇姿折梅萼。果登程取试，养病南柯。因借居南安府红梅院中，游其后苑，拾得丽娘春容，因而感此真魂，成其人道。（外跪介）此人欺诳陛下，兼且点污臣之女也。论臣女呵，便死葬向水口廉贞，肯和生人做山头撮合②！（合）便阎罗包老难弹破，除取旨前来撒和。

（内）听旨：朕闻有云："不待父母之命，媒妁之言，则国人父母皆贱之。"杜丽娘自媒自婚，有何主见？（旦泣介）万岁！臣妾受了柳梦梅再活之恩。

北【出队子】真乃是无媒而嫁？（外）谁保亲？（旦）保亲的是母丧门③。（外）送亲的？（旦）送亲的是女夜叉。（外）这等胡为！（生）这是阴阳配合正理。（外）正理，正理！花你那蛮儿一点红嘴④哩！（生）老平章，你骂俺岭南人吃槟榔，其实柳梦梅唇红齿白。（旦）嗻声！眼前活立着个女孩儿，亲爷不认。到做鬼三

---

① 这底是：这真是，这确是。
② 山头撮合：中国古代小说戏曲常称媒人为撮合山，这里指私下结合。
③ 丧门：主死丧的凶神。
④ 花你那蛮儿一点红嘴：你这南蛮子满口说的都是假话。柳梦梅是岭南人，常食槟榔，会使牙齿变色，嘴唇变红。所以下文柳梦梅说自己唇红齿白。

年，有个柳梦梅认亲。则你这辣生生回阳附子较争些①，为什么翠呆呆下气的槟榔俊煞了他？爷，你不认呵，有娘在。（指鬼门）现放着实丕丕贝母开谈亲阿妈②。

（老旦上）多早晚③女儿还在面驾。老身蹿入正阳门④叫冤去也。

（进见跪伏介）万岁爷，杜平章妻一品夫人甄氏见驾。（外、末惊介）那里来的？真个是俺夫人哩。（跪介）臣杜宝启：臣妻已死扬州乱贼之手，臣已奏请恩旨褒封。此必妖鬼捏作母子一路，白日欺天。（起介）（生）这个婆婆，是不曾认的他。（内）听旨：甄氏既死于贼手，何得临安母子同居？（老旦）万岁！（起介）

南【滴溜子】（老旦）扬州路，扬州路，遭兵劫夺。只得向，只得向，长安住托。不想到钱塘夜过，黑撞着丽娘儿魂似脱。少不的子母肝肠，死同生活。

（内）听甄氏所奏，其女重生无疑。则他阴司三载，多有因果之事。假如前辈做君王臣宰不臻⑤的，可有的发付他？从直奏来。（旦）这话不提罢了，提起都有。（末）女学生，"子不语怪⑥"。比如阳世府部州

---

① 辣生生回阳附子较争些：意谓自己是还魂回阳的亲生女儿。生生，衬词，无实义。附子，性大热，味辛，可入药，对虚脱、水肿、霍乱等有疗效，故说辣生生。较争些，差一些。
② 实丕丕贝母开谈亲阿妈：这里借贝母的药名、药效，表示有母亲为证的意思。附子、贝母，都是以药名双关子、母。《牡丹亭》曲中多处嵌药名（或曲名），属于一种文人炫才打诨的文字游戏。丕丕，衬词，无实义。贝母，药名，性寒，味苦，归肺、心经，主治热痰咳嗽。开谈，开口说话；谈又谐音"痰"，与贝母主治相合。
③ 多早晚：这时候，这里指耽搁时间很久了。
④ 正阳门：北宋汴京宫城门名，这里就是宫门。
⑤ 不臻（zhēn）：不好。臻，完美。
⑥ 子不语怪：圣人孔子不说怪异之事，语出《论语·述而》的"子（孔丘）不语怪、力、乱、神"之句。

县,尚然磨刷卷宗①,他那里有甚会案处?

北【刮地风】(旦)呀,那阴司一桩桩文簿查,使不着你猾律拿喳②。是君王有半副迎魂驾,臣和宰玉锁金枷。(末)女学生,没对证。似这般说,秦桧老太师在阴司里可受用?(旦)也知道些。说他的受用呵,那秦太师他一进门,忔楞楞的黑心捶敢捣了千下,渳另另的紫筋肝剁作三花③。(众惊介)为甚剁作三花?(旦)道他一花儿为大宋,一花为金朝,一花儿为长舌妻④。(末)这等,长舌夫人有何受用?(旦)若说秦夫人的受用,一到了阴司,拷去了凤冠霞帔,赤体精光。跳出个牛头夜叉,只一对七八寸长指驱儿⑤,轻轻的把那撇道儿搯⑥,长舌揸。(末)为甚?(旦)听的是东窗事发⑦。(外)鬼话也。且问你,鬼乜邪,人间私奔,自有条法,阴司可有?(旦)有的是,柳梦梅七十条,爹爹发落过了,女儿阴司收赎。桃条打,罪名加,做尊官勾管了帘下⑧。则道是没真场风流罪过些。有什么饶不过这娇滴滴的女孩家。

(内)听旨:朕细听杜丽娘所奏,重生无疑。就着黄门官押送午门外,

---

① 磨:勘磨,审问研究。刷卷宗:元代由各道肃政廉访司检查各衙门讼案的处理,以避免、纠正冤屈之案,也即下文所说的会案。
② 猾律拿喳:寻事生非,言语挑拨,油嘴滑舌。
③ 渳另另:犹言湿淋淋。三花:三瓣,三片。
④ 长舌妻:指秦桧妻王氏。因她拨弄是非,定计陷害岳飞,故被称为长舌。
⑤ 指驱(kōu)儿:弯曲的长指甲。驱,弓弩两端系弦的地方。
⑥ 撇道儿:这里指嗓子。搯(qiā):扼,用力掐住。
⑦ 东窗事发:《通俗编》卷三十七载,相传秦桧夫妇在东窗下设计陷害岳飞。秦桧死后,在地狱中受苦刑,其妻王氏为做道场,让道士去阴曹探访,秦桧的鬼魂叫道士告诉妻子:"东窗事发矣。"
⑧ 勾管了帘下:指受了公差的凌辱。帘下,帘下的人,指左右、手下人。

父子夫妻相认，归第成亲。（众呼"万岁"，行介）

（老旦）恭喜相公回转了。（外）怎想夫人无恙！（旦哭介）我的爹呵！（外不理介）青天白日，小鬼头远些，远些！陈先生，如今连柳梦梅俺也疑将起来，则怕也是个鬼。（末笑介）是踢斗鬼①。（老旦喜介）今日见了状元女婿，女儿再生，二十分喜也。状元，先认了你丈母罢。（生揖介）丈母光临，做女婿的有失迎待，罪之重也。（旦）官人恭喜，贺喜。（生）谁报你来？（旦）到得陈师父传旨来。（生）受你老子的气也。（末）状元，认了丈人翁罢。（生）则认的十地阎君为岳丈。（末）状元，听俺分劝一言：

南【滴滴金】你夫妻赶着了轮回磨②，便君王使的个随风柁③，那平章怕不做赔钱货④。倒不如娘共女，翁和婿，明交割⑤。（生）老黄门，俺是个贼犯。（末笑介）你得便宜人偏会撒科⑥。则道你偷天把桂影那，不争多⑦、先偷了地窟里花枝朵。

（旦叹介）陈师父，你不教俺后花园游去，怎看上这攀桂客来？

（外）鬼乜邪，怕没门当户对，看上柳梦梅什么来！

北【四门子】（旦笑介）是看上他戴乌纱像简朝衣挂，笑、笑、笑，笑的来眼媚花。爹娘，人家白日里高结彩楼，招不出个官婿。你女儿睡梦里、鬼窟里选着个状元郎，还说门当户对！则你个杜

---

① 踢斗鬼：即魁星，文曲星。
② 轮回磨：指杜丽娘死后还魂、柳梦梅遭受磨难。轮回，梵语意译，佛家语，指众生受业力牵引，死后在六道中流转投生。磨，也是轮回。
③ 随风柁：随风转柁（舵），这里是依顺、顺势、做顺水人情的意思。
④ 赔钱货：古代人重男轻女，认为女儿长大了嫁人，是白白地养了她，还要赔嫁妆，所以贬称为赔钱货。
⑤ 交割：做买卖，银货两讫叫交割，这里意谓把事情弄清楚、验明各自身份。
⑥ 撒科：撒赖卖乖。
⑦ 不争多：差不多，这里想不到、没料到之意。

杜陵①惯把女孩儿吓,那柳柳州他可也门户风华。爹,认了女孩儿罢。(外)离异了柳梦梅,回去认你。(旦)叫俺回杜家,赸了柳衙②,便作你杜鹃花也叫不转子规红泪洒。(哭介)哎哟,见了俺前生的爹,即世嬷③,颠不剌俏魂灵立化④。

(旦作闷倒介)(外惊介)俺的丽娘儿!

(末作望介)怎那老道姑来也?连春香也活在?好笑,好笑!我在贼营里瞧甚来?(净扮石姑同贴上)

南【鲍老催】官前定夺,官前定夺。(打望介)原来一众官员在此。怎的起状元、小姐嘴骨都⑤站一边?眼见他乔公案断的错,听了那乔教学的嘴儿嗑⑥。(末)春香贤弟也来了。这姑姑是贼。(净)啐,陈教化,谁是贼?你报老夫人死哩,春香死哩!做的个纸棺材,舌锹拨。(向生介)柳相公喜也。(生)姑姑喜也。这丫头那里见俺来?(贴)你和小姐牡丹亭做梦时有俺在。(生)好活人活证。(净、贴)鬼团圆不想到真和合,鬼揶揄不想做人生活。老相公,你便是鬼三台费评跋⑦。(净、贴并下)

---

① 杜杜陵:杜甫曾居长安杜陵附近,自称杜陵布衣、杜陵野老,这里指杜宝。
② 赸(shàn)了柳衙:离开柳家。赸,离开。柳衙,曲江池畔柳树成行,号为柳衙,这里单取柳字。
③ 即世嬷(mó):今生的母亲。即世,佛家语,指今生。佛家认为,众生都有前世、即世和来世,合称三世(三生)。嬷,母亲。
④ 颠不剌:颠狂;不剌,语尾助词。立化:立刻死去。
⑤ 嘴骨都:噘着嘴巴。骨都,即骨朵。
⑥ 乔教学:指陈最良。乔,元时骂人的口头语,含有虚伪、做作的意思。嗑:多嘴,说闲话。
⑦ 鬼三台:阴间的高官,指阎罗王。三台,三公,中国古代中央三种最高官衔的合称。评跋:忖度,掂量。

（末）朝门之下，人钦鬼伏之所，谁敢不从！少不得小姐劝状元认了平章，成其大事。（且作笑劝生介）柳郎，拜了丈人罢！（生不伏介）

北【水仙子】（旦）呀、呀、呀，你好差。（扯生手、按生肩介）好、好、好，点着你玉带腰身把玉手叉。（生）几百个桃条！（旦）拜、拜、拜，拜荆条曾下马①。（扯外介）（旦）扯、扯、扯，做太山倒了架。（指生介）他、他、他，点黄钱②聘了咱。俺、俺、俺，逗寒食吃了他茶③。（指末介）你、你、你，待求官报信则把口皮喳。（指生介）是、是、是，是他开棺见椁湔除罢。（指外介）爹、爹、爹，你可也骂勾了咱这鬼乜邪。

（丑扮韩子才冠带捧诏上）圣旨已到，跪听宣读："据奏奇异，敕赐团圆。平章杜宝，进阶一品；妻甄氏，封淮阴郡夫人。状元柳梦梅，除授翰林院学士；妻杜丽娘，封阳和县君。就着鸿胪官④韩子才送归宅院。叩头谢恩。"（丑见介）状元，恭喜了。（生）呀，是韩子才兄。何以得此？（丑）自别了尊兄，蒙本府起送先儒⑤之后，到京考中鸿胪之职，故此得会。（生）一发奇异了。（末）原来韩老先也是旧朋友。（行介）

南【双声子】（众）姻缘诧，姻缘诧，阴人梦黄泉下。福分大，福

---

① 拜荆条曾下马：《吕氏春秋·贵直》载，楚文王无道，大臣葆申认为楚文王的罪过应受鞭刑，遂令文王伏于席上，自己跪在一旁，以荆条一束，放在文王背上又拿起，如此两次，以为惩戒。"文王下马拜荆条"，后来成为戏曲中的熟语，这里指柳梦梅挨桃条打。荆条，古代用作惩罚的工具。
② 点黄钱：烧纸钱。
③ 吃了他茶：指两人缔结了婚约。古代婚俗，"吃茶"即是接受了对方的婚约。
④ 鸿胪（lú）官：鸿胪寺的官员，负责皇官中礼仪、祭祀、接待宾客的司仪官。
⑤ 先儒：这里指韩愈。

分大,周堂内是这朝门下①。齐见驾,齐见驾。真喜洽,真喜洽。领阳间诰敕,去阴司销假。

北【尾】(生)从今后把牡丹亭梦影双描画。(旦)亏杀你南枝挨暖俺北枝花。则普天下做鬼的有情谁似咱!

②杜陵寒食草青青。　韦应物
羯鼓声高众乐停。　李商隐
更恨香魂不相遇。　郑琼罗
春肠遥断牡丹亭。　白居易
千愁万恨过花时。　僧无则
人去人来酒一卮。　元　稹
唱尽新词欢不见。　刘禹锡
数声啼鸟上花枝。　韦　庄

精彩解说

本出《圆驾》写陈最良先回顾前面发生的事情:他受杜宝之托,去向皇帝禀报平定淮安贼寇之捷,被赐予黄门奏事之官;杜宝回京,遇柳梦梅投见,以盗墓治罪,将柳梦梅拿下,递解到了临安,在杜府吊打,后柳梦梅被寻找新状元的军校救走;杜丽娘得到军校和郭驼的报信,欲搭救丈夫柳梦梅,杜宝不相信女儿能还魂,认定重生的女儿是个鬼怪,托陈最良向皇上上奏,要诛除盗墓贼柳梦梅和托名亡女的鬼怪。柳梦梅也上奏辩护。皇帝要杜宝、杜夫人、柳梦梅、杜丽娘等上金銮殿朝觐勘对,亲自定夺杜丽娘是否真

---

① 周堂内是这朝门下:指柳梦梅和杜丽娘奉旨成亲。周堂,原是阴阳家的术语,后指嫁娶的吉日。

② "杜陵寒食草青青"八句下场诗:全剧的剧情总结。分别出自韦应物《寒食寄京师诸弟》、李商隐《龙池》、郑琼罗《叙幽冤》、白居易《见元九悼亡诗因以此寄》、僧无则《百舌鸟二首》之一、元稹《病醉》、刘禹锡《踏歌词四首》之一、韦庄《晏起》。个别文字有改动。

的还魂、柳梦梅是否真的盗墓贼等事。

柳梦梅见了杜宝，又拜见岳父，但杜宝拒绝受礼，呵斥柳梦梅是罪人。从《闹宴》开始，柳梦梅与杜宝一路较量，直闹到"驾前勘对"。在这第三次的正面冲突中，柳梦梅的反抗进一步升级，他毫不畏惧，讥笑杜宝只不过说服了李全妻，所谓平定李全，只是平定了李半。他数落杜宝三宗罪：纵容女儿游春；女死不奔丧，私建道观；吊打御赐状元。陈最良上来努力劝和。

皇帝驾到，杜宝、柳梦梅朝见。杜丽娘上朝来，陈最良还以为是鬼魂，杜丽娘认了以前的塾师，要陈师父再不要说她是挖掘女坟的盗墓贼的鬼妻，应该称状元妻来面驾。杜宝看到来的女子十分像女儿杜丽娘，立即向皇上谨奏，这肯定是个托名女儿的花妖狐媚。陈最良奉皇帝命，用秦朝照胆镜照杜丽娘，确实有踪有影。皇帝遂定夺这是杜丽娘真身，命杜丽娘述说亡故还魂的经过。杜丽娘述说后，皇帝命柳梦梅质证。柳梦梅述说了自己赴京赶考、感得杜丽娘还魂的过程。杜宝怒斥柳梦梅玷污了女儿清白身，女儿不可能与其私订终身。皇帝于是就此质问杜丽娘。杜丽娘辩解：因感柳梦梅再生之恩，所以嫁给了他。杜宝搬出谁保亲谁送亲之理，仍不认女儿女婿，还骂柳梦梅吃多了槟榔好狡辩。杜丽娘因父亲不认眼前活生生的女儿，而做鬼时倒被柳梦梅认亲，所以她极度失望伤心。

此时，杜夫人甄氏出场。杜宝见了，仍以先前得悉夫人死于扬州乱贼之手，认定这也是个妖鬼。吴吴山三妇合评本《牡丹亭》云："夫妻父女，各不识认，另起无限端倪。"皇帝命甄氏说明情况。甄氏述说了自己遭兵乱时逃命，在钱塘偶遇女儿的经过。皇帝遂定夺杜丽娘还魂重生属实，命杜丽娘讲些在阴间看到的因果报应事。杜丽娘讲述了大奸臣秦桧夫妇在阴间遭受酷刑的事。皇帝最后判定，杜丽娘确系重生，着他们父女夫妻相认，回府团圆。

中国古代戏曲剧情的结尾称作"收煞"，收煞一般需突出作品的思想倾向和意义，很难写好。臧懋循评论元人杂剧说："虽马致远、乔梦符辈，至第四折往往强弩之末矣。"（臧懋循《元曲定选·序》）中国古代戏曲结尾多是欢天喜地、顺理成章团圆。对于大团圆结局，王国维曾在《红楼梦评论》中写道："吾国人之精神，世间的也，乐天的也，故代表其精神之戏曲小说，无往而不着此乐天之色彩。始于悲者终于欢，始于离者终于合，始于困者终于亨，非是而欲餍阅者之心难矣。"《圆驾》作为《牡丹亭》的收煞，剧情仍然一波三折，最后的团圆与众不同。本出中，皇帝召众人齐聚金銮殿，各种冲突汇集一处，柳梦梅与杜宝之间的翁婿矛盾，杜丽娘与杜宝之间的父女矛盾，陈最良与柳梦梅的矛盾，在此总汇集、总爆发，各方争执不下，最后由皇帝做主，敕赐团圆，成了全局的大高潮。柳梦梅和杜丽娘奉旨成亲之时，杜宝仍然"连柳梦梅俺也疑将起来，则怕也是个鬼"，仍固执己见，并未毫无条件地接受皇帝的判定。这是《牡丹亭》收煞不同于其他戏曲大团圆结尾之处。汤显祖似乎意犹未尽，也可以理解为，他希望引发观众对未终结剧情的期待，以及对全剧思想的进一步深思。

中华传统文化国粹经典文库书目

	第一辑		
序号	书名	作者/编者	导读者
1	三国演义	［明］罗贯中/著	郑铁生
2	水浒传	［明］施耐庵/著	宁稼雨 石麟
3	西游记	［明］吴承恩/著	孟昭连
4	红楼梦	［清］曹雪芹 高鹗/著	郑铁生
5	镜花缘	［清］李汝珍/著	欧阳健
6	白话聊斋	［清］蒲松龄/著	王晓华
7	阅微草堂笔记	［清］纪昀/著	吴波
8	西厢记	［元］王实甫/著	周传家
9	世说新语	［南朝宋］刘义庆/著	侯忠义
10	山海经	［汉］刘歆/编	马文大
11	道德经	［春秋］老子/著	王蒙
12	四库全书	［清］纪昀等/编	林骅
13	唐诗三百首	立人/编	徐刚
14	元曲三百首	立人/编	查洪德
15	宋词三百首	立人/编	韩小蕙
16	中华成语典故	立人/编	陈世旭
17	中华寓言故事	立人/编	陈世旭
18	颜氏家训	［南北朝］颜之推/著	孙钦善
19	治家格言	［清］朱伯庐/著	李硕儒
20	了凡四训	［明］袁了凡/著	俞前
21	增广贤文	立人/编	孙立仁
22	牡丹亭	［明］汤显祖/著	周传家
23	随园诗话	［清］袁枚/著	潘务正
24	人间词话	王国维/著	陈世旭
25	楚辞	［战国］屈原等/著	石厉
26	吴越春秋	［东汉］赵晔/著	田秉锷
27	菜根谭	［明］洪应明/著	俞前
28	小窗幽记	［明］陈继儒等/著	陈喜儒
29	围炉夜话	［清］王永彬/著	陈喜儒
30	浮生六记	［清］沈复/著	王晓华
31	传习录	［明］王阳明/著	王建新
32	说文解字	［东汉］许慎/著	冯蒸
	第二辑		
序号	书名	作者/编者	导读者
1	史记	［西汉］司马迁/著	关四平
2	资治通鉴	［北宋］司马光/编	张秋升
3	春秋左传	［春秋］左丘明/著	石定果
4	战国策	［西汉］刘向/编	李瑞兰
5	汉书	［东汉］班固/著	关四平
6	三国志	［晋］陈寿/著	郑铁生
7	古文观止	［清］吴楚材 吴调侯/编	牛倩
8	论语	［春秋］孔子等/著	石厉
9	孟子	［战国］孟子/著	邵永海

中华传统文化国粹经典文库书目

序号	书名	作者 / 编者	导读者
10	庄子	[战国] 庄子 / 著	尚学峰
11	荀子	[战国] 荀子 / 著	尚学峰
12	管子	[春秋] 管子等 / 著	官铎
13	墨子	[战国] 墨子等 / 著	陈鹏程
14	韩非子	[战国] 韩非 / 著	邵永海
15	列子	[战国] 列子 / 著	陈鹏程
16	鬼谷子	[战国] 鬼谷子 / 著	张世林
17	淮南子	[西汉] 刘安等 / 著	张秋升
18	诸子百家	立人 / 编	张弦生
19	孔子家语	孔子门人 / 编	薄克礼
20	吕氏春秋	[战国] 吕不韦等 / 编	田秉锷
21	礼记·尚书	[西汉] 戴圣 / 著	冯蒸
22	三言二拍	[明] 冯梦龙 凌濛初 / 著	宁宗一
23	隋唐演义	[清] 褚人获 / 著	欧阳健
24	聊斋志异	[清] 蒲松龄 / 著	林骅
25	儒林外史	[清] 吴敬梓 / 著	吴波
26	东周列国志	[明] 冯梦龙 / 著	侯忠义
27	弟子规·千家诗	[清] 李毓秀 / 著 [南宋] 谢枋得 王相 / 编	郑铁生
28	孙子兵法·三十六计	[春秋] 孙武 / 著	李海涛
29	容斋随笔	[南宋] 洪迈 / 著	李硕儒
30	纳兰词	[清] 纳兰性德 / 著	李硕儒
31	豪放词·婉约词	立人 / 编	韩小蕙
32	唐宋散文八大家	立人 / 编	卓然

第三辑

序号	书名	作者 / 编者	导读者
1	中华上下五千年	立人 / 编	林海清
2	二十五史	立人 / 编	林海清
3	四书五经	立人 / 编	张弦生
4	智囊全集	[明] 冯梦龙 / 编	周传家
5	贞观政要	[唐] 吴兢 / 著	张弦生
6	诗经	[春秋] 孔子 / 编	石厉
7	孝经	[春秋] 孔子 / 著	田秉锷
8	挺经	[清] 曾国藩 / 著	王建新
9	易经	立人 / 编	李树果
10	冰鉴	[清] 曾国藩 / 著	陈喜儒
11	糊涂经	立人 / 编	周传家
12	周易全书	立人 / 编	郑铁生
13	黄帝内经	立人 / 编	廉玉麟
14	本草纲目	[明] 李时珍 / 著	廉玉麟
15	三字经·百家姓·千字文	[南宋] 王应麟 [南北朝] 周兴嗣 / 著	乔卉林
16	大学·中庸	[春秋] 曾子 [战国] 子思 / 著	牛倩
17	曾国藩家书	[清] 曾国藩 / 著	武道房
18	唐诗·宋词·元曲	立人 / 编	卓然
	未完待续……